신의
뜻대로

신의 뜻대로

초판 1쇄 펴낸 날 | 2018년 6월 7일

지은이 | 다인 김민경
펴낸이 | 서경석

편집책임 | 조윤희 **편집** | 이은주, 이예진 **디자인** | 최진실
마케팅 | 서기원 **경영지원** | 서지혜, 이문영

임프린트 | (MUSE)
주소 | 경기도 부천시 부일로 483번길 40 서경B/D 3F (우) 14640
전화 | 032-656-4452 **팩스** | 032-656-4453
이메일 | roramce@naver.com **블로그** | bolg.naver.com/roramce
홈페이지 | http://www.chungeoram.com

발 행 처 | 도서출판 청어람
출판등록 | 1999년 5월 31일 제387-1999-000006호
어람번호 | 제11-0086호

ⓒ 다인 김민경, 2018

ISBN 979-11-04-91727-1 03810

도서출판 청어람은 언제나 여러분의 소중한 작품 투고와 도서 출간 기획 등 다양한 제안
을 기다리고 있습니다. chungeorambook@daum.net

신의 뜻대로

다인 김민경 장편소설

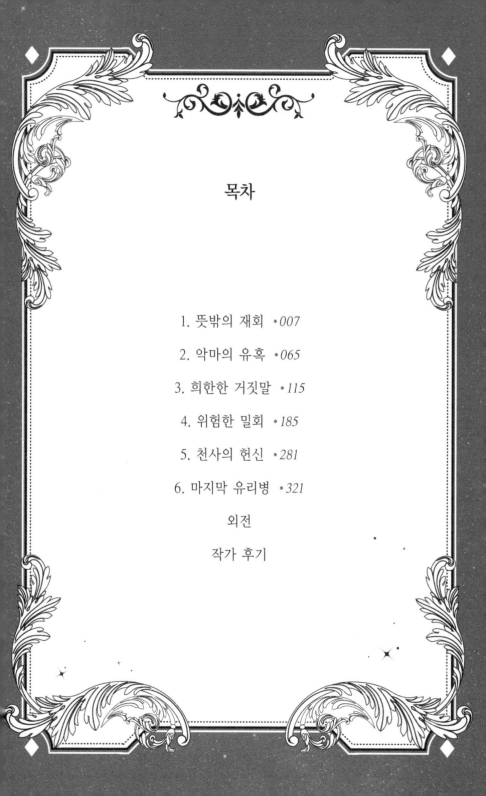

목차

1
뜻밖의 재회

그와 다시 만났을 때, 그녀는 이것이 신의 농간임을 알아차렸다.

흰 눈이 포슬포슬 내리던 1월 1일. 그날은 매우 특별한 날이었다.
황제의 궁전에 수백 대의 마차가 줄지어 당도했고, 무도회장에
매달린 수십 개의 크리스털 샹들리에는 거대한 홀을 빛으로 장식
했다. 그 밑에 선 귀족들은 삼삼오오 모여 시답잖은 안부를 물으
며 웃음을 흘렸다.

정장을 빼입은 신사들은 아가씨들에게 눈인사를 보냈고, 눈짓
을 받은 영애들은 묘한 미소로 답하곤 했다. 모두가 신년무도회
를 설레는 마음으로 기다리고 있을 때, 시종의 굵은 목소리가 홀
안을 울렸다.

"레이디, 제인 웨슬렁 공작 영애께서 오셨습니다!"

'웨슬렁 공작 영애'란 호칭의 효과는 탁월했다. 시끄럽던 대화 소리가 뚝 그쳤다. 수천에 달하는 사람들의 시선이 활짝 열린 문으로 쏠렸다. 그녀는 아직 보이지 않았으나, 귀족들의 얼굴에는 공포나 경멸 같은 부정적인 감정들이 한껏 떠올랐다.

일부는 부채를 펴서 표정을 가리고 저마다 작은 목소리로 속삭였다.

"결국은 왔네요."

"무슨 낯짝으로 예까지 왔는지, 원."

"악마가 분명한데 성년이 될 때까지 죽이지도 않고 말이죠."

"웨슬렁 가 사람들이 악마에게 홀려도 단단히 홀린 게지요."

남녀 할 것 없이 대놓고 거북스러워하면서 대체로 '악마'나 '저주' 같은 단어를 입에 올렸다. 지난 십구 년간 제인에 관한 소문은 하나부터 열까지 다 최악의 것들이었다. 사람의 팔다리를 가졌으나 얼굴은 괴물을 닮았고, 성격은 무척 사납다고 했다. 그 성격 탓에 가문의 오랜 가신들마저 기함하며 떨어져 나갔다는 얘기도 있었다.

그런 인물이 파티에 참석했으니, 문으로 향하는 귀족들의 눈빛이 반감으로 가득한 건 당연한 일이었다. 그러다 마침내 그녀가 모습을 드러냈다. 바다 위의 반짝이는 윤슬처럼 빛나는 은빛 드레스 자락과 함께 여기저기서 헛바람 들이켜는 소리가 들려왔다.

세상에 단 하나뿐일 듯한 신비한 연녹빛의 긴 곱슬머리를 높이 올려 묶은 영애는 설원 위에 내려앉은 봄날의 햇살 같았다. 얼어붙은 몸과 마음마저 녹아내리니 태양을 바라보는 꽃의 심정이 이해되는 바였다. 고운 얼굴에 티 없이 맑은 피부, 서글서글한 눈매와 청초하게 느껴지는 긴 속눈썹. 그 밑에 자리한 푸른 눈동자와 장밋빛 입술은 남성들의 혼을 쏙 빼놓았다. 그 미모가 가히 대적할 만한 자가 없을 정도인데, 코르셋으로 꽉 조인 허리와 대비되는 풍성한 치마는 그녀의 지위가 얼마나 고매한지를 각인시켰다.

'저리 아름다운 여인이 정말 악마일까. 아니면 아름답기에 악마인가.'

모두의 머릿속에 공통으로 자리 잡은 물음이었다.

말을 잃은 귀족들의 시선을 받으며 홀에 들어선 제인은 담대한 표정과 우아한 몸짓으로 고귀함의 극치를 보여주었다. 지난 수십 년간 그녀에 대한 흉악한 소문을 듣지 않았더라면, 이성을 잃고 상사병에 걸리거나 청혼하려 드는 사내들이 수두룩했을 터였다.

충격받은 귀족들의 정신을 수습해 준 건 무도회의 진짜 주인이 당도했다는 시종의 외침이었다.

"황제 폐하와 황비 전하, 황태자 전하와 황자 전하 듭십니다!"

황족들의 등장에 귀족들은 정신을 차리고 단상을 향해 몸을 돌렸다. 홀 구석에 자리 잡은 제인도 단상 위, 의자가 놓인 곳을 바라보았다.

곧 근사하게 꾸민 황족들이 기사들의 호위를 받으며 무도회장 안으로 들어섰다. 하얀 예복을 입은 황제가 중앙에 섰고, 그의 우측으로 금빛 드레스를 입은 아름다운 황비가 자리했다. 황비의 곁에는 그녀를 똑 닮은 젊은 황자가 섰는데, 여인들의 시선을 사로잡은 건 황제의 왼쪽에 선 황태자, 리처드였다. 금발인 황족들 사이에서 홀로 밤하늘보다 더 어두운 머리칼을 지닌 그는 잘난 얼굴에 밝은 피부와 큰 키, 검술로 다져진 몸매마저 흠잡을 데 없이 완벽했다. 소문대로 눈매가 무척 차가웠지만, 그것이 또 강인해 보여서 여인들은 볼을 붉게 물들였다.

아가씨들의 마음에 뜨거운 불이 지펴진 상태로 황제의 축하 연설이 시작되었다.

"올해 열아홉이 되어 사교계에 진출한……."

황제의 목소리가 거대한 홀에 울려 퍼졌다. 그러나 제인의 귀에는 닿지 못했다. 그녀는 황태자를 보며 치맛자락을 꽉 움켜쥐고 부들부들 떨었다. 좀 전까지만 해도 모든 것이 완벽하게 흘러가고 있었다. 각종 유언비어를 잠식시킬 만큼 자신은 아름다웠고, 사람들은 감탄하며 부정적인 이미지를 머릿속에서 지워나갔다. 그것만으로도 무도회에 참석한 소기의 목적은 달성했다고 볼 수 있었다.

'저 악마가 황태자란 걸 알기 전까지는.'

제인의 사나운 눈빛과 달리 황태자는 무표정한 얼굴로 그녀를 바라보고 있었다. 다른 사내들처럼 외모에 감탄한 것도 아니고, 싫은 티가 팍팍 나는 제인의 표정에 당황하지도 않았다. 말 그대로 무관심한 듯 그냥 눈만 마주쳤다. 그렇게 리처드의 시선이 제인에게 꽂혀서 움직이질 않는 사이, 황제의 연설도 막바지로 치달았다.

"이 자리를 빛내주어 고맙소. 기쁘게 즐기길 바라오."

우렁찬 박수가 쏟아짐과 동시에 제인은 몸을 팩 돌렸다. 더는 이 공간에 있고 싶지 않았다. 예의고 나발이고 당장 떠나려는데, 붉은 드레스가 앞을 가로막았다. 겉치마를 커튼처럼 묶어 올려서 언더스커트 일부를 드러낸 폴로네즈 드레스는 금발의 미인과 매우 잘 어울렸다.

"엘리스 스튜더입니다, 제인 공녀."

엘리스는 치마를 잡고 무릎을 살짝 굽혔다. 그러다가 반쯤 드러난 제인의 가슴을 보고 남몰래 침음을 삼켰다. 저도 몸매에는

신의 뜻대로

자신이 있었지만, 막상 눈앞에서 보니 조금은 비교되었다. 무엇보다 그녀의 가슴에 있어야 할 '악마의 문양'이 깊은 골에 파묻혀 보이지 않았다. 십구 년간 괴소문을 퍼뜨린 그것이 떡하니 드러난 곳에 있었다면 좋았으련만, 아쉽게도 우윳빛 가슴 언덕만 고혹적인 자태를 내보였다.

못내 아쉬운 마음을 숨기며 생글생글 웃는 엘리스의 태도에 제인도 억지로 미간 주름을 펴려 노력했다.

"반가워요, 레이디 엘리스. 좀 더 긴 대화를 나누고 싶지만, 오늘은 적합하지 않은 듯하네요. 공녀와의 춤을 고대하는 신사분들이 계시니 저는 이쯤에서 자리를 비켜드리는 게 좋겠어요."

부드럽게 포장하긴 했으나 더는 말 섞기 싫단 소리였다.

엘리스도 제인의 속뜻을 모르지 않았지만 놔줄 생각 따윈 없었다. 그녀는 부채를 펼쳐 들고 입가를 가리며 웃었다.

"신사분들의 뜨거운 시선은 제가 아니라 공녀께 향하고 있는걸요. 아아, 그러고 보니 이번이 데뷔 무도회지요? 어디, 어떤 분이 웨슬럿 공녀님의 손을 잡는 영광을 누리게 될지, 다들 궁금하지 않나요?"

엘리스가 뒤에 서 있던 패거리들을 돌아보며 말하자 그녀의 신호를 받은 네 명의 젊은 여성들이 호들갑을 떨며 호응했다.

"저희도 궁금하네요."

"웨슬럿의 공녀님인데 당연히 인기가 하늘을 찌르겠지요."

그녀들의 방정스러운 행동에 무도회를 즐기려던 귀족들의 관심이 다시 제인에게로 쏠렸다. 사람들의 이목을 성공적으로 집중시킨 엘리스는 제인이 거부 의사를 밝히기도 전에 선수를 쳤다.

"자자, 오늘 무도회의 주인공은 누가 뭐라 해도 웨슬럿의 공녀님이시지요. 공녀님의 외모에 마음이 흔들리는 신사분이 많을 겁니다. 그럼, 어느 분이 영광을 얻을까요?"

엘리스는 마치 경매하듯이 제인을 두고 춤 상대를 찾았다. 그것이 얼마나 예의 없는 행동인지 모르지 않았으나, 그녀는 유력한 차기 황태자비 후보인 자신의 지위를 아낌없이 이용했다. 결과적으로 그녀의 예상은 들어맞았다. 누구 하나 선뜻 나서서 그녀를 질책하거나 제인에게 춤을 신청하는 이가 없었다.

무도회에 와서 춤 신청을 받지 못하는 레이디는 말 그대로 못난이 취급을 받았다. 그런 엘리스의 무례한 의도를 모두 눈치챘음에도 귀족들은 쉬쉬하며 사태를 관망했다. 제인의 웨슬럿 가문이 엘리스의 스튜더 가문보다 더 막강한 권력을 지녔지만, 제인에 대한 소문이 워낙 좋지 않은 탓에 다들 쉽사리 나서질 못했다.

민망하리만치 고요한 정적 속에서 제인은 가만히 있었다. 엘리스의 속내도 꿰뚫지 못할 그녀가 아니었으나 먼저 나서서 춤을 좀 춰달라고 할 수는 없었다. 그녀가 아무리 예뻐도 '악마'라는 꼬리표가 달린 한, 사람들은 쉽사리 다가오지 못할 터였다. 엘리스는 그 부분을 정확하게 파고들었고, 얄밉게도 완벽하게 안타까운 얼굴을 하고 제인을 바라보았다.

"어머나, 어쩜 이리 용기 있는 신사분이 안 계시나요. 공녀, 너무 상심해 말아요. 신사분들이……."

한껏 조롱하려던 엘리스는 말을 끝맺지 못했다. 근처에 서 있던 귀족들이 일제히 양옆으로 갈라서고, 그들이 터준 길로 황태자가 걸어오고 있었다. 흰 셔츠에 검은 제복이 무척 잘 어울리는 리처드는 엘리스를 놀라게 하기에 충분했다. 그녀는 지난 일 년간 그의 눈에 띄기 위해 노력해 왔다. 황제가 춤을 추도록 종용해도 꿈쩍

신의 뜻대로

도 안 하던 그였는데, 오늘은 스스로 단상 아래로 내려온 것이다.

황태자의 등장에 귀족들은 숨을 죽였다.

현 황제는 웨슬럿보다 스튜더를 지지해 주는 편이었다. 웨슬럿의 권력이 하도 고강하니 황실마저 위협할 지경에 처한 탓이었다. 균형을 맞추기 위해 스튜더 공작가를 밀어주었지만, 황태자는 중립을 지킬 뿐이었다. 그러니 오늘 그가 두 공녀 중에 누구의 손을 잡느냐에 따라 앞으로 연줄을 댈 가문도 정해질 터였다.

리처드의 발걸음이 두 공녀 사이에서 멈추고, 엘리스는 기대를 품은 얼굴로 그를 바라보았다. 제인의 파트너를 찾는 중에 제게 손을 내민다면 웨슬럿 가문에 제대로 망신을 줄 수 있었다. 황제도 그걸 바랄 테고, 황태자도 부친의 뜻에 부응하리라 믿어 의심치 않았다. 그것이 정치였다.

반짝이는 눈으로 그를 바라보는 엘리스와 달리 제인은 리처드의 존재를 완전히 무시했다. 극과 극의 반응을 보이는 두 공녀 사이에서 그의 시선은 오로지 한 명에게만 고정되어 있었다.

"저와 춤을 추시겠습니까? 제인 공녀."

듣기 좋은 중저음의 목소리가 고요한 홀에 퍼졌다. 그의 춤 신청은 무척이나 담백했지만, 그 말이 뜻하는 바를 모르는 이는 아무도 없었다.

황태자는 엘리스가 아닌 제인을, 스튜더가 아닌 웨슬럿을 선택했다. 마치 이 순간을 위해 지난 일 년을 기다린 사람처럼 매우 당연하게. 그 사실을 믿을 수 없는 엘리스는 눈을 부릅떴고, 스튜더 가를 지지하던 귀족들은 망연자실해했다.

제인은 제 앞으로 내밀어진, 큼지막하고 잘빠진 손을 지나 그의 얼굴로 시선을 옮겼다. 그는 여전히 무감정해 보였다. 그 표정이 더 화를 돋운다는 걸 모르는 것일까? 그에게도 최소한의 인격이란 게 있다면, 자신에게 이런 태도를 보이는 긴 옳지 못했다.

귀족들이 다 보고 있으니 참아야만 하는데, 속에서는 열이 부글부글 끓어 올랐다.

"황태자, 전하아?"

어이없음과 비웃음이 섞인 소리가 제인의 입에서 흘러나왔다.

이딴 놈이 황족이라니, 그것도 황태자라니 기가 막혀 미칠 지경이었다. 보는 눈만 없었더라면 당장 무기를 뽑아 들고 저 기막힌 얼굴을 두 동강 내었으리라. 그도 아니라면 배에 검이라도 박아주든가. 하지만 애석하게도 지금은 그럴 수가 없었다.

화를 억누른 제인은 풍성한 치마폭을 살포시 잡아 올리고 몸을 돌려 그를 정면에서 똑바로 바라보았다. 머릿속에서 그의 손을 잡고 춤을 추라는 소리가 삑-삑- 들리는 듯했다. 그 소리를 무시하며 제인은 리처드를 향해 환하게 웃어주었다.

눈부실 만큼 아름다운 미소에 그의 눈매가 슬쩍 찌푸려지고 그 순간, 제인의 발이 허공을 갈랐다.

퍽- 둔탁한 소리가 리처드의 정강이에서 울렸다. 근처에서 신경을 곤두세우고 있던 귀족들은 무슨 일이 일어난 건지 혼란스러워했다. 그러나 그들은 곧 이 경악스러운 사건을 인지했다.

황태자가 태어나 처음으로 한 춤 신청이 민망하리만치 모질게 까였음을……

❧

제인의 망극한 행동으로 인해 신년무도회는 엉망으로 끝났고,

신의 뜻대로

황제는 그에 대한 분노를 숨기지 않았다. 전부터 신경 쓰이던 미꾸라지 한 마리가 잔칫상을 더럽혀 놓곤 유유히 빠져나가 버렸으니 분노가 극에 달할 수밖에 없었다.

"웨슬럿, 웨슬럿! 그놈의 웨슬럿!"

황제는 이를 갈다 못해 구둣발로 대형 휴게실, 설룬의 카펫을 짓이겼다. 매번, 아주 대대손손 웨슬럿은 엄지손톱 옆에 일어난 거스러미 같은 존재였다. 뽑아버리고 싶어 미치겠는데도 잡아 뜯으면 피가 날 걸 뻔히 알기에 항상 고뇌하게 만든다.

"누가 악마년 아니랄까 봐 도와준 것도 모르고, 괘씸하긴!"

방 안을 이리저리 돌아다니던 황제는 분개하며 욕까지 쏟아냈다. 그의 격노에 주위에 있던 황족들의 표정이 미묘하게 달라졌다.

황비는 입꼬리를 슬쩍 올렸고, 윌리엄은 놀라워했으며, 리처드는 눈매를 좁혔다. 악마년이란 호칭이 못내 기분 나쁜 탓이었다.

"폐하."

묵직해서 더욱 듣기 좋은 리처드의 목소리가 황제를 불렀다. 그 음성에 담긴 무게감은 한창 열을 내던 황제마저 입을 다물게 했다. 모두의 시선이 쏠리자 그는 간단하게 일을 종결지어 버렸다.

"제 일이니 제가 처리하겠습니다."

그 말에 뭐라 대꾸할 수 있을까. 정강이가 차인 것도 그랬고, 망신을 당한 것도 그랬다. 제인이 황실의 권위를 추락시킨 점에는 황세도 분노할 자격이 있지만, 피해자를 앞에 두고 계속 곱씹는 것도 본인에게는 치욕이 될 수 있었다.

흥분하여 그 점을 미처 살피지 못한 황제는 헛기침을 하며 자리에 앉았다. 비로소 응접실의 열기가 가라앉는 듯했으나, 이번에는 황비가 눈에 쌍심지를 켜고 리처드를 노려보았다.

"황태자는 폐하께 그 무슨 말버릇입니까. 이 일은 개인의 일이 아닙니다. 멀리서 보던 내가 다 부끄러웠는데, 혼자서 독단적으로 처리하겠다니요."

언짢아하는 그녀의 말투에 분위기가 냉랭하게 얼어붙었다. 졸지에 가시방석에 앉게 된 윌리엄은 어색한 미소를 지으며 황급히 어머니를 달랬다.

"어머니, 다른 때도 아니고 무도회가 아니었습니까. 남녀 관계에서 생긴 일에 황실이 다 움직여도 적절치 않을 것입니다. 제가 생각하기에도 형님이 처리하는 게 옳을 듯합니다."

윌리엄이 편들자 황비는 리처드에게 못마땅한 시선을 주면서도 더는 반대하지 않았다. 황제도 고개를 끄덕이며 이번 일은 전적으로 그에게 맡기겠다고 말했다. 다만, 그는 한 가지 조건을 걸었다.

"그 어리석은 웨슬럿의 계집에게 황실의 권위를 정확히 알려줘야 할 것이다. 알겠느냐?"

황제는 웨슬럿이란 단어에 다시금 목소리를 높였다. 가끔 군신 관계를 잊곤 하는 그 잔망스러운 것들을 짓밟아줄 좋은 기회였다.

황제가 원하는 바가 무엇인지 너무나 잘 알고 있는 리처드는 그리하겠다고 답한 뒤 자리에서 일어났다. 그는 가볍게 인사를 올리고 미련 없이 방을 벗어났다. 닫힌 문 안쪽에서 황비가 흥보는 소리가 들려왔지만, 굳이 마음에 담진 않았다. 인간 하나가 이러쿵저러쿵 쑥덕이는 것에 일일이 반응할 만큼 그는 가벼운 자가 아니었다.

그저 오늘따라 유달리 컨디션이 좋지 않은 탓에 리처드는 작은 한숨을 내쉬고 자신의 보금자리로 걸음을 옮겼다.

신의 뜻대로

제인이 무도회를 뒤집어엎고 돌아온 날 밤. 거센 바람이 부는 새벽녘에 웨슬럿 공작가에선 한바탕 소란이 일었다.

"이거 놓으시오, 부인!"

높은 천장까지 후려칠 만큼 쩌렁쩌렁 울리는 제프 공작의 목소리에 고용인들은 기겁하며 목을 움츠렸다. 하지만 그의 팔을 잡아끌며 가지 못하게 말리는 공작부인, 이사벨라는 몸을 사릴 새도 없었다.

"대공, 확실치도 않은 일로 어찌 일을 크게 벌이십니까! 좀 냉정해지세요!"

이사벨라는 딸의 일이라면 앞뒤 구별 못 하는 남편에게 크게 화를 냈다.

이 일의 발단은 무도회에 갔던 제인이 의식을 잃은 채로 돌아왔을 때였다. 식은땀을 흘리며 새파랗게 질려서 돌아온 딸의 모습에 공작은 이성을 잃었다. 황급히 의사를 부르고 목숨에는 지장이 없다는 말을 들었지만, 앓고 있는 딸의 곁을 한참 서성이던 그는 결국 방문을 박차고 나왔다. 그때부터 이사벨라는 목숨을 걸고 그를 말려야만 했다.

"대공!"

하나로 땋아 내린, 이사벨라의 긴 금발이 그녀의 감정과 함께 출렁였다.

이사벨라가 화를 내자 제프 공작도 그녀를 향해 고개를 휙 돌렸다.

"말리지 마시오! 당신 눈엔 안 보이오? 우리 딸이! 우리 제인이! 무도회에 갔다가 죽을 뻔했소! 그 빌어먹을 황제 자식, 내 오늘 당장 그놈의 멱을 따고야 말 것이오!"

제프 공작은 눈에 힘을 주며 한바탕 욕설을 퍼부었다.

자신의 딸은 태어날 때부터 적이 많았다. 남들과는 다른 외모와 악마라는 소문 때문에 밖에 나가지도 못했었다. 그렇게 가여운 것을 대놓고 죽이려던 이들이 있었으니, 스튜더 가문의 몬타 공작과 이 나라의 황제였다. 아마 둘 중 하나가 이번 일의 범인일 것이다. 만에 하나, 둘 다 아니라 해도 프린 팰리스에서 열린 무도회였고, 황제는 책임을 져야만 했다. 하지만 이사벨라의 생각은 달랐다.

"그래서 지금 반역이라도 하시겠단 겁니까! 음독한 것도 아니라는데 무슨 명분으로요! 아이가 긴장이 풀려 몸살이 났을 수도 있는 것 아닙니까!"

처음으로 사교계에 데뷔하는 날이었고, 안 그런 척해도 제법 긴장했을 터였다. 그러다 무도회가 끝나니 긴장이 풀려 몸살이 난 걸지도 몰랐다.

제법 그럴듯한 추측에 제프 공작은 더 반박하지 못하고 입을 다물었다.

"으음……."

침음을 흘리며 흥분을 가라앉히는 그의 모습에 이사벨라는 구겼던 미간을 피면서 한숨지었다.

딸이 태어난 날, 공작은 가문의 명예를 위해 피붙이를 직접 죽이겠다고 할 만큼 냉정한 아버지였다. 당시에 울고불고 난리를 치며 제인을 살리고자 애를 쓴 건 이사벨라였다. 그런데 며칠 지나지 않아 그녀는 남편에게 찾아온 급격한 변화를 느꼈다. 방싯방싯 잘 웃는 딸이 눈에 밟혔는지 며칠간 주변을 맴돌던 남편이 어느새 육아까지 직접 하기 시작했다. 그를 알던 모든 이가 기함할

신의 뜻대로

만한 일이었는데, 간이고 쓸개고 다 빼줄 것처럼 딸을 사랑하는 건 좋은 일이었지만, 가끔은 정도가 지나치다는 게 문제였다.

"대공, 부디 좀 냉철하게 생각하셔요. 어떻게 제인의 일이라면 매번 이런 식입니까. 수백 년간 가문이 쌓아온 명예도 생각하셔야지요."

부인의 핀잔에 제프는 헛기침을 했다. 그제야 로비 곳곳에서 힐끔거리며 사태를 관망하고 있는 고용인들이 보였다. 딸 때문에 이성을 잃는 일이야 이미 여러 번 있었으니 상관없었지만, 부인에게 혼나는 모습은 썩 보여주고 싶지 않았다. 나름 제국의 검이라 불리며 만인의 존경을 받는 살아 있는 영웅이 아니던가.

"크흠. 내 오죽하면 그랬겠소. 신년무도회에 혼자 보낸 게 걱정이었는데, 의식도 없이 돌아왔으니 놀랄 만도 하지."

혼자 변명하고 혼자 수긍하면서 제프 공작은 이 상황을 얼버무리려 했다. 그러나 이사벨라도 신경이 곤두서 있던 터라 그를 쉽게 놔주지 못했다.

"이젠 사교계에 데뷔하지 않았습니까. 앞으론 신사들과도 어울리며 짝을 찾아야 할 텐데 그때마다 쫓아다니실 겁니까."

혹시나 싶어 찔러보니 역시나였다. 가뜩이나 흉악한 소문 때문에 신사들이 다가오지 않을까 걱정되는 마당에, 아버지란 자가 제대로 찬물을 끼얹을 뻔했다.

이사벨라의 눈꼬리가 싹 올라가자 제프 공작은 그대로 꼬리를 말았다. 예전에는 이런 관계가 아니었는데, 딸 때문에 분위기가 가볍게 보인 뒤부터 그는 종종 부인에게 바가지를 긁혔다.

"알겠소. 그 정도만 합시다."

드디어 진정했는지 제프 공작은 평소처럼 날카로운 눈빛을 되찾았다. 그의 분위기가 점잖아지자 이사벨라도 더는 잔소리하지 못했다. 딸 앞에서는 푼수같이 굴어도 그는 엄연히 한 나라의 군권을 틀어쥔 인물이자 자신의 듬직한 남편이었다.

해가 중천에 뜰 때까지 제인의 의식은 돌아오지 않았다. 깊이 잠든 그녀는 언제나처럼 꿈을 꾸고 있었다.

넓은 만큼 휑한 방 안에서 황태자 리처드와 매우 닮은 사내가 그녀에게 말을 걸어왔다.

"옷을 벗으시오."

옷을 벗으라는 지시에 그녀의 눈매가 단번에 날카로워졌다. 극도의 거부감과 혐오감이 섞인 사나운 눈길에도 그는 여전히 무표정했다. 심지어 뒤따르는 말투마저 높낮이가 없었다.

"신께서 내리신 명이오. 그러니 벗으시오."

신을 들먹인 이상 그것은 절대적인 것이었다. 당연히 거부할 수 없었고, 옷을 벗어야 하는 이유도 그녀는 이미 알고 있었다. 두 사람은 인간으로 환생한 뒤에 신이 준 임무를 수행해야 할 천사와 악마였다. 환생 후에 서로를 못 알아보고 해치는 불상사가 생기지 않도록 '자각의 진'을 가슴에 새길 필요가 있었는데 그러려면 옷을 벗어야 했다.

제인은 몸에 걸친 하얀 셔츠 단추를 하나씩 풀어나갔다. 참아보려 했지만 단추를 푸는 손이 떨리는 건 막을 수가 없었다.

그녀는 빛 속에서 천사로 태어났고 한평생 악을 심판해 왔다. 그걸 긍지로 삼아왔다. 그러던 그녀가 악마들의 왕 앞에서 옷을 벗고 가슴 위에 그의 입맞춤을 받아야 하는 순간이 온 것이다.

이성적으로 생각하려 애썼지만 치욕감에 눈물이 핑 돌았다. 이를 악물어도 차오르는 물기 때문에 흐릿해진 시야 속에서 그가 눈을 감는 것이 보였다. 마치 그녀의 괴로움을 조금이나마 덜어주려는 것처럼. 예상치 못한 그의 행동에 제인의 푸른 눈동자가 흔들렸다. 그와 함께 의식의 저편에서 누군가 부르는 소리가 들려왔다.

"제인, 제인!"

다급한 목소리에 무거운 눈꺼풀을 간신히 들어 올린 제인은 흐릿한 눈을 두어 번 깜박였다.

곱실거리는 갈색 머리칼에 흰 크라바트, 목깃을 세운 셔츠와 정장 조끼를 닮은 회색 웨이스트 코트. 그것들을 멋들어지게 걸친 젊은 남자가 걱정이 가득한 얼굴로 내려다보고 있었다. 하나뿐인 오빠, 에드였다.

"괜찮니?"

안부를 묻는 소리에 제인은 힘없이 미소 지었다.

꿈으로 꿨던 환생 전의 상황이 머릿속을 스쳐 지나갔다. 리처드의 입술이 가슴에 닿던 그 순간의 기억은 떨쳐 버리기가 쉽지 않았다. 녹초가 된 제인은 몸을 일으켰다. 기절한 새에 입혀진, 하얀 가운을 여미며 침대 머리맡에 등을 기대자 에드의 모습이 똑바로 보였다.

어머니를 닮아 예쁘기까지 한 그의 얼굴은 하얀 셔츠와 회색빛 정장을 만나 더욱 빛을 발했다. 보기 좋게 벌어진 어깨와 잘 빠진 몸은 그가 공부만 한 게 아님을 여실히 느끼게 해주었다. 한마디로 그는 완벽에 가까운 몸에 봄바람처럼 부드러운 인상을 지니고 있었다.

언제나 자상한 에드가 안도하는 모습에 제인의 미소도 더 짙어졌다.

"악몽을 좀 꿨어요. 이젠 괜찮아요."

"식은땀도 흘리던데, 몸이 아프거나 하진 않니?"

"네. 한결 나아요. 걱정하지 않아도 돼요."

"그렇다면 다행이구나. 네가 돌아왔을 때 아버지께서 노발대발 하셨다. 프린 팰리스로 가시겠다는 걸 말리느라 어머니가 고생 좀 하셨지. 그리고 지금은…… 아니, 아니다. 그보다 왜 아팠는지 짐작 가는 부분이라도 있니?"

에드는 말을 하다 말고 방향을 바꿔 조심스럽게 물었다.

그의 질문에 제인은 고개를 저었지만, 사실 그녀는 본인이 의식을 잃은 이유를 알고 있었다.

'지금쯤이면 내 가슴에 있던 악마의 문양이 완전히 사라졌겠지.'

어젯밤에 리처드를 만났으니 환생 전에 새겨둔 자각의 진 또한 그 효능을 다하고 사라졌을 터였다. 그와 동시에 그 속에 깃들어 있던 악마의 힘이 천사였던 그녀를 괴롭혔다. 그 때문에 의식을 잃었지만, 전생과 관련된 얘기는 에드에게 해줄 수 없었다.

다행히 그도 더는 캐묻지 않았다.

"깨어났으니 되었다. 부모님껜 내가 말씀드릴 테니 좀 쉬고 있으렴."

열이 내린 것만으로도 다행이라 여긴 에드가 자리에서 일어나려는데 문이 벌컥 열렸다. 아버지, 제프 공작이 모습을 드러냈다.

"제인!"

서둘러 달려온 그는 외투도 벗지 않고 딸의 안색을 확인했다. 그리곤 티가 날 만큼 크게 안도하며 기뻐했다.

"네가 의식을 잃어서 얼마나 놀랐는지 모른다."

애정이 물씬 느껴지는 아버지의 목소리에 제인은 부드러운 미소를 지었다. 그녀가 태어난 뒤, 갖은 고초를 겪을 때마다 가장 큰 힘이 되어준 사람은 단연코 공작이었다. 그가 있었기에 그녀는 지금껏 숱한 살해 위협에도 버틸 수 있었고, 나름의 행복도 만끽했다.

봄날처럼 따뜻한 눈길로 아버지를 바라보던 제인은 방 안으로 들어오는 어머니를 발견하곤 움찔하며 몸을 굳혔다. 딱딱한 어머니의 눈빛과 에드의 어색한 미소를 보니 폭풍이 불어닥칠 듯했다. 제인은 구조해 달라는 의미로 아버지를 올려다보았으나 그도 도와주긴 어려운 듯 보였다. 그만큼 그녀가 무도회에서 한 행동은 대형사건이었다. 졸지에 죄인이 된 제인은 자리에서 일어나려 했다. 그러나 이사벨라가 손을 들어 막았다.

"되었다, 몸은 좀 어떠니."

복잡한 심경 때문인지 어투가 퉁명스러웠지만, 제인은 개의치 않고 솔직하게 대답했다.

"많이 좋아졌어요."

"다행이구나."

짧은 대화를 끝으로 잠시 정적이 찾아오고, 이사벨라는 딸이 스스로 해명할 시간을 주었다. 침대 옆의 의자에 앉은 제프 공작도 제인의 어깨를 다독이며 용기를 불어넣어 주었다. 그런 부모의 배려 속에서 그녀는 전날 밤에 있었던 사건에 대해 입을 열었다.

"그게, 무도회가 시작될 때만 해도 아무런 문제가 없었어요. 중간에 일이 좀 있었지만, 그거야 짐작했던 거고요."

제인이 대충 얼버무린 이야기가 무엇인지 아는 가족들의 표정이 어두워졌다.

눈부실 만큼 아름다우면 무얼 하겠는가. 신사들과는 춤 한번 추기가 어려웠고, 망신을 주고자 벼르는 이들은 득시글했다.

딸이 겪었을 상황이 눈에 선한 제프 공작은 눈매를 일그러뜨렸다. 제인이 혼자 무도회에 가겠다고 고집을 부릴 때부터 예상은 했지만, 엘리스가 그렇게 독하게 나올 줄은 몰랐다. 같은 공작가라 해도 엄연히 급의 차이가 존재하는 법인데, 어린것이 세상 물정을 모르고 날뛰는 게 괘씸하기 그지없었다.

"스튜더 가에는 주의를 주마."

"아니에요, 아버지. 그러지 마세요."

제인은 제프 공작의 뜻을 거절했다. 엘리스 공녀의 속내는 명백하지만, 그런 일에 가문의 힘을 내세우고 싶지 않았다. 언젠가 기회가 되면 직접 갚아줄 것이었다.

"엘리스 공녀의 일은 제게 맡겨주세요. 잘 해결할 수 있어요."

스스로 해결하겠다는 말에 제프 공작도 그녀의 의지를 받아들였다. 집 안에 갇혀 사느라 사람을 많이 만난 적은 없는 딸이지만, 영특하고 영리한 건 알고 있었다. 그래서 더 궁금하기도 했다.

"네 생각이 정 그러하다면 말리진 않으마. 한데, 황태자에게 그리한 이유가 있느냐?"

공작은 무도회 사건의 요점을 조심스럽게 물었다. 엘리스 공녀가 만든 최악의 상황에서 유일하게 춤 신청을 해준 인물이 황태자였다. 황제의 핏줄은 싫지만, 그 상황에서 손을 내밀어준 건 고마운 일이었다.

제인도 그걸 알기에 선뜻 대답하지 못했다.

"그게……."

그녀가 우물쭈물하자 시선이 몰렸다. 이사벨라도 인내심을 한껏 끌어모으며 딸의 해명을 기다렸다. 그러나 그녀의 입에서 나온 건 깊은 한숨과 기어들어 가는 목소리였다.

"저도 잘 모르겠어요."

침실에 고요함이 깃들었다. 제인은 제 몸에 악마의 문양을 새긴 인물이 그란 사실을 차마 밝힐 수가 없었다. 그녀는 입을 다물었고, 처벌을 기다리는 사람처럼 고개를 푹 숙였다. 그런 제인의 머리 위로 더 참지 못한 이사벨라의 분노가 쏟아졌다.

"지금 뭐라 했니? 모르겠어? 이유도 모르고 발길질을 해? 내가 너를 그렇게 가르쳤니!"

이사벨라는 치밀어 오르는 부아를 억누르지 못했다. 사교계 첫 데뷔였고 이미지 변신을 꾀할 좋은 기회이기도 했다. 이렇게 다 망쳐 버릴 줄 알았더라면, 지난 십수 년간 직접 교육하며 애쓰지도 않았을 터였다.

"네가 나에게 어찌 이래! 귀족들이 다 보는 앞에서!"

흥분한 이사벨라의 눈 끝이 바들바들 떨렸다. 그런 그녀를 말릴 수 있는 이는 없었다. 항상 딸의 힘이 되어주던 제프 공작도 이번만큼은 제인의 편을 들어주지 못했다. 아내가 어떤 삶을 살아왔는지 똑똑히 봐왔기 때문이었다. 사교계에도 발길을 끊고 오로지 제인만을 위해 살아온 그녀였기에, 그간 들인 공이 무너진 지금 그녀는 화를 낼 자격이 있었다.

"무슨 이유라도 있는 줄 알았다. 그런데 뭐? 모르겠어요? 지금 그걸 변명이라고 하는 거니? 다른 이도 아니고 황태자에게 그리 망신을 줘놓고!"

핏대가 선 목이 울분에 찬 소리를 뱉어냈다. 제인은 찍소리도 못하고 그 짙은 역정을 받아냈다. 밤사이 앓다가 막 깨어난 제게 이토록 화를 내는 어머니의 행동이 섭섭할 법도 하건만 제인은 얌전히 받아들였다. 제프 공작과 에드가 끼어들 새도 없이 이사벨라의 분노는 계속 이어졌다.

"네가 한두 살 먹은 어린아이더냐! 가뜩이나 황실이 우리와 척을 지고 스튜더 가를 지지해 주는 걸 빤히 알면서 그런 짓을 해? 가문이 너를 지켜주었으면 너도 망치려 들진 말아야지!"

"부인!"

도를 넘어서는 발언에 결국 제프 공작이 아내를 제지했다. 말이 조금 심했음을 깨닫고 이사벨라도 입을 다물었으나, 거칠어진 호흡을 감추지는 못했다. 침울해진 제인의 분위기와 평소답지 않은 부인의 모습에 제프 공작은 의자에 앉으며 피곤한 몸을 등받이에 깊이 묻었다.

"그만합시다, 부인. 이번 일은 제인이 경솔하긴 했으나 가문까지 들먹일 정도는 아니오."

공작의 낮은 목소리가 엉망이던 분위기를 달랬다.

악마란 꼬리표를 달고 나온 제인도 고생이 심했지만, 그런 딸을 지키기 위해 가문도 상당한 손해를 감수해야만 했다. 개국공신이자 제국의 무력을 상징하는 웨슬벗의 명성은 추락했고, 사신 중 절반에 가까운 수가 떠나 버렸다.

그걸 눈뜨고 지켜봐야 했던 이사벨라는 무던히도 자책할 수밖에 없었다. 제인을 낳았고, 딸을 죽이려던 남편을 말린 것도 그녀였다. 그래서 더 여식의 몸가짐과 태도에 각별한 주의를 기울여왔다. 그런데 데뷔 첫날부터 엉망이 되었으니, 그녀가 받은 충격과 상실감은 이루 말할 수가 없었다.

"네게 실망이구나, 제인."

몸을 돌리며 힘없이 흘러나온 어머니의 목소리는 지금껏 들어온 그 어떤 질책보다 가슴 아팠다. 눈물을 참느라 애쓰고 있는 어머니의 등을 바라보던 제인은 결국 고개를 숙였다. 그런 동생을 안쓰럽게 바라보던 에드가 나서서 어머니를 달랬다.

"어머니, 상황이 그리 부정적인 것만은 아닙니다. 어찌 되었든, 리처드가 제인에게 마음이 있었다고도 볼 수 있지 않겠습니까."

지금껏 생각해 보지 못한, 새로운 견해에 모두가 놀란 눈으로 에드를 보았다.

이사벨라의 노기는 순식간에 가라앉았고, 제프 공작은 떨떠름해했다. 가장 대표적으로 표정의 변화가 심하게 드러난 건 제인이었다. 그녀는 경악하며 아니라고 소리치고 싶은 걸 겨우 참아냈다. 목덜미에 돋아나는 소름을 간신히 견디고 있는데, 기분이 좀 풀린 어머니가 에드를 재촉했다.

"정말 그렇게 생각하니? 아, 그래. 네가 리처드와 친구 사이가 아니더냐. 그가 평소에 우리 제인에게 관심을 보이던?"

급기야 이사벨라는 아들의 손을 잡고 희망 어린 눈길로 궁금증을 표출했다.

웨슬럿 가의 장남이자 그녀의 하나뿐인 아들, 에드는 오래전부터 황태자와 함께 사냥이나 좌담회를 즐겼다. 그런 에드의 견해이니만큼 어느 정도 신빙성을 갖췄다고 봐도 무방했다.

과거의 일을 되짚어 보던 에드는 고개를 끄덕였다.

"예, 그러고 보니…… 그가 종종 제인의 안부를 물어보곤 했었습니다. 여인에게 그리 상냥한 친구는 아닌데 말이죠."

아들의 말에 확신이 선 이사벨라의 얼굴이 밝게 개었다. 그에 비해 공작은 심각해졌고, 제인의 입은 딱 벌어졌다.

'뭐야 이 분위기는.'

뭔가 상황이 묘하게 흘러가고 있었다. 황태자가 자신에 관해 물어봤다면 그건 관심이 있어서가 아니라 환생한 파트너이기 때문일 것이다. 혹은 제 동태를 파악해 두려는 속셈이거나.

하지만 그랬을 가능성 따위는 이사벨라의 머릿속에 들어 있지 않았다. 그녀는 황태자가 남긴 한 가닥 희망을 목숨줄처럼 꽉 붙잡은 상태였다.

"황태자 전하가 제인에 대해 뭐라 물으시던?"

어느새 전하라는 존칭어까지 붙었다. 그 모습에 제프 공작은 황실의 핏줄은 사위로 들일 수 없다는 말을 미처 꺼내지 못했다.

덩달아 제인도 넋 놓고 지켜볼 수밖에 없었다. 그런 두 사람의 심정을 모르는 에드는 언제나 그렇듯이 어머니를 실망시키지 않았다.

"잘 지내고 있는지, 뭐 그런 평범한 안부였지만 확실히 제인에게 관심이 있는 듯 보였습니다. 이번 무도회 일도 그러한 심증을 드러낸 것이 아니겠습니까. 그 친구 성격에 집안을 봐준다거나, 제 체면을 위해 원치 않는 일을 하지는 않았을 겁니다. 우리 제인이 마음에 들었으니 춤 신청도 했겠지요."

에드는 넋이 빠져 버린 여동생에게 힐끗 시선을 주고는 싱긋 웃었다. 제인은 태어나 처음으로 오빠가 미웠지만, 덕분에 어머니의 분노가 많이 가라앉은 건 사실이었다. 심지어 그녀는 딸과 황태자를 엮어주고 싶은 내색을 감추지 않았다.

"관심이 있었어도 어제의 일로 전하의 마음이 닫혔으면 어찌하니. 지방에서 올라온 귀족들도 가득한데, 그 앞에서 그리 망신을 주었으니……."

이사벨라는 말끝을 흐리며 딸에게 질책의 시선을 주었다. 제인은 다시 어깨를 늘어뜨리고 고개를 숙였다. 그때, 에드가 무도회

일을 무마시킬 만한 계획을 꺼냈다.

"이리하시지요, 어머니. 저도 그 친구가 참 마음에 듭니다. 보기 드문 신사죠. 그래서 어제 일이 더욱 안타깝습니다. 제인은 숙녀이지만, 잘못한 건 사실이니 먼저 그를 찾아가 사과를 해야 할 겁니다."

"당연히 사과해야지."

이사벨라는 누군가 끼어들 틈도 주지 않고 고개를 끄덕이며 아들의 말에 동조했다. 제인의 얼굴이 흡사 지옥에 들어가는 사람처럼 일그러졌으나 아무도 그녀의 표정에 집중하지 못했다. 에드의 말이 연이어 흘러나온 탓이었다.

"제인이 사과하고 나면 그 후 제가 그 친구를 초대하겠습니다."

"초대라니! 안 된다."

가만히 있던 제프 공작이 발끈하며 반대를 외쳤다.

제인이 태어난 뒤로 웨슬렛 공작가는 집 안에 외부인을 들이지 않았다. 매일매일 살해 위협을 받는 제인을 보호하기 위함이었다. 자연스레 에드도 집 안에서 무도회를 열거나 좌담회를 가지지 않았었다. 하지만 제인이 사교계에 데뷔하면서 상황이 변했고, 에드는 조심스럽게 아버지의 의견에 반기를 들었다.

"아버지, 제인도 사교계에 데뷔했으니 이젠 다른 이들과 교류를 해야 하지 않겠습니까. 그리고 제 초대에 그가 응한다면 어제의 일은 그리 큰 논란이 되지 않을 것입니다. 실추된 그의 명예도 살려주고, 제인의 실수도 하나의 해프닝으로 끝날 테죠. 오히려 황태자가 제인에게 마음이 있다고 소문을 낼 수도 있으니, 가문의 후일까지 도모할 수 있는 좋은 방법입니다."

반박할 만한 곳이 없는 완벽한 대답이었다. 무엇보다 제인이 벌인 일을 수습하기 위함인지라 이사벨라가 적극적으로 나서서 설득하자, 제프 공작은 입을 다물었고 제인은 곧 죽을 사람처럼 시무룩해졌다.

이로써 그에게 사과하러 가는 일이 확정되었다. 암담한 상황에 눈앞이 깜깜했으나, 지은 죄가 있으니 고분고분 그 뜻을 따라야만 했다. 어머니 말대로 가문의 명예에 더는 먹칠할 수 없었다.

❦

프린 팰리스의 북동쪽, 잘 가꿔진 정원 너머의 시벌리 홀은 뜨거운 사내들의 열기로 가득했다. 잠시나마 체면을 내려놓고 응원하는 소리가 기사도를 그린 높은 천장에 부딪치며 크게 울렸다. 사방에 난 창을 통해 들어오는 환한 빛이 홀의 중앙에서 대치 중인 두 사내에게 가 닿았다.

금발의 젊은 미남자, 헨리 바덴 남작은 셔츠를 팔뚝까지 걷어붙인 채 최대한 침착하게 리처드를 향해 검을 겨누고 있었다. 그러나 그의 속은 썩 긍정적이지 않았다.

'정말 땀 한 방울 안 흘리시다니.'

셔츠 단추를 가슴까지 푼 저와 달리 황태자는 겉옷만 벗었을 뿐이었다. 함께 검을 섞었고, 움직인 범위도 비슷한 것 같은데 호흡 한 점 흐트러짐이 없었다. 게다가 무슨 생각을 하는지 알 수 없는 눈은 마주하는 것만으로도 위압감이 들었다.

'몰아붙여야 하는데……'

적당한 타이밍을 노리던 중에 찬바람이 들어왔다. 집중력이 깨진 황태자의 시선이 살짝 움직였다. 한눈을 판 것이다.

신의 뜻대로

기회를 포착한 헨리는 발을 앞으로 뻗으며 검을 찔러 들어갔다. 리처드의 허리춤을 노렸지만 맑은 금속성이 터졌다. 여러 차례 연달아 그를 공격하며 몰아붙여도 검로는 너무 쉽게 읽혔고 파고들다가도 막히곤 했다.

공수가 전환되려는 때에 헨리는 급히 몸을 뒤로 빼고 거리를 벌렸다. 공격할 틈을 주지 않기 위함이었는데, 그 순간 그는 황태자의 뒤쪽으로 시선을 빼앗겼다.

하얀 플리스 외투의 후드를 벗는 장갑 낀 여인의 손이, 시원한 녹빛의 머리칼과 푸른 눈동자가, 추위에 붉어진 뺨과 촉촉해 보이는 입술이 그의 두 눈을 사로잡고 놓아주지 않았다.

언제부터였는지 모를 고요함이 주위를 맴돌고, 숨소리 하나 내는 이가 없었다. 그 묘한 정적을 깨뜨린 건 리처드의 혀 차는 소리였다.

"기사란 자들이……."

아주 짧은 중얼거림이었으나 효과는 제법이었다. 얼음 마법에서 깨어난 듯, 몇몇이 황급히 정신을 추슬렀다. 하지만 그마저도 통하지 않는 자들이 있었으니, 리처드의 상대였던 헨리도 그중에 하나였다.

눈을 깜박이는 것조차 잊을 만큼 혼이 쏙 빠진 헨리의 모습에 리처드는 미미하게나마 눈썹을 찌푸렸다. 더 대련하기는 글러 먹었다.

포기하고 몸을 돌린 그는 제인을 보고 무표정한 얼굴로 한마디 했다.

"그대는 흥 깨는 데엔 탁월한 재능이 있나 보오."

모든 감정을 지우고 있던 제인의 얼굴이 일그러졌다. 욕이 나오려는 걸 참고 있는데, 그가 다가오면서 말을 이었다.

"그래도 의외요."

시종에게 검을 넘긴 리처드가 장갑을 벗으며 제인에게 잠시 시선을 주었다. 그의 눈길이 어딘가 그윽한 탓에 제인을 안내해 준 시녀가 되레 고개를 숙였다. 부끄러워하는 시녀와 달리 제인은 아무런 반응도 보이지 않았다.

도도하게 고개를 들고 묵묵히 서 있는 공녀의 자태는 기사들의 집중력을 높였다. 무도회의 일이 전설처럼 회자되는 중에 제인의 외모를 확인한 기사들은 차가운 황태자가 그녀의 외모에 넘어갔다고 철석같이 믿었다. 하지만 리처드는 제인을 제외한, 다른 이들의 예상을 보란 듯이 깨뜨렸다.

"그대가 안 올 거라 생각했는데. 혹여 또 발길질하러 왔다면 정중히 사양하지."

리처드는 그답지 않게 빈정거렸다. 며칠간 공개적으로 놀림감이 된 그는 이렇게라도 불만을 표출하고 있었다. 그러나 제인도 당한 게 있는 터라 그의 이죽거림을 고분고분 받아줄 생각이 없었다.

"고귀하신 황태자께선 먼 길 온 손님에게 항상 이런 식으로 대하시나요?"

그녀의 말에, 코트를 입던 리처드의 손이 멈칫했다. 그는 제인을 보며 묘한 표정을 지었다. 남들 눈엔 여전히 무표정으로 보이지만, 과거에 몇 주간 그와 함께 지내면서 유심히 지켜본 적 있던 제인은 알 수 있었다. 그는 지금 웃고 있었다.

'사람으로 환생하더니 미쳤나? 왜 웃는대?'

괜히 불쾌해진 제인은 미간을 슬쩍 찌푸렸다. 그와 동시에 리처드의 웃음은 짙어졌다.

"무례를 용서하시오, 공녀."

그의 사과에 제인은 매우 놀라 할 말을 잃었다.

예전에 보았던 그는 이런 남자가 아니었다. 차갑고 무뚝뚝한 데다 존재 자체만으로도 다른 이들을 두려움에 떨게 하던 자였다. 물론 당시에도 의외인 부분이 종종 보였지만, 어쨌거나 오늘처럼 말을 많이 하는 남자는 아니었다.

'왜 이러는 거야, 갑자기?'

"여긴 레이디가 머물 만한 곳은 못되니 가면서 얘기합시다."

당황한 제인과 달리 리처드는 태평하게 코트를 걸치고 몸을 돌려 홀을 나섰다. 뒤도 돌아보지 않고 가는 그의 모습에 제인을 제외한 모든 이들이 놀랐다. 신사라면 레이디와 함께 움직일 때 곁에 서서 팔을 내어주거나 함께 보폭을 맞춰주는 게 예의였다. 하지만 그는 그럴 생각이 전혀 없어 보였다.

기사도 정신이 몸에 박힌 기사들이 되레 쩔쩔매는 사이, 제인은 아무렇지도 않은 듯 그와 거리를 벌리고 천천히 걸었다. 뒤처진 상태로 걷는 건 기분이 나쁘지만, 그의 곁에 서는 건 더 싫었다.

홀의 문을 열고 나섰을 때 가장 먼저 보인 건 넓은 설원이었고, 그 너머에 프린 팰리스가 굳건히 서서 웅장한 몸체를 과시하고 있었다.

하얀 석재와 다량의 금장식으로 지어진 프린 팰리스는 황제의 권위를 상징하는 건축물답게 기품이 있고 화려한 미적 감각을 한꺼번에 뿜어냈다. 특히 건물 위에 세워진 작은 첨탑인 터렛에 부딪친 햇살이 가루가 되어 금장식과 어우러지니, 하나의 예술품이라 해도 손색없었다.

유려한 건물 외관은 제인의 기분마저 나아지게 했다. 태어나

집 밖으로 나가본 적이 다섯 손가락 안에 꼽을 정도니 눈에 닿는 모든 것이 새롭고 좋있다.

다만 바람결에 흔들리는 그의 검은 머리칼이나, 넓은 어깨와 완벽한 조화를 이루는 사내의 허리선 같은 건 마음에 들지 않았다. 심미적 욕망을 자극하는 그의 뒷모습은 자연경관을 담아야 할 눈을 자꾸 어지럽혔다.

신전을 연상시키는 하얀 지붕과 기둥으로 된, 넓고 긴 콜로네이드 형태의 입구를 지나서 건물로 들어선 제인은 시녀에게 외투를 건네주며 주위를 둘러보았다. 기하학적 무늬로 장식한 천장과 금색 대리석을 깔아둔 바닥은 심플한 창문과 제법 잘 어울렸는데, 귀한 도자기나 보석류는 눈을 씻고 찾아도 보이지 않았다. 내세우는 걸 싫어하는 주인을 닮아서 본연의 중후한 멋만 간직한 홀이었다.

제인은 그곳을 지나 붉은 카펫이 깔린 계단을 올라갔다. 계단 옆 벽을 멋스럽게 장식한 초상화를 구경하며 걷자 어느새 2층에 있는 스테이트 룸에 도착했다.

기사들은 문밖에 멀찍이 떨어져서 섰고, 제인은 리처드를 따라 내빈실로 들어갔다. 문이 닫히면서 사람들의 시선에서 벗어난 그녀는 벽난로 옆의 소파에 편히 앉아서 맞은편에 자리하는 그를 살펴보았다.

저도 그렇지만 그도 변한 게 없었다. 풍기는 기세와 분위기만 조금 달라졌을 뿐이었다.

'이럴 줄 알았으면 문양을 새길 필요도 없었을 텐데.'

가슴에 새긴 문양은 환생 후에 서로를 알아보기 위한 장치였다. 그런데 외양부터가 거의 변하지 않았으니 쓸데없는 짓을 해서 악마의 문양을 지닌 검은 공녀라 낙인찍히고 고통받은 것이다. 그 사실을 안 제인은 척하니 팔짱을 꼈다.

"나한테 할 말이 있지 않나요?"

"나보단 그대가 먼저 할 얘기가 있지 않겠소?"

"전혀요."

"나도 없소."

마주 보고 앉아 서로의 사과를 원하는 두 사람의 시선 사이로 불꽃이 튀었다. 그들의 치열한 눈싸움은 시녀가 차를 내오고 나서도 계속되었다.

찻잔을 푹신한 의자 옆의 사이드 테이블에 각각 올려놓은 시녀가 서둘러 방 밖으로 물러난 뒤, 리처드가 먼저 입을 열었다.

"그대가 악마의 문양 때문에 고생한 건 알고 있소."

"안다니 다행이네요. 그럼 해야 할 말이 무엇인지도 아시겠죠?"

"글쎄…… 문양을 새기라 지시한 건 신께서 하신 일인데 내게 따지고 싶은 거요?"

리처드의 말에 제인이 눈살을 찌푸렸다. 그녀도 알고 있었지만, 억울한 마음은 가시지 않았다.

그때, 그가 타협의 뜻이 비쳐왔다.

"과거의 일은 적당히 정리합시다. 나 또한 무도회에서 그대를 도와주려다가 외려 봉변을 당하지 않았소. 여기저기서 놀림감이 되어 지금도 매우 불쾌하오."

하루아침에 완벽한 황태자에서 발길질을 당한 비운의 사내로 이미지가 추락했으니 기분이 나쁠 만도 했다. 하지만 제인은 자신이 겪었던 고통에 비하면 그 정도는 별것 아니라고 생각했다.

"태어난 뒤부터 지금까지, 당신 때문에 괴롭힘을 겪은 사람 앞

에서 망신 한번 당했다고 우는소리는 하지 말아요. 천사인 내가
악마리고 욕먹는 게 얼마나 기분 나쁜지 아냐요?"

악마는 떡하니 다른 곳에 있는데 억울하게 누명을 쓰고, 그에
대해서는 변명 한마디도 할 수 없는 처지였다. 그간 마음고생이
얼마나 심했는데 이대로 사과 한마디 없이 끝낼 수는 없었다. 적
어도 미안하단 말은 들어야 울화가 풀릴 것 같건만, 그는 딴 소리
를 내뱉었다.

"다행이군."

"뭐가 다행이란 거죠?"

제인의 목소리가 조금 날카로워졌다. 리처드는 찻잔을 들며 담
담하게 말을 이었다.

"악마라고 욕먹는 게 얼마나 기분 나쁜지 안다고 하니 말이오."

말속에 가시가 들어 있었다. 천사들은 악마란 이유만으로 그들
의 존재를 부정하고 싫어했다. 언제부터 그렇게 되었는지는 정확
히 모르지만, 꽤 오랜 세월을 서로 불신하고 미워했다. 리처드의
눈에 악마와 전사의 자이라곤 날개 색과 성석 차이뿐이라고 하녀
라도 천사들은 악마를 멸시하길 주저하지 않았다. 그걸 꼬집는
소리란 걸 알아차린 제인은 어이없다는 표정을 지었다.

"얘기가 왜 그렇게 되나요? 그게 그 말이 아니잖아요."

"다를 건 또 뭐가 있소. 죄지은 것도 없는데 욕먹으니 기분 나
쁜 건 피차 마찬가지 아니오? 악마라고 다를 바 없소."

"하!"

제인은 뭐라고 한마디 해주려다가 입만 열었다 닫기를 반복했
다. 반박하고 싶은데 또 틀린 말은 아닌지라 쏘아줄 수가 없었다.
게다가 이틀 전에 성질을 이기지 못하고 발길질을 한 것도 있으니

강하게 나가기도 어려웠다. 결국, 사과를 받는 걸 반쯤 포기한 그녀는 그의 타협안을 받아들였다.

"좋아요. 서로 잘못을 한 게 있고, 난 당신에게 사과할 수 없으니, 사과를 받는 것도 포기하죠."

"아주 현명한 생각이오. 못 본 사이에 많이 똑똑해졌군."

"시끄러워요. 난 원래 똑똑했어요!"

순간 말려드는 바람에 큰소리를 낸 제인은 다시 심호흡으로 감정을 다스렸다. 밖에 있는 기사들에게 화내는 소리가 들리기라도 하면 인생이 참 피곤해진다. 제인이 힘겹게 성질을 죽이는 걸 보던 리처드는 차와 함께 웃음을 삼켰다. 살짝 건드리면 서너 배로 광포해지는 것이 흡사 마물을 보는 것 같았다.

리처드가 자신을 보며 무슨 생각을 하는지 모르는 제인은 마음을 가라앉히고 분명히 선을 그었다.

"빚을 제대로 청산하려 한다면 가문이 본 피해를 보상해 줘요. 내가 악마란 누명을 써서 기사단의 반이 나갔어요. 수백 년간 쌓아온 웨슬럿의 명성은 또 어찌하고요. 어머니가 힘겨워하는 걸 보면 면목이 없어요. 그 정도는 해줄 수 있겠죠?"

"물론이오. 생각은 하고 있는데, 가문의 명성을 드높이려면······ 그대가 황태자비가 되는 건 어떻겠소?"

리처드는 정말 뜬금없이 청혼인지 농담인지 알기 어려운 소리를 내뱉었다. 그와 동시에 경악한 제인은 입이 쩍 벌어졌다. 뼛속까지 소름이 쫙 끼친 제인은 몸서리를 치며 한기를 몰아냈다. 한여름 밤에 듣는 무서운 이야기도 이보다 더 괴이하진 않을 것이다.

제정신이냐는 듯한 제인의 시선에 리처드는 눈매를 좁혔다. 웃는 건지 화가 난 건지 알기 어려울 정도로 그의 표정 변화는 매우 미세했다.

"예상은 했지만, 그런 반응은 좀 섭섭하군."

섭섭하단 말에 제인은 또 한 번 토끼 눈이 되었다. 그와 자신은 애초에 섭섭하고 자시고 할 사이도 아니었다.

"오! 신이시여!"

제인은 비극 속 여주인공처럼 신을 찾아 부르짖으며 차가워진 팔뚝을 싹싹 문질렀다. 눈앞에 있는 악마가 미친 게 분명했다. 환생하더니 머리에 문제가 생긴 걸지도 몰랐다. 사람들과 어울리면서 그의 마음에 인간적인 감정이 조금은 깃들었을 수도 있겠지만, 이건 정말 상상 밖이었다.

당장 도망가고 싶은 걸 간신히 참아내고 있는데, 그도 자신의 농담이 재미있지만은 않았는지 말을 바꿨다.

"나도 싫소. 그러니 그런 오두방정은 좀 자제하시오. 보기 좋지 않으니."

뭔가 짜증내는 느낌에 제인은 그를 쏘아보았다. 지금 누가 화를 내야 하는데, 농을 한 본인이 토라진단 말인가. 물론 그를 달래줄 생각은 전혀 없었다.

"그럼 두 번 다시 그런 말도 안 되는 소리는 하지 말아요."

"할 생각 없소. 가문에 대한 보상은 황제가 될 때까지 웨슬럿 가를 지지해 주면 될 거요. 되었소?"

리처드는 웨슬럿 가를 지지해 주겠다고 직접적으로 말했다. 황태자의 약조이니 그 영향력은 대단할 것이었다. 하지만 제인은 엉뚱한 곳에서 또 놀랐다.

황제가 되겠다는 말. 악마인 그가 인간의 삶을 이렇게까지 깊게 생각할 줄은 몰랐다.

신의 뜻대로

"생각보다 진지하네요? 당신에겐 한낱 유희가 아니었나요?"

"내게도 흔한 기회는 아니니까. 제대로 임하다 보면 인간의 삶이 어떤지 알게 될 테고, 그게 임무를 완수하는 데도 좋을 것 같아서 말이오."

그들이 받은 임무는 신이 준 유리병에 인간의 감정을 모두 담아가는 것이었다. 감정을 직접 느낄수록 모으기가 쉽다 보니 그런 점에서 비추어보면, 그는 대단히 현명한 판단을 내리고 나름대로 노력하는 걸지도 몰랐다. 그 부분만큼은 제인도 인정하고 높게 쳐 주었다.

'악마가 인간들과 어울리려고 노력한다는 건 말처럼 쉬운 일이 아닐 테니까.'

제인은 리처드에 대한 생각을 조금, 아주 조금은 고쳤다. 그래 봤자 숱한 부정적인 것들 사이에서 보이지도 않을 만큼 작은 부분이었으나, 그것만으로도 그녀에겐 크나큰 발전이었다.

"오늘은 정말 의외의 모습을 많이 봐서 놀랍네요."

"그렇소?"

제인의 평을 들은 리처드는 나름 만족했다. 환생한 후에 겪은 숱한 갈등과 노력의 결과물이 지금의 성격이었다. 그리고 제인이 그리 판단할 정도라면 그간의 노력이 무색하지는 않은 듯했다.

"그건 그렇고 그대는 임무를 어느 정도 수행한 거요?"

리처드는 본격적으로 임무 이야기를 꺼냈다.

두 사람은 이번에 주어진 생이 다할 때까지 인간의 감정을 전부 모아야 했다. 왜 그런 임무를 주었는지, 그 속에 든 신의 뜻은 알 수 없었다. 그저 둘 다 마지막 병까지 채우고, 임무를 끝내고 나면 자연히 알게 된다고 들었을 뿐이었다.

리처드는 자신이 그랬던 것처럼, 제인도 태어나자마자 임무를 수행했을 테니 모은 유리병도 제법 되리라 짐작했다. 어쩌면 이미 다 채웠을 수도 있었다. 하지만 제인은 쉬이 알려줄 생각이 없었다.

제인은 새치름한 표정으로 적당히 알맹이를 숨겼다.

"글쎄요, 누구 덕에 워낙 파란만장한 삶을 살아서요."

많이 모았다는 것도 아니고, 안 모았다는 소리도 아니었다. 모호한 대꾸에 리처드는 그녀가 알려줄 의사가 없음을 알아차렸다.

"공유할 생각이 없나 보군."

콕 집어 말하는 음성이 굉장히 낮은 탓에 제인은 괜히 긴장되어 몸을 굳혔다. 그가 사나워지는 모습을 한 번도 본 적이 없었으나, 특유의 차분한 분위기가 그녀로 하여금 두려움을 느끼게 했다.

물론 그렇다고 해서 기죽을 그녀도 아니었다.

"굳이 공유할 필요가 있나요? 각자 잘하면 되죠."

제인은 그리 말하고 옆에 놓인 찻잔을 들어 마른 목을 축였다. 차를 마시면서 힐끗 보니, 그의 검은 눈동자가 깊이 침잠된 빛을 띠었다.

그녀는 전생에 잠시 머문 적 있던 그의 어둡고 거대한 성을 떠올렸다. 생명체 하나 존재하지 않던 그 삭막한 공간에서 홀로 왕좌에 앉아 있던 그때처럼 그는 지독히도 메마른 눈을 하고 있었다.

제인은 그 눈빛이 이상하리만치 껄끄럽게 느껴졌다.

제인이 리처드와의 만남을 끝내고 집으로 돌아간 뒤에 웨슬럿 가문에는 수많은 일이 있었다. 그중에 가장 큰일을 꼽는다면, 단연코 제인의 가슴에 있던 악마의 문양이 사라진 점이었다.

제인이 그 일을 어머니에게만 몰래 밝혔을 때, 이사벨라는 그 어느 때보다 충격에 빠진 얼굴이었다. 그러다가 곧 딸을 곁에 앉히고 다시 한 번 되물었다.

"제인, 그게 정말이니? 그것이 정말 없어졌단 말이니?"

이사벨라의 목소리에는 떨림이 묻어 있었다. 기쁨을 제대로 표출하지 못할 만큼 그녀는 매우 놀란 상태였다.

제인이 그런 어머니를 감격스럽게 바라보며 고개를 끄덕였을 때, 그녀는 딸을 와락 껴안았다.

"오, 제인! 신이시여, 감사합니다."

수년간 간절히 바라던 일이 어느 날 갑자기 예기치 못하게 이루어졌다. 감격에 사로잡힌 이사벨라는 딸을 껴안고 그대로 눈물을 흘렸다.

어깨 위로 떨어지는 그 뜨끈한 감정을 가만히 느끼면서 제인은 어머니의 등을 다독여 주었다.

"언젠간 없어질 것이었어요. 제가 얼마나 착하게 살아왔는지 아시잖아요. 그런 문양은 가당치도 않죠."

"그래, 그렇고말고. 제인. 내가 지금 꿈을 꾸고 있는 건 아니겠지? 이것이 정말 꿈일까 봐 겁이 나는구나."

이사벨라의 손은 긴장과 떨림으로 축축이 젖어 있었다. 제인은 그런 어머니의 손을 잡으며 이것이 꿈이 아닌 현실이고, 앞으로는 좀 더 밝은 삶을 살아갈 수 있다는 점도 상기시켜 주었다.

당장은 아니더라도 옛날처럼 기사들은 영광을 찾아 웨슬럿에 몸을 의탁해 올 것이고, 아버지의 명성은 제국의 검으로서 다시금 빛나리라 말해주었다.

이사벨라는 행복한 얼굴로 딸이 들려주는 희망찬 미래를 경청했다. 뛰어난 인재이자 멋진 신사인 아들도 적절한 혼처를 찾을 것이고, 어쩌면 딸도 비난과 멸시를 받지 않고 혼사를 치를 수 있을지도 몰랐다. 그것만으로도 이사벨라는 매우 흡족했다.

"안 되겠다. 이러고 있을 때가 아니지. 네 아버지와 상의를 해야겠구나. 이 일을 사람들에게 알릴 방법도 고민해야겠고."

흥분한 이사벨라는 시녀를 부르고 자시고 할 것도 없이 직접 몸을 일으켰다. 제인은 그런 어머니를 말리지 않았다. 십구 년 만에 생긴 가문의 경사였다. 굳이 흥을 깰 필요는 없었다. 행복에 겨워 뛰어가는 어머니의 뒷모습을 지켜보는 것으로, 그렇게 제인이 할 일은 끝이 났다.

며칠 뒤, 대주교의 이름으로 장문의 글이 공표되었다. 제인 웨슬럿이 신의 사랑을 받는 여인으로 성장했으며, 그 증거로 악마의 문양이 사라졌음을 밝히는 글이었다. 수녀들이 이를 직접 확인하였으며, 그녀에게 향하던 비난은 사라져야 마땅함을 알렸다. 대주교의 공표는 제국에 크나큰 반향을 불러일으켰다.

평민들은 안도감과 함께 의구심을 품었고, 귀족들은 공황상태에 빠졌다. 제인이 태어난 뒤로 휘청거리는 웨슬럿을 멀리하고 스튜더 공작가에 붙은 귀족의 수가 적지 않았다. 그들은 오명을 씻은 웨슬럿이 보복을 해올까 봐 두려워했다. 개국할 때부터 황실과 맞먹는 힘을 가진 웨슬럿이었으니 그런 걱정은 마땅한 일이었다. 또한, 앞으로 연줄을 어디에 대야 하는지도 혼란스러워했다. 귀족들의 깊은 우려는 곧바로 웨슬럿 가에 보내져 오는 편지들로 반증되었다.

차마 제프 공작에게 직접 다가가기 어려웠던 귀족들은 영리하게도 자식들을 이용하기로 마음먹은 듯했다. 에드나 제인의 앞으로 무도회 초대장이 가득가득 쌓이기 시작한 것이다. 경쟁률이 치열한 에드 대신에 제인을 포섭하려는 이들도 있었다. 하지만 그런 초대장들은 대부분 벽난로의 장작과 함께 한 줌의 열기만 주고 사그라져 버리곤 했다.

늦은 저녁, 가족들이 모인 응접실 벽난로 곁에서 에드는 직접 초대장을 태웠다. 그는 몇 번째인지도 모를 초대장을 불길로 던져 넣으며 아버지와 대화를 나눴다.

"내일 그 친구가 방문하겠다고 시종을 보냈습니다. 알아두셔야 할 것 같습니다."

아들의 말에 어머니는 화색을 띠었고, 아버지는 침음을 삼켰다. 덩달아 벽난로 곁에 앉아서 책을 읽던 제인도 할 말을 잃었다. 잊고 있었다가 떠오른 것이다. 에드가 황태자를 집으로 초대했다는 사실을.

당황한 동생의 표정을 즐기듯이, 짓궂게 웃던 에드는 어머니의 질문에 내일 일정을 줄줄이 읊어주었다.

"업무를 처리하고 오후에 들른다 하였습니다. 우선 서재에서 이야기를 나누다가 산책을 할까 합니다. 이후에 저녁을 먹으면 적당하겠지요."

저녁 식사까지 생각한 에드의 일정은 완벽했고, 이사벨라를 매우 들뜨게 하기에 충분했다. 함께 식사한다면 황태자와 딸의 관계를 좀 더 자세히 지켜볼 수 있을 터였다. 하지만 제인은 사색이 되었다. 그와 겸상하게 생긴 데다가 어머니가 자신을 엮으려 들게 분명하기 때문이었다.

'망했다.'

제인의 솔직한 심정이었다. 그런 딸을 두고 이사벨라는 당장 내일 저녁 식사에 알맞을 메뉴를 고심했다.

황태자의 입맛을 어찌 맞출까 고뇌하는 그녀의 얼굴은 생기로 가득 차 있었다. 오랜만에 제대로 된 손님맞이니 안주인으로서 그럴 만도 한지라, 이사벨라는 제인을 붙잡고 그 고민에 대해 질문을 던지기에 이르렀다.

"제인, 전하께 어떤 음식을 대접하는 게 좋을 것 같니?"

어머니의 물음에 제인은 딱히 대답할 말을 찾을 수 없었다. 그의 식사 취향에 관해 관심도 없었고, 전생에 함께 지낼 때도 딱히 뭘 먹는 걸 본 적이 없었다. 아마도 핏물이 뚝뚝 떨어지는 스테이크가 가장 적절하지 않을까, 제인이 혼자 지레짐작하고 있을 때 에드가 끼어들었다.

"어머니, 그 친구는 까다롭지 않습니다. 진정한 신사이니 음식보다는 다정한 분위기에 더 즐거워할 겁니다."

그는 자신의 친구를 좋게 포장하듯이 말했다. 그 말에 공감한 건 이사벨라뿐이었으나, 에드의 말이 그렇게 틀리지 않았음은 바로 다음 날 밝혀졌다.

나른한 오후에 공작 부부와 에드는 적당히 격식을 갖춘 옷을 입고 건물 현관인 포티코 앞에 서서 황태자를 기다렸다.

고급스러운 회색빛 드레스를 입은 이사벨라는 시종일관 미소를 지었고, 제프 공작은 그런 아내를 불편하게 받아들였다. 물론 그렇다고 해서 기뻐하는 부인의 기분을 망칠 생각은 없었다. 리처드가 제인에게 허튼짓만 하지 않으면 되었다. 혹여나 제 딸을 희롱하진 않을까 싶어서 제프 공작은 그가 도착하기도 전에 눈에 불을 켜고 경계 태세를 갖췄다.

매우 상이한 기운을 띠는 부모님 곁에서 에드도 기분이 묘했다. 집에 친구를 초대하는 게 처음이기도 했고, 한편으로는 리처드가 제인에게 관심을 가지면 어떤 태도를 보여야 할지 걱정되었다. 무도회의 일을 수습하고 가문을 위해 꾸민 계획이지만, 여동생을 둔 오빠에게 오늘 같은 날은 조금 애매한 감정을 맛보게 했다.

'겪어보면 알겠지.'

에드가 그리 생각하며 마음을 정리하고 있을 때, 귀한 손님을 태운 마차가 당도했다.

검은 정장에 은빛 크라바트를 목에 둘러 멋을 낸 리처드는 매우 차분하고 적당히 예의 바른 태도로 이사벨라는 물론이고 제프 공작에게도 트집 잡히지 않았다. 공작이 이사벨라에게 그를 소개했고, 리처드는 그녀가 내민 손을 가볍게 잡고 허리를 숙여 입을 맞추는 포즈를 취했다. 또한, 그녀가 기뻐할 만한 인사말도 잊지 않았다.

"부인을 뵈니 제인 공녀가 아름다운 이유를 알겠군요."

시기적절한 칭찬에 이사벨라의 미소가 더욱 흡족함을 띠었음은 당연한 이치였다. 그렇게 공작 내외를 만족시킨 리처드는 에드와도 친근하게 인사를 나눴다.

"자네가 나보다 더 바쁜 듯하네."

"자주 찾아뵙지 못해 송구할 따름입니다."

부모 앞이니 격식을 차리긴 했으나, 두 사람 사이에 감도는 따뜻함은 리처드에게서 쉽게 발견하기 어려운 종류의 것이었다.

이사벨라는 황태자와 친구인 아들을 자랑스러워했으나, 제프 공작은 두 사람의 관계를 매우 진지하게 바라보았다. 그는 황태자가 얼마나 차가운 인사인지 잘 알고 있었기에 경계를 할 수밖에 없었다. 하지만 그것이 화기애애한 분위기를 바꾸지는 못했다.

그들은 내빈실로 자리를 옮겼고, 그곳에 도착한 뒤 잠시 대화가 끊겼다. 제인이 당도했다는 시종의 목소리가 들렸기 때문이었다.

귀빈을 모시는 스테이트 룸 앞에 도착한 제인은 문이 열리기 전에 숨을 가득 들이마시고 자신의 옷을 보았다. 그녀는 하얀 일자형 원피스를 가슴 밑에서 가는 끈으로 둘러맨, 엠파이어 스타일의 드레스를 입고 있었다. 거기에 팔꿈치 위까지 올라오는 긴 장갑을 끼고 캐시미어 숄을 걸쳤다.

엠파이어 드레스는 편하지만, 그렇다고 격식이 떨어지는 옷도 아니었다. 무엇보다 수수하고 자연스럽다는 점에서 제인의 선택을 받았다. 리처드에게 한껏 꾸민 티를 내고 싶지 않았기 때문이었다.

어머니의 눈총을 받을 게 빤하지만, 그녀는 어깨를 펴고 문이 열리기를 기다려 안으로 들어섰다. 익숙하던 룸의 분위기가 어떤 인물 하나 때문에 확 달라져 있었다.

아주 잠시간이었으나, 두 남녀의 시선이 얽혔다. 그들의 감정을 파악하려는 가족들로 인해 스테이트 룸에는 덩달아 묘한 기운이 흘렀다. 그렇게 어색한 분위기 속에서 리처드가 먼저 가볍게 고개를 숙였고, 제인도 왼발을 뒤로 보내며 무릎을 살짝 굽혔다. 짧고 어색한 인사 끝에 남은 건 정적뿐이었다.

웨슬럿 가 사람들은 그 고요함이 무슨 뜻인지 알기 위해 눈을 바삐 움직였으나, 두 남녀의 표정에서 알아낼 수 있는 건 아무것도 없었다.

좀 전까지만 해도 품위 있는 신사 같던 리처드마저 굳었다.

연유는 정확히 모르나, 아마도 부끄러워하는 게 아닐까 여긴 이사벨라가 두 사람을 위해 먼저 나섰다. 그녀는 자신의 옆자리를 토닥이면서 모두의 관심이 제게 쏠리도록 만들었다.

"제인, 또 도서관에서 시간 가는 줄 몰랐나 보구나."

이사벨라는 손님보다 늦게 도착한 딸의 기품을 지켜주면서, 교양 많은 아가씨임을 은근슬쩍 드러냈다. 사교계에 발길을 끊은 지는 오래되었으나, 이럴 때 어떻게 대처해야 하는지는 아주 잘 아는 그녀였다. 덕분에 리처드는 적당히 꺼낼 만한 이야기를 찾을 수 있었다.

"책을 좋아하시나 봅니다. 독서는 좋은 취미죠."

귀를 즐겁게 하는, 낮고 매끄러운 음성이 여인들의 귓가를 간질였다. 그에 이사벨라는 아주 만족스러운 듯 미소 지었고, 딸이 적당히 응수하길 바랐다. 하지만 제인은 익숙지 않은 그의 분위기 때문에 닭살이 돋아나서 미칠 것만 같았다.

리처드는 적당한 담백함을 지닌 남자지만, 문제는 제인이 이런 일에 경험이 별로 없다는 점이었다. 그 탓에 그녀는 반 박자 늦게, 반쯤 정신을 놓고 대답했다.

"아, 네. 뭐…… 재미나서요."

그녀의 답변에 이사벨라가 어떤 표정을 지었는지, 에드는 먼 미래에도 그 순간만큼은 다시 기억하고 싶지 않을 정도였다. 하지만 그중에서 가장 최악의 기분을 달리는 이가 있었으니, 사건의 주범인 제인이었다. 그녀는 리처드의 입술 끝이 움찔거리는 걸 발견했다. 특유의 무표정 때문에 티가 많이 나지는 않았으나 그는 분명히 웃는 중이었다.

그걸 깨달은 순간 제인은 체면이고 뭐고, 그의 정강이를 한 번 더 차주고 싶었다. 그 시선을 느꼈는지 에드가 일이 커지기 전에 먼저 사태를 수습했다.

"그럼 저녁 전에 킹스 팰리스를 보시겠습니까?"

킹스 팰리스는 수도에 있는 웨슬럿 가문의 땅을 이르는 말이었다. 다섯 개의 주요 건물과 넓은 정원까지, 리처드는 그 정갈하고 묵직한 멋스러움에 관해 짧게 언급하며 관심을 드러냈다. 자연스럽게 밖으로 나갈 명분을 얻은 두 사람이 내빈실을 나선 뒤에, 어머니 앞에 남겨진 제인이 혹독한 정신교육을 받았음은 두말할 것도 없었다.

스테이트 룸에서 나온 두 신사는 에드의 거처가 있는 서쪽 끝의 건물 서재에 자리를 잡았다.

한쪽 벽을 차지한 창문에서 밝은 빛이 들어와 안을 비췄고, 불이 지펴진 벽난로는 따뜻한 온기를 전해주었다. 안락한 분위기의 서재는 깔끔하게 꾸며져 있었는데, 책상 뒤와 옆쪽 벽을 장식한 책장이 가장 인상적이었다.

리처드는 너무 과하지도, 그렇다고 부족하지도 않게 채워진 책을 구경했다. 서재의 책들은 주인의 학식을 훌륭하게 대변하고 있었다. 웨슬럿다운 군사학이나 철학책이 있는가 하면, '완벽한 오빠 되기'란 엉뚱한 제목의 책도 있었다.

그걸 발견한 리처드가 어이없어 하며 뽑아 드는데, 기다리다 못한 에드의 목소리가 벽난로 근처에서 들려왔다.

"왜 아무 말도 없나."

무언가 매우 궁금하다는 기색을 풍기는 말투에는 조급함이 묻어 있었다. 그가 답지 않게 궁금해하는 것이 무엇인지 알았지만, 리처드는 능청스럽게 모른 척했다.

"뭘 말인가?"

"지금 이 시점에서 내가 자네에게 물어볼 일이 하나 외에 더 있겠나."

에드는 팔짱을 끼며 당장 해명하라는 태도를 취했으나, 리처드는 어깨를 으쓱해 보일 뿐이었다. 그가 딱히 대답할 마음이 없다는 티를 내자 에드의 눈매가 좁아졌다.

"자네, 우리 제인에게 마음 있나?"

아예 대놓고 정공법을 선택한 에드를 향해 리처드는 비로소 고개를 돌렸다. 팔짱을 끼고 떡하니 버티고 선 모습이 그의 복잡한 심경을 드러내고 있었다. 또한, 그 태도는 리처드의 흥미를 자극하기에도 적당했다.

"왜? 내가 마음이 없다 할까 봐 불안하기라도 한 건가."

불안할지도 모른다. 자신이 제인을 좋아한다면 웨슬럿 가는 많은 걸 얻을 테지만, 아니라면 아무것도 얻을 수 없을 터였다. 하지만 그의 예상과는 다르게 에드는 고개를 저었다. 그의 얼굴에는 착잡함이 묻어 있었다.

"사실은 잘 모르겠네. 차라리 자네가 낫다 싶으면서도 자네가 우리 제인의 좋은 짝인지는 모르겠단 말이지."

"그건 참 이상한 일이군. 자네는 일이 터지자마자 공녀를 프린팰리스로 보낸 뒤에 나를 초대했어. 그건 내가 그녀를 좋아하는 것처럼 보이게 하기 위함이 아니던가."

리처드는 일의 전말을 정확히 꿰뚫고 있었다. 에드도 만족스럽게 웃으며 그의 지위를 이용한 부분을 인정했다.

"맞네. 그리된다면 모두에게 이득이기 때문이지."

"나까지 끼워 넣진 말게. 난 자네의 바람에 적절히 응해주었을 뿐이야."

"그럼 자네는 내 누이에게 정녕 마음이 없단 말인가?"

에드는 아주 놀라워했다. 사실 그가 놀랄 만도 했다. 확실히 세인은 아름다웠고, 리처드가 보기에도 그녀는 생기로 넘치는 여인이었다. 활달하고 굽힘없는, 당당한 성격의 그녀는 그의 눈에도 빛나 보였다. 하지만 그렇다고 해서 그 이상의 감정을 불어넣을 수는 없었다.

자신에게 악마라는 꼬리표가 붙어 있는 한, 그녀는 자신을 남자로 봐주지 않을 것이다. 그 점을 확실히 한 리처드는 적절히 선을 그었다.

"그녀가 아름다운 건 사실이지만, 그것이 내 감정에 어떠한 변화를 주는 건 아니네."

"무도회에서 춤 신청을 한 건?"

"서로에게 이득이기 때문이지."

망신을 당할 상황에서 구해주고 웨슬럿의 호감을 얻는다. 그건 황제가 될 그에게 큰 힘이 될 것이었다. 리처드의 치밀한 계산에 에드는 혀를 내둘렀다.

"자네는 예전의 그 순진하던 친구가 아니군. 아주 영악해졌어. 자네의 스승으로서 가르친 보람이 있어 기쁘네. 그리고 내가 느끼는 이 혼란스러움의 원인이 무엇일까 했는데, 이제는 알 것 같아."

"그 이유를 들려줄 수 있겠나?"

"물론이지, 의외로 간단한 거야. 자네는 아주 좋은 친구지만 남편감으로는 어떨까? 지성과 권력, 외모를 다 갖췄어도 가장 중요한 한 가지가 부족하네. 자네의 그 고장 난 심장. 그게 자네의 가장 큰 장점이자 단점이거든."

바람피울 가능성은 줄어들지만, 아내마저 사랑하지 않을지도 모른다. 에드는 그것을 간파한 것이다. 하지만 리처드는 대꾸하지

신의 뜻대로

않고 책으로 시선을 돌렸다. 그 속에는 여동생을 가진 오빠의 심리에 대해 비교적 자세하게 적혀 있었다.

'그냥 누이를 아끼다 보니 다른 남자에게 주기가 싫은 거로군. 오빠들은 본인 외에는 다 늑대라 생각한다?'

"그 책, 너무 믿진 말게."

책장을 넘기는 리처드를 에드가 적절히 제지했다. 발끈하는 그에게 다독이는 눈길을 주고 리처드는 순순히 책을 본래 위치에 꽂아두었다. 그러면서 그는 대화의 화제를 바꿨다.

"저번에 독을 탄 하녀 이야기, 공녀도 알고 있나?"

"그건 왜 물어보나. 우리 제인에게 마음도 없다면서. 결혼한 것도 아니니, 남의 집안일에는 관심을 끄게나."

에드는 퉁명스럽게 대꾸했다. 제인과 리처드가 이어지지 않길 바라면서도, 그가 동생에게 마음이 없다는 것도 괜히 불쾌했다.

에드의 불만 어린 시선을 받으며 의자로 가 자리를 잡은 리처드는 찻잔을 들어 달콤한 향을 음미하다 농담인지 진담인지 모를 소리로 응수했다.

"너무 화내진 말게. 또 모르지 않겠는가. 내가 자네 누이에게 진심으로 반할지."

"올해 들은 말 중에서 최고로 징그러운 소리군. 부디 그러지 말아주게."

이죽거리는 에드의 말에 리처드는 눈썹을 짧게 올렸다 내렸다. 그는 마치 반하지 못할 이유도 없다는 듯, 모호한 태도를 취했다.

"내 그러지 않을지는 장담 못 하겠네만, 이것 하나는 확실하네."

잠시 말을 끊고 뜨끈한 차를 입안으로 흘려보낸 그는 천천히 말을 이었다.

"그녀는 강한 여자야."

한껏 진지해진 시선이 허공에서 부딪치고, 에드는 그가 제인에게 어떤 마음을 품은 건지 분간하기가 어려워졌다. 정치적인 느낌을 풍기다가도 마치 제인에 대해서 많이 안다는 것처럼 말하는 태도가 어딘가 의미심장했다.

제인에게 마음이 있는 건지 없는 건지, 에드는 매우 궁금해져서 어찌 그리 장담하는지 물었다. 사랑에 빠진 사내 같은 눈을 하고 칭찬을 늘어놓으면 확신을 가질 수 있겠는데, 리처드는 그렇게 호락호락 넘어가지 않았다.

"내게 발길질을 한 걸 보면 모르겠는가?"

확실히 반박하기 어려운 말이라 에드는 끙— 소리를 내며 수긍해야만 했다.

"그 아이가 조금이라도 상심하는 것이 싫어서 아직 말하진 못했지만, 곧 알게 되겠지. 숨긴다고 될 일도 아니고……."

며칠 전, 하녀 하나가 제인이 먹을 음식에 독을 탔다가 발각되었다. 우선 최대한 조용히 법에 따라 처리하고 있지만, 며칠이 더 지나면 제인도 알 수밖에 없었다. 에드는 동생이 받을 충격이 걱정되어 최대한 숨기고 싶어 했으나, 리처드는 차라리 빨리 말해주는 게 낫다고 생각했다. 그래야 그녀도 더욱 경각심을 가질 터였다.

해가 지고 어둑어둑해질 무렵, 양초로 불을 밝힌 작은 가족용 다이닝 룸에서는 화목함이 흘렀다. 정확하게 말하자면, 에드와 리처드, 이사벨라 사이에서만 감도는 분위기였다. 그들은 아주 정답게 대화를 나눴고, 상석에 앉은 제프 공작과 어머니의 곁에 앉은 제인은 온 정신을 음식에만 집중했다. 다행히 제인은 억지로 대화에 끌려 들어가지 않았다. 이사벨라가 간간이 참여만 유도했을 뿐, 그 이상을 강요하지 않은 덕분에 그나마 편안히 식사하며 귀만 기울였다.

어느덧 대화의 화제는 먼 과거로 거슬러 올라갔다. 리처드를 낳다 죽은 황비, 오필리아를 떠올리는 이사벨라의 얼굴에는 그리움이 묻어 있었다.

"그녀는 칭송받을 만한 황비였지요. 이 세상에서 가장 아름다운 여인을 꼽으라면, 저는 주저 없이 그녀를 선택할 거랍니다."

이사벨라는 오필리아 황비를 극찬했다. 그녀가 죽고 캐서린이 황비 자리에 올랐지만, 오필리아의 명성을 따라가진 못했다. 다수의 귀족과 평민들이 오필리아의 선행을 대단하게 여겼고, 그건 지금까지도 리처드의 평판에 영향을 끼쳤다. 그도 그러한 사실을 잘 알고 있었다.

"부인의 말씀을 들으니 어머니와 일찍 헤어진 게 무척 아쉽습니다."

리처드는 만나본 적 없는 어머니를 향해 약간의 그리움을 드러냈다. 부모를 여읜 자식으로서 당연한 반응이었으나 제인은 그가 가식을 떨고 있다고 생각했다.

'악마에게 부모에 대한 애정이라니. 그런 게 있을 리가 없지.'

신에 의해 만들어진 악마에게 부모에 대한 애착이란 존재하지 않았다. 천사도 마찬가지였지만, 제인은 천사와 악마는 다르다 믿었다.

흡사 위선자를 보는 듯한 눈길을 느꼈는지 그가 눈을 마주쳐 왔다. 제 눈 속에 담긴 경멸을 눈치챘을 텐데도 그는 아무런 반응을 보이지 않았다.

그런 두 사람의 시선이 떨어진 건, 제프 공작이 처음으로 입을 열었을 때였다.

"오필리아 황비가 아름답긴 했지. 그래도 한때는 장래가 밝던 황제를 머저리로 만들 만큼."

아주 담담한 목소리에 담긴 경악할 만한 이야기에 주위가 순식간에 얼어붙었다. 좀 전까지 예의를 갖추던 리처드의 분위기도 싸늘하게 돌변했다. 표정 하나 바뀌지 않았으나 기세만으로도 살갗이 따가웠다.

완전히 뒤바뀐 리처드의 태도에 이사벨라의 손에 들린 포크와 나이프가 떨렸다. 그녀는 황급히 식기를 접시 위에 내려놓고 치맛자락을 움켜쥐었다. 두려워하는 아내의 상태를 느꼈는지 제프 공작이 리처드에게 주의를 주었다.

"그런 눈빛은 전쟁터에서 적들을 상대할 때나 쓰게. 밥상머리에서는 적당히 하는 게 좋겠군."

제프 공작은 고기를 썰다 말고 리처드에게 시선을 주며 그를 얼렀다. 한낱 신하에 불과한 공작의 어이없는 태도에 리처느는 매우 불쾌했으나, 이사벨라를 생각해 적당히 기세를 물렸다. 올바르지 못한 언행을 따지는 건 좀 더 뒤에 해도 좋을 일이었다.

그는 고귀한 품위를 잃지 않으며 자리에 있는 숙녀들에게 정중히 사과했다.

"부인이 있는 자리에서 실례했습니다. 공녀도 놀라셨다면 사과드리겠습니다."

기존의 분위기를 되찾은 리처드의 신사다운 사과에 이사벨라는 간신히 미소 지었다. 하지만 가슴에 손을 얹고 한동안 진정하려 노력해야만 했다.

아내가 침착함을 되찾는 걸 지켜본 공작은 딸에게도 시선을 주었다. 제인이 놀랐다면 황태자고 뭐고 더 혼쭐을 내주려 했으나, 그녀는 아무렇지도 않은 듯 얌전히 앉아 이 상황을 흥미롭게 지켜볼 뿐이었다.

'역시 내 딸이군.'

살벌한 분위기에도 당당한 딸을 무척 흡족하게 바라본 공작은 다시 나이프를 움직이며 말을 이었다.

"부인이 한 번 더 놀란다면, 자네가 황위를 잇는 일은 없다고 장담하지."

"대단한 자신감입니다, 공작."

제프 공작의 호언장담에 리처드도 지지 않고 받아쳤다. 그는 일개 공작이 무력만 믿고 날뛰는 상황을 감당해야 하는 것이 매우 불쾌했다. 하지만 제프 공작이 무력만 믿고 무례하게 구는 건 아니었다. 그의 직설적인 어법은 전쟁터에서 수십 년간 뒹굴면서 생긴 문제점 중 하나일 뿐이었다. 그리고 그가 믿는 건 무력 외에도 몇 가지가 더 있었다.

"전쟁을 이끄는 지휘관은 자신의 카드를 다 보이지 않는 법이네. 내게도 그런 카드가 몇 장 있고. 자네가 황제가 된다면 자연히 알게 될 거야. 자네 아버지가 이런 나를 마냥 내버려 둘 수밖에 없는 이유를 말일세."

공작에게서 황제에 대한 존칭어 따위는 이미 사라진 지 오래였다. 황태자의 면상에 대고 '자네 아버지'라니. 듣고 있는 리처드는 헛웃음만 나올 뿐이었다. 제프 공작이 다른 귀족들 앞에서는 황제에 대한 예의를 갖춰왔기에 이렇게까지 그의 어법에 문제가 있는 줄은 몰랐다.

"듣기 거북하군요. 적당히 하십시오, 공작. 부인 앞이라 봐드리는 것도 한두 번입니다."

다시 한 번 싸늘한 분위기가 감돌았다. 입맛이 뚝 떨어졌는지 누구 하나 입에 음식을 넣는 이가 없었다. 제프 공작을 제외하곤.

그는 무에 그리 즐거운지 한쪽 입술을 삐뚜름하게 올리며 적당히 썬 고기를 집어 넣었다.

"그 뱃속에서 자네 같은 인사가 나올 줄이야. 생각보다 재미나군."

"이젠 일국의 황비까지 모독하십니까?"

"모독이 아니라 칭찬일세. 자네가 마음에 들어서 하는 말이니 눈에 준 힘이나 풀게."

공작은 입안에 든 고기를 씹어 삼키고 접시 위에 놓인 스테이크로 다시 시선을 돌렸다. 반쯤 먹은 고기를 포크로 살짝 누르자 기름기와 함께 핏물이 배어 나왔다.

"내가 가진, 자네의 숨통을 조일 카드를 하나 알려주지."

그는 금빛 나이프로 부드럽게 고기를 잘라내며 말을 이었다.

"자네 아버지와 내 사이가 원래부터 이랬던 건 아니었네. 우리는 함께 전쟁터를 다녔고, 나는 그를 지켜주며 나라의 힘을 키워갔지. 우린 제법 괜찮은 사이였어. 그는 나를 존중했고, 나는 그를 황제로 인정했지. 그녀가 나타나기 전까진 말이야."

그녀가 누구인지는 말하지 않아도 대충 짐작은 갔다. 리처드의 친모, 오필리아. 이사벨라는 눈을 질끈 감았고, 모두가 숨을 죽인 상태에서 제프 공작은 홀로 식사를 했다. 그는 곁에 놓인 차가운 포도주로 입을 가신 뒤에 이야기를 더 진행했다.

"그녀는 자신의 아름다움을 이용해 그 지옥 같은 전쟁터에서 단숨에 황제의 마음을 사로잡았네. 자네 부친의 가장 큰 문제점이 바로 그거야. 아름다운 여인 앞에선 맥을 못 추린단 거지. 머저리같이."

또다시 나온 욕설에 리처드의 눈썹이 꿈질거렸으나 이번에는 화를 내지 않았다. 그에게는 들어야 할 내용이 있었다.

제프 공작은 포도주가 씁쓸한지 입맛을 다시다가 비소를 머금었다.

"처음엔 유흥거리로 가지고 노는 건가 했네. 전쟁 중이었으니까 이해하려 했어. 그런데 갑자기 그녀를 황비로 맞이하겠다더군. 나는 반대했네. 솔직히 말하자면, 그녀를 죽일까도 싶었어. 시신이랑 결혼하겠다고 나서진 않을 테니까."

하지만 그의 암살은 실패하고 말았다. 황제가 알아버린 것이다.

"그때부터 사이가 틀어졌지. 눈이 뒤집혀서 내게 결투를 신청하더군. 옛정을 생각해서 결투를 받아들이진 않았는데, 지금 생각하면 아쉽기 그지없네. 그때 그놈 멱을 땄어야 했는데."

"여보."

아직 떨림이 남은 이사벨라의 작은 목소리가 제프 공작을 제지했다. 그는 아내를 안심시키기 위해 웃으며 고개를 끄덕였다.

조심하겠다는 다짐을 받았지만, 마음이 놓이지 않은 이사벨라는 일그러진 얼굴을 쉽게 펴지 못했다. 부모를 살해하고 싶다는 소리를 눈앞에서 듣는 리처드의 심정을 생각하니 그가 참고 있는 게 대견해 보일 정도였다. 하지만 그녀의 짐작과 달리 그의 머릿속은 다른 생각들로 가득했다. 화가 나는 건 두 번째 문제였다.

"대공께서는 어찌하여 그 이야기가 제 숨통을 조일 패라고 하는 겁니까?"

차분한 리처드의 물음에 제프 공작은 씨익- 미소 지었다. 그는 아주 흥미로운 눈으로 리처드를 보며 의자 등받이에 몸을 기댔다.

"그것까지 말해주면 재미없지 않겠나. 자네 실력을 한번 보지. 힌트를 주었으니 답은 직접 찾아보게. 한 가지 주의를 주자면, 부하들을 시켜서 아는 것은 좋지 않을 거야. 그건 자네를 압박할 수 있는 자들이 많아진다는 소리니까."

공작은 거기까지 말하고 남은 포도주를 들이켰다. 좋은 의도로 시작된 식사는 그렇게 공작을 제외하곤 아무도 배를 채우지 못한 상태로 끝이 났다.

제프 공작에게서 많은 의문을 얻고 프린 팰리스로 돌아가는 길에 리처드는 황금빛 육두마차 안에서 깊은 생각에 잠겼다. 자신의 숨통을 쥘 패라며 제프 공작이 들려준 이야기가 그의 심기를 어지럽혔다.

'본인이 차기 황비를 죽이려고 했던 상황에서 도리어 떳떳하게 구는 이유가 대체 뭘까.'

고민하고 고민해 봤지만, 답은 하나였다. 모친에게 심각한 결점이 있었다는 것. 만백성의 칭송을 받는 아름답고 현숙한 황비에게 무슨 심한 결함이 있었을까. 아들을 위태롭게 할 만큼.

'신분에 문제가 있었던 건가.'

그나마 짐작할 수 있는 건 그 정도였다. 그가 알기로 오필리아 황비는 복속된 이웃 나라의 여인이었다. 그것도 지방 영주의 딸. 작은 영지의 영애는 황비가 되기에 한참 부족하긴 했다. 하지만 그리 큰 흠이라 하기도 어려웠다. 어쨌거나 귀족의 딸이기 때문이다.

'신분 세탁이 되었을 가능성도 있겠군.'

평민 여성을 귀족으로 바꾸고 황비로 맞이했을 가능성도 있었다. 그렇다면 그건 조금 곤란했다. 그 비밀을 알고 있는 자가 누설이라도 한다면 좀 시끄러운 일이 생길 수도 있었다.

'그래도 그것만으로는 내 입지를 뒤틀기 어려울 텐데. 대체 무슨 꿍꿍이지, 제프 공작.'

캐서린 황비가 친자인 윌리엄을 지지하고 있지만, 아무리 그래도 적장자인 자신의 자리를 빼앗기는 어려웠다. 그만큼 리처드는 황태자로서의 위치를 공고히 해둔 상태였고, 강력한 무력으로 기사들의 지지를 얻었다. 그의 명석한 두뇌와 판단력을 좋아하는 이들이 많았고, 백성들의 삶을 돌보는 데도 많은 힘을 기울여 왔다. 그러니 이 태평성대에 그가 차기 황제가 되는 데 고개를 젓는 이는 없을 것이었다. 그런데도 제프 공작은 숨통을 조일 수 있는 카드라고 했다. 그 점이 리처드의 마음에 껄끄러움을 남겼다.

리처드가 고뇌하며 황궁으로 돌아가는 동안, 웨슬럿 가의 응접실에서는 이사벨라가 앓아누워 있었다. 놀란 마음이 진정되지 않는 탓에 그녀는 양옆으로 등받이가 달린 긴 의자, 두체스 브리제에 다리까지 올리고 앉아서 곡선형 등받이에 몸을 의탁했다.

원인을 제공한 남편이 곁에서 헛기침이나 하고 있었지만, 이사벨라에게는 바가지를 긁을 힘조차 남아 있지 않았다. 그런 어머니를 에드가 차분하게 위로하며 달랬다.

"어머니, 마음을 굳건히 하셔야 합니다. 이제 곧 제인의 생일인데 이리 건강을 해쳐서야 어찌 파티를 이끄시겠습니까."

에드는 모친이 힘을 낼 만한 소재를 적절히 끄집어냈다.

올해는 제인이 성인이 되어 맞이하는 첫 파티니만큼 인근 귀족

영애와 신사들을 모두 불러 성대하게 치러야 했다. 그 과정을 진두지휘하는 건 당연히 이사벨라의 몫이었고, 제인을 위해 멋진 파티로 꾸미는 게 그녀의 간절한 바람이기도 했다.

에드의 노림수는 그대로 적중해서 이사벨라는 조금 더 허리를 꼿꼿이 폈다.

"그래, 경황이 없어 잠시 잊고 있었구나. 제인의 생일이 보름도 안 남았는데, 이러고 있을 때가 아니지."

어머니가 기력을 차리는 모습을 보며 제인은 에드의 재치에 속으로 감탄했다. 자신도 잊고 있었던 생일을 떠올려서 순간적으로 기지를 발휘하는 모습이 멋있어 보였다. 그런 오빠의 지혜에 그녀도 힘을 보탰다.

"무도회장을 오랫동안 안 써서 손을 좀 봐야 할 거예요. 초대장은 제가 직접 쓸게요."

제인까지 의욕적으로 나서자 다 죽어가던 이사벨라의 얼굴에도 화색이 돌았다. 그녀는 자신이 해야 할 많은 일을 떠올리며 눈을 빛냈다.

"초대장은 넉넉히, 최소한 수백 장은 써야 할 거야. 내일 당장 네 드레스도 좀 봐야겠다. 새로 한 벌 골라야지."

드레스를 수십 번 갈아입을 생각에 제인의 낯빛이 질렸지만, 이사벨라는 도리어 활기를 띠었다. 그런 어머니 앞에서 싫다고 할 수는 없었기에 제인은 고분고분 운명을 받아들였다.

'그러고 보니, 황태자의 생일 무도회는 지난달에 했었지?'

제인은 자신의 생일파티를 구상하다가 리처드의 생일에 생각의 끝이 닿았다. 같은 날, 같은 시각에 환생을 택했으니 태어나는 시점도 비슷할 줄 알았다. 그런데 달수로 한 달 이상 차이가 난 것은 물론이고 태어난 연도가 달라지는 바람에 나이도 한 살 더 많게 되었다. 그가 12월 초 생이고, 제인은 1월 말 생이기 때문이었다.

"리처드 황태자, 전하요."

제인은 최대한 존칭어가 자연스럽게 들리도록 애썼다. 이미 신분이 다르게 태어났고 되돌릴 수도 없는 일이니 불만이 있어도 익숙해져야만 했다.

"달수를 다 채워서 태어나신 건가요?"

모친의 뱃속에서 열 달을 채웠다면 자신과 같이 1월 말에 태어났어야 했다. 하지만 그는 12월생이니 달수를 다 채우는 게 불가능했을 터였다. 그런 제인의 궁금증을 풀어준 건 제프 공작이었다.

"조산이었지. 오필리아가 몸이 좀 약했어. 아니, 약했다기보다는 아마도 아기집이."

"여보!"

이사벨라가 제프 공작을 쏘아보았다. 그만하라는 따끔한 시선에 그는 웃으며 손에 든 착즙 포도주를 음미하는 데 집중했다.

이사벨라가 발끈하며 말을 끊을 걸 예감하고 일부러 한 티가 났지만, 그것만으로도 충분히 짐작할 수 있었다. 오필리아 황비의 몸에 무슨 문제가 있었음을.

2

악마의 유혹

황비에 대한 의문을 품게 된 지도 며칠이 지났다. 제인은 벽난로 옆, 작은 피아노처럼 생긴 책상에 자리를 잡고서 초대장을 쓰는 데 열심이었다. 같은 문구를 서른 번쯤 반복해서 썼을 때, 제인은 펜을 내려놓고 미끈한 자신의 필체를 바라보았다.

"이걸 받고 몇 명이나 오려나? 괜찮은 친구를 좀 사귈 수 있다면 좋겠는데……."

가문에 연줄을 대려는 자들을 제외하면 몇이나 올지 알 수가 없었다. 문양이 없어졌다는 공표에 반신반의하는 분위기가 완연했고, 육안으로 확인하기 어려운 부위에 있어서 거짓으로 발표했다는 수군거림도 있었다.

'팔 같은 데 있었다면 지워진 걸 확실히 보여주었을 텐데.'

제인은 고개를 숙여 드레스 위로 드러난, 탐스러운 자신의 가슴을 내려다보았다. 빡빡한 코르셋으로 바짝 모아놓은 상태라 깊어진 가슴골 안은 보이지 않았다.

전생의 어느 날에 그 진을 새기던 때가 떠오른 제인은 열이 올라 뜨끈해진 얼굴을 테이블에 박았다. 그 당시 그녀는 처음으로 악마의 앞에서 눈물을 보였다. 천사로서 수치스러웠고, 여인으로서 능욕당하는 기분이었다. 눈물이 제어되지 않아 더 힘겹던 그 순간에 보지 않겠다는 듯이 눈을 감아주던 리처드의 모습이 기억의 저편에서 올라왔다.

'배려해 준 걸까?'

그는 일부러 못 본 체 해준 것일까? 아니면 그의 말대로 눈이 썩는 기분이 들어서 감은 것일까? 정답은 그만이 알 테지만, 제인은 혼란스러웠다. 악마가 과연 배려라는 단어를 실천할 수 있는 건지도 의문이었다. 머릿속이 복잡해진 그녀는 고개를 저어 생각을 털어냈다.

'지금은 파티에만 집중해야지. 친구도 사귀어야 하고 할 일이 많아.'

리처드에 대한 생각을 접어버린 제인은 친한 친구가 생겼을 때의 긍정적인 영향에 대해 떠올리며 기분을 전환했다. 좋은 사람을 만나면 삶이 즐거워지고, 임무를 속히 완수하는 데도 도움이 될 터였다. 사람의 감정을 모으려면 주위에 지인이 많은 게 유리한 법이었고, 지금 그녀는 딱 하나의 유리병을 제외하곤 전부 반이상 채워둔 상태였다.

"우선은 초대장부터!"

리처드보다 먼저 임무를 끝낼 생각에 들뜬 제인은 다시 의욕적으로 펜을 잡았다. 에드가 뽑아다 준 영애와 신사들의 리스트를 꼼꼼히 살피는 그녀의 곁에 초대장이 다시 쌓이기 시작했다.

신의 뜻대로

제인이 열심히 쓴 초대장이 각 귀족가로 날아간 건 무도회가 열리기 며칠 전이었다. 초대장을 받은 다수의 남성은 웨슬럿 가에 줄을 댈 마음을 품었고, 여성들은 호기심과 의무가 반반씩 섞여서 참석을 결심했다.

엘리스 공녀처럼 제인을 경계하려는 이가 있는가 하면, 조금 엉뚱한 의도를 가진 이들도 있었다. 리처드의 배다른 동생, 윌리엄 황자가 바로 그 후자에 속했다.

윌리엄은 벽난로 옆에 서서 어머니와 함께 담소를 나눴다. 부모님으로부터 금발과 갈색 눈을 물려받은 그는 리처드와는 전혀 다른 분위기를 풍기는 남자였다. 리처드가 카리스마로 사람들을 휘어잡는 편이라면, 그는 온화함으로 타인의 마음을 얻었다. 그 덕에 평판도 아주 좋았는데, 겸손한 태도로 리처드를 지지하는 모습은 뭇 사람들의 감탄을 자아내곤 했다. 그리고 그날도 윌리엄은 어머니로부터 형을 보호하기 위해 진땀을 빼고 있었다.

"그 일은 형님이 잘 처리하셨을 겁니다. 무도회가 끝나고 이틀 뒤에 웨슬럿 공녀가 직접 찾아와서 사과했으니까요."

"그렇다고 웨슬럿에 본때를 보여준 것도 아니지 않으냐. 작위도 없는 공작 영애 주제에 황실을 무시했으니 따끔하게 혼을 내야지."

캐서린 황비는 불만에 차 퉁퉁거렸다.

웨슬럿 공녀가 리처드에게 발길질을 한 걸 생각하면 쿠키를 마흔 개쯤 먹고 꽉 막힌 식도에 차가운 우유를 들이붓는 느낌이 들 정도로 시원하고 개운했다. 그러나 그것과 별개로 웨슬럿과 리처드가 가까이 지내는 건 싫었다. 둘 사이가 더 갈라져야 하는데, 오히려 친밀해지니 속이 뒤집힐 일이었다. 하지만 착해빠진 아들은 이복형을 두둔하느라 애쓰는 중이었다.

"형님이 시벌리 홀에서 제인 공녀에게 단단히 화가 난 태도를 보이셨다고 합니다. 그것만으로도 충분하지 않겠습니까. 며칠 전에는 공작가의 만찬에 초대받았으니 원만히 해결을 보셨겠지요. 형님이라면 황실의 위엄을 제대로 살리셨을 겁니다."

"그 가족들만 모인 자리에서 위엄을 살렸는지 아부만 해댔는지는 어찌 알고? 웨슬럿이 황태자와 가까이 지내는 건 아주 좋지 않은 일이다. 그들은 여전히 무시할 수 없는 힘을 가지고 있어. 나는 그들을 좋아하지 않지만, 리처드와도 갈라놓아야 해."

"웨슬럿 가에서 차기 황제에게 힘을 보태는 건 좋은 일입니다."

윌리엄은 나긋나긋한 목소리로 어머니를 달랬다. 아직 황태자 자리에 미련을 버리지 못한 캐서린은 그런 아들이 답답할 따름이었다.

"네가 황위에 올라야지."

"어머니, 그런 말씀 마십시오. 형님은 훌륭한 황제가 되실 분입니다. 그럴 만한 자질을 갖추었어요."

"자질이라니, 말도 안 되는 소리 말아라! 웨슬럿 공녀의 생일파티에 가면 엘리스 공녀도 와 있을 게다. 우리는 스튜더 가를 잡아야 해. 무슨 말인지 알겠지?"

어머니의 신신당부에 윌리엄은 내키지 않는 얼굴로 웃으며 고개를 끄덕였다. 엘리스 공녀가 리처드를 좋아하는 걸 알지만, 그 사실을 굳이 입 밖으로 꺼내 어머니와 설전을 이어가고 싶지 않았다.

어차피 제인을 소개받고 그녀를 향한 형의 마음을 확인하기 위해서라도 참석할 생각이었다. 또한 무도회에서 그 위기의 순간에, 모든 여성이 바라 마지않던 황태자를 거절한 그녀가 무척이나 궁

　신의 뜻대로

금했다.

'보통 강단이 아닌 건 확실한데…….'

제인과 리처드의 관계를 생각하던 윌리엄은 흥미를 담은 잔잔한 미소를 입가에 띠웠다.

모두의 관심 속에서 제인의 생일파티는 착실하게 준비되고 있었다. 무도회장은 계절을 감안하여 푸근한 느낌이 드는 진한 색들로 단장했고, 분위기를 띄워줄 악사들도 불렀다. 요리사들은 수백 명이 먹고 마실 음식 재료를 공수하는 데 여념이 없었으며, 정원사들은 한겨울에도 아름다운 정원의 모습을 보여주고자 구슬땀을 흘렸다. 그렇게 다가온 결전의 날, 무도회가 시작되기 두어 시간 전부터 방문객들이 속속 도착하기 시작했다.

대체로 말을 탄 젊은 신사들이 가장 먼저 웨슬럿 가에 발을 들였다. 신사들은 십여 년 만에 외부인에게 허락된 킹스 팰리스의 드넓은 땅을 구경하며 연신 경이로운 감정을 토로했다. 특히 나이가 좀 있거나 검을 다룰 줄 아는 이들은 눈 덮인 나무마저 쉬이 지나치지 못했다.

수백 년간 대대로 그 자리에 버티고 서 나라의 검과 방패를 자처해 온 가문이 웨슬럿이었다. 선쟁터를 호령하는 그들의 기사단은 영광이었고, 살아 있는 전설이었다. 공녀로 인해 그 명성이 추락하긴 했으나, 웨슬럿에 발을 들였다는 것 자체가 남자들에게는 망극한 일이었다. 물론, 그건 신사들에게만 국한되는 이야기였다.

마차를 타고 도착한 귀부인이나 아가씨들은 저택 곳곳에 놓인 값비싼 장식과 제인이 어떤 드레스를 입을지에 더 큰 관심을 쏟았다. 더불어 엘리스 공녀와 황태자에 대한 쑥덕거림도 흘러나왔다.

"요즘은 일이 참 이상하게 돌아가지요?"

갓 결혼한, 젊은 백작 부인은 무도회장을 둘러보며 두 명의 남작 부인을 양옆에 끼고 은밀한 담소를 나눴다. 미혼인 아가씨들이 도착하기엔 아직 이른 시각이었기에, 그녀들은 아무런 방해도 받지 않고 소곤거림을 즐겼다.

"신기하긴 해요. 황태자비는 엘리스 공녀가 될 줄 알았는데, 제인 공녀가 전하께 춤 신청을 받을 줄 누가 알았겠어요. 심지어 그 흉측한 문양도 사라졌다니. 십구 년 만에, 하필이면 이런 때에요."

우측에 있던, 풍만한 체구의 여성이 활짝 펼친 레이스 부채로 입가를 가리며 말했다. 그녀의 말에 좌측에 있던 여인도 곧바로 끼어들었다.

"전하께서 제인 공녀에게 마음이 있긴 한 모양이에요. 그런 모욕을 당하고도 웨슬럿 가에 출입하시는 걸 보면 빤하지요."

"이런, 이런. 엘리스 공녀가 안타까워서 어쩐대요? 그 순진한 아가씨가……."

백작 부인이 엘리스 공녀를 순진하다 표현했지만, 그 말을 믿는 이는 아무도 없었다. 노련한 여성들은 그녀가 쓴, 아름다움이란 가면 속의 야망을 잘 알고 있었다. 그걸 모르는 건 엘리스의 외모에 눈이 먼 일부 신사들뿐이리라. 그녀가 눈웃음을 흘리며 친절하게 다가가면 단박에 마음이 풀어지니 말이다.

"오늘은 참 즐거운 무도회가 될 것 같네요."

"볼거리도 많고 말이죠. 호호호호-"

두 여인은 백작 부인이 좋아할 만한 말들만 골라가며 그녀의 기분을 띄워주었다. 그들은 백작 부인이 엘리스 공녀를 싫어한다는 걸 아주 잘 알고 있었다. 굳이 이유를 말하자면, 아끼는 아가씨가 엘리스에게 약혼자의 마음을 반쯤 빼앗기고 상심에 빠졌기 때문이었다.

해가 질 무렵까지 제인은 치장에 열중하고 있었다. 네크라인이 넓게 파여 어깨가 훤히 드러난 물빛의 연푸른 드레스는 제인의 하얀 살결에 너무나도 잘 어울렸다. 꼭 끼는 상체와 달리 넓게 퍼진 스커트에는 적당량의 진주가 달려 있었고, 왼쪽 다리 부분의 치맛단을 끌어올려 흰 꽃장식으로 묶은 덕에 속에 입은 페티코트가 그 순수한 면모를 살며시 드러냈다.

연녹색 머리카락을 우측으로 땋아 내리고 진주 귀걸이까지 착용하자 하녀들은 더 이상 손을 댈 곳을 찾지 못했다. 그때, 손님들이 찾아왔다.

제인이 치장 중인 룸으로 특별히 안내받은 세 명의 사내는 에드와 리처드, 그리고 제인과는 첫 대면인 윌리엄이었다. 귀족들의 시선을 피해 따로 소개받고 싶다는 윌리엄의 청이 있어서 미리 언질을 해두었던 터라 베티와 하녀들은 당황하지 않고 자리를 비켜주었다.

그들이 나가자 에드는 신록으로 창연한 오월의 여신 같은 자신의 누이동생을 보며 감탄사를 터뜨렸다.

"제인! 아름답구나!"

에드의 찬탄에 제인은 고운 미소를 베어 물었다. 오빠를 향한 그녀의 웃음은 봄날, 나뭇잎 그늘 사이로 흘러들어오는 햇살 같았고, 주위의 모든 걸 상쾌하게 정화하는 듯했다. 만약 윌리엄이 오래전부터 다른 여인에게 마음을 주지 않았더라면, 그의 애정을 얻은 이는 제인이었을지도 몰랐다.

생긋 웃는 눈매 속에 반짝이는 눈동자는 사내들의 마음을 놀랄 만큼 흔들어댔고, 윌리엄도 그러한 사실을 인정하지 않을 수 없었다. 남몰래 심호흡하고 감정을 다잡은 윌리엄은 몇 걸음 더 움직여 에드에게 다가갔다. 그제야 그를 의식한 에드는 자신의 의무를 깨닫고 제인을 소개했다.

"전하, 제 여동생인 제인입니다. 제인, 윌리엄 황자 전하시다."

"만나 뵙게 되어 영광입니다, 전하."

제인은 고개를 숙이고 무릎을 굽히며 예법에 맞게 인사를 올렸다. 신년무도회에서 리처드를 대할 때의 그 냉담함은 눈을 씻고 봐도 찾을 수 없었다. 항상 형에게 더 친절하던 사람들만 만나왔던 윌리엄은 의문이 드는 마음을 감추고 매우 신사적인 태도로 제인의 인사에 답했다.

"저야말로 영광입니다, 레이디 제인."

감정이 적당히 절제되었으나 특유의 다정함이 배어 있는 목소리였다. 그의 첫인상이 마음에 든 제인은 답례로 가볍게 눈웃음을 지었고, 저를 향한 그녀의 반응이 매우 긍정적이자 윌리엄은 조금 더 말을 걸어보려 했다. 그러나 벽난로 근처에 서 있던 리처드가 기다리지 못하고 끼어들며 찬물을 뿌렸다.

"그만 회장으로 이동하지."

그제야 제인의 시선을 받은 그는 굳은 표정으로 눈을 마주쳤다. 처음 방에 들어올 때 타이밍을 놓쳐서 인사를 나누지 못했기에 리처드는 가볍게 고개를 숙여 형식을 갖췄다. 제인도 그와 거의 동시에 무릎을 굽혔다. 두 사람은 인사 후에 예의상 뒤따라오는 말도 없이 침묵으로 일관했다. 그 사이에 껴서 눈치를 보던 윌리엄이 진한 아쉬움을 접고 제인에게 헤어짐을 고했다.

"그럼, 먼저 가서 기다리겠습니다. 생일 축하합니다, 공녀."

"여기까지 와주셔서 감사합니다, 전하. 황태자, 전하도요."

제인은 리처드에게 시선을 주며 조금 힘겹게, 그러나 나름대로 예의를 차리며 말미에 그를 거론했다. 예전 같았으면 절대 하지 않았을 행동이었으나 그녀는 조금 변화된 태도를 보였고, 의아해하던 리처드는 눈인사로 그녀의 성의를 받아들였다.

리처드와 윌리엄이 나가고, 혼자 남은 에드는 제인에게 선물 상자를 건넸다. 사람 얼굴만 한, 넓적하고 제법 묵직한 상자에 제인은 호기심이 가득한 눈길을 주었다.

"이게 뭔가요?"

"생일 선물. 성인이 될 걸 진심으로 축하한다. 방에 가져다 두어도 되겠지만, 직접 주고 싶어서 말이야. 무도회가 끝나면 풀어 보렴."

에드는 선물을 미리 풀지 못하게 했다. 제인은 그 안에 든 것이 무엇인지 궁금증이 일었지만, 오빠의 말대로 밖에서 대기 중이던 하녀, 베티를 불러 상자를 넘기고 그가 내민 팔에 팔짱을 꼈다. 무도회가 시작할 때가 된 것이다.

무도회장 한쪽을 차지한 악사들이 협주곡으로 감미로운 선율을 만들어내고, 홀을 채운 사람들은 담소를 나누며 주인공이 오길 기다렸다. 손님이 거의 다 온 걸 확인한 제프 공작은 단상으로 올라가 부인을 한번 바라보았고, 근처의 귀빈석에 앉은 리처드와 윌리엄에게도 시선을 주었다. 이제 시작한다는 일종의 사인을 주고받고, 한순간 조용해진 틈을 타 공작의 낮고 묵직한 음성이 회 징 구석구석으로 퍼져 나갔다.

"오늘은 제게 무척 특별한 날입니다. 또한, 저희 가문에도 소중한 날입니다. 십구 년 전 오늘 제겐 딸이 생겼고, 웨슬럿 가에는 12대 만에 둘째 아이가 탄생했습니다."

손이 무척 귀한 집안 이야기에서 공작은 잠시 입을 닫았다. 그는 고요해진 좌중을 살피다가 에드와 제인이 회장 뒤쪽에 도착했음을 느끼고 다시 말을 이었다.

"오늘, 이 자리에 참석해 주신 여러분께 하고 싶은 말이 아주 많습니다. 하지만 우선은 말을 아끼고, 자랑스러운 딸로 성장해 준 제인 웨슬럿을 소개하겠습니다."

수백의 사람들로부터 박수갈채가 터져 나왔다.

커튼 뒤쪽에 있던 제인은 숨을 가득 들이마시며 떨리는 가슴을 애써 진정시켰다. 신년무도회를 망쳐 버린 탓에 이제야 세상 밖으로 나가는 기분이 들었다.

제인은 에드의 에스코트를 받으며 위황찬란하게 빛나는 누노 회장으로 한발, 한발 내디뎠다. 그녀를 본 사람들은 탄성을 흘리거나 저들끼리 웅성거렸다. 약간의 소요 속에서 제인은 배우고 익힌 대로 우아하게 인사를 올렸고, 악단이 연주를 시작하자 아버지가 내민 손을 잡았다.

함께 홀의 중앙으로 나아간 두 사람은 한 손을 맞댔고, 제프 공작은 딸의 허리에 가볍게 손을 얹었다. 노랫소리에 맞춰 앞과 뒤로 움직이다 한 바퀴 돌며 물 흐르듯 부드럽게 춤을 추는 부녀의 모습은 무척이나 잘 어울렸다.

어느덧 중년이 되어버린 아버지는 네 살쯤 되던 딸을 안아서 팔에 앉혀두고 홀로 스텝을 밟아가며 춤을 추던 날을 떠올렸다. 언제 다 커서 함께 춤을 출 영광을 주겠느냐고 묻던 날이 아직도 생생한데, 벌써 이렇게 훌쩍 자라 성숙해진 딸을 보니 만감이 교차했다. 너무나도 특별한 날을 맞이하게 된 제프 공작은 그러한 자신의 감정을 딸에게 알려주었다.

"어엿한 숙녀가 된 너를 보니 감회가 새롭구나. 그 조그맣던 아기가 이리 커서 나와 함께 춤을 출 줄 누가 알았겠느냐."

그는 제대로 걷지도 못하고 꼬물대기만 하던 작은 생명을 한시도 곁에서 떼어놓지 않고 애정과 정성으로 키웠다. 암살당할까 불안하여 항상 자신의 침실에서 재웠고, 밥을 먹일 때도 독이 있는지 먼저 확인하고 먹였다.

울지도, 보채지도 않고 방싯방싯 잘 웃던 딸이 옹알이로 자신을 불렀을 때는 천재라며 소란을 피워댔고, 제 손을 잡고 첫 걸음마를 떼던 순간의 감격이란 이루 말로 설명할 수 없었다. 아버지는 딸을 직접 키우면서 느꼈던 환희의 순간들을 모두 기억했고, 생생하게 떠올렸다.

옛 생각에 젖어 행복해하는 아버지의 표정에 제인의 얼굴에도 미소가 피어났다.

"아버지가 항상 절 지켜주신 덕분이에요."

그가 있었기에 살해당하지 않고 지금껏 버틸 수 있었지만, 제프 공작은 씁쓸한 얼굴로 고개를 저었다.

"네게 고백할 것이 있다, 제인. 네가 태어난 지 백일쯤 되었을 때…… 나는 너를 죽이려 했었다. 지금 돌이켜 생각해 보면 끔찍하기 그지없는 일이지. 널 키우면서 웃는 일이 많아졌고, 네 덕에 행복했다. 언젠가 기회가 되면 사과하고 싶었는데, 오늘이 그날인가 보구나."

최대한 감정을 억누르는 제프 공작의 목소리가 끝으로 갈수록 흔들렸다. 제인은 항상 강건하던 아버지의 또 다른 모습에 놀라 춤을 추던 걸 멈췄다. 제프 공작은 딸을 지그시 바라보며 희미하게 웃었다.

"너는 내게 축복이다. 그날 일은 미안하구나. 그리고, 내 딸로 태어나 줘서 고맙다."

아버지의 진심에 제인은 가슴이 먹먹해졌다. 자신의 딸로 태어나줘서 고맙다는 말만큼 가슴 벅찬 말이 또 어디 있을까. 제인의 눈가가 촉촉하게 젖어들었다.

"아버지. 이 좋은 날에 어찌 절 울리시나요."

제인은 볼을 타고 흐르는 눈물을 훔쳤다. 코끝이 찡하고 목은 꽉 메어왔다. 그런 딸을 보는 공작의 눈시울도 붉어졌다.

"너도 날 울렸지 않느냐."

아버지의 농담에 제인은 한없이 흐르는 눈물을 훔치면서도 입가에 피어나는 미소를 감추지 못했다.

과거의 어둠에서 벗어나 행복해하는 부녀의 모습은 보는 것만으로도 따뜻했다. 사람들은 춤을 춰야 하는 것도 잊었고, 감정적으로 동화된 이사벨라는 남몰래 눈물을 삼켰다. 에드는 기뻐했으며, 리처드는 한없이 빛나는 제인을 지그시 응시했다.

아버지를 향한 애정, 자식으로서의 기쁨. 그 모든 것을 그녀가 느끼고 있었다. 곁에서 지켜보는 것만으로도 알 수 있을 만큼, 제인은 무척 가슴 벅차했다. 리처드는 그 생소한 감정을 유심히 지켜보았다. 어느새 그의 손에는 둥그스름한 유리병 하나가 들려 있었다. 검은 글자로 '치사랑'이라 적힌 병에는 아무것도 담겨 있지 않았다. 그렇게 텅 빈 유리병에 지금 제인이 느끼고, 리처드가 보는 감정들이 담겼다.

영롱한 푸른빛 액체로 가득 찬 유리병이 사라지고 나면 또 다른 병이 나타났다. 그동안 모으지 못했던 병들이 채워질수록 임무 완수에도 더 가까워졌지만, 리처드는 무언가 공허한 기분을 느꼈다.

'저렇게 좋을까? 대관절 어떤 느낌이기에…….'

궁금했다. 자신은 태어나 한 번도 느껴본 적 없던 저 감정들은 도대체 어떤 느낌일지. 아주 잠깐이지만, 공작의 아들로 태어났더라면 에드가 느끼는 자식으로서의 뿌듯함과 자랑스러움, 제인이 느끼는 행복과 부모에 대한 애정을 자신도 알 수 있지 않았을까. 그런 부질없는 생각이 들었다.

시간이 지나자 유리병이 더는 나타나지 않았다. 그때쯤 제인도 눈물을 수습하고 춤을 마무리 지었다. 그녀는 두 번째 춤을 에드와 추었다. 그리고 세 번째 춤을 노리는 신사는 예상보다 많았다.

에드에게 소개를 부탁하려고 호시탐탐 기회를 엿보는 자들을 지켜보던 윌리엄은 리처드를 향해 몸을 살짝 기울였다.

"형님. 순서가 다가오는데, 슬슬 준비하셔야 하지 않겠습니까? 늑대들이 우글거립니다."

윌리엄은 빙글거리며 웃었다. 그 모양새를 힐끗 본 리처드는 제인에게 춤 신청을 하려고 벼르고 있는 신사들을 쓱 살폈다.

저번 무도회에서 공개적으로 황태자를 찬 여인과 춤을 춘다는 건 그를 무안하게 만드는 행동이었고 귀족들 사이에서도 쑥덕대는 소리가 나올 터였다. 덕분에 눈이 마주치면 대부분 흠칫하며 꼬리를 말기 일쑤였는데, 제인에게 눈이 멀어 권력의 힘이 보이지 않는 자가 딱 하나 있었다.

'헨리?'

리처드는 자신의 눈치 따위는 보지도 않는 금발의 미남자를 발견하고 눈매를 좁혔다.

마크로치 백작의 외아들인 헨리는 아버지의 두 번째 작위인 남작위를 물려받아서 바덴 남작이라 불렸다. 나이에 비해 검술 실력이 출중한 덕에 리처드가 자주 대련 상대로 지목하는 이였다.

리처드는 일전에 제인을 보고 넋을 놓았던 헨리를 떠올렸다. 눈도 떼지 못하고 얼어붙어 있던 그때의 표정이 떠오르자 뭔가 심경이 복잡해졌다. 지금도 헨리는 제인에게 시선을 고정한 상태였고, 윌리엄도 그의 열렬한 감정을 손쉽게 알아차렸다.

"형님, 바덴 남작이 제인 양에게 완전히 마음을 빼앗겼나 봅니다. 자칫하면 형님의 연적이 되겠는데요?"

연적이란 단어에 리처드는 가볍게 콧방귀를 뀌었다. 하지만 그런 무심한 태도와 달리 그의 마음은 심란하기 그지없었다. 헨리는 춤 신청을 마음먹은 듯이 보였고, 제인은 받아들일 가능성이 컸다. 그리되면 사람들 사이에선 또다시 소문이 돌 것이었다. 황태자가 바덴 남작에게 밀렸다고.

'그건 좀 짜증 날 것 같은데.'

자존심이 그를 건드리고 있었다. 제인이 저와 한번 춤을 춘 뒤에는 누구랑 추든 상관없지만, 지금은 아니지 않은가.

리처드는 복잡한 눈으로 홀 중앙에서 에드와 함께 있는 제인을 보았다. 춤 신청을 하면 이번엔 받아들일까? 좀 전에 인사하던 태도로 보아 승산이 없진 않았으나, 악마와 춤을 출 정도는 아닐 수도 있었다.

'또 거부당하면…….'

두 번이나 거부당하면 그만한 망신도 없을 것이다. 어쩌면 제인이 그걸 노리고 거부할지도 모를 일이었다. 순간 그런 생각이 들자 리처드는 아무것도 선택할 수 없는 상태에 빠져 버렸다.

그가 잠시 고민에 빠진 사이 음악은 절정에 다다랐고, 춤도 끝이 났다. 남몰래 한숨을 내쉰 리처드는 어렵사리 결정을 내렸다. 제인을 협박해서라도 춤을 한번 추기로. 그래야 체면이 설 듯싶었다.

헨리가 움직이는 걸 본 그가 자리에서 일어나려는데, 갑자기 엘리스 공녀가 당도했다는 소리가 들려왔다. 모든 이들이 움직임을 멈추고 문으로 시선을 돌렸다.

"엘리스 스튜더 공작 영애와 제임스 랭턴 후작께서 오셨습니다!"

완전한 지각이었다. 주인공이 춤을 두 번이나 춘 뒤에야 오는 건 썩 보기 좋은 모습이 아니었다. 엘리스도 그걸 모르지 않았으나 싱긋 웃어가면서 준수하게 생긴 젊은 신사의 에스코트를 받으며 홀 안으로 들어섰다.

그녀를 본 사람들 사이에 즉각 웅성거림이 일었다. 엘리스가 입은 검은 드레스 때문이었다. 유행에 맞춰 동그스름한 어깨를 훤히 드러내고, 가슴까지 오는 금발을 풀어내려 붉은 장식을 달아 화려하게 치장했지만, 검은 드레스는 본디 상복으로 입는 편이었다.

몇몇 사람들은 그녀의 파격적인 패션 감각에 찬사를 보냈으나, 생각이 있는 이들은 엘리스의 검은 드레스가 무엇을 의미하는지 알아차렸다. 악마의 문양이 사라지고 아름답게 꾸몄어도 제인의 본색은 본디 검은색임을 잊지 말라는 뜻이었다. 또한, 리처드에게 제인의 치부를 각인시키고 그녀는 결코 황태자비가 될 수 없음을 알리려는 속셈도 스며 있었다.

제인도 그 속내를 간파했으나 그녀는 얼굴을 구기지 않고 엘리스를 맞이했다. 사람들의 시선을 끌기 위해서 늦어놓고 매우 미안해하는 엘리스의 연기가 무척이나 가증스러웠다. 그래도 최대한 표정에 조심을 기하는데, 엘리스가 작은 선물 상자를 건넸다.

"생일 축하해요, 제인 공녀. 무슨 선물을 하면 좋을지 고민하다가 조금 늦어버렸지 뭐예요."

엘리스의 말도 안 되는 변명에도 제인은 비위 좋게 웃었다. 이런 상황에서는 먼저 화를 내는 쪽이 지는 것이었다.

"이렇게 와주신 것만으로도 감사한데, 선물까지 챙겨주시다니. 엘리스 공녀께서는 인정이 많으시군요."

"별말씀을요. 한번 풀어 보세요. 공녀가 착용한 모습을 보고 싶네요."

굳이 사람들 앞에서 열어보란 말에 제인은 엘리스가 준 선물이 매우 값비싼 장신구임을 알았다. 그녀가 늦게 온 것이 상쇄될 만큼의 값어치를 하는 물건이리라. 그 점을 파악한 제인은 여유롭게 웃으며 엘리스의 요청을 거부했다.

"공녀님의 말씀은 감사하지만, 보시다시피 많은 분들이 춤이 시작되길 기다리고 계셔서요. 선물은 파티가 끝난 뒤에 열어볼게요."

춤을 출 사람들은 먼저 추어도 되지만, 엘리스의 등장이 워낙 강렬했던 탓에 악단들도 연주를 멈추고 지켜보고 있었다. 그 핑계를 대며 제인은 최대한 예의에 어긋나지 않도록 거절한 뒤 시종을 불러 선물 상자를 건넸다. 그리곤 가장 먼저 열어볼 수 있게 방에서 제일 잘 보이는 곳에 두라고 당부하는 것도 잊지 않았다.

'미안하지만 내가 그렇게 물러터진 천사는 아니라서 말이지.'

엘리스가 저번 무도회에서 자신에게 망신을 주려 했고, 이번에도 나쁜 감정을 심어주었기에 제인은 결코 그녀의 뜻대로 해주지 않았다. 거부당하는 상황은 예상치 못했는지, 엘리스는 표정 관리가 잘 안 되고 있었다. 비싼 장신구를 마련한 보람이 말 한마디에 없어졌으니 그럴 만도 했다.

제인은 저를 향한 엘리스의 눈길에 불쾌감이 어리는 걸 무시하며 에드를 통해 엘리스와 함께 온 랭턴 후작을 소개받았다. 그렇게 대충 상황이 정리되었을 때, 제인은 억지 미소라도 짓고 있는 엘리스를 보자 좀 전의 대응으로는 부족하단 생각이 들었다.

신년무도회에서 리처드에게 발길질하게 된 것도 따지고 보면 그녀가 제게 망신을 주고자 앞을 막아선 탓인지라, 그에 상응하는 복수를 하고 싶어졌다. 제인은 나름대로 수줍은 표정을 지으며 한 번 더 충격적인 발언을 끄집어냈다.

"그럼, 전 황태자 전하께서 기다리고 계셔서 그만 가볼게요. 세 번째 춤은 꼭 전하와 추기로 단단히 약속해 둬서요."

정말 말도 안 되는 소리였으나 엘리스의 얼굴에서 미소를 빼앗고 머리를 된통 맞은 것처럼 멍한 표정을 짓도록 하기엔 충분했다. 경악하는 그녀를 향해 승자처럼 화사하게 웃어준 제인은 한껏 우아한 몸짓으로 단상 위에 자리한 리처드에게로 향했다.

전생에 지녔던 힘 덕분에 일반 사람들보다 청력이 좋은 리처드는 제인이 하는 말을 똑똑히 들었고 그녀의 맹랑한 태도에 조금은 얼이 빠졌다. 춤을 추기로 약속한 적이 없으니 즉석에서 거짓말을 꾸며낸 것인데, 그 이유가 한낱 엘리스 공녀를 자극하기 위함이라니. 제인이 천사의 환생자가 맞나 의심스러워질 정도로 기가 찼다.

대체로 천사들은 악마를 대면할 때가 아닌 이상 맹한 태도를 취하는 경우가 많았고, 인간에게는 무조건적인 용서와 자비를 베푸는 걸 미덕으로 삼았다. 그런데 전사인 제인이 엘리스에게 복수하겠다고 악마와 춤을 추는 것도 마다치 않으니 그로서는 황당할 만했다.

그가 어이없어 하는 걸 알면서도 제인은 꿋꿋하게 다가갔고, 황태자가 차였을 때만큼이나 흥미진진한 광경에 모든 이들의 관심이 쏠렸다. 사람들의 시선을 받으면서 그녀는 배우고 익힌 대로 다소곳하게 무릎을 굽히며 인사를 올렸다.

"전하. 저번에 했던 약속, 지금 지키겠습니다."

목소리마저 한 톤 가늘게 하며 여성스러움을 강조하는 뻔뻔한 그녀의 태도에 리처드의 얼굴이 살며시 일그러졌다. 그런 그의 미미한 표정 변화를 아는 이는 애석하게도 제인뿐이었다.

제인은 리처드의 반응이 왠지 모르게 기쁘고 즐거웠다. 그녀는 싱긋 웃으면서 그가 일어나 제게 팔을 내어주길 기다렸다. 그러나 그는 가만히 앉아서 빤히 쳐다보기만 할 뿐이었다.

어쩐지 불안한 느낌이 든 제인은 등 뒤로 식은땀이 났다. 엘리스를 향한 부정적인 감정에 눈이 멀어서 눈앞의 황태자가 악마고 저번 무도회에서 제게 당했던 전적도 있었음을 잠시 잊고 있었다. 이대로 리처드에게 차이면 생일파티에서 공개적으로 흑역사를 쓰고, 망신이란 망신은 다 당할 것이었다.

끔찍한 결론을 예감한 제인은 최후의 수단으로 손등을 위로하고 리처드를 향해 내밀었다. 어서 잡고 에스코트하란 뜻이었다. 물러날 곳이 없는 제인이 쳐둔 올가미는 본인의 숨통도 조였지만, 리처드가 빠져나갈 구멍 비슷한 것도 막아버렸다.

춤을 추기로 했다고 대놓고 밝힌 상황에서 그녀가 내민 손을 무시한다면, 제인이 당하는 망신의 양만큼 온갖 비난이 그에게도 한꺼번에 쏟아질 터였다.

결국, 리처드는 사람들이 웅성거리기 시작할 때쯤 자리에서 일어났다.

'이걸 다행이라 해야 하나.'

어차피 협박을 해서라도 춤을 추긴 할 생각이었다. 게다가 그녀가 자신에게 빚을 지게 되었으니 오히려 잘된 걸 수도 있었다. 이번 일을 좋게 생각하기로 한 그는 제인이 내민 손끝을 살며시 잡았다.

거슬리는 소리를 슬금슬금 내뱉기 시작하던 사람들 사이에서 치욕의 끝을 맛볼 뻔했던 제인의 얼굴에 안도의 빛이 스몄다.

마음이 놓이면서 미소를 되찾자마자 그녀는 다시 얼어붙었다. 마주 선 그가 손을 끌어올려 입술 가까이로 가져간 것이다. 그의 시선이 아래로 내려가면서 긴 속눈썹이 고요한 자태를 내보였다. 그러나 그것보다 더 큰 문제는 그의 붉은 입술에 닿을 듯이 가까워진 제 손등이었다.

모두가 말을 잃어버렸고, 그는 상체를 살짝 숙여 그녀의 손등에 가볍게 키스했다.

입술이 닿은 채로, 그가 천천히 시선을 올렸다. 눈이 마주친 제인은 제 심장이 나락으로 떨어지는 충격적인 감정을 맛봐야만 했다. 절제된 몸짓에 말 한마디 없었어도 그의 눈길은 온몸을 뜨겁게 달굴 만큼 열정적이었고, 한편으론 심장이 떨릴 만큼 차가웠다.

악마의 유혹이 얼마나 무서운 것인지 몸소 체험한 제인은 손을 빼낼 생각도 하지 못하고 정신을 수습하는 데만 힘썼다. 그러나 그마저도 벅차서 그녀는 저도 모르는 사이에 리처드가 리드하는 대로 그의 팔에 손을 얹고 홀의 중앙으로 나아갔다.

짝을 이루고 선 사람들 사이에 자리를 잡은 리처드는 여전히 정신을 차리지 못하고 넋이 빠져 있는 제인을 보면서 약간의 미안함을 느꼈다.

'그렇게 충격적이었나?'

귀족들이 그녀를 두고 쑥덕이게 한 게 마음에 걸려서 가장 간단한 방식으로 친분을 드러낸 것뿐이었다. 물론 황태자인 자신의 손등 키스는 친밀감 이상의 감정으로 해석될 수 있음을 알고 있었지만, 웨슬럿 가문에 힘을 실어주기로 한 마당에 그것이 크게 문제가 된다고 생각하진 않았다. 그러나 악마를 싫어하는 제인에게는 받아들이기 힘든 일인 듯했다.

확실히 제인은 밝은 분위기를 되찾는 게 버거워 보였고 그런 그녀의 표정이 괜히 못마땅한 리처드는 짧게 혀를 찼다. 많은 이들이 보고 있는데 환히 웃기는 고사하고 통나무 같으면 어쩌잔 말인가. 그는 주위 사람들이 듣지 못하도록 몸을 살짝 기울이며 제인에게 속삭였다.

"그대가 저지른 짓을 수습하느라 그런 것이잖소. 나도 기분이 썩 좋은 건 아니니 표정 좀 정리하시오."

리처드의 적절한 지적은 제인의 의식을 복구시키는 데 효과가 있었다. 그녀는 그의 돌발 행동을 타박하고 싶었지만, 차마 입 밖으로 꺼내지는 못했다. 그의 말대로 자신이 개인적인 분노를 이기지 못해서 한 일이었고, 가만히 있던 그를 끌어들였으니 입이 열 개여도 할 말이 없었다.

제인은 애써 입술 끝을 끌어올렸다. 억지웃음이었으나 웃지 않는 것보단 나았다.

잠시 끊겼던 반주가 차분하고 느릿한 음악으로 변해서 흘러나왔다. 연인들을 위한 곡에 불만을 표출하지도 못하고, 리처드는 제인에게 한 발 더 가까이 다가갔다. 한 곡만 추고 끝내자며 긴장한 제인을 다독인 그는 오른손을 그녀의 팔 밑으로 넣어 등에 가볍게 대었다. 그가 춤을 출 자세를 갖추자 제인도 한 손은 마주 잡고, 다른 손은 그의 어깨에 올렸다. 그렇게 시작된 두 사람의 첫 춤은 잘 진행되어 가는 듯했다. 그가 얘기를 꺼내기 전까지만 해도 그랬다.

"궁금해서 그러는데 말이오."

작은 목소리였으나 음색이 낮은 덕에 제인은 그의 말을 똑똑히 들을 수 있었다. 문제는 몸이 밀착된 탓에 제 이마와 그의 입술의 거리가 매우 가깝다는 점이었다. 중저음의 목소리가 이마를 타고 들어와서 온몸을 간질였고, 떨어졌다가 붙은 지 얼마 되지 않은 심장에는 무리가 왔다.

제인은 귓등까지 간질간질한 기분을 참기 위해 눈을 질끈 감았다. 문제는 그녀의 상황을 리처드가 모른다는 점이었다. 낮게 울리는 제 목소리가 무슨 짓을 하고 있는지도 모르고, 그는 질문을 이어갔다.

"그대는 내가 알던 그 천사가 맞소?"

'제발, 이마에다 대고 속삭이지 마.'

이마뿐만 아니라 귀와 목덜미까지 간지러워진 탓에 견디다 못한 제인은 상체를 뒤로 젖혔다. 덕분에 이마는 자유를 얻었지만, 눈이 딱 마주쳐 버렸다. 순간 리처드가 걸음을 멈췄고, 제인은 두 볼이 새빨갛게 달아올랐다.

사실 그녀에게 리처드의 목소리는 쥐약이나 마찬가지였다. 그녀뿐만 아니라 모든 여성에게 그럴 것이었다. 그래도 예전엔 말수가 적고 말투마저 딱딱해서 그런 느낌을 받는 일이 드물었는데, 환생한 이후로는 부쩍 말이 많아진 데다 어투도 부드러워졌다.

총체적인 난국에 처한 제인은 민망함에 화끈거리는 얼굴을 숨기고자 다시 그의 품으로 상체를 밀착했다.

"뭐라고 물었는지 제대로 못 들었어요."

"어디가 아픈 거요?"

"아니요."

제인은 굳은 목소리로 딱 잘라 부정했다. 리처드는 좀 이상하게 느껴지는 그녀를 내려다보았다. 그러다가 의아해하는 사람들의 시선이 따라붙자 다시 움직이면서 제인을 향해 좀 더 고개를 숙였다.

그건 제인이 매우 기겁할 만한 행동이었지만, 그는 혹시라도 목소리가 새지 않도록 조심을 기하는 데만 집중하고 있었다.

"당신이 내가 아는 그녀가 맞는지 물었소. 솔직히 그런 하찮은 이유로 거짓말까지 해가며 나와 춤을 줄 그대가 아니잖소."

이번에는 귀에다 대고 하는 말에 제인은 입술을 악물었다. 악마의 목소리에 홀리는 기분은 그녀로 하여금 심한 자괴감과 정체성의 혼돈까지 느끼게 했다. 그렇게 폭격당한 정신은 그가 하는 말이 무슨 내용인지 이해하려 들지도 못했다.

'신이시여, 이 악마 목소리는 왜 이런 겁니까! 딴 놈들은 이 정도까진 아니었잖아.'

악마의 목소리가 이토록 감미로운 건 생명체에겐 치명적이니 매우 바람직하지 않았다. 어쩌면 저를 타락시키려는 누군가의 계략일지도 몰랐다. 그런 말도 안 되는 음모론에 생각이 뻗치자 제인은 이번에도 그의 질문에 대답할 타이밍을 놓쳤다.

제인의 반응을 오해한 리처드는 미간을 좁혔다. 정체를 의심하는 말이 나오면 격하게 항변하는 게 그가 알던 그녀였다. 그 누구보다 천사라는 자부심이 대단하던 제인이 지금은 죄지은 사람처럼 고개도 들지 못하니 무언가 이상했다. 찜찜한 마음이 든 그는 그녀의 얼굴을 살피다가 춤을 멈췄다. 제인의 표정이 영 좋지 않았다.

'뭔가 있군.'

무엇 때문인지는 정확히 모르나 확인은 해볼 필요가 있었다.

"잠깐 얘기 좀 합시다."

리처드는 음악이 끝나기도 전에 제인을 단상 쪽으로 데려갔다. 이미 패닉 상태에 처한 제인은 그가 이끄는 대로 움직였다. 다가오는 두 사람을 발견한 공작과 이사벨라가 놀라 자리에서 몸을 일으켰지만, 리처드는 괜찮다는 눈짓을 했다.

"공녀가 춤을 많이 춰서 더운 모양입니다. 잠시 바람 좀 쐬고 오겠습니다."

발갛게 익어버린 제인의 얼굴에는 안성맞춤인 변명이었다. 두 사람이 함께 있는 걸 원치 않은 제프 공작이 리처드를 막으려 했으나, 이사벨라가 조금 더 빨랐다.

"부탁드립니다, 전하."

방긋 웃는 이사벨라에게 가볍게 인사한 뒤, 리처드는 제인을 데리고 단상 뒤에 난 문을 통해 홀을 빠져나갔다. 모든 인력이 정문에 배치되어서 그런지 후문과 이어진 넓은 공간은 무척이나 한산했다. 문을 지키는 자들도 없어서 둘만 있는 모습을 들키지 않는 건 좋았지만, 소리가 울려서 대화하기에 적당한 장소는 아니었다.

'스테이트 룸이 있긴 할 텐데.'

건물이 거대하니 응접실도 제법 많을 것이었다. 주위를 두리번거리던 리처드는 몇 개의 문을 발견하고 가장 근처에 있는 곳으로 제인을 데리고 들어갔다.

군데군데 노란 등불이 켜져 있는 방은 무도회 때 쓰는 소품을 보관하는 창고였다. 오늘 열린 무도회에서 급하게 쓸 소품이 생길지도 몰라서 불을 끄지 않고 그냥 둔 모양이었다.

책장처럼 생긴 거대한 선반 세 개가 방 한가운데를 가로질렀고, 그 위에 자잘한 소품들이 놓여 있었다. 가장 안쪽에는 부피가 큰 물건들이 자리했는데, 조금 텁텁한 냄새가 떠돌았으나 전체적으로 관리가 잘되고 있는 창고였다.

리처드는 안쪽에 사람이 있는지 확인했고, 그사이 제인은 정신을 차렸다. 그녀의 앞으로 돌아온 리처드는 팔짱을 끼고 약간 위험한 기세를 풍겼다.

"묻는 말에 제대로 대답하시오."

아까와는 달리 그의 음성에는 음산한 기운이 섞여 있었다. 자신을 겁주려고 한다는 걸 안 제인은 눈살을 찌푸리며 똑같이 팔짱을 끼고 턱을 치켜들었다.

"뭘요?"

"벌써 세 번째 묻는 거요. 그대는 천사가 맞소?"

이제는 아예 원론적인 질문에 제인은 코웃음을 쳤다. 자신이 천사가 아니라면 악마라도 된단 말인가. 오히려 그 질문은 본인이 하고 싶었다.

"그러는 그쪽은요? 내가 아는 그 악마가 맞나요?"

서로를 향한 의심 속에 답변은 없고 질문만 가득했다. 이후 침묵으로 일관하다가 먼저 입을 연 건 제인 쪽이었다.

"내가 아는 그 '침묵의 루카스'가 맞다면, 말수를 좀 줄이는 게 어때요? 예전엔 안 그러더니 왜 이렇게 변한 거죠?"

제인이 환생 전의 이름을 들먹이자 리처드의 경계심이 조금 누그러졌다. 자신의 정체를 정확하게 알고 있는 걸 보면, 비밀 임무를 함께 수행하기로 한 그 천사가 맞을 것이다. 다만, 말수를 줄이라는 지적은 귀에 거슬렸다.

"내가 말하는 것까지 그대에게 허락을 구해야 하오?"

리처드가 눈매를 좁히며 차가운 어조로 묻자, 그 작은 표정 변화에 담긴 뜻을 능히 짐작한 제인은 입술을 샐쭉거렸다. 춤을 출 때 하도 신경이 쓰여서 한 말이었는데, 그게 비위에 거슬린 모양이었다. 그렇다고 당신 목소리가 내 혼을 쏙 빼놓는다고, 솔직하게 말할 수도 없는 노릇이었다.

한숨을 내쉰 제인은 한발 물러나기로 마음먹었다. 지금 그와 싸워봤자 이득을 얻는 건 엘리스고, 피해를 입는 건 자신이었다.

"알았으니까 화내지 마요. 뭐, 이제 더는 춤출 일도 없을 테니까……."

제인은 스스로 다독이듯이 말을 내뱉으며 고개를 돌렸다. 어차피 오늘 이후로 그에게 손등 키스를 받거나 춤을 출 일은 없었고, 그토록 가까이에서 목소리를 들을 일도 없을 터였다. 조금은 안도하며 중얼거린 그 말을 리처드는 정확히 들었다. 그렇지 않아도 화가 나 있던 그의 눈빛이 이내 건조해지며 차분하게 가라앉았다.

고요한 정적이 익숙지 않은 제인은 그를 힐끗 살폈다. 그러다 그의 눈빛이 또 텅 비어 있음을 느꼈을 때, 그녀는 속이 불편해졌다. 환생 전에는 자주 보았던 눈빛이었고, 환생 후에는 프린 팰리스에서 한 번 마주한 적 있었다. 매우 공허하게 비어 있는 듯한,

그 분위기가 어째서인지 자꾸 마음에 걸렸다.

"저기요."

조금은 발전했던 호칭이 예전으로 돌아가 버렸다. 불만이 가득한 그녀의 표정에도 리처드는 아무 말도 하지 않았다. 길을 가다가 전혀 모르는 사람이 불렀어도 그보다는 반응이 있을 것이었다. 괜히 아니꼬워진 제인은 한소리 하고자 했다. 그러나 갑자기 그가 입을 틀어막는 바람에 무위로 돌아갔다.

"으읍!"

"쉿."

조용히 하란 신호에 제인은 리처드의 손을 떼려고 붙잡은 상태 그대로 얼어붙었다. 눈만 동그랗게 뜨고 가만히 있는데, 주위를 둘러보던 그가 최대한 소리를 죽이고 조심스럽게 말을 꺼냈다.

"누군가 이쪽으로 오는 것 같소. 조용히 하고 따라오시오."

리처드는 제인의 손을 낚아채 창고 안쪽으로 깊숙이 들어갔다. 선반 몇 개를 지나자 테이블과 의자들이 놓여 있는 것이 눈에 띄었다. 하지만 천을 덮지 않은 깡마른 테이블은 몸을 숨기기에 적합하지 않았고, 두 사람을 넉넉히 가려줄 만한 공간도 없었다.

가까워지는 발소리에 다급해진 리처드는 창고 구석에 있는, 의자를 차곡차곡 쌓아 올린 곳으로 제인을 데려갔다. 벽 모서리와 쌓아놓은 의자 사이로 약간의 틈이 있었다. 한 명이 숨기도 비좁은 그곳으로 제인을 들여보낸 그는 제 몸으로 덮듯이 그녀에게 다가섰다.

그와의 거리가 순식간에 좁혀지자 제인은 질겁하며 벽에 몸을 딱 붙였다. 등에 닿은 벽에서 한기가 흘러나와 피부를 얼렸지만, 지금 중요한 건 그게 아니었다.

"이게 무슨!"

"쉬잇! 조용히 하시오. 숨을 곳이 여기뿐이니 어쩔 수 없지 않소. 들켰다간 나나 그대나 끝이오."

단둘이 어두운 창고 안에 있는 걸 들킨다면 그 즉시 추문에 휩싸일 게 뻔했다. 그 추문을 잠재우는 방법은 딱 하나, 둘이 약혼했다고 발표하는 것뿐이었다. 그건 제인도 원하는 바가 결코 아니었기에 이 상황을 참고 견딜 수밖에 없었다.

곧이어 누군가 문 여는 소리가 들렸다. 섧게 우는 여인의 흐느낌과 함께 달래는 여성의 목소리도 창고를 채웠다.

"안나, 그렇게 울면 예쁜 얼굴이 빛을 잃잖니."

침착하게 달래는 목소리에도 안나라는 여인은 더 섧게 울었다. 남들 앞에서 우는 모습을 보일 수 없어서 조용한 곳을 찾다가 창고까지 온 모양이었다.

두 여인의 인기척에 리처드는 반사적으로, 좀 더 안쪽으로 몸을 움직였다. 한 줄로 쌓아 올린 의자가 과연 얼마나 가려줄 수 있을까. 불안한 마음에 밀착하는 그를 제인은 차마 밀어내지 못했다. 이 상태로 들키기라도 하면 그대로 낙장불입이었다.

춤을 출 때보다 더 좁혀진 거리는 조금만 잘못 움직여도 몸이 닿을 정도였다. 마치 리처드의 품에 안겨 있는 듯한 기분에 제인은 눈을 질끈 감았다. 그나마 그가 한쪽 팔로 벽을 짚고 몸을 고정했기에 망정이지, 그렇지 않았다면 정말 상상도 할 수 없는 일이 벌어졌을 것이었다.

저만 움직이지 않으면 괜찮다고 제인이 위안하는 사이, 두 여성은 창고 안에 다른 사람이 있는지도 모르고 대화를 계속했다.

"앤. 정말 어떡하면 좋겠니. 약혼을 파기하긴 싫은데, 아까 봤니? 그 여자 곁에 딱 붙어서 떨어지지 않는 거. 나랑은 눈도 안 마주치더라."

여인은 통곡하듯이 다시 울음을 터뜨렸다. 듣자 하니 누군가에게 약혼자를 빼앗긴 모양이었다. 장사에도 상도가 있고 연애에도 도리가 있는 법인데, 남의 약혼자에게 손을 댄 여인의 정체는 곧 밝혀졌다.

"네가 가슴 아픈 건 알지만, 그런 여자에게 넘어가는 사내라면 이만 마음에서 떠나보내, 안나. 너라면 더 좋은 신사를 만날 수 있을 거야."

"안 돼, 앤. 그를 오해하지 마. 그는 그냥 이용당하고 있는 거야. 잘생겼고 작위도 높으니까. 황태자 전하를 자극할 수 있겠다 싶었겠지. 엘리스, 그 천하에 나쁜 계집애 같으니! 나와 그의 사이를 모르는 것도 아니면서 어쩜 그런다니."

쌓인 게 많았던 건지 안나는 눈물을 펑펑 쏟아내면서도 입으로는 쉴 새 없이 엘리스를 향한 욕을 퍼부었다.

혹여나 소리를 낼까 봐 입술을 꼭 깨물고 있던 제인은 안나의 거친 말에 왠지 모를 통쾌함을 느끼며 속으로 그녀를 응원했다. 안나와 후작의 약혼은 비밀인 듯했지만, 그래도 그 사실을 알고 있던 엘리스와 그녀의 유혹에 넘어간 후작의 행실은 욕을 먹어도 쌌다. 심지어 오늘, 약혼녀를 버리고 엘리스를 에스코트하며 입장하지 않았던가.

문득 리처드가 무슨 표정을 짓고 있는지 궁금해진 제인은 그에게 눈길을 주었다가 급속도로 후회했다. 엘리스의 얘기에는 관심도 없는 얼굴로 그저 저만 지그시 응시하고 있는 그를 아무렇지도 않게 보는 건 매우 어려운 일이었다. 게다가 무슨 생각을 하는 건지 드러나지 않는 표정이 괜히 더 마음을 심란하게 했다.

'아까 심보를 나쁘게 썼다고 벌받는 건가.'

엘리스에게 복수하겠다고 마음을 나쁘게 먹은 벌을 한꺼번에 받는 기분이었다. 정신적 타격을 받은 제인은 두 여인이 빨리 나가주길 바랐다. 좁은 공간에서 그와 워낙 붙어 있는 탓에 주변 온기가 후끈했다. 등에 닿은 벽에서 올라오는 한기도 몸을 덮은 열기를 물리쳐 주진 못했다.

안절부절못하는 제인과 달리 리처드는 매우 차분한 표정을 유지하고 있었다. 그러나 그의 마음은 그다지 평온하지 못했다. 자신을 의식하는 듯한 제인의 불안한 시선과 목덜미부터 가슴 위까지 훤하게 노출된 그녀의 몸에서 풍기는 달콤한 향내 탓이었다. 마치 저도 여인이라 주장하는 듯한 그녀의 반응은 매우 색다르면서도 생소했다.

'의외군. 예전 같았으면 불쾌하다는 티만 냈을 텐데.'

예전과 다르게 바짝 긴장한 제인의 태도는 그에게 묘한 감정과 희열을 불러일으켰다. 항상 으르렁거리기만 하던 그녀가 지금은 저를 남자로 대하는 느낌을 주는 데다, 창고의 매캐한 냄새까지 날려 버리는 향긋한 체취는 더 맡고 싶을 정도로 좋았다.

'그래도 나름 여인의 감성은 가지고 있단 건가.'

리처드는 달아오른 제인의 볼을 흥미롭게 내려다보다가 옛 기억을 떠올렸다. 자각의 진을 새기기 위해 단추를 풀면서 눈물을 보일 때는 그것이 천사의 자존심이라 여겼지만, 문득 그것만은 아닐지도 모르겠다는 생각이 들었다.

제인도 여인이었음을 그가 새롭게 깨닫는 동안, 앤은 유순한 어투로 우는 안나에게 뼈아픈 소리를 내뱉고 있었다.

"안나, 후작님을 감싸려 들지 마. 엘리스 공녀가 잘못한 건 맞지만, 네가 있는네도 그녀에게 휘눌리는 건 그분의 잘못이야. 약혼녀를 두고 다른 여인의 파트너가 되어 함께 온다는 게 말이 되니?"

잔인한 현실을 짚어주자 안나의 울음소리는 더 거칠어졌다. 앤은 작은 한숨을 내쉬며 그녀를 껴안고 등을 토닥여 주었다. 남자의 배반으로 자존심에 상처 입은 여인들은 상대 여성에게 모든 잘못을 뒤집어씌우기 마련이었지만, 엄밀히 따지면 잘못은 쌍방에게 있었다.

'나라면 용서하지 못할 텐데, 안나는 또 후작님을 용서하겠지.'

앤은 자신이 아무리 말려도 그녀가 들어먹지 않으리란 걸 알고 있었다. 안나는 운명적인 사랑을 믿었고, 제임스 랭턴 후작이 자신의 운명이라 생각했다. 소녀의 감성을 가진 안나이기에 쉽사리 그를 놓지 못할 터였다. 설득을 포기한 앤은 의가 상하기 전에 그녀를 달래는 데 치중하기로 마음을 고쳐먹었다. 다행히 안나를 위로할 만한 이야기도 있었다.

"아까 엘리스 공녀의 표정 봤니? 전하와 제인 공녀가 춤을 출 때 말이야."

그 당시 엘리스의 표정은 가관이었다. 넋이 나간 채로 제인과 리처드를 보면서 점점 더 처참하게 뭉개지던 엘리스의 얼굴을 떠올리자 안나도 조금이나마 미소 지을 수 있었다.

"나도 봤지. 그 여자도 사랑하는 사람을 뺏긴 기분을 알아야 해. 물론 나는 약혼한 사이고 그 여자는 전하와 아무것도 아닌 사이지만. 차라리 제인 공녀가 황태자비가 됐으면 좋겠어. 그럼 내 마음이 얼마나 후련할까."

"오, 안나."

앤은 감정이 격해져서 험한 말을 내뱉는 친구를 다시금 다독였다. 몇 번의 자잘한 훌쩍임 뒤에야 안나는 진정할 수 있었다.

흐느낌이 가라앉자 제인은 속으로 쾌재를 불렀다. 이제 두 사람이 나가면 이 민망하고 어색한 상황도 종료될 터였다. 하지만 그녀의 바람은 그리 쉽게 이루어지지 않았다.

"너무 울어서 눈이 빨갛잖니. 예쁜 얼굴에 속상하게…… 눈이 조금 가라앉으면 들어가자."

앤의 제안에 제인은 절망했고, 리처드도 침음을 삼켰다. 주인공이 자리를 오래 비우는 건 의심을 살 만한 일이었다. 게다가 둘이 함께 나가는 걸 많은 이들이 보았으니, 이대로라면 조금 골치 아픈 소문이 돌지도 모를 일이었다. 물론 그보다 더 큰 문제는 따로 있었다.

'제프 공작이 못 참고 뛰쳐나오지만 않았으면 좋겠군. 그에게 들키면 정말 곤란한데.'

바람 쐬러 나간다고 할 때도 말리려던 공작이었다. 불안해하던 그라면 지금쯤 좌불안석이 따로 없을 것이었다. 그가 제인을 찾으러 나온다면 창고 안의 인기척을 느낄 테고, 그 즉시 발각이나 마찬가지였다. 기척에 민감한 공작이라면 두 여인과 달리 안쪽에 사람이 있음을 단번에 간파할 게 분명했다.

공작을 떠올린 리처드가 슬슬 불안함을 느낄 때, 문 여는 소리가 들리자 제인은 몸을 굳히며 그를 올려다보았다. 다행히 그는 안도하고 있었다. 앤과 안나가 나가기 위해 문을 여는 소리였기 때문이었다.

두 여인이 나간 뒤에도 그는 한동안 비켜주지 않았다. 덕분에 제인은 심각한 내적 갈등을 겪어야만 했다.

'비키라고 할까? 다들 나갔는데 왜 이러는 거야. 설마 또 누가 오나?'

최악의 상황까지 생각하는데, 그건 아니었는지 그가 몸을 뒤로 물렸다. 드디어 자유를 찾은 제인은 다리에 힘이 풀렸다. 앤과 안나가 창고에 머문 시간은 그리 길지 않았지만, 제인의 체감 시간은 그보다 훨씬 길었다. 그녀가 불안정한 호흡을 가다듬을 새도 없이 리처드의 재촉이 이어졌다.

"여기서 더 지체하면 공작에게 들킬 수도 있소. 빨리 나갑시다."

제인은 힘없이 고개를 끄덕였다. 그렇게 두 사람은 창고에서 간신히 탈출했다.

밖으로 나온 제인은 리처드가 열어주기도 전에 먼저 회장과 연결된 뒷문을 열었다가 흠칫 놀랐다. 저를 찾으러 나오던 아버지와 마주친 것이다. 정말 간발의 차였다.

제프 공작은 화들짝 놀라는 딸을 보곤 그녀의 뒤에 서 있는 리처드에게 매서운 눈길을 주었다. 마치 내 딸이 죄지은 사람처럼 놀라는 이유가 무엇인지, 얼굴은 또 왜 이렇게 붉은지, 밖에서 무슨 짓을 하고 온 건지 당장 해명하라고 다그치는 듯했다.

그 시선에 담긴 뜻을 알면서도 리처드는 말이 없었고, 되레 당황한 제인이 이미 굳어버린 뇌를 억지로 가동했다.

"밖, 밖이 추운데 어디 가세요, 아버지. 해가 떨어져서 많이 쌀쌀해요."

붉어진 볼을 저도 모르게 감싸는 제인의 행동은 밖에 있었던 걸 어필하는 느낌이었고, 가만 바라보던 제프 공작은 곧 표정을 풀었다.

"그러다 감기라도 걸리면 어쩌려고 밖에 오래 있었느냐. 전하께서는 겉옷도 아니 벗어주시나 보구나."

순간, 제인도 리처드도 할 말을 잃었다. 제프 공작은 매우 기분이 나쁘다는 느낌을 폴폴 풍겨대며 리처드를 노려보았다. 아버지의 오해에 제인은 리처드를 위해 변명을 해줄지, 아니면 그냥 내버려 둘지 고민에 빠졌다.

자신이 굳이 그를 위해 나서줄 필요는 없었지만, 금세 양심이 따끔거렸다. 제 얼굴 탓에 그가 곤란에 처했으니 도와주고자 했으나, 그런 딸의 낌새를 눈치챈 제프 공작이 먼저 선수를 쳤다.

"그만 돌아가자. 산책보다는 의자에 앉아 쉬는 게 좋았을 것을 괜히 나갔구나."

엉뚱한 놈에게 딸을 빼앗긴 아버지의 심정은 미움으로 가득해서 그를 저격하는 걸 쉬이 멈추지 못했다. 마음에 드는 신사가 딸을 달라 해도 싫을 것 같은데, 원수 같은 황제의 핏줄이야 오죽하겠는가.

제프 공작의 짜증을 순순히 받아내며 무도회장으로 돌아온 제인은 아버지와 한 번 더 춤을 추었다. 언짢아하는 그의 기분을 풀어주기 위함이었지만, 돌아오는 건 리처드에 대한 은근한 주의였다. 남자는 외모와 능력이 다가 아니라는 이야기를 귀에 박힐 만큼 들은 뒤에야 그녀는 풀려날 수 있었다.

그러는 동안 리처드는 자리에 묶인 듯이 앉아서 한 타임도 쉬지 않고 춤을 추는 윌리엄을 지켜보았다. 그는 황태자비가 될지도 모를 제인과 엘리스만 빼놓고 다수의 아가씨와 춤을 추었다. 공녀들과 춤을 춰도 문제가 되지 않겠지만, 윌리엄은 철저하게 선을 그었다. 조금이라도 형님의 자리를 넘보지 않겠다는 무언의 표현 같았다.

그런 그와 달리 헨리는 기어코 제인에게 손을 내밀었다. 다정히
실 웃어주는 헨리는 기분 좋은 신사였고, 제인은 그와 연달아 두
번이나 춤을 추었다.

리처드의 시선이 자꾸 그쪽으로 향하는 걸 느낀 누군가가 주의
를 주지 않았더라면, 헨리는 몇 번이고 제인에게 춤 신청을 했을
지도 몰랐다.

그렇게 말도 많고 탈도 많던 제인의 생일 파티는 밤이 깊어질
즈음에 끝이 났다. 제인과 리처드가 춤을 춘 일이 어떤 파란을
불러일으킬지는 아무도 모르는 채로.

파티가 끝나고 집으로 돌아간 엘리스는 한바탕 난동을 부렸다.
방 안에 있는 물건을 다 때려 부수고 화를 내면서 소리를 지르다
가, 끝내 소파에 엎어져서 서럽게 울었다. 요 며칠, 갑자기 나타난
제인이 모든 걸 망쳐 버렸다.

엘리스가 소파에 얼굴을 묻고 눈물을 쏟아내고 있을 때, 몬타
공작이 방문을 두드렸다.

"애야, 들어가도 되겠니."

딸을 살펴보러 온 몬타 공작은 짙은 갈색 콧수염과 곱슬머리를
가진 중년의 남성이었다. 그는 문 너머로 흘러나오는 딸의 울음소
리를 듣다가 손잡이를 살짝 잡아당겼다. 열린 문틈 사이로 엉망
인 방이 보였다. 상태가 좋지 않은 방의 모습은 고용인들이 질겁
하며 도움을 요청하러 올 만했다.

말없이 안으로 들어간 몬타 공작은 세상이 망하기라도 한 듯
슬피 우는 딸을 잠시 지켜보다가 의자에 앉았다. 그는 눈물을 그
치라고 재촉하지도 않았고, 감정적으로 굴지도 않았다. 그저 말없

이 가만히 앉아 있을 뿐이었다.

시간이 좀 지난 뒤에야 울음소리가 잦아들었다. 탁자 위의 손수건으로 눈물을 닦아낸 엘리스는 입술을 깨물고 잘게 남은 떨림을 삼켰다. 마주 앉은 부녀 사이에는 말이 오가지 않았다. 엘리스는 붉게 충혈된 눈으로 아버지를 바라보았다. 조용히 눈을 마주치는 아버지가 무슨 말을 원하는지, 그녀는 잘 알고 있었다.

"더는 불안해서 안 되겠어요. 그의 마음을 얻겠다고 고집부리지 않을게요. 어떻게든 밀어붙여 주세요."

리처드가 제인의 손등에 키스하는 순간 엘리스는 그의 마음을 얻는 걸 포기했다. 대신 마음 외의 것은 전부 다 가질 생각이었다.

그런 딸의 욕망을 아버지는 기쁘게 받아들였다. 그는 욕심이 없는 것보단 있는 게 더 낫다고 생각했다. 특히 권력은 신분 사회에서 꼭 쟁취해야만 하는 대상이었다.

"내일 폐하를 뵙고 약혼을 추진하마. 구설에 오르지 않도록 조심하고, 황태자비가 될 준비만 해라."

아버지의 당부에 엘리스는 고분고분 고개를 끄덕였다. 아버지가 각오한 이상 일은 분명 성사될 터였다. 그리고 그는 딸에게 약속했던 대로 바로 다음 날에 황제를 찾아갔다.

슬슬 날이 풀리는지 눈 대신 비가 추적추적 내리던 날. 질척거리는 길을 뚫고 황궁으로 향한 몬타 공작은 시종의 안내를 받아 황제가 있는 집무실로 향했다. 독대는 이미 허락이 떨어진 상태였기에 그는 커다란 책상 앞에 앉아 서류를 검토 중인 황제를 곧바로 만날 수 있었다.

"폐하."

"아, 공작. 잠시만 기다리시오."

황제는 공작의 말을 끊고 앞에 놓인 의지에 앉기를 권했다. 공작은 순순히 지시에 따랐다.

시종이 차를 내온 뒤에야 황제가 그에게 시선을 주었다. 독대를 청한 이유를 묻는 황제를 향해 몬타 공작은 담담하게 운을 뗐다.

"황태자 전하의 결혼을 언제쯤 추진하실 생각이신지 여쭙고자 합니다. 소신의 여식도 더 나이가 차기 전에 좋은 신사를 만나 시집을 가야 하지 않겠습니까?"

"그리 서두를 게 무에 있소. 청춘 남녀가 정을 쌓을 시간은 주어야지 않겠소."

희대의 애처가이자 낭만주의자로 평가받는 황제답게 그는 교분을 쌓을 시간을 주자며 기분 좋게 공작을 달랬다. 하지만 공작의 다음 말은 황제가 예상치 못한 이야기였다.

"폐하, 소신의 뜻을 오해하신 듯합니다. 엘리스가 아니라 제인 공녀를 황태자비로 맞이할 시기를 여쭌 것입니다."

"그게 대체 무슨 소리요?"

황제의 얼굴이 일그러졌다. 그는 당연히 엘리스와 리처드의 혼담이라고 생각했다. 몬타 공작을 완전히 신뢰하진 않지만, 며느릿감으로는 엘리스를 점찍어둔 지 오래였다. 악마라는 소문이 파다한 제인을 황태자비로 들일 수는 없는 노릇이 아닌가.

'그 계집이 나라를 어떻게 말아먹을 줄 알고!'

황제의 심기가 불편해지자 몬타 공작은 침울한 표정을 지어냈다. 그는 주저주저하더니 굳게 결심한 듯, 비장하게 말을 꺼냈다.

"어제 웨슬럿 가에서 무도회가 있었는데, 전하가 제인 공녀와만 춤을 추었다 합니다."

"그거야 생일 축하를 위해 그런 것이 아니겠소."

황제는 공작을 적당히 구슬려서 돌려보내고자 했다. 하지만 공작은 쉬이 물러나지 않았다.

"아닙니다, 폐하. 엘리스의 생일을 생각해 보면 답이 나옵니다. 다른 귀족들도 사사로이 입에 올리기를, 제인 공녀가 전하를 단단히 사로잡았다 합니다. 모든 이들이 보기에도 그러하온데, 조속히 날을 잡아 맺어주셔야 하지 않겠습니까. 하오면 소신의 여식도 마음을 추스를 수 있을 것입니다."

"허어……."

황제는 공작의 속내를 짐작 못 할 만큼 아둔하지 않았다. 자신을 자극해 리처드와 엘리스를 맺어주려는 속셈이 분명했다. 문제는, 황제가 제인을 며느리로 받아들일 생각이 전혀 없고, 몬타 공작도 그 점을 잘 안다는 사실이었다.

황제는 의자 등받이에 깊숙이 몸을 묻었다.

"공작, 우리 솔직해집시다."

"폐하, 답은 이미 나와 있는 것이 아닙니까."

공작은 가면을 벗고 본래의 날카로운 면모를 고스란히 드러냈다. 껄끄러운 연기 따위는 집어치웠다. 어차피 두 사람은 웨슬럿이라는 공통된 적을 가지고 있었고, 서로 힘을 합치기에 결혼으로 이어진 관계만큼 좋은 것도 없었다. 황제도 그걸 원했고, 공작도 바라 마지않는 일이었다.

결국, 황제는 어두운 낯빛으로 작은 한숨을 내쉬었다.

"무슨 뜻인지 알겠소. 공작은 이만 돌아가시오."

황제는 확답을 주지 않고 신중한 태도를 취했지만, 공작은 그가 곧 황태자를 불러 엘리스와의 결혼을 추진하라고 강요할 것임을 알 수 있었다.

몬타 공작의 예측은 정확히 맞아떨어졌다. 그날 저녁, 황제는 리처드를 따로 불러들였다. 오랜만에 아들과 마주 앉은 아버지는 의미심장한 말을 꺼냈다.

"네가 어찌 그녀를 좋게 보느냐. 너희 둘은 태생부터가 다르다. 몸에 지니고 태어난 그 문양이 증거가 아니더냐."

황제는 리처드의 몸에 있던 천사의 문양을 거론했다.

리처드가 태어날 때 오필리아 황비가 죽는 바람에 그의 몸에 있던 문양은 뒤늦게야 발견되었다. 유모가 놀라워하며 전해준 소식은 슬픔에 빠져 있던 황제에게 작은 위안을 주었다. 정치적인 문제 때문에 그 사실을 공표하진 못했지만, 그는 신이 아내를 데려간 대신에 나라를 이끌 천사를 보내주었다고 믿었다. 그런데 그런 아들이 악마라 불리는 제인에게 마음을 주니 대경실색할 노릇이었다.

"그런 괴이한 아이를 황태자비에 봉할 수는 없다. 그녀만은 절대 안 되니 포기하거라."

그는 그 어느 때보다 단호했다. 그런 아버지의 태도에 리처드는 달리 부정하지 않았고, 그렇다고 수긍하는 자세를 보이지도 않았다. 그저 시종일관 차분한 모습을 고수할 뿐이었다. 아들의 침착한 모습이 황제는 처음으로 답답했다.

"어째서 답이 없느냐."

대답을 강요하자 리처드가 손에 들고 있던 찻잔을 내려놓았다. 그가 담담하게 꺼낸 이야기는 의외의 방향을 택하고 있었다.

"아직은 황태자비를 맞이할 생각이 없습니다. 엘리스 공녀는 물론이고, 제인 공녀도 좀 더 지켜보고자 합니다."

"어허, 지금까지 무얼 들은 게야. 아예 관심을 가질 필요가 없다는 데도! 오히려 흉측한 소문만 떠돌 뿐이다. 악마의 문양을 지녔던 황태자비라니, 누가 받아들이겠느냐. 모두 너를 조롱하고 무시할 것이다. 성군은 나라를 위해 물러설 줄도 알아야 하는 법이야!"

황제는 화를 내며 제인만큼은 절대 안 된다고 쐐기를 박았다. 가문도 가문이지만 악마의 문양은 흉조라는 이유로 결사반대를 외쳤다. 얼굴에 핏대를 세운 그는 아들을 설득하려 애썼다.

"그 여자가 나라를 말아먹을지도 모를 일이다. 그 연녹색 머리카락이 보기에는 좋을지 몰라도 정상은 아니지 않더냐."

제인을 향한 황제의 비난은 점점 수위를 높여갔고 리처드는 그 모든 이야기가 불쾌했다. 악마의 문양을 지니고 태어났다는 이유만으로 그녀를 나쁘게만 평가하는 건 옳지 못했다.

"만나보지도 않고 그리 단정 짓지 마십시오. 단점보다 장점이 더 많은 여인입니다."

덩달아 감정이 흔들린 그는 처음으로 제인을 편들었다. 황제는 기가 차서 잠시 말문이 막혔고, 리처드는 못마땅한 마음을 간신히 숨겼다. 부친은 말린다고 하는 소리지만, 진짜 악마인 그가 듣기에는 썩 기분 좋은 이야기가 아니었다. 게다가 제인에게 문양을 새긴 장본인이 바로 자신이었다.

처음으로 의견 충돌을 겪은 부자 사이에는 잠시 소강상태가 찾아왔다. 그때를 틈타 리처드는 황제의 입을 틀어막을 이야기를 꺼냈다.

"성군은 나라를 위해 물러설 줄도 알아야 한다고 하셨습니까?"

리처드는 좀 전에 아버지가 했던 말을 그대로 읊었다. 그가 갑자기 그 말을 꺼내는 의도를 황제는 알 수 없었으나 순순히 수긍

했다. 바로 몇 분 전에 자신이 직접 한 말이니 아니라고 할 수도 없었다.

"당연하다. 여인 하나 때문에 나라를 위기 속으로 몰아넣는 건 옳지 못한 일이다."

"그럼 여쭙겠습니다. 이십여 년 전, 주변에서 말리는 결혼을 하신 이유가 뭡니까? 어머니의 신분이 제게 독이 될 정도가 아닙니까."

리처드가 꺼낸, 예상치 못한 말에 황제는 심히 당황했다. 그런 아버지의 표정 변화를 리처드는 놓치지 않고 보았다. 처음에는 무척 놀라다가 안색이 하얗게 질려 버렸고, 잠시 생각하는 듯하더니 곧 눈빛이 사나워졌다.

"제프, 그놈 짓이구나."

분노를 참지 못한 황제의 눈동자가 번들거렸다. 그 모습이 마치 벼랑 끝에 몰린 늑대가 사냥꾼을 향해 으르렁대는 느낌이었다.

황제와의 독대를 끝내고 침실로 돌아온 리처드는 쉬이 잠을 이루기 못했다. 그는 필링을 끼고 벽난로의 기둥에 팔을 기댄 채 타들어가는 장작불을 가만히 응시했다. 저녁에 있었던 독대에서 취한 이득은 거의 없었다.

'기껏해야 약혼을 일 년쯤 미뤘다는 것 정도인가.'

황제는 뜻을 굽히지 않았고, 오필리아 황비에 대한 비밀을 알려주지도 않았다. 리처드도 쉬이 물러서지 않았지만, 그가 얻어낼 수 있었던 건 일 년이란 시간뿐이었다. 그 안에 제인을 제외한 다른 여인을 황태자비로 맞이하지 않으면 엘리스 공녀와 약혼하고 결혼을 확정 지어야만 했다.

불쾌한 상황을 머릿속에서 지워 버린 리처드는 곧 침중해졌다.

'황제의 반응으로 보아선 황비의 신분에 큰 흠이 있는 건 확실한데…….'

제프 공작의 말대로 혼자 알아보고 있었지만, 산적한 업무 때문에 속도에 한계가 있었다. 이런 상황에서 가장 좋은 방법은 당사자에게 직접 듣는 것이었다. 황제는 아내의 흠을 이용해 아들을 협박하지 않을 테니 좋은 시도였지만, 그는 끝까지 감추려 들었다. 아들의 자리를 위태롭게 하면서까지 알려줄 수 없는 모친의 비밀이란 무엇일지, 그걸 속히 알아내야만 했다.

"모친의 비밀에, 마음에도 없는 약혼까지 해야 한다니."

리처드는 한숨을 쉬며 팔짱을 풀고 머리를 쓸어 넘겼다. 벽난로에서 뿜어져 나오는 주홍색 빛이 그의 반듯한 이목구비에 닿아 일렁였다.

전생과 현생을 통틀어 결혼생활이란 걸 해본 적 없는 그였다. 누군가와 함께 평생을 사는 일에 심란함을 느끼던 리처드는 환생 전의 기억을 떠올렸다.

천사였던 제인이 삭막한 성에 와서 며칠쯤 지냈을 때 그는 그녀에게 물은 적이 있었다.

"그대는 내가 안 무서운가?"

모두가 그를 두려워하며 멀리한 지 오래였다. 당연히 그녀도 겁을 집어먹고 숨거나 도망치리라 생각했다. 그러나 며칠 지켜본 바론 전혀 아니었다.

"내가 왜 당신을 무서워해야 하죠?"

그는 살면서 단 한 번도 이런 질문을 받게 되리란 예상을 해본 적이 없었다. 누군가가 빤히 눈을 마주쳐 오는 일도 낯설었고,

그 눈이 꽤 영롱해서 예쁘단 생각을 품어본 것도 처음이었다.

"내 질문에 대답 안 해줄 건가요?"

그녀는 되레 더 빳빳하게 고개를 치켜들었다. 그것이 두려움을 숨기기 위한 노력의 산물이라 해도 그것만으로도 대단한 일이었다.

루카스는 익숙지 않은 감정들이 생겨나는 걸 무시하며 그녀가 기다리던 답을 해주었다.

"나에 대한 소문은 충분히 들었을 텐데?"

"물론이에요. 듣기야 했죠. 악명이 자자하시니. 하지만 그걸로 날 겁줄 요량이라면 꿈 깨요. 내 눈에 당신은……."

파란 눈이 그를 위아래를 쓱 훑었다. 그러다 무언가 곰곰이 생각하는 듯하더니 불쑥 말을 꺼냈다.

"그냥 다루기 어려운 늑대 같아요. 그래도 손, 하고 말하면 강아지처럼 내어줄 것 같단 말이죠."

잠깐의 정적이 두 사람 사이를 휘감았다. 그는 가슴속에서 우러나오는 대로, 아주 당연한 말을 내뱉었다.

"미쳤소?"

진심으로 묻는 말에 그녀는 볼이 붉어질 만큼 발끈한 얼굴이 되었다.

그 얼굴을 떠올리던 리처드는 피식 실소를 지었다. 제인을 만날 때마다 느끼는 감정은 뭐라 불러야 할지 감이 잡히지 않았다. 현재 그가 느끼고 생각하는 대로, 그의 손 위로 텅 비어 있는 작고 동그란 병이 나타났다. 겉면에 적힌 글자는 사랑, 특히 이성에 대한 사랑이었다.

'내가 그녀를 사랑하고 있다고?'

쉽게 이해할 수 없는 일이었다. 자꾸 눈길이 가고 관심이 가는 건 사실이지만 그걸 사랑이라 부르기에는 성급한 면이 있었다. 그럼에도 그녀를 떠올리며 느끼는 감정에 반응하는 건 오직, 이 사랑이란 유리병뿐이었다. 그때마다 그 감정을 담기 위해서 여러 차례 시도해 보았지만 번번이 실패하고 있었다.

'유독 이것만…… 이상하단 말이지.'

신의 유리병은 남들이 느끼는 감정이 무엇인지 정확히 안다면 지켜보는 것만으로도 채워지곤 했다. 그런데 무슨 이유 때문인지 이 유리병만큼은 실패를 거듭했다. 고뇌에 빠진 리처드의 생각이 문득 제인에게 닿았다.

'한번 만나봐야겠어.'

그는 제인을 찾아가기로 마음을 굳혔다. 같은 임무를 수행 중인 그녀와 대화를 나누다 보면 무슨 단서가 생길지도 몰랐다.

'엘리스 공녀와의 약혼 이야기도 알려줘야 하고.'

엘리스 공녀와 약혼한다면 웨슬럿을 지지해 주겠다던, 예전에 한 약속을 어기게 되는 것과 마찬가지였다. 그러니 미리 상황을 알려주고 방법을 논의해 볼 필요가 있었다.

제인을 만나기로 생각을 정리하자 그의 손에 들려 있던 유리병이 스르륵 자취를 감췄다. 리처드는 벽난로 위에 놓여 있던 초대장 더미를 뒤적여 원하던 봉투를 찾아냈다.

테두리에 금칠을 한 검은색 봉투는 쓸데없이 화려하고 멋있었다. 뒷면에는 두 자루의 검이 교차한, 웨슬럿의 황금빛 문장이 떡하니 찍혀 있었다. 그 봉투를 뜯어서 안에 든 종이를 꺼내자 모닥불에 비친, 단정한 글씨가 한눈에 들어왔다.

─2월 5일. 킹스 팰리스에서 주최하는 좌담회에 존경하는 친우를 초대하고자 합니다. 주제는 다양한 편견이 인간관계에 미치는 영향입니다. 부디 임석하셔서 지혜를 나누어주시길 바랍니다.

리처드가 찾은 건 에드가 보낸 좌담회 초대장이었다.

숙녀들이 파티나 음악회, 야유회 등을 즐긴다면, 신사들은 함께 모여 사냥하러 다니거나 좌담회를 개최하곤 했다. 그것이 귀족들의 여가활동이었고, 지식의 깊이를 인정받는 수단이었다. 그렇기에 더욱, 에드가 처음으로 여는 좌담회는 제인을 만나러 가기에 적절한 변명거리였다.

리처드가 제인을 만날 계획을 세우는 동안 황제는 여전히 집무실에서 근심이 가득한 자세로 앉아 있었다. 그는 눈을 감고 손으로 이마를 짚은 채, 팔걸이에 몸을 의지하며 옛 생각에 잠겼다.

이십여 년 전, 지금은 나라의 일부가 되어버린 성의 어느 방에서 제프 공작이 터뜨리던 노호가 생생하게 되살아났다.

"자네 미쳤나? 말이 되는 소리를 해! 누가 그런 여자를 황비로 인정한단 말인가!"

전쟁을 통해 점령한 성의 그나마 멀쩡한 방에서, 정확하게 말하자면 지금은 황비가 된 캐서린의 방에서 제프 공작이 다그치던 소리는 마땅한 격렬함을 품고 있었다. 주군에 대한 예의도 내던진 지 오래된 그의 눈에서는 불똥이 튀었고, 목엔 핏대가 섰다.

"그 계집은 당장 내다 버리게! 못하겠다면 내 손으로 죽이겠어!"

"그 입 닥치지 못하겠는가! 그녀를 모독하지 마! 자네야말로 처형당하고 싶지 않다면 입 조심하게. 역모로 엮어버릴 수도 있어!"

황제는 자신이 사랑하는 오필리아가 모독당하자 참을 수가 없어져서 역모 따위를 운운했다. 덕분에 제프의 얼굴은 붉으락푸르락했고, 분위기는 수습할 수 없을 만큼 나빠졌다. 불과 아침나절까지만 해도 등을 맞대고 전쟁터를 누비던 두 사람은 지금 서로를 죽이고 싶은 감정을 참을 수가 없었다.

오래도록 이어진, 숨 막히는 대치 상태에서 먼저 검을 뽑은 건 제프 공작이었다. 그는 허리춤에 매달아두었던, 화려한 검을 뽑아 들었다.

손잡이부터 검집까지 윤이 나는 새까만 가죽에 금빛으로 화려하게 장식된 검은 집안에 고이 모셔둬야 할 예장용 검처럼 생겼다. 그러나 그 검의 내력은 한낱 예장용이라고 치부할 수 없다. 초대 웨슬럿 공작이 사용했고, 수백 년간 대물림되었으며, 황제 앞에서도 유일하게 뽑을 수 있는 검이었다. 또한 전쟁터에서 사용하기에 무리가 없을 만큼 예리하게 날이 선 명검이었다. 그날도 수십 혹은 수백의 적을 베어버린 그 검이 지금은 일국의 황제에게 겨눠졌다.

"역모라, 자네에게 날 처단할 자격이나 있는가? 그깟 여자 하나 때문에 자네는 모든 걸 다 잃을 걸세. 각오는 되어 있겠지?"

위협하는 공작의 행동은 명백한 역모였으나, 황제는 반박도 협박도 하지 못했다. 그저 이를 악물고 그를 노려보기만 할 뿐이었다. 제프 공작의 검 끝이 화려한 샹들리에의 불빛을 받아 번뜩이며 빛났고, 진심으로 저를 죽이고자 한다는 걸 충분히 느낄 수 있었다. 그러나 몸을 억죄는 공포 속에서도 황제는 물러서지 않았다. 대신 뜨겁던 머리가 차갑게 식어버렸다. 그는 차분히 공작과 시선을 마주하며 오연하게 두 팔을 벌려 죽음을 각오한 태도를 보였다.

"죽이시오. 웨슬럿의 이름으로."

제프의 격노한 시선과 검을 쥔 손에 힘이 들어가는 것이 보였다. 노여움이 만들어낸 자잘한 떨림이 검 끝까지 차올랐을 때, 그의 손이 검을 역으로 잡았다. 그렇게 잡은 검을 그는 창 던지듯이 강한 힘을 실어 날렸다.

머리카락 일부가 잘리고, 목을 스쳐 지나간 검이 큰 소리를 내며 뒤쪽 벽에 완전히 박혀 버렸다. 일시적으로나마 심장이 멈추고 피부가 섬뜩하게 일던 그 죽음의 순간을 수십 년이 지난 지금까지 황제는 결코 잊지 못했다. 기절하지 않은 게 용할 정도였다. 그날 제프는 이를 바득바득 갈며 코앞까지 다가와 매우 낮은 음성으로 스산하게 경고를 흘렸었다.

"형제가 없는 걸 감사히 여기게. 만약, 그 계집이 나라를 말아먹거나, 비밀이 만천하에 드러나서 황실의 품위에 먹칠하는 순간이 오면…… 웨슬럿의 이름으로, 내 검에 자네와 그 계집의 피를 묻힐 것을 맹세하겠네."

웨슬럿의 이름을 건 맹세, 그것은 절대적이었다. 그리고 그 맹세는 지금까지 이어지고 있었다.

'대체 무슨 생각인 거냐, 제프.'

그렇게 살벌하게 경고해 놓고 리처드에게 의문을 심어주는 건 대체 뭔지. 그 속내를 쉬이 짐작하기가 어려워서 황제는 눈을 뜨

신의 뜻대로

고 무거운 머리를 등받이에 기댔다. 어느새 새까만 어둠이 창문에 내려앉아 있었다.

"오필리아……."

황제의 입에서 그리운 여인의 이름이 머물다 흩어졌다.

'우리 아들이 왜 당신을 선택했냐고 묻더이다. 다른 이가 물을 땐 막힘이 없었는데, 처음으로 대답할 수가 없었소.'

황제의 입가에 쓰라린 자조가 어렸다. 제인 공녀는 안 된다고 아들을 질타하며 내뱉은 말이 떠올랐다. 이십여 년 전 제프 공작이 제게 했던 것과 같은 말을 어느덧 자신이 아들에게 하고 있었다.

'이십 년 전의 공작과 지금의 내가 다를 게 무엇이란 말인가. 오히려 내가 더 이기적이구나.'

자신은 금지된 사랑을 했으면서 아들은 안 된다고 말리는 사실이 너무나도 씁쓸했다. 한겨울, 늦은 밤에 본인의 모순을 직시하게 된 그의 어깨가 힘없이 축 처졌다. 참으로 힘겨운 하루였다.

3

희한한 거짓말

해가 뜨고 달이 지고, 1월이 2월로 바뀐 지도 닷새째.

제인은 책장으로 벽을 빙 두른 서재의 창가 구석, 볕이 잘 드는 자리에 앉아서 독서에 열중하고 있었다. 그녀가 읽고 있는 소설은 일전에 에드가 목걸이와 함께 준 생일 선물이었다. 제인은 벌써 그 책을 세 번째 읽고 있었지만, 읽고 또 읽어도 좋은 이야기였다.

모든 걸 다 가졌기에 오만했던 남자와 편견을 지니고 그를 대했던 여자가 일련의 사건들을 통해 오만함을 버리고 편견을 깨면서 끝내 사랑을 이루는 이야기는 매우 매력적이었다.

특히 제인은 여주인공이 처한 상황에 공감하는 부분이 많았고, 남주인공 같은 사람을 만나서 푹 빠져 보고도 싶었다. 무뚝뚝하지만 속은 매우 깊고 다정한, 그런 신사를 만난다면 어떤 느낌일까?

'연애라⋯⋯.'

그간 진지하게 여겨본 적 없던 화두가 제인의 머릿속에 자리를 잡았다. 지금껏 유리병과 관련된 임무를 이행할 생각만 했지 일이 끝난 뒤의 미래에 대해서는 고려한 적이 없다. 남들처럼 결혼하고 후손을 남기는 게 불가능한 것도 아닌데도 그러했다.

이번 삶이 다 끝난 뒤에야 다시 천사로 환생할 수 있으니, 지금부터라도 진지하게 짝을 찾아볼까 생각하던 제인은 무심코 창밖으로 시선을 던졌다.

2층에서 내려다보이는 드넓은 정원에 황금빛 육두마차가 서 있었다.

'저건, 설마?'

제인의 눈썹 끝이 곤두섰다. 아니나 다를까, 마차에서 내리는 이는 리처드였다. 그는 에드의 환영을 받으며 건물 안으로 들어섰다.

'황태자라면서 바쁘지도 않나. 왜 좌담회에 참석하고 그래.'

제인은 한탄했지만, 리처드는 일부러라도 좌담회에 자주 참석하는 편이었다. 그래야 미래에 자신의 신하가 될 이들의 사상이나 생각 등을 알 수 있었다. 그 이유를 어렴풋이 짐작하면서도 제인은 무릎에 이마를 콩콩 찧으며 머릿속에서 그를 떨쳐 내려 애썼다. 생일파티 때 제 손등에 키스하던 그의 모습이 자꾸 생각난 탓이었다.

"딴생각하자. 딴생각."

그녀는 필사적으로 리처드를 밀어내면서 그 자리에 억지로 다른 내용을 집어넣었다. 가장 먼저 떠오른 건 좀 전에도 읽었던 책이었다. 그 책을 통해 만족스러운 시간을 선물해 준 오빠에게 제인은 고마운 마음을 전하고 싶어졌다.

'편지를 써야겠어.'

자리를 털고 일어난 그녀는 동쪽 건물에 있는 자신의 방으로 향했다. 될 수 있으면 리처드와 마주치지 않길 바라면서.

제인이 있던 서재와 같은 층에 손님용 응접실이 있었다. 열두 명의 젊은 신사들은 그곳에 모여서 열띤 토론을 벌였다. 자리는 자유로웠는데, 좌담이 목표인 열 명은 벽난로 근처에 모여 서로의 말에 귀를 기울였다. 그들은 에드가 낸 주제에 맞춰 의견을 내거나 반박하며 본인들의 생각을 피력하려 애썼다.

"편견은 경험에서 얻은 상식과 부정적인 상상력의 결합입니다."

"그런 걸 두고 아집의 결집이라 하지요. 시야를 좁게 하고, 마음을 열지 못하게 합니다."

신사들은 하나같이 진지한 얼굴로 대화를 나눴다. 그와 달리 헨리는 창가 주위를 기웃거렸고, 리처드도 창가의 테이블 앞에 앉아서 차를 홀짝이며 이따금 정원에 시선을 주곤 했다.

두 사내의 목적은 하나였다. 제인 웨슬럿. 그녀를 만나고자 하는 이유는 조금 달랐지만, 만나야만 하는 건 같았다.

시간이 좀 지났을 때, 헨리가 먼저 기회를 포착했다. 하얀 플리스 외투를 걸치고 정원을 걷는 여인을 발견한 것이다. 그녀의 연녹빛 머리카락에 마음이 급해진 헨리는 주위를 쓱 둘러보았다. 리처드를 제외하곤 다들 토론에 집중해서 참여하고 있었다.

"여러분은 편견이 나쁘다고 말씀하시지만, 그 안에는 분명히 순기능도 존재할 겁니다."

"맞습니다. 그러나 인간이란 사유할 수 있는 존재고, 나쁜 방향의 편견은 골라내야만 합니다. 깨려는 노력이 동반될 때, 우리는 비로소 성장할 것입니다."

구구절절 옳은 말들이었다. 헨리는 고개를 끄덕여 공감하는 척하면서 자연스럽게 문 쪽으로 이동했다. 최대한 소리가 나지 않도록 조심하며 문을 열었으나, 차가운 공기가 인으로 훅 밀고 들어와 사람들의 주의를 끌었다. 도망치려다 들켜 버린 헨리는 민망한 미소를 지었다. 그는 신사들에게 가볍게 고개를 숙여 실례한다는 몸짓을 보인 뒤에 그들의 열정에 방해되지 않도록 얼른 나가서 문을 닫았다.

서쪽 건물에 있는 에드의 서재에 오빠에게 줄 편지를 두고 나온 제인은 정원을 가로질러서 중앙 건물을 향해 걷고 있었다. 그녀의 손에는 부모님께 드릴 편지도 한 통 들려 있었는데, 그것을 아버지의 서재에 놓고 나올 생각이었다.

제인이 몇 개의 석조 계단을 올라 현관 앞에 도달했을 때, 급하게 나오던 헨리는 그녀와 딱 마주쳤다. 제인을 놓칠까 봐 다급하게 계단을 내려왔던 헨리는 약간의 수줍음과 정중함을 담아서 가볍게 고개를 숙였다. 제인도 그와 타이밍을 맞춰 무릎을 굽히며 나소곳하게 인사했다.

그 뒤엔 약간의 어색함이 생성되었다. 헨리는 제인과의 만남이 반가우면서도 이렇게 정면에서 마주칠지 몰랐던지라 말을 꺼내기까지 다소 시간이 걸렸다. 살짝 긴장한 그를 위해서 제인이 먼저 화두를 꺼냈다.

"좌담회에 오신 건가요? 바덴 남작님. 원하신다면 안내를 위해 버틀러를 불러드리겠습니다."

혹여나 길을 잃은 건 아닐까 싶어서 물어본 말에 헨리가 작게 웃었다. 그의 미소는 에드만큼 부드럽진 않아도 더 밝고 활기찬 면이 있었다. 덕분에 신사와 숙녀, 단둘이 있는 공간에 생성되는 어색함은 사라지고 자연스러운 분위기가 형성되었다. 그 분위기에 힘입어 용기를 얻은 헨리는 함께 시간을 보내도 예의에 어긋나지 않을 만한 변명거리를 생각해 냈다.

"좌담회도 좋지만, 창문에서 바라본 킹스 팰리스의 정원에 마음을 빼앗겨서 잠시 거닐까 하여 나왔습니다."

말투는 잔잔하고 단정했지만, 그의 눈빛 속에는 같이 걷고 싶다는 티가 고스란히 묻어 있었다. 마음껏 대화를 나눌 기회를 여러 번 놓친 탓인지 그는 좀처럼 감정을 감추지 못했다. 그 순진함에 결국 웃음이 터진 제인은 그와 조금 더 대화를 나눠보고 싶은 마음이 들었다. 아버지의 서재에 편지를 두고 와야 하지만 그건 산책 후에 해도 될 일이었다.

"응접실 창문에서 킹스 팰리스의 동쪽 관목 숲은 보지 못하셨을 텐데, 그곳도 매우 멋지답니다. 아직 꽃이 피진 않았지만, 어젯밤에 눈이 내린 덕에 해가 떠 있을 땐 숲 전체에 보석을 깔아둔 것 같아요."

"그거 정말 멋지겠군요. 겨울에만 볼 수 있는 풍경이 아니겠습니까."

"물론이죠. 지금이 아니면 보기 어렵답니다. 남작님만 괜찮으시다면, 관목 숲의 산책로까지 안내해 드릴까요? 귀한 손님을 혼자 보낼 수는 없으니까요."

제인이 먼저 함께 산책할 수 있는 여지를 주자 헨리는 눈에 띄게 기쁨과 행복이 넘쳐흐르는 표정을 지으며 빠르게 승낙했다.

"레이디께서 안내해 주신다니, 이보다 더 좋은 기회가 어디 있겠습니까!"

흥분하여 말해놓고 무언가 어감이 이상하게 해석될 여지가 보이자, 헨리는 볼을 붉히며 이전보단 차분하게 말을 덧붙였다.

"물론, 킹스 팰리스에 대해 잘 알고 계시는 분께 정원을 소개받는 일 말입니다."

헨리는 제인이 아랫입술을 물고 간신히 웃음을 참는 걸 보면서 헛기침을 했다. 민망하면서도 미소가 떠올랐다. 헨리는 제인이 팔짱을 낄 수 있도록 왼팔을 접었고, 제대로 에스코트하겠다는 강력한 의지에 그녀도 장갑 낀 손을 내밀어 그의 팔을 살짝 잡았다. 그렇게 두 남녀는 다정한 분위기를 풍기며 건물 앞의 정원을 둘러보다가 동쪽 관목숲으로 향했다.

제인이 보기에 헨리는 인기가 좋을 법한 남자였다. 적당히 맵시 좋은 몸매에 선이 진한 이목구비와 부드러운 인상을 지니고 있었고, 친절한 데다가 사람을 기분 좋게 해줄 줄도 알았다. 백작인 아버지의 작위를 물려받을 텐데도 거드름 하나 피우지 않았고, 항상 정중함을 유지했다.

무엇보다 제인을 기쁘게 하는 건 시선을 나눌 때마다 경탄하는 그의 눈빛이었다. 널널한 사랑에 빠졌음을 순수하게 드러내는 그의 눈동자는 연애 경험이 전혀 없는 제인도 알아차릴 정도였다. 그는 아주 열정적으로 사랑의 감정을 내보였으나, 신사적인 태도를 넘어서지는 않았다. 그 덕에 두 사람은 즐겁게 서로를 대할 수 있었다.

제인은 동쪽 관목 숲을 좋아했다. 걷기 시작할 때부터 지겹도록 봐온 풍경이지만 계절마다 그 느낌이 달랐다. 생명이 움트는 봄은 경이로웠고, 신록이 창취한 여름은 향기로웠으며, 단풍이 드는 가을은 풍요로움 그 자체였다. 그리고 지금, 차갑게 빛나는 겨울은 눈이 부실 만큼 깨끗했다. 수백 년을 공신 가문으로 존재

신의 뜻대로

한 웨슬럿의 위엄이란, 이렇게 정원에서도 느껴지곤 했다.

눈꽃이 핀 숲을 꽤 깊이 들어갔을 무렵, 대화는 웨슬럿 가문의 집을 킹스 팰리스로 부르는 이유로까지 이어졌다.

"이 거대한 부지를 보니 그리 부를 만합니다. 프린 팰리스를 제외하고는 제국에 단 하나뿐인 팰리스가 아닙니까."

"아무리 그래도 킹스라는 이름은 너무 거해요."

개국 이후 지금까지 강력한 힘을 유지해 온 웨슬럿이라지만, 공작의 집이 가질 만한 이름은 아니긴 했다. 심지어 황제가 사는 프린 팰리스는 옛날엔 세컨드 팰리스로 불렸다는 말도 있었다. 그럼에도 지금껏 이름을 바꾸지 않고 불러온 건 이 저택을 킹스 팰리스라고 지은 이가 초대 황제라는 설이 있기 때문이었다.

"초대 황제 폐하께서 이곳을 왕의 궁전이라 명명하신 내막은 정확히 모르지만, 위대한 웨슬럿은 신의 축복을 받아 제국을 비호하는 가문이 아닙니까. 그에 대한 존중의 의미일지도 모르지요."

헨리는 웨슬럿 가문에 꼬리표처럼 따라붙는 신의 축복을 언급했다. 그 축복은 웨슬럿 가문의 장자들이 대대로 엄청난 무위를 지녔기 때문에 생긴 말이었다. 그 덕에 웨슬럿 가는 수백 년간 최고의 무가로 자리매김했고, 지금의 위상을 가질 수 있었다.

사람들은 그것을 신의 축복이라 했지만, 제인은 타고난 재능과 끝없는 연습으로 만들어진 노력의 산물이라 생각했다.

"사람들은 오빠가 얼마나 많은 노력을……."

제인은 에드의 이야기를 꺼내려다가 우측 길에 서 있는 이를 발견했다.

눈이 뿌려진 하얀 관목숲에 대비되는 느낌을 지닌 그는 팔짱을 끼고 나무에 기대 서 있었다. 그 품새가 꽤 오래 기다린 듯하니 아마도 지름길을 이용한 게 아닐까 싶을 정도였다.

'왜 이곳에, 차라리 서쪽으로 갈걸.'

제인은 후회했으나 이미 늦었다. 그는 자신을 기다리고 있었던 게 분명했다. 헨리의 안색도 살며시 굳어졌다. 좀 전까지만 해도 좌담회 장소에 있던 황태자가 굳이 이곳까지 와서 기다리고 있다는 건, 둘만의 시간을 방해하려는 의도로밖에 보이지 않았다.

'상대가 황태자 전하라니······.'

헨리는 난처했으나 얼굴에 드러내지 않으려고 최대한 애썼다. 그와 달리 제인은 미간에 주름이 잡히는 걸 막지 못했다. 생일날의 부끄럽고 민망한 기억에서 아직 벗어나지 못했는데 직접 마주치기까지 했으니 껄끄럽기 그지없었다.

팔짱을 낀 제인의 손에 힘이 들어가자 헨리는 무심코 고개를 돌렸다가 그녀의 표정을 보았다. 어딘가 무척 불편해하는 모습에 그는 조금이나마 안도할 수 있었다. 아직 제인의 마음속에 자신이 들어갈 공간이 있는 듯 보였기 때문이었다.

기씨운 마음을 억누른 헨리는 리처드를 향해 고개를 숙였고, 리처드는 그의 인사를 받으며 말을 건넸다.

"내가 방해했나 보군."

"아닙니다, 전하."

누가 봐도 방해였으나 헨리는 부정했다. 리처드는 머지않아 황제가 될 사람이었고, 귀족인 헨리에게는 예를 갖춰야 할 의무가 있었다. 그런 두 남자 사이에는 묘한 기류가 떠돌았는데, 한 여인을 사이에 두고 벌이는 기 싸움의 일종이었다. 리처드는 제인에게 할 말이 있었고, 헨리는 자리를 비켜주기 싫었다. 결국, 리처드가 먼저 침묵을 깨고 상황을 정리했다.

신의 뜻대로

"공녀와 긴히 할 얘기가 있는데, 잠깐 자리 좀 비켜주겠나."

드디어 올 것이 오고야 말았다. 헨리는 제인을 빼앗기는 것이 썩 내키지 않았으나, 리처드가 대놓고 말했으니 물러날 수밖에 없었다. 그래도 그는 한 번 더 제인에게 시선을 주었다. 그녀가 가지 말아달라고 한다면 어떻게든 곁에 남을 생각이었다. 하지만 아쉽게도 제인은 순순히 팔을 풀고 그를 놓아주었다.

"남작님, 다음에 또 봬요. 다음에 오시면 다른 산책로도 보여 드릴게요."

"친절에 감사드립니다. 그럼 다음을 기약하도록 하죠."

헨리는 정중하게 인사하고 왔던 길로 되돌아갔다. 그와의 거리가 제법 벌어지자 제인은 고개를 돌려 리처드를 바라보았다.

"할 말이라니. 갑자기 무슨 일이죠?"

불편한 마음을 누르고 애써 꺼낸 음성은 자신의 귀에도 퉁명스럽게 들렸다. 그런 제인의 반응에 익숙한 리처드는 개의치 않고 조용한 곳으로 자리를 옮기자고 했다. 사방이 뚫려 있는 곳에서 할 이야기는 아니었기 때문이었다.

임무와 관련된 대화는 언제나 철저하게 비밀에 부쳐야 했기에, 제인은 적당한 곳을 물색했다. 그리고 곧 알맞은 장소를 떠올릴 수 있었다.

"아버지의 서재로 가죠."

어차피 그곳에 볼일이 있었던 제인은 몸을 돌렸다.

앞서가는 그녀를 보면서 리처드는 못마땅한 듯 혀를 한번 짧게 찼다. 헨리와는 그리 다정하게 팔짱을 끼고 걸으면서 즐거워하더니, 저와는 보폭을 맞춰줄 생각도 없는 모양이었다.

씁쓸한 마음으로 향한 제프 공작의 개인 서재는 다른 방들에

비해 크기가 작았으나 있을 건 다 있었다. 깔끔하게 정리된 책상과 그 뒤에 놓인 책장, 벽을 상식하는 큼직큼직한 그림들, 햇빛에 닿아 아늑해 보이는 소파와 불이 지펴진 벽난로가 두 사람을 맞이했다. 제인은 주인 없는 서재에 자연스럽게 들어가서 리처드에게 자리를 권했다.

"앉아요. 아버지는 저녁때에나 오실 테니까 편히 있어요."

저번 저녁 식사 때 이후로 제프 공작과 리처드의 사이가 매우 껄끄러움을 아는 제인은 아버지가 출타했음을 알려주었다. 그건 뜻밖의 친절함이었다. 평소의 그녀라면 그가 불편해하든 말든 전혀 관심을 가지지 않았을 터였다.

"의외요."

"뭐가요?"

제인은 그의 말에 개의치 않고 문을 굳게 닫았다. 말소리가 새어나가지 않게 하기 위함이었다. 그런 제인을 빤히 보던 리처드는 벽난로 옆에 서며 그녀의 물음에 대답했다.

"내게 잘해주는 것 말이오. 그것도 매우, 친절하게."

그는 일부러 친절하다는 부분을 강조했고, 제인은 충격을 받은 얼굴로 대리석 석상처럼 굳어버렸다. 정신을 차린 뒤에야 절대 그런 적이 없다고 부정했지만, 이미 엎질러진 물이었다.

'악마에게 편히 있으라고? 내가 미쳤지. 미쳤어. 이러고도 내가 천사라니.'

제인은 본인에게 화가 나 입술을 잘근잘근 물었다. 스스로 느끼기에도 리처드에 대한 반감이나 경각심이 예전보다 많이 누그러져 있었다. 좋지 않은 일이었다. 제인은 그를 향해 경계의 눈빛을 팍 쏘아주고는 그런 무서운 말은 하지도 말라고 당부했다.

"내가 당신에게 친절하다니, 말도 안 되는 소리 하지 말아요. 앞으로도 그럴 일은 없으니까 불러낸 이유나 말해요. 곧 나가야 해요."

부러 빨리 나갈 필요는 없었지만, 단둘이 있는 건 부담스러웠다. 리처드와 마주 보기 싫은 탓에 제인은 등을 돌리고 서서 괜히 애꿎은 책장만 뒤적였다. 그런 그녀의 뒷모습을 보면서 리처드는 신의 유리병에서 찾아낸, 이상한 부분에 대해 말을 꺼냈다.

"혹시 감정이 모이지 않는 유리병이 있소?"

그의 물음에 제인의 손이 멈췄다. 그녀는 그를 한번 바라보았으나 곧 고개를 돌렸다. 그러면서도 질문에 대해서는 애매한 답을 내주는 걸 잊지 않았다.

"글쎄요. 다 모은 건 아니라서…… 갑자기 그건 왜 묻는데요?"

경계심이 뚝뚝 묻어나는 대답이었다. 리처드보다 먼저 유리병을 모으고 싶다는 마음에 제대로 대답해 주지 않은 것이다.

쓸데없는 승부욕이 발동한 그녀를 리처드는 다른 방법으로 회유했다.

"말하고 싶지 않다면 하지 않아도 좋소. 그저 내가 가진 유리병 중 하나가 좀처럼 채워지지 않는 게 기이하여 물은 것이니까."

그가 먼저 정보를 공개하자 제인도 책장에서 시선을 떼고 관심을 보였다. 그녀도 그런 유리병을 하나 가지고 있었다.

"어떤 병인데요?"

"이성 간의 사랑."

제인의 눈 끝이 살짝 움찔했다. 그 반응만으로도 알 수 있었다. 그녀가 가지고 있는 그 유리병도 좀처럼 채워지지 않았음을. 신이 만든 유리병에 불량이 있을 리는 없고, 무언가 의도가 있다는 건 충분히 짐작할 수 있었다. 다만, 그 의도가 무엇인지 모르니 채우는 방법도 알 길이 없다는 게 문제였다.

리처드는 제인이 의심하지 않도록 빈 유리병을 꺼냈다. 그의 손 위에 생성된 유리병은 스르륵 날아가서 제인의 손에 안착했다. 유리병에 적힌 검은 글자는 분명 사랑이라고 적혀 있었다. 제인의 표정이 심각해지는 걸 보며 리처드는 말을 이었다.

"노력은 해봤지만 좀처럼 안 채워지던데, 그대는 어떻게 할 생각이오?"

"당신이야말로 의외네요. 내게 방법을 다 물어보고."

제인은 유리병을 요리조리 살펴보며 대꾸했다. 본디 두 사람은 서로에게 의지하는 일이 없었고, 의심은 당연했으며, 의견을 나누는 일도 극히 드물었다. 다만 힘의 우위 때문에 리처드가 제인에 비해 경계를 덜 할 뿐이었다.

"임무 완수와 관련된 일이오. 개인적인 감정을 내세워 큰일을 그르칠 정도로 우매하지는 않소. 그대의 현명함도 익히 알고 있으니 좋은 방법이 있는지 물어보는 거요."

리처드는 어느 모로 보나 완벽한 대답을 내놓았다. 개인적인 감정으로 일을 그르치는 건 우매하다며 제인이 빠져나갈 구멍을 차단했고, 칭찬은 적절히 섞어서 기분을 띄워주었다. 리처드의 치밀함에 제인은 헛웃음을 지었다.

"당신 참 능글맞아졌네요."

"어쩌다 보니."

그는 구태여 부정하지 않았다. 본인이 환생 후에 많이 달라졌다는 건 오래전부터 느끼고 있었다. 인간으로서의 경험이 만들어 낸 부산물이었지만 충분히 만족하고 있었다. 제인도 달라진 그의

신의 뜻대로

모습이 나쁘지는 않다 생각하며, 예외적으로 계획을 들려주었다.

"여러 번 시도해 봤지만, 보는 것만으로는 안 돼서 직접 경험해 볼 생각이에요. 마침 적당히 호감 가는 사람도 있고요."

제인은 좀 전에 만났던 헨리를 떠올렸다. 그는 점잖은 신사였고 매력적이었으며, 순수한 태도로 호감을 샀다. 그를 생각하면서 미소 짓는 제인의 표정에 리처드는 눈살을 찌푸렸다.

정말 알다가도 모를 일이었다. 제인과 헨리는 기껏해야 세 번쯤 만났고, 말을 나눈 건 오늘이 두 번째였다. 그런데 헨리는 이미 열렬한 감정을 내보였고, 그녀도 그가 마음에 드는 듯했다. 물론, 헨리가 여인들에게 인기가 좋다는 건 잘 알고 있는 사실이지만, 제인까지 이런 반응을 보일 줄은 몰랐다. 그가 불쾌한 감정을 드러내자 제인은 고개를 갸웃거렸다.

'왜 저래? 내가 먼저 유리병을 채울까 봐 불안한 건가?'

다른 이유를 찾지 못한 그녀는 승리의 미소를 지으며 리처드에게 가까이 다가갔다. 확실히 '이성간의 사랑'이란 감정은 자신이 먼저 채울 가능성이 컸다.

"황태자 전하, 미간 좀 펴시지요. 뭐가 그리 불쾌하셔서 이리 짜증을 부리실까?"

제인은 그의 눈앞에서 유리병을 흔들며 장난을 쳤다. 그제야 상념에서 벗어난 리처드는 제인의 손에 들린 유리병을 없앴다. 본인도 왜 이리 기분이 나쁜지는 정확히 모르지만, 아마도 그녀의 미소 때문이라 생각했다. 그는 못마땅한 눈길로 제인을 쳐다보았다.

"천사가 눈앞에서 기뻐하며 웃으니 썩 즐겁지 않아서 말이오."

"어머— 그러셨구나아."

제인은 말꼬리를 올리며 더욱 환하게 웃었다. 리처드가 기분 나빠 하길 바라며 한 행동이었지만, 그런 도발은 매우 위험하고 좋지 못했다. 표정이 굳어버린 리치드가 곧바로 상황을 역전시켰기 때문이었다.

"직접 겪어본다니 매우 좋은 방법 같소. 나도 그 방법을 이용해 봐야겠군."

"뭐라고요? 누가 뭘 해요?"

제인은 저도 모르게 정색했다. 그가 직접 겪어보겠다니. 악마가 사랑이란 걸 할 수 있는지도 의문이지만, 만에 하나 할 수 있다고 해도 그것만큼 끔찍한 일도 없다고 생각했다. 하지만 리처드는 매우 무덤덤하게 제인의 속을 긁어댔다.

"뭘 하긴. 그대가 바덴 남작과 연분을 맺는 것처럼 나도 그 방법을 써볼까 한단 거요. 적당한 기회도 왔고 말이오."

"적당한 기회? 누구랑요?"

"엘리스 공녀. 그녀와 약혼할 생각이오."

그의 약혼 선언에 제인은 충격을 받아 정신이 빠진 사람처럼 서 있었다. 번개가 머리를 강타하고 속을 다 태우는 느낌이었다. 그 고통이 지나고 나자 극한의 분노가 뱃속에서부터 치솟아 올랐다.

제인의 눈길이 살벌해지자 리처드는 괜한 통쾌함을 느꼈다. 복수에 성공한 사람처럼 그는 슬쩍 입술 끝을 올렸다. 제인은 그 웃음을 노려보며 말을 하나하나 씹듯이 내뱉었다.

"지금 웃음이 나와요? 그런 여자랑 약혼하는데도 즐겁나 보죠? 당신 미쳤어요?"

"아니, 지극히 정상이오. 폐하께서 곧 날짜를 잡겠다고 하시는데 내가 어떻게 거부하겠소."

사실은 내년까지 기한을 미뤄뒀지만, 리처드는 굳이 그걸 밝히지 않았다. 그는 제인이 화를 내는 걸 더 구경하고 싶었다. 덕분에 그녀는 환생한 뒤에 그 어느 때보다 흥분한 상태였다.

"아. 그래서 싫다고도 하지 않고 '네, 알겠습니다. 약혼하겠으니 날짜를 잡아주십시오.' 했나 보네요. 나와의 약속은 내팽개치고요!"

제인은 분노를 이기지 못하고 그를 노려보며 치맛자락을 움켜쥐었다. 얼마나 화가 났는지 손에 들린 편지가 구겨지는 것도 모를 정도였다.

분명히 리처드는 약속했었다. 악마의 문양에 대한 보상으로 웨슬럿 가에 힘을 실어주겠다고. 제프 공작의 예의 없는 태도에도 그가 웨슬럿 가와 관계를 유지하는 건 그 약속 때문이기도 했다. 덕분에 웨슬럿의 권력도 최근 들어 회복세를 보였다. 그런데 이 와중에 엘리스 공녀와 약혼을 한다면, 되레 스튜더 가문에 힘을 실어주는 꼴이 되는 것이었다. 절대 눈 뜨고 볼 수 없는 일이 벌어지려 하고 있었지만, 그는 여전히 태평한 얼굴로 본인의 행동을 정당화했다.

"어차피 언젠가는 해야 할 약혼이오."

"아무리 그래도 이건 아니죠!"

제인은 화를 내며 서재를 이리저리 돌아다녔다.

"내가 미쳤지. 악마가 한 약속을 덥석 믿어버리고. 애초에 믿는 게 아니었는데!"

제인은 그를 앞에 두고 들으라는 듯이 악마를 한껏 욕했지만, 좀처럼 울화가 가라앉질 않았다. 정말 할 수만 있다면 그를 한 대 치고 싶었다.

노려보는 기세가 점점 살벌해지자 리처드는 그녀를 놀리는 걸 슬슬 그만둬야 함을 느꼈다. 이대로 뒀다가는 정말 주먹이 날아

올지도 몰랐다.

"화는 그만 내고 해결법이나 생각합시다."

"해결법이라니, 무슨 해결법이요! 약혼하신다면서요. 꽃가루 뿌리면서 축하라도 해드릴까요? 아니면 잘 사시라고 천사의 축복이라도 내려 드릴까요?"

제인은 분노와 이죽거림을 한꺼번에 터뜨렸다.

그 모습이 왠지 웃겨서 리처드는 얼굴에 띤 미소를 지우지 못했다. 정말 반응 한 번 격하게 하는 여인이었다. 전생과 현생을 통틀어 자신에게 이토록 화를 내는 이는 처음 보았다. 그는 웃느라 흔들리려는 음성을 가다듬고 차분히 그녀를 다독였다.

"진정하시오. 나라고 좋아서 이러겠소. 안 그래도 그 일 때문에 당신을 찾아온 거요. 약속한 건 지키고 싶은데, 어찌해야 할지 알 수 없어서 말이오."

그가 아직은 약혼할 생각이 없음을 밝히자 부산스럽게 방 안을 돌아다니던 제인이 우뚝 멈췄다. 아까보다는 조금 가라앉았으나 여전히 의심 어린 시선에 그는 고개를 끄덕여 주었다.

"얼마나 버틸 수 있을지는 모르겠지만, 최소한 내년까지는 엘리스 공녀와의 약혼을 미룰 수 있을 거요. 물론, 올해 안에 어느 가문의 누가 되었든 약혼을 해야 한다는 전제가 깔려 있긴 하지만 말이오."

리처드는 약간의 여지를 주었다. 제인은 이 상황이 썩 마음에 들진 않았으나, 최악은 면했다고 생각하며 마음을 가라앉혔다. 이젠 적당한 방법을 생각해 내야만 했다.

기력이 빠진 제인은 의자에 털썩 앉아 곰곰이 생각에 잠겼다. 리처드는 그런 제인을 슬쩍 보곤 그녀가 방법을 내놓을 때까지 얌전히 기다렸다.

머리에서 열이 올라올 만큼 제인은 많은 생각을 떠올렸다가 지워 버렸다. 그가 납득할 수 있을 만큼 제대로 된 방법을 찾아내야만 했다.

'유리병을 채우기 위해 약혼한다고 했으니까. 유리병을 채우지 않아도 된다면 당장은 약혼하지 않을 수도 있다는 거겠지.'

비록 일 년 뒤에는 약혼을 피할 수 없다지만, 그건 훗날의 이야기였다. 그때까지라도 시간을 벌 필요가 있었다.

'엘리스를 제외한 다른 여자랑 약혼해서 직접 유리병을 채우는 방법이 있긴 한데.'

스튜더 공작가만 아니라면 웨슬럿 가에는 큰 위협이 되지 않았다. 하지만 썩 마음에 드는 방법은 아니었다. 지금까지 빙글거리던 리처드의 태도로 보아 그가 원하는 방법도 아닐 터였다.

조금 더 고민하던 제인은 긴 한숨을 내쉬고 등받이에 몸을 기댔다. 한숨 소리를 들었는지 방을 구경하고 다니던 그가 고개를 돌렸다.

"좋은 방법이 떠올랐소?"

"하아, 내가 진짜."

"싫으면 안 해도 되오."

"시끄러워요. 당신이 나를 이용하고 있단 걸 모를 줄 아나요?"

제인은 그를 톡 쏘아보았다. 처음에 흥분했을 때는 몰랐는데, 가만히 앉아서 찬찬히 생각해 보니 그가 이러는 의도가 보였다.

엘리스와의 약혼을 거론하면서도 굳이 여지를 주고, 일 년을 미룰 수 있다고 하면서도 좋은 방법을 생각해 내라고 요구한다는 건 자신에게 원하는 게 있다는 뜻이었다.

정곡을 찔린 그는 피식 웃으며 제인의 맞은편으로 가 앉았다.

"역시, 많이 똑똑해졌소."

"아- 내가 정말, 악마는 두 번 다시 상종하질 말아야지."

제인은 뻔뻔한 그를 위아래로 흘기다가 입술을 꽉 깨물었다. 임무를 받을 당시에 제인은 천신으로부터 유리병을 합쳐서 악마와 함께 임무를 수행하는 것도 가능하다는 얘기를 들었다.

그걸 알고 유도하는 그가 매우 밉지만, 별수 없었다. 태도는 얄미워도 그가 원하는 방법이 옳은 것임은 본인도 느끼고 있었다.

"합치죠, 유리병."

"결정한 거요?"

"별수 있나요. 당신이 약혼한다면서 쩨쩨하게 날 협박하는데."

쩨쩨하다는 표현에 리처드는 어깨를 으쓱였다. 이렇게라도 하지 않으면 그녀는 끝까지 경쟁을 요구할 터였다. 그건 꽤 비효율적인 일이었고, 임무를 완수하는 데에도 긍정적이지 못했다. 그리고 무엇보다 '사랑'이란 감정을 느낄 자신이 없었다. 기분은 좋지 않지만, 차라리 제인과 유리병을 합치고 그녀가 병을 채우는 게 더 합리적이었다.

원하는 걸 받아낸 리처드는 자리에서 일어났다. 제인의 결정을 들었으니 이제 돌아갔다가 어둠을 틈타 유리병을 전부 가져와야만 했다. 합치는 데 시간이 얼마나 걸릴지 알 수 없으니 지금 당장 하기엔 무리가 있었다.

"프린 팰리스는 보는 눈이 많으니 여기서 처리합시다. 오늘 밤에 유리병을 가지고 그대 침실로 가겠소. 병사와 시녀들은 미리 물려두시오."

리처드의 말에 제인은 한숨으로 대답을 대신했다. 볼일이 끝났으니 나가려는 그를 제인의 목소리가 붙잡았다.

"내 침실이 어디 있는지는 알고 가는 건가요?"

알 턱이 없었다. 물어본다 한들 알려줄 것 같지도 않아서 그저 밤늦도록 불이 켜져 있는 방이 으레 그녀의 침실이겠거니 생각하는 정도였다. 제인은 그럴 줄 알았다는 눈빛으로 리처드를 한번 바라보고 고개를 팩 돌렸다.

"동쪽 건물의 2층, 좌측 끝에 있는 방이에요. 정문은 들킬 위험이 크니까 건물 뒤로 돌아서 와요. 후원 근처에 큰 나무가 하나 있으니까 그걸 이용해서 2층 난간으로 올라가면 방이 하나 나올 거예요. 거기가 내 침실 맞은편, 끝에 있는 방이에요. 복도에 있는 사람들은 전부 물릴 테지만, 간혹 병사들이 다닐 때가 있으니 조심해서 와요."

목소리는 퉁명스러웠으나 제법 친절하고 상세한 설명이었다. 리처드는 인사 겸 그녀에게 잠시 시선을 주고 밖으로 나갔다. 그가 가고 난 뒤에 혼자 남은 제인은 땅이 꺼져라, 깊은 한숨을 쉬었다.

'일 년이라니.'

일 년 안에는 약혼해야 한다는 그의 말이 머릿속을 맴돌았다. 그 상대가 누가 될지는 모르겠으나 엘리스만은 아니길 바랐다. 그러면서도 입맛이 쓴 탓에 제인은 턱을 괴고 입술을 삐죽였다.

'누가 될지는 모르겠지만, 그 약혼녀는 불쌍하네. 저런 나쁜 놈이랑 약혼이라니. 흥!'

제인은 좀 전에 있었던 일을 한참 곱씹으며 리처드를 욕하다가 벌떡 일어났다. 쓸데없는 상념에 사로잡혀 있을 시간에 구겨진 편지를 새로 쓰는 등의 좀 더 유익한 일을 하는 게 나았다.

제인은 새 편지지를 찾기 위해 아버지의 책상으로 다가갔다.

깔끔하게 정리된 책상 위에는 서류 몇 개 외엔 올라와 있는 것이 없었다. 다만, 그중에서도 두툼하게 묶어놓은 서류가 제인의 시선을 사로잡았다. 겉면에 '검은 새 실태 상황 보고서'라고 쓰여 있는 것이 호기심을 불러일으킨 탓이었다.

'검은 새라. 아버지가 나 때문에 여전히 고생하시는구나.'

검은 새는 암살자를 뜻하는 은어였고, 그와 관련된 서류가 부친의 책상 위에 놓여 있는 이유는 뻔했다.

문양이 사라졌음을 공표했으니 암살 위협도 줄었으리라 생각했지만, 공작은 여전히 혹시 모를 위협에 대비하고 있었다. 괜히 코끝이 찡해진 제인은 서류를 집어 들고 겉면을 넘겼다.

'오빠 필체인데?'

에드의 수려한 글씨가 하얀 종이 위를 빼곡하게 채우고 있었다. 그 속에 적힌 내용을 읽어 내려가던 그녀의 푸른 눈이 심하게 흔들렸다. 자신을 미워하는 이는 많이도 보았지만, 믿었던 마리의 배신은 충격으로 다가왔다.

"아버지가 돌아가신 뒤에 어머니는 앓아누우셨고, 동생도 원인 모를 병에 걸렸습니다. 자꾸 좋지 않은 일이 생기니까 공녀님 때문이라고 생각했어요. 악마인 공녀님이 제 곁에서 없어졌으면 싶어서……."

곁에서 없어지길 바랐다는 그 말이 제인의 가슴을 후벼 팠다. 아무짝에도 쓸모없는 빌어먹을 문양이 남의 가족을 어찌 아프게 하겠는가.

마리는 그저 원망할 대상이 필요했던 걸지도 몰랐다. 또는 누군가가 그녀의 어리석고 나약해진 정신을 이용해 범행에 가담시킨 걸 수도 있었다. 그 이유가 무엇이든 간에 제인은 다시 한 번 상처받고야 말았다. 그렇게 애정을 주고 믿음을 보였음에도 불구하고 필요에 의해 배반하는 인간에게.

굳게 닫힌 제인의 방문 앞에서 베티는 근심이 가득한 얼굴로 한숨을 내쉬었다. 그녀는 정성껏 조리한 스프와 스테이크, 샐러드 등을 가지런히 놓은 쟁반을 들고 있었다. 제인이 저녁을 들길 거부해 방까지 직접 가지고 왔지만, 안으로 한 발짝도 들어갈 수 없었다.

"아가씨. 식사가 싫으시면 잠자리라도 봐드릴게요. 옷도 갈아입으셔야 하잖아요. 문 좀 열어주세요. 네?"

베티의 간곡한 청에도 제인은 문을 열지 않았다. 아무도 보고 싶지 않으니 사람을 모두 물리고 돌아가라는 말만 반복될 뿐이었다. 베티는 물론이고 이사벨라와 에드도 그녀를 찾았지만, 설득은 불가능했다.

베티는 이유를 알 수 없는 제인의 행동에 제프 공작을 떠올렸다. 아버지의 말이라면 항상 잘 따르던 아가씨였으니 공작이 온다면 문을 열어줄지도 몰랐다. 다만, 제프 공작의 출타가 길어져서 밤늦게야 돌아올 예정인 게 조금 아쉬웠다.

"그럼, 아가씨. 아래층에 있을 테니까 혹시 필요한 것 있으면 부르세요."

이번에는 아무런 대꾸도 들려오지 않았다. 다시 한 번 한숨을 내쉰 베티는 고개를 절레절레 내젓고, 눈치를 보는 사람들에게 아래로 내려가라는 신호를 주었다. 경비병들과 시녀들이 하나둘 자리를 뜨고, 베티도 제인의 침실 문을 걱정 어린 눈길로 바라보다가 걸음을 옮겼다.

서늘한 밤바람이 어둑해진 대기를 가르고, 풀벌레조차 숨죽인 한겨울 밤에 웨슬럿 가의 담을 넘는 간 큰 이가 있었다. 야음을 틈타 담벼락을 뛰어넘는 사내는 말쑥한 정장 차림의 리처드였다.

그는 남의 집에 잠입하는 이 상황에서도 말끔한 옷차림을 하고 단정한 걸음으로 웨슬럿 가의 영토를 가로질렀다. 집주인이라고 해도 믿을 만큼 편안한 태도였으나 그도 걱정하는 게 하나 있었다.

'에드는 몰라도 제프 공작은 조심해야 하는데.'

제프 공작의 실력을 자세히는 모르지만, 제국에서 가장 강하다 하니 만만찮은 건 확실했다. 그런 사내의 집 안에 몰래 잠입하다 못해 애지중지하는 여식의 침실로 들어가는 일이니, 혹여나 들키기라도 하면 정말 죽이려 들지도 몰랐다.

'주의하긴 해야겠군.'

리처드는 마음을 굳게 먹고 어둠이 짙게 내려앉은 숲을 산책하듯이 활보했다. 관목 숲 너머로 거대한 석조 건물이 희미한 달빛을 받으며 굳건히 서 있었다.

제인은 녹빛의 드레스를 입은 채로 침대에 쓰러져 있었다. 밥조차 먹지 않았고 맥이 풀린 얼굴로 천천히 눈을 감았다. 아마도 마리처럼 자신을 암살하려다가 실패하고 죽어간 사람의 수가 수십은 족히 되지 않을까 싶었다.

'어렸을 때도 그랬으니까.'

갓난아기 때의 기억을 온전히 가지고 있는 제인은 늦은 밤에 병장기 부딪치는 소리가 들리던 마당을 떠올렸다. 기사들의 고함

신의 뜻대로

소리와 자신을 껴안고 떨지 않으려 노력하던 어머니의 품, 죽어가던 암살자들의 단말마까지. 힘이 봉인된 지 얼마 되지 않아 더 예민하던 그녀의 청각과 감각은 그 모든 소리와 기척을 고스란히 받아들였었다.

'신이시여, 당신은 제가 겪을 이런 고통까지 아셨나요?'

제인은 자신을 환생시킨 천신을 떠올렸다. 그가 사람들의 감정을 모아달라고 부탁했을 때만 해도 제인은 제 앞에 이런 시련이 놓여 있을 줄은 꿈에도 몰랐다.

그때, 청량한 노크 소리가 그녀의 생각을 잘라냈다. 이어 들려오는 목소리에 제인은 오늘 밤 리처드가 방문하기로 했었음을 기억해 냈다. 당황한 그녀는 후다닥— 침대를 벗어났다. 눈가에 맺힌 눈물을 닦아내면서 황급히 벽에 걸린 거울을 보니 얼굴이 말이 아니었다. 잘 묶어두었던 머리는 산발이 된 지 오래인 데다가 얼굴은 열이 올라 붉었고, 눈은 살짝 부은 상태였다.

'이런.'

제인은 리처드에게 잠깐만 기다리라고 하면서 부스스한 머리부터 빠르게 풀어헤쳤다. 엉망이 된 꼴을 그에게 보여준다는 건 절대 있을 수 없는 일이었다. 그건 자존심과도 관련된 문제였다. 항상 완벽한 천사의 모습을 보여야 한다는 강박관념에 제인의 손길이 바빠졌다.

빗으로 빗을 시간도 없어서 손으로 다듬고, 붉은 리본 하나를 옆머리에 달았다. 머리를 얼추 정리했을 때 리처드가 그녀를 재촉했다.

"안 열 거요?"

"열 거예요. 잠시만 기다려 봐요."

제인은 그리 말하면서도 문과 정반대에 있는 테라스로 뛰어갔다. 테라스 문을 열자 차가운 공기가 뜨뜻하게 데워진 방 안으로 파고들었다. 제인은 부디 열어놓은 창문이 붉어진 얼굴의 변명거리가 되길 바랐다. 예를 들어서 방이 더운 탓에 얼굴이 달아올랐고, 온도를 낮추기 위해 창을 열어놨다는 식으로.

방문 너머로도 느껴지는 부산함을 감상하며 리처드는 팔짱을 꼈다. 들키면 어쩌려고 이리 오래도록 밖에 세워두는 것인지. 복도가 휑하니 망정이지 그렇지 않았다면 이미 누군가의 눈에 띄었으리라.

리처드가 다시 입을 열었을 때 문이 열렸고, 슬그머니 저를 올려다보는 제인의 얼굴에 그는 말문이 턱 막혔다. 볼은 발갛게 익은 데다 눈매는 힘이 없었으며, 힐끔거리는 모양새가 눈치를 보고 있는 게 분명했다. 그 이유는 아마도 눈 끝을 적셔놓은 눈물 때문이리라.

'울었나?'

왜인지는 몰라도 운 건 확실했다. 그 이유가 궁금하지만, 그는 굳이 티를 내지 않았다. 우는 걸 들킬까 봐 가슴 졸이는 제인의 마음을 알기 때문이었다. 그는 되레 무뚝뚝한 태도를 유지했다.

"뭐 하느라 이제 여는 거요. 설마 불과 몇 시간 전에 온다 했던 말을 잊어버린 건 아니겠지?"

리처드는 본의 아니게 정곡을 찔렀고, 제인은 조가비처럼 입을 꼭 다물었다. 그냥 분위기 전환 삼아 던져 본 말이었는데 사실로 밝혀지자 어이가 없었다. 정말 그새 잊어버렸다니, 그는 고개를 저으며 방 안으로 들어섰다.

흰색과 금색으로 된 가구가 많은 제인의 침실은 깨끗한 맛이 있었는데, 그중에서도 그를 가장 먼저 반긴 건 방 안에 가득한 꽃 향기였다. 향이 그리 강하진 않았으나 인위적인 것이 향수를 뿌린 듯했다. 그제야 분주함의 이유를 안 리처드는 웃음을 참는 데 전력을 다해야만 했다.

'원래 이런 성격이었나?'

저번에 창고에서도 의외라 생각했지만, 알면 알수록 여성스러운 면이 제법 많았다. 향수보다는 땀 냄새가 어울릴 것 같았고 액세서리보다는 무기가 더 잘 맞는 여인이라 생각했건만, 이제 보니 전혀 다른 면도 가지고 있었다.

그렇게 나름의 감탄을 하며 방을 구경하고 있는데, 그걸 모르는 제인은 불안한 마음에 계속 그를 힐끔거렸다. 이 나라에서 여인의 고상한 취미나 미적 감각을 대변해 주는 것이 집 안의 가구였다. 제인은 침실에 있는 모든 가구의 배치가 완벽하다 생각했지만, 혹시나 흠을 잡히진 않을까 싶어서 가슴을 졸이다가 참지 못하고 먼저 입을 열었다.

"유리병은요? 가져왔나요?"

제인의 물음에 리처드는 주위를 둘러보는 걸 멈췄다. 대신 손을 한번 휘저어 방 안에 유리병을 뿌려놓았다. 색색의 액체가 든 유리병들이 허공에 둥실둥실 떠 있다가 바닥에 사뿐히 내려앉았다. 간간이 빈 병들도 보였지만, 그래도 제인의 예상보다는 많이 채워둔 상태였다.

"꽤 성실히 모았네요."

"그대는?"

리처드가 묻자 제인도 유리병을 꺼내는 것으로 대답을 대신했다. 제인의 유리병도 이미 많이 채워져 있었다. 이대로라면 유리병을 합친 뒤엔 남은 병이 거의 없을 듯했다. 두 사람이 지니고 있던 병이 한꺼번에 나오자 커다란 침실을 알록달록한 유리병들이 가득 채웠다. 침대 위에도 병들이 놓였고, 몇 개는 자리를 잡지 못하고 허공을 떠돌았다. 제인은 그것들을 헤치고 지나가 바닥에 앉았다.

"시작하죠."

제인이 붉은 액체가 든 유리병을 하나 집어 들고 올려다보자, 리처드도 그녀의 곁으로 다가가 자리를 잡고 앉았다.

제인이 든 병은 '편견'이었다. 곧 리처드의 손 위로 같은 이름을 지닌 또 다른 병이 날아왔다. 둘 다 붉은색 액체가 반 이상 채워져 있었다. 잠시 시선을 나눈 두 사람은 들고 있는 병을 서로 포갰다.

그 순간, 짐작조차 못 한 일이 벌어졌다.

수도 밖, 웨슬럿의 영지에 들렀다가 밤늦게야 돌아온 제프 공작은 옷을 갈아입을 새도 없이 서재로 들어섰다. 며칠 자리를 비운 탓에 처리해야 할 일이 밀려 있었다.

뒤따라 들어온 이사벨라는 남편의 겉옷을 받아들며 식사는 했는지, 필요한 건 없는지 등의 가벼운 질문을 꺼냈다. 아내에게 간단하게 대답하던 공작은 책상 근처로 갔다가 멈칫했다. 바닥에 서류 하나가 떨어져 있었다.

"누가 내 서재에 들어왔었소?"

그는 서류를 집어 들며 짐짓 심각한 어조로 물었다. 이사벨라는 걱정과 의문이 복잡하게 담긴 시선으로 남편의 분위기를 살피며 대답했다.

"낮에 제인이 황태자와 함께 왔었어요."

"리처드? 그 녀석은 또 왜?"

제프 공작의 눈썹이 일그러졌다. 잊을 만하면 딸과 함께 거론되는 리처드가 영 마음에 들지 않았다. 하지만 이사벨라는 두 사람이 함께 있었던 건 아무래도 좋았다. 문제는 그 뒤에 벌어진 딸의 이상한 태도였다.

"지금 그게 문제가 아니에요. 제인이 밥도 안 먹고 대화도 피해요. 에드가 달래도 듣질 않고요."

이사벨라는 넘치는 근심을 한숨으로 흘려냈다. 리처드와 무슨 문제가 있었던 건 아닐까 짐작하고 있지만, 물어봐도 아니라고만 하니 답답할 노릇이었다. 하지만 제프 공작은 제인이 그러는 이유를 알 것 같았다. 책상 위에 두었던 서류가 바닥에 떨어져 있는 점도 그렇고, 제인이 서재에 들어왔었다는 사실도 딱딱 들어맞았다.

'결국은 봤구나.'

좀 더 관리를 철저히 할 걸, 후회되었으나 이미 엎질러진 물이었다. 공작은 피로에 물들어 까칠해진 턱을 매만지다가 책상 위로 서류를 툭 던져 놓았다.

"제인은 침실에 있소? 지금쯤이면 자려나?"

딸을 만나 대화를 나눠보고 싶었으나 시간이 조금 애매했다. 자정은 넘지 않았지만 늦은 시각인 건 확실했다. 지금 당장 갈지, 아니면 날이 밝으면 찾아가 볼지, 갈등하는 공작의 고민을 이사벨라가 종결시켜 주었다.

"아직 안 잘 거예요. 베티가 잠자리를 봐준다고 해도 문을 안 열어주더래요. 드레스를 입고 잘 성격도 아니니 가서 한번 달래보셔요."

이사벨라는 딸을 찾아가 보라고 넌지시 일렀고, 공작은 그 의견을 받아들였다. 오늘은 처리해야 할 것들이 많았지만, 업무보다는 날이 더 중요했다. 그는 아내가 주는 겉옷을 다시 걸쳤다.

"내 다녀오리다."

짧은 인사와 함께 그는 서재를 나섰다. 딸의 방으로 향하는 공작의 머릿속에는 상처받은 딸을 달래줄 말들이 떠올랐다가 가라앉고, 생겨났다가 사라지곤 했다.

구슬을 닮아 동글동글한 유리병이 가득한 방에서 제인과 리처드는 어리둥절한 얼굴로 앉아 있었다. 평소 표정이 잘 드러나지 않는 리처드마저 당황한 기색이 역력했다. 두 사람이 그토록 놀란 이유는 합친 유리병의 행방이 묘연해졌기 때문이었다. 완전히 사라져 버린 것이다.

"당신이 가져간 것 아니었어요?"

"아니오."

리처드는 즉각 부정했다. 하지만 제인도 그저 당혹스러워서 물어봤을 뿐, 그가 가져갔다고는 생각하지 않았다. 그의 얼굴에도 황망한 기색이 완연했기 때문이었다.

"난 불러도 반응이 없는데, 당신도 그런 거죠?"

"그 병의 존재가 아예 느껴지질 않소."

절박한 두 사람의 시선이 얽혔다. 둘 다 같은 증세를 보이고 있었다.

본디 신의 유리병은 세상을 다스리는 천신과 마신이 두 사람에게 하사한 신물이었다. 천신은 제인에게, 마신은 리처드에게 주고 인간 세상의 모든 감정을 담아오라 일렀다. 수백 개에 달하는 유리병은 두 사람의 영혼과 묶여 있어서 부르면 나타났고, 느끼는 감정에 따라 알맞은 것이 떠오르기도 했다.

그런데 좀 전에 합친 '편견'은 아무리 불러도 응하지 않았다. 그 사실을 확인하자 정말 사라졌을지도 모른다는 불안감이 엄습해 왔다.

"안 되겠어요. 직접 찾아보죠. 여기 어딘가에 섞여 있을 수도 있잖아요."

제인은 주위에 놓인 유리병 중에 '편견'과 비슷한, 붉은색의 유리병만 골라 글자를 확인했다. 리처드도 그 방법에 찬성했다. 그는 자리에서 일어나 멀리 떨어진 유리병들을 일일이 검사했다.

그때까지만 해도 두 사람은 제프 공작이 다가오고 있음은 꿈에도 생각지 못했다. 공작이 건물의 현관홀에 당도할 때까지 수색은 진행되었고, 제인은 자신의 치마 밑에 깔린 것은 없는지 들추기에 이르렀다. 창가 쪽을 수색하고 있는 리처드의 뒷모습을 힐끔거리며 풍성한 치마를 뒤집어도 '편견'은 보이지 않았다. 그때, 리처드가 갑자기 몸을 돌렸다. 치마 안을 뒤적거리던 제인은 얼른 옷자락을 놓았다.

얼결에 그녀의 치마 안을 본 리처드는 헛기침과 함께 고개를 돌렸다. 그의 반응에 제인은 아랫입술을 깨물면서 속으로 한탄을 터뜨렸다.

'타이밍 한번 끝내주네.'

지금껏 돌아보지도 않다가 하필 이럴 때 몸을 돌리는 건 또 뭐란 말인가. 힘껏 깨문 탓에 붉게 달아오른 입술을 샐쭉거리며 올려다보자, 그의 손에 들린 유리병이 보였다. 뚱하던 제인의 얼굴에 화색이 돌았다.

"찾았나요?"

제인이 말을 걸자 리처드는 그녀가 치마를 다 정리했음을 알았다.

사실 그가 제인의 다리를 본 건 한두 번이 아니었다. 환생 전에는 무릎까지 오는, 딱 붙는 바지에 짧은 치마를 덧입고 다녔었다. 그때는 아무렇지도 않았는데, 이제 와 맨다리를 조금 봤다고 민망할 건 또 무엇인지. 본인이 생각해도 알다가도 모를 일이었다.

'아니, 지금 그게 문제가 아니지.'

리처드는 정신을 차리려 노력하며 제인에게 다가가 그녀의 앞에 한쪽 무릎을 꿇고 앉아서 들고 있던 유리병을 건넸다. 그가 준 유리병에는 하얀색으로 '존경'이란 글자가 적혀 있었다.

"존경? 이건 다른 거잖아요."

"다 뒤져 봤지만 보이지 않으니 차라리 한 번 더 해봅시다."

리처드는 자신의 것도 불러들였다. 벽난로 근처를 맴돌던 유리병 하나가 둥실 날아와 그의 손 위에 내려앉았다. 그의 것도 붉은 빛으로 가득 차 있었다. 좀 전에 사라진 '편견'과 거의 같은 조건이었다. 하지만 제인은 불안함을 감추지 못했다.

"그러다 두 개 다 잃어버리면 어쩌려고요."

하나가 사라진 것도 문제인데 또 사라질까 봐 두려웠다. 그 마음을 리처드도 모르지 않았지만, 달리 방법이 없었다. 게다가 짚이는 부분도 있었다. 환생 전에 마신이 그에게 임무를 하달하면서 했던 말이 떠오른 것이다.

"마신께서 내게 유리병을 합치면 더 빠르고 효율적이라고 하신 적이 있소."

그래서 오늘 병을 합치려 한 것이다.

"그 말은 병들을 합치는 건 문제가 아니라는 거요. 얼추 짐작가는 부분도 있으니 한 번 더 해봅시다."

리처드는 차분한 음성으로 제인을 달랬다. 그의 말은 제법 그 럴싸하게 들렸고, 천신으로부터 비슷한 말을 들었던 제인은 큰 결심을 하고 고개를 끄덕였다. 지금은 이 방법밖에 없었다.

"좋아요. 해보죠."

모처럼 의기투합한 두 사람은 한 번 더 유리병을 겹쳤다. 단단 하던 병이 서로를 끌어당기는 물방울처럼 자연스럽게 합쳐지더니 완전히 겹쳐졌을 때, 은은한 빛과 함께 사라졌다.

병이 사라지자 손이 맞닿았다. 어색한 손을 물린 제인은 리처 드의 얼굴을 살폈다. 그는 무언가 생각하고 있는 듯했다.

"어때요? 좀 알 것 같아요?"

"대충은. 내가 보기에 이건……."

그는 제인에게 병이 사라진 경위를 설명해 주려 했다. 하지만 갑자기 잡힌 기척이 그의 말문을 막히게 했다. 작은 발소리에 묻 어나는 여유로움으로 보아 공작일 가능성이 컸고, 그는 이미 2층 복도로 들어서서 방 근처까지 다가온 상태였다.

'대체 언제…….'

너무 늦게 알아차렸다. 유리병에 정신이 팔린 탓도 있었지만, 그만큼 공작이 기척을 숨기는 데 탁월하다는 뜻이기도 했다.

제프 공작은 딸의 침실 앞에서 걸음을 멈췄다. 그는 노크하려 고 올렸던 손을 내리고 문 쪽으로 귀를 가져다 댔다. 제인이 아직 깨어 있는지, 울고 있는 건 아닌지 파악하기 위함이었다.

공작이 문 앞에 서 있는 걸 느낀 리처드의 얼굴이 순식간에 굳 어졌다. 낭패도 이런 낭패가 없었다. 그렇게 조심하고 또 조심했 는데도 유리병에 정신이 팔려서 공작의 존재를 완전히 잊고 있었다. 야밤에 숙녀의 침실에서 단둘이 있는 걸 들키기라도 한다면 그닐로 끝장이있다.

리처드의 얼굴이 창백해지자 제인은 의아함을 감추지 못했다. 유리병이 사라진 이유를 알려준다더니 갑자기 말을 하다 말고 기함하는 그의 반응과 표정을 살피느라 제인은 등 뒤쪽, 문 너머에 아버지가 서 있음을 미처 알아차리지 못했다.

리처드는 눈앞이 아찔했지만, 그 와중에도 무엇을 먼저 처리해야 하는지 알고 있었다. 주위에 흩어져 있는 유리병들. 천 개는 족히 넘는 유리병이 방 안에 가득했다. 몇 개는 중력의 힘을 거스르고 떠돌아다녔으니, 들키는 즉시 정체를 의심받기 딱 좋은 모양새였다.

황급히 주위를 살핀 리처드는 빠르게 손을 한번 내저었다. 그의 손짓에 제인의 유리병까지 전부 사라지고, 제 유리병이 프린 팰리스로 옮겨진 걸 느낀 제인의 눈이 큼지막해졌다.

"이봐요!"

화가 난 제인이 큰소리를 냈다. 하얀 글자가 적힌 유리병은 엄연히 제 소유의 신물이었다. 그걸 함부로 가져가 버리니 화가 날 만도 했다. 다만, 문 밖에서 귀를 기울이던 제프 공작이 그녀의 목소리에 뭔가 이상하다는 걸 눈치챘다는 점이 문제였다.

그걸 모르는 제인은 식겁한 리처드를 노려보며 유리병을 돌려달라고 따지려 했다.

"이게 뭐 하자……!"

제인이 다시 화를 내자, 리처드는 다급히 그녀의 입을 막으려 했다. 큼직한 손이 얼굴로 뻗어오자 제인은 반사적으로 몸을 뒤로 젖히며 그의 손을 힘껏 쳐 냈다.

신의 뜻대로

예상치 못한, 거센 반항에 손의 방향이 틀어지면서 한쪽 무릎만 대고 앉아 있던 그의 몸이 균형을 잃고 앞쪽으로 넘어졌다. 덩달아 그의 몸에 밀린 제인은 대리석 바닥에 머리를 찧어야만 했다.

카펫이 깔려 있었음에도 두개골이 깨질 만한 묵직한 소리가 나고, 비명을 지른 제인은 뒤통수를 부여잡고 신음을 터뜨렸다. 리처드는 간신히 바닥을 짚고 버텼으나, 그의 아래에는 제인이 깔린 상태였다.

그 순간, 쾅- 소리와 함께 문짝이 부서졌다. 너덜거리는 나무문 너머에는 이글거리는 눈을 한 제프 공작이 서 있었다. 그의 살벌한 기세에 간신히 벽에 붙어 있던 나무문이 바들바들 떨다가 바닥으로 추락했다.

공작의 눈에 비친 방 안의 모습은 파렴치한 황태자가 야밤에 침입해서 억지로 딸을 범하려는 것처럼 보였다. 놀란 제인의 눈가에 맺혀 있는 눈물과 열려 있는 테라스 문, 그리고 두 사람의 자세. 그 모든 정황이 그의 생각을 뒷받침하고 있었다.

사실은 바닥에 머리를 부딪치면서 통증에 눈물이 찔끔 났을 뿐이고, 문도 제인이 열어둔 것이었다. 덮치는 자세 역시 입막음을 하려다가 균형을 잃은 탓인데, 그 사실을 알 리 없는 제프 공작은 머리끝까지 분노가 차올랐다. 주먹이 떨리고, 살의를 품은 눈에서는 불똥이 튀는 듯했다.

제프 공작은 턱이 도드라질 만큼 이를 꽉 물었다. 한 걸음, 한 걸음 내딛는 그의 몸에 어린 기세가 보통이 아니었다. 그 순간 제인과 리처드는 똑같은 결론을 내렸다.

'죽었다.'

사생결단을 낼 분위기에 리처드는 체념하며 고개를 숙였고, 아래에 깔려 있던 제인은 매우 당황한 얼굴로 그와 눈을 마주쳤다. 상황파악이 되었으나 이미 일은 벌어졌는데 이제 뫼 어찌하겠는 가. 그는 공작을 맞이하기 위해 자리에서 일어났다.

리처드가 일어나자 자유를 찾은 제인도 상체를 일으켰다. 하지 만 그녀가 완전히 일어서기도 전에 리처드와 가까워진 공작이 주 먹을 휘둘렀다.

퍼억-!

얼굴 가죽이 터져 나갈 듯이 큰 음향이었다. 일어나다 말고 고 개를 든 제인의 눈이 휘둥그레지고 공작의 단단한 주먹에 맞은 리처드가 비틀거리며 두어 발짝 뒤로 물러났다.

제대로 맞은 그는 눈앞이 잠시 깜깜해지면서 뇌가 띵해지는 걸 느꼈다. 귀에서는 이명이 들렸고, 아무 생각도 나지 않았다. 눈을 질끈 감고 뻣뻣한 고개를 흔드는데, 짭짤하면서도 비릿한 맛이 느껴졌다. 입안이 터진 것이다.

정신을 차릴 새도 없이 제프 공작이 손을 뻗어 리처드의 멱살 을 움켜쥐었다. 태어나 처음으로 멱살을 잡힌 그는 불쾌함에 눈 살을 찌푸렸다. 전생엔 악마들의 왕이었고, 현생에선 황태자로 살 면서 이런 경험을 해본 적이 단 한 번이라도 있었겠는가. 하지만 그는 아무런 방어도 하지 않았다. 그저 공작을 노려볼 뿐이었다.

간담이 서늘해지는 눈빛이었지만, 공작은 아랑곳하지 않았다. 다만 짜증이 났다. 입술 끝이 터지고 멱살이 잡혔음에도 흐트러 지지 않는 젊은 사내의 잘난 모양새가 그의 심기를 건드렸다.

"그래, 그 잘난 얼굴 하나 믿고 내 딸을 범하려 들었다, 이 말 이지?"

그런 적은 추호도 없었으나 공작은 변명할 시간조차 주지 않았다. 노기에 이성을 빼앗긴 그는 주먹 쥔 손을 들어 올렸다. 성이 풀릴 때까지 때릴 생각이었다. 죄의식 따위는 조금도 볼 수 없는 반듯한 얼굴을 곤죽으로 만들어놔야 열불 터지는 속이 후련해질 듯했다.

눈앞에서 벌어지는 일들이 하도 황망하여 넋을 놓고 있던 제인은 아버지의 주먹이 올라가자 번뜩 정신을 차렸다. 그녀는 다급히 일어나 또 날아가려는 팔에 매달렸다.

"아버지. 참으세요! 제발요!"

제인은 있는 힘껏 그를 말렸다. 자신의 부주의로 리처드가 맞은 것도 빚을 진 셈인데, 해머 같은 주먹으로 또 때리면 정말 평생을 죄인처럼 살아야 할지도 모를 일이었다. 하지만 그녀의 마음을 모르는 제프 공작은 팔에 가득 들어간 힘을 풀지 않았다.

"놔라!"

"안 돼요, 아버지. 전부 오해란 말이에요. 제가 잘못한 거니까 제발 때리지 마세요."

제인은 모든 잘못을 자신에게로 돌렸다. 그 방법은 꽤 효과적이었다. 절대 느슨해지지 않을 것 같던 공작의 팔 근육이 살짝 풀렸다. 그녀는 여세를 몰아 리처드의 멱살을 잡은 반대쪽 팔도 잡고 놔주길 간청했다. 어찌 보면 피해자인 딸이 애걸복걸하자 공작은 더 버티지 못하고 손을 놓았다.

드디어 풀려난 리처드는 손등으로 입가를 쓱 훔쳤다. 번듯한 손등에 피가 묻어났다. 자신의 피를 처음 본 그는 눈매를 좁히고 엉망이 된 옷부터 가다듬었다. 비뚤어진 크라바트도 정상으로 되돌려 놓는 사이에 아래층에 있던 사람들이 올라오는 소리가 들렸다. 문이 부서지는 폭음에 아래층에서 건물을 지키던 병사들이 몰려든 것이다.

화를 주체하지 못해 씩씩대던 세프 공작도 병사들이 뛰어오는 소리를 들었다. 그는 핏발 선 눈으로 모든 일의 원흉인 리처드를 보며 이를 바득바득 갈다가 별수 없이 몸을 돌렸다. 이 밤에 황태자가 제인의 침실에 들어왔었다는 소문이라도 돈다면, 그날로 시집은 다 갔다고 볼 수 있었다.

복도로 나간 공작은 병사들이 더는 다가오지 못하도록 막아섰다. 별일 아니니 물러나라는 그의 음성이 침실 안까지 들려왔다.

제인은 아버지의 목소리를 뒤로하고 리처드를 돌아보았다. 공작에게 정통으로 맞은 입술 끝이 살짝 찢어져 있었다. 거기다 눈꼬리가 조금 올라간 것이 딱 봐도 매우 언짢아하는 중이었다. 미안한 마음이 든 제인은 답지 않게 쩔쩔맸다.

"괜찮아요?"

미안하다는 말 대신 다른 말이 튀어나왔다. 악마인 그에게 사과한다는 게 그녀로서는 여간 힘든 일이 아니었다. 이렇게 그의 눈치를 보고 있는 상황도 썩 달갑지 않았지만, 자신의 잘못도 분명 존재하니 저자세가 되어버렸다.

그런 제인을 가만히 바라보던 리처드는 고개를 살짝 끄덕였다. 괜찮다는 뜻이었지만, 제인은 오히려 더 미안해졌다. 차라리 제게 눈치가 없다며 화를 냈다면 기분은 상해도 속은 편했을 텐데. 어차피 그와 자신의 사이는 증오와 불신, 미움과 티격태격이 기본이 아니던가. 하지만 타박은 돌아오지 않았다.

"기다려 봐요. 약 가져올게요."

제인은 침대 옆, 서랍장 위에 놓인 상자를 뒤적였다. 혼자 창술 연습을 하다가 타박상을 입으면 바르던 연고가 그곳에 있었다.

연고를 꺼내 들고 리처드에게 다가간 그녀는 멈칫했다. 건네주려니 가만히 쳐다보고 있는 모양새가 절대 본인 손으로는 안 바를 것만 같았다. 결국, 제인은 한숨을 내쉬고 연고 뚜껑을 열었다.

'아버지가 온 걸 조금만 빨리 눈치챘어도.'

그녀는 한탄을 삼키며 손가락 끝에 연고를 묻혔다. 여전히 아무 말 없이 서 있는 그를 올려다보곤 주춤하다가 마음을 굳게 먹고 상처에 약을 발라주었다.

매우 조심하는 그녀의 행동이 영 익숙지 않은 탓에 리처드도 얌전히 서 있었다. 제인의 손길이 닿는 부분이 조금 간질간질했다.

병사들을 모두 물린 제프 공작은 침실로 돌아왔다가 심장이 덜컥 내려앉았다. 제인이 황태자의 입술에 약을 발라주고 있었는데, 다정한 둘의 모습은 설마 하는 끔찍한 생각으로 그를 이끌었다.

불안한 감정을 겨우 수습하는 공작과 제인의 보살핌을 받는 리처드의 시선이 마주쳤다. 딸의 손길을 당당히 받는 리처드의 태도가 공작의 배알을 뒤틀리게 만들었고, 잠시 가라앉혔던 짜증도 다시 솟구쳤다.

"여기까지 기어들어 올 때 죽을 각오는 했겠지?"

공작의 기세가 다시 살벌해지자 약을 발라주던 제인마저 얼어붙어서 아버지를 돌아보았다.

폭력을 쓸 것 같은 기세에 제인은 다급히 고개를 저으며 다시 한 번 자신의 잘못이라 말했다. 어떻게 해서든 말려야 한다는 생각밖에 없었다. 하지만 그는 딸의 말을 잘랐다.

"그만해라. 내가 본 게 있는데 어째서 자꾸 감싸는 게냐!"

제프 공작은 버럭 화를 냈다. 이렇게 화를 내는 아버지의 모습은 워낙 생소한 것이라서 제인은 말문이 막혔다. 설득할 수 있다하더라도 무어라 해명한단 말인가. 시각이 너무 늦은 상황이었고, 장소도 침실이었다. 게다가 그 자세는 변명할 거리도 없게 만들었다. 암담해진 제인은 입술을 꼭 깨물고 고개를 숙였다.

편들어주지 못하도록 한 공작은 리처드를 죽일 듯이 노려보았다. 마음 같아서는 즉결 처형을 해버리고 싶었다. 딸의 순결을 더럽히는 걸 목격한 아버지로서, 제국을 지키는 웨슬렁의 공작으로서 그에게는 그럴 권한이 있었다. 하지만 그는 그러지 못했다.

리처드가 제인의 허리를 감싸고 뒤에서 껴안은 것이다. 공작의 눈이 부릅떠졌고, 제인은 경악했다. 무방비로 당한 접촉이, 등 뒤에서 느껴지는 그의 존재감이, 너무나도 강렬하게 몸을 뚫고 들어왔다.

리처드는 놀라서 아무런 반응도 못 하는 제인을 더 꽉 당겨 안았다. 그를 올려다보는 제인의 입이 벌어지고, 그 꼴을 본 공작의 눈에 짙은 살기가 어렸다. 그 살벌한 눈을 피하지 않고 대면하던 리처드는 이 최악의 상황에서 벗어나기 위해 더 최악의 수를 선택하기로 마음먹었다.

"저희 둘, 결혼하기로 약속한 사이입니다."

말 그대로 폭탄선언이었다. 졸지에 그의 약혼녀가 된 제인은 하도 놀란 탓에 귀에 들리는 소리라곤 심장이 요란하게 뛰어대는 것뿐이었다. 다리는 힘이 풀렸고 머릿속은 새하얗게 변해 버렸다. 그런 제인과 마찬가지로 기함한 공작은 넋이 반쯤 빠졌다.

극심한 충격이 휘몰아친 침실에서 누구 하나 입을 여는 이가 없었다. 리처드만이 침착하게 제프 공작을 응시할 뿐이었다.

그 눈빛에 공작도 가까스로 정신을 붙잡았다. 그는 당황한 기색이 역력한 딸에게 마지막 희망을 걸었다. 제 딸이 부모의 허락도 받지 않은 약혼자를 방에 들였을 리가 없다고 생각했다. 부디 제인이 이 악몽 같은 상황에서 자신을 구원해 주길 바랐다. 그는 덜덜 떨리는 손가락을 간신히 들어 리처드를 가리켰다.

"저, 저놈 자식이 지금 내게 무슨 말을 하는 게냐. 아니지? 제인······."

감정이 혼잡하게 뒤엉킨 그의 음성에 제인은 비로소 아버지를 보았다. 리처드에게 온 신경이 쏠려 있던 탓에 부친이 받았을 충격이 뒤늦게야 눈에 들어왔다. 제인은 당연히 아니라고 말하고 싶었으나 목구멍까지 솟아올랐던 대답을 눈물과 함께 삼켜야만 했다.

리처드가 무슨 생각으로 그런 말을 했는지는 정확히 모르지만, 그의 의도를 묵살할 수가 없었다. 약혼만이 이 상황을 조금이나마 올바르게 해명할 방법임을 직감했기 때문이었다. 제인은 고개를 숙였다.

"죄송해요, 아버지."

그 대답은 연인 사이임을 인정한다는 뜻이었다. 순간, 격렬한 배신감이 제프 공작을 덮쳤다. 그것은 흡사 거대한 파도에 속수무책으로 휩쓸리는 기분이었다. 애지중지 키운 딸이 이제 다 커서 혼약을 할 때가 되었다는 건 인정할 수 있었다. 하지만 그 상대가 원수나 마찬가지인 황제의 아들이라는 사실은 절대 받아들이고 싶지 않았다. 하늘이 노랗게 변하면서 눈앞이 아찔해지자 공작은 뻐근해지는 뒷머리를 잡고 비틀거렸다.

그가 쓰러질 듯하자 리처드는 순식간에 공작에게 달려가 팔을 붙잡았다. 갑자기 구속이 풀린 제인은 무심코 고개를 들었다가 휘청거리는 아버지를 발견했다.

"아버지!"

제인이 놀라는 와중에도 공작은 리처드의 손을 뿌리쳤다. 침대 기둥을 붙잡고 간신히 몸을 지탱한 그는 가쁜 숨을 몰아쉬었다. 머리를 괴롭히던 통증이 이젠 심장까지 내려왔다. 부모님의 죽음을 지켜보았을 때도, 갓 태어난 딸을 죽일 각오를 했을 때도 이렇게까지 괴롭지는 않았었다. 그만큼 믿었던 자식이 주는 배신감은 극한의 타격을 동반하고 있었다.

황망해진 제인은 아버지에게 달려가 그를 부축했다. 위태로워 보이는 부친 앞에서 그녀의 이성은 멀리 도망가 버렸다.

"아버지, 제가 잘못했어요."

잘못을 비는 그녀의 안색이 새파랗게 질려 있었다. 그를 잃을까 봐 두려워졌다. 항상 강건하던 공작이었기에 호흡조차 힘겨워하는 모습이 애처롭기 그지없었다. 혈압이 오르는 그를 진정시키기 위해 제인은 용서를 구하고 또 구했다. 그런 제인의 태도에 공작은 아득해지던 의식의 끝을 간신히 붙잡을 수 있었다.

공작은 딸의 부축을 받으며 벽난로 앞의 의자로 가 그 위에 몸을 내려놓았다. 제인은 곁에 앉아 팔을 주무르기도 하고, 물을 가져다주기도 했다. 지극정성으로 모신 게 효과가 있었는지, 공작은 곧 진정하는 기미가 보였다.

제프 공작은 긴 의자 팔걸이에 한쪽 팔을 걸치고 비스듬히 앉아서 지끈거리는 관자놀이를 꾹꾹 눌렀다. 충격이 좀 가시고 나니 이 사태를 어찌 처리해야 할지, 머릿속에 근심이 꽉꽉 들어찼다. 마음 같아서는 황태자고 나발이고 한껏 두들겨 패서 쫓아내거나 아예 사망신고서를 쓰게 하고 싶었다. 그러나 제인이 손수 약까지 발라줄 만큼 그에게 마음을 쓰던 게 내심 걸렸다.

'이 일을 어찌한단 말인가. 이 일을……'

한참 고뇌하던 공작은 팔걸이에 기댔던 몸을 반듯하게 세워 앉았다. 등받이에 몸을 대고 한숨 돌리자 곁에 앉아 있는 제인이 눈치를 보는 게 느껴졌다. 하지만 그는 딸에겐 시선도 주지 않고, 어깨 너머로 손을 올려 까딱였다. 뒤쪽에서 멀찍이 떨어져 있던 리처드가 그 사인을 보고 다가왔다.

제프 공작은 우측에 놓인 일인용 의자를 가리켰다. 앉으란 뜻이었다. 리처드는 순순히 그 명령에 따랐다. 그가 자리에 앉은 뒤에도 공작은 한동안 말을 꺼내지 않았다. 그저 앞쪽에서 타오르는 벽난로의 불빛만 노려보다가 오랜 시간이 지난 뒤에야 분노를 억누른 목소리를 간신히 짜냈다.

"언제 혼약을 했다는 건가. 내 딸과 만난 건 몇 번 되지도 않았을 텐데."

1월 초, 신년무도회에서 두 사람이 처음 만났고 이제 한 달쯤 지났다. 그 짧은 기간에 만남이 이루어질 수 있었던 순간은 많이 쳐 줘도 다섯 번을 넘지 않았다. 더구나 그 시간에 결혼을 약속한 사이로 발전하는 경우도 흔치 않았다. 심지어 제인의 생일 무도회 전까지만 하더라도 두 사람의 사이는 썩 좋아 보이지 않았었다.

공작의 질문은 매우 현실적이고 요점을 잘 짚었으나 리처드의 동요를 불러일으키진 못했다. 그는 공작의 매서운 눈빛 앞에서도 주눅 들지 않았고, 되레 당당한 태도로 대꾸하길 주저하지 않았다.

"서로의 마음을 안 건, 제인 양의 생일 무도회에서였습니다. 춤을 출 때 같은 감정이 있다는 걸 알았고, 서둘러 밖으로 나가서 제가 그녀에게 운명적인 사랑을 느꼈음을 밝혔습니다."

그의 대답에 제인의 볼이 불그스름해졌다. 운명적인 사랑이라니 말도 안 되는 거짓인 걸 알지만, 고백 비슷한 걸 직접 듣는다는 건 굉장히 낯간지러운 일이었다. 이래서 다들 남자 쪽이 부모님께 결혼을 허락받을 때 밖에서 기다리는 모양이었다.

대체로 혼인을 허락받을 때, 남자가 예비 장인어른을 찾아가 따로 얘기를 나누는 게 관례였다. 그렇게 청혼이 들어오면 아버지는 딸을 불러 상의하고 가부를 결정한다. 그런데 제인은 살얼음판 같은 분위기상 차마 자리를 피하지도 못하고 얌전히 듣고 있어야만 했다. 그런 제인의 감정과는 별개로 두 남자의 대화는 계속 진행되었다.

"그날 후원에서 둘이 그리하기로 약속했다, 이 말인가?"

"정확히 말하자면, 응접실을 찾지 못해 창고에서 간단히 대화를 나눴습니다."

리처드는 이실직고했다. 그의 대답에 제인은 흠칫하며 몸을 뻣뻣하게 굳혔다. 굳이 그렇게까지 상세하게 대답할 필요는 없다고 생각했지만, 리처드는 창고에 있었음을 밝혔고 그의 선택은 탁월했다. 제프 공작의 눈빛이 좀 더 단엄해졌다.

"솔직하군."

"일이 이렇게까지 된 마당에 무얼 더 속이겠습니까?"

리처드의 대답은 거짓말을 사실로 꾸미는 데 힘을 보태주었다. 떳떳하다는 그의 눈빛에 공작은 침음을 삼켰다. 당시 제인과 리처드가 후원으로 나가지 않았음은 그도 알고 있었다.

늦은 밤에 찬바람을 오래 쐬었다면 머리도 좀 흩날리고 코도 붉어야 하는데, 당시 제인은 볼이 좀 붉었을 뿐 밖에 나갔다 온 기색이 전혀 없었다. 그럼에도 묵인했던 건 그 순간에 유독 부끄러워하던 딸에게 억지로 진실을 캐고 싶지 않았기 때문이었다.

'이렇게까지 말할 정도면 정말이란 말인가……'

창고에 단둘이 있었다는 대답을 할 정도면 더는 숨기지 않겠다는 뜻이었다. 제프 공작은 지끈거리는 관자놀이를 한 번 더 누르고 곁에 앉은 딸을 슬쩍 곁눈질했다. 시선을 받은 제인은 고개를 떨어뜨렸다. 어쩐지 한순간에 죄인이 되어버린 것 같았다. 그런 딸의 모습에 제프 공작은 한숨을 푹 내쉬었다.

남자와 한번 잘못 엮였다가 좋지 못한 소문이라도 나면 피해를 보는 건 대부분 여자 쪽이었다. 제인은 악마라는 소문도 있었으니 그 시너지가 극심할 터였다. 그렇기에 공작은 둘이 늦은 밤에 침실에서 함께 있었다는 사실이 극도로 못마땅했다.

"서로 마음이 있어도 이 시각에, 감히 내 허락도 없이 찾아오는 건 문제가 있다는 생각을 안 했나?"

리처드를 노려보는 제프 공작의 눈빛이 다시금 매서워졌다. 잘잘못을 정확히 따져서 어떻게 해서든 제인과 떨어뜨려 놓을 심산이었다. 또한, 늦은 밤에 딸의 침실에 든 걸 이용해서 황실을 압박할 수도 있었다. 공작은 그러한 자신의 속내를 감추지 않았다.

"잘 생각해 보고 대답하게. 옳지 못하다는 생각이 든다면, 오늘 밤 살아서 내 집을 나설 생각은 말게. 자네를 죽이겠다는 건, 웨슬럿의 이름으로 맹세하지."

공작의 선전포고는 차분해서 더 잔인했다. 제인은 당황했고, 리처드는 입매를 굳게 다물었다. 황태자를 죽이겠다는 건 반역과 동일한 말이었다. 면전에서, 그것도 이토록 아무렇지 않게 내뱉기에는 그 의미가 너무나 무거웠다. 게다가 가문의 이름을 걸고 한 맹세는 반역도 불사하겠다는 의지였다. 리처드는 그것이 너무나 거슬렸다.

'아무리 웨슬렛이라도 나를 뛰어넘을 만큼 권력이 절대적이란 말인가?'

일전에도 공작이 심각할 만큼 안하무인 같다는 생각은 했었다. 신분제 사회에서 옳지 못한 그 태도를 리처드는 먼저 지적할 필요를 느꼈다.

"사정이 있었으나 숙녀의 방에 함부로 들어온 잘못은 인정합니다. 하지만 그전에, 공작의 말씀은 참으로 불쾌하군요. 황태자인 절 죽이겠다는 건 반역이라도 저지르겠다는 뜻으로 들립니다만."

질책과 협박이 담긴 리처드의 눈매가 가늘어졌다. 칼날같이 따가운 그의 기세에 제인은 침을 꼴깍 삼켰다. 하지만 공작은 도리어 한쪽 입술 끝을 끌어올렸다. 그는 마치 처음 보는 먹이를 눈앞에 둔 맹수처럼 눈을 빛냈다.

"왜? 못 할 것 같은가?"

그의 음성에는 자신감과 비웃음이 잔뜩 묻어 있었다. 딸 때문에 충격을 받았던, 아버지의 약한 모습은 온데간데없이 사라진 상태였다.

그의 냉소에 리처드는 이를 악물었다. 꽉 문 이 사이로 그의 분노가 새어 나왔다.

"공작."

단 한마디였으나 목구멍까지 굳게 만드는 힘이 있었다. 그 누구라도 복종하지 않고는 배길 수 없는 두려움을 심어주기에 충분했다. 그러나 공작의 얼굴에 띄워진 비소는 더 진해질 뿐이었다.

"자네 아비가 왜 그리 자네에게 목을 매는지 알 것 같군. 황제가 되면 아주 잘 해먹겠어. 그런데 말이야. 자네의 목을 잘라서 말에 태워 보내면, 황제가 날 반역자로 몰 것 같은가?"

당연히 묻고 따질 것도 없이 반역이었다. 하지만 리처드는 차마 그렇다고 대답하지 못했다. 자신만만한 공작의 얼굴이 그의 말문을 막아버린 탓이었다.

뒤이어 공작은 흡사 비밀 이야기라도 하듯이 리처드를 향해 상체를 숙였다. 작게 흘러나온 그의 말은 정말 의외의 내용이었다.

"황제는 자네 머리를 잡고 우는 한이 있더라도 나를 향해 검을 뽑지 못하네."

공작은 잔혹한 확신에 차 있었다. 무릎 위에 놓여 있던 리처드의 손이 꽉 주먹 쥐어지고, 분노를 참아내느라 힘겨워하는 그를 향해 제프 공작은 마침표를 찍었다.

"그게, 웨슬럿이야."

웨슬럿. 그 이름의 힘이 황태자를 죽여도 눈감아줄 정도는 된다는 소리였다. 인정하고 싶지 않았지만, 허풍으로 치부하기엔 그의 태도가 너무나 당당했다.

"그러니 이제부터 내가 납득할 만한 대답을 내놓게. 그렇지 않으면 자네 목숨을 거둬서 내 딸의 명예를 보호하겠네."

공작은 순식간에 표정을 바꾸고 서늘해진 눈으로 한기를 풀풀 풍겨댔다. 그런 공작의 협박에 리처드는 입안을 지그시 물었다.

웨슬럿을 지지하려던 믿음에 처음으로 파문이 번졌다. 부친이 왜 그렇게 스튜더에 힘을 실어주려 노력했던 건지, 조금이나마 그 행동이 이해되고 있었다. 하지만 지금은 후회하는 티를 낼 수 없는 상황이었다. 공작과 싸워서 질 것 같지는 않았지만, 악마의 힘이 거의 다 봉인된 상태에서 이긴다는 확신도 없었다.

'우선은 이 상황부터 해결하자.'

감정을 배제하고 가장 이성적으로 내린 답이었다. 결론을 도출하고 나자 답을 기다리는 제프 공작의 뒤로, 불안에 빠진 제인이 눈에 들어왔다. 그녀는 상황을 지켜보는 동안 홀로 가슴 졸이며 애태우고 있었다. 그 간절한 눈빛에서 리처드는 자신을 향한 걱정이 조금은 섞여 있음을 깨달았다. 그 사실을 알고 나니 몸을 휘감았던 분노가 슬며시 물러나는 듯했다. 그는 한결 차분해진 감정으로 늦은 밤에 제인의 침실을 찾은 이유를 밝혔다.

"들으셨는지 모르겠지만, 저와 엘리스 공녀의 혼담이 오가고 있습니다. 저번 무도회에서 제인 양과 춤을 춘 게 스튜더 가를 자극한 모양입니다. 폐하께 혼담에 대해 듣고 나니 마음이 급해져서 공녀를 찾은 겁니다. 함께 상의할 것도 있고……."

리처드는 말끝을 흐리며 제인을 바라보았다. 꽤 그럴듯한 자신의 거짓말에 그녀는 매우 감탄하고 있었다. 반짝이는 호수 같은 그녀의 눈을 보며 그는 잠시 침묵했다. 그리곤 무언가 굳게 결심하고 천천히 말을 이었다.

"보고 싶기도 했고."

나지막한 목소리였으나 알아듣는 데는 지장이 없었다.

빤히 눈을 마주치고 있다가 그런 말을 들어버린 제인은 심장이 파르륵 내려앉는 걸 느꼈다. 그 여파가 얼마나 컸는지, 두근대는 심장의 열기가 목을 타고 쭉 올라와 귀까지 화끈거릴 지경이었다.

무방비하게 노출된 얼굴로 그의 시선이 따라붙자 묘한 눈길을 견디지 못한 제인은 결국 고개를 돌려 버리고 말았다.

'저 악마가 미쳤나 정말……..'

가슴에 은근히 스며드는 감정들은 그 종류가 매우 다양했으나, 그중에서도 제인은 민망함에만 집중했다. 다른 감정들은 들여다보고 싶지 않았다. 머릿속이 엉망이라 지금은 그럴 여력조차 없었다.

'거짓말할 게 따로 있지. 무슨 말도 안 되는 소리를, 저렇게 빤빤하게.'

하지 않아도 될 말을 굳이 입 밖으로 꺼내는 그의 의중은 좀처럼 짐작하기가 어려웠다. 아무리 목숨이 걸린 일이라지만, 눈을 빤히 마주쳐 가며 할 소리란 말인가. 그 순간만큼은 정말 그가 진심으로 고백하는 것처럼 느껴졌다. 소름이 다 돋는다는 생각과 달리 몸은 멀쩡했으나 그녀는 꿋꿋하게 팔을 문질러 댔다.

곁에서 부산떠는 딸을 본 공작은 어두운 낯빛으로 남몰래 근심을 삼켰다. 제인이 고개를 돌리고 있었으나, 발그스름한 볼은 시야에 잡혔다.

제프 공작은 무거워진 머리를 의자 등받이에 의탁했다. 생각하면 할수록 깊은숨이 자꾸 흘러나왔다.

'몬타 놈의 속이 탈 건 알았지만, 그 결과가 이런 식이라니. 이거야 원.'

스튜더 가의 압박에 제인을 찾아왔다는 리처드의 말은 일리가 있었다. 다른 일도 아니고 황제가 밀어붙이는 약혼이니 마음이 급할 만도 했다. 몰래 혼약을 한 상황이고, 그 상대가 황실과는 원수처럼 지내는 웨슬럿 가의 여식이 아니던가. 차마 혼약했다고는 말 못 하고 우선 상의라도 하고자 야음을 틈타 성을 나섰으리라.

'그래서 이 밤중에 발코니를 통해 몰래 들어왔다가 내 딸을……'

좀 전에 보았던 망측한 장면이 떠오르자 공작의 이마에 힘줄이 돋았다. 리처드를 노려보는 그의 눈빛에도 다시금 불이 붙었다. 그 뜨거운 눈길에도 리처드는 아무런 반응을 보이지 않았다. 무슨 생각을 하는지 좀처럼 짐작하기 어려운 표정이었다.

"자네."

제프 공작은 씹어 먹을 듯이 리처드를 불러놓곤 제인을 돌아보았다. 이젠 좀 진정이 되었는지 부끄러워하던 감정이 많이 사그라져 있었다. 공작은 그런 딸을 잠시 응시하다가 한숨을 내쉬었다. 딸이 사랑하는 사내를 함부로 죽일 수는 없었다. 그것이 얼마나 큰 상처가 될지 알기에, 그는 적당히 타협을 보고자 했다.

"오늘은 그냥 보내주겠네. 하나 내 딸과의 교제를 허락할 생각은 없네."

어찌 보면 당연한 대답이었다. 또한, 제인이 간절히 바라던 결론이었다. 하지만 리처드는 제인과 달리 기쁜 내색을 보이지 않았다. 그는 여전히 아무런 동요도 없이 앉아서 공작의 다음 말을 기다렸다. 그건 현명한 처신이었다. 공작의 진짜 속내는 그 뒤에 있었다.

"내일 황제를 만나서 오늘 보고 들은 것을 솔직하게 전하지. 자네의 목숨을 거둘 자격이 있음을 확실하게 해두겠네. 이 정도면 나도 황실의 명예를 살려주는 것이 아니겠나."

오늘 밤에 목을 베어 말 꼬랑지에 매달아 보내는 것보다는 부진 앞에서 죽이는 게 신사적인 방법이란 소리였다. 오십보백보인 공작의 아량에 리처드는 입이 근질거렸으나 속으로만 불만을 삭였다. 공작의 입장에서는 당장 검을 뽑지 않은 것만 하더라도 많이 봐준 것임을 알기 때문이었다. 물론, 공작은 딸의 순결을 앗아가려던 리처드를 쉽게 용서할 생각이 없었다.

"그 후에 나와 결투를 해서 자네가 이긴다면 제인과의 혼약을 인정해 주지."

"아버지!"

경악한 제인은 자신도 모르게 큰 소리를 냈다. 혼약을 인정하겠다는 건 결혼을 시키겠다는 말과 일맥상통했다. 아버지의 실력이 대단한 건 알고 있었지만, 리처드를 이길 수 있다고 확신하긴 어려웠다. 전생의 힘이 봉인됐어도 감각과 경험은 여전할 텐데, 인간이 대들 만한 상대가 아니었다.

혹시나 정말로 그와 결혼하게 될까 봐 놀란 제인의 반응에 리처드가 슬쩍 눈치를 주었다. 결혼을 싫어하는 티를 내면 곤란했다. 그의 눈빛에 제인이 입을 다물었으나, 초조한 기색을 완전히 감추지는 못했다.

다행히 공작은 그런 딸의 반응을 의심하지 않았다. 그는 도리어 반대로 생각하고 있었다. 리처드가 질까 봐 걱정하고 있다고 지레짐작한 것이다.

"제인, 네가 말려도 이건 어쩔 수 없는 일이다. 네 신랑감은 내가 인정할 만큼 강해야 해. 제 여자 하나 지키지 못할 사내에게는 보낼 생각이 없다."

공작은 확고하게 선을 그었다. 그리곤 못다 한 말을 끝맺었다.

"자네가 진다면 스튜더 가의 그 방자한 아이와 결혼을 하든지 말든지 알아서 하게. 물론, 결투에서 살아남는다면 말일세."

제프 공작은 본인의 승리를 확신했다. 태어나서 지금껏 무위로 패배한 경험이라곤, 어린 시절에 전대 웨슬럿 공작이었던 아버지와 대결했을 때뿐이었다. 그러니 제아무리 하늘이 내려준 귀재라 불리는 황태자라 해도 자신과는 대적할 수 없다고 믿었다. 그의 자신감이 하늘을 찌를수록 리처드는 쓴 침을 삼켜야만 했다.

'에드의 실력으로 미루어 본다면 공작이 내 밑이라 하긴 힘들다. 힘이 봉인되어 있다지만 지는 건 썩 즐겁지 않은데.'

리처드는 검을 들 수 있게 되었을 때부터 에드와 검술대결을 했었다. 몸풀기용 장난질이었지만, 에드는 그 당시에도 어린애의 실력이라 하긴 어려웠다. 오히려 리처드가 감탄할 정도였으니, 에드가 성인이 된 뒤로도 이겨본 적 없다는 공작의 실력이야 오죽하랴. 결과를 쉬이 예측하기 어려운 상태가 되어버렸다.

'공작은 나와 호각, 지는 건 기분 상하고 이기면 결혼이라.'

리처드는 어느 쪽도 선택하기가 힘들었다. 그런 공작의 내기에 혼란스러운 건 제인도 마찬가지였다. 아버지가 이겨서 리처드가 죽으면 임무는 실패한다. 유리병이 사라진 이유도 아직 밝혀내지 못했는데, 그가 죽게 내버려 둘 수는 없었다. 그렇다고 리처드를 응원하기도 힘들었다. 이기면 그와 결혼해야 하기 때문이었다.

'천사인 내가 악마랑 결혼이라니. 말도 안 돼.'

그와의 결혼생활을 상상한 제인은 몸서리를 쳤다. 임무를 완수해도 생명이 끊어질 때까지는 인간으로 살아야만 한다. 그런데 그와 혼인을 한다면 애는 어찌 낳을 것이란 말인가.

그와의 잠자리까지 떠오르자 제인은 격하게 고개를 흔들었다. 그것이야말로 망상이었다. 이제 남은 건 마지막 방법뿐이었다. 리처드가 결투에서 지더라도 목숨은 구해서 엘리스 공녀와 혼인하는 일. 순간, 황태자비가 된 엘리스의 모습이 뇌리를 스쳤다.

'오, 이런. 그것도 싫어.'

얄미운 엘리스가 자랑스럽게 콧대를 세우고 다니고, 자신은 그녀에게 고개를 숙이며 황태자비에 대한 예를 갖춰야 한다면 눈꼴이 시리다 못해 속이 아플 것만 같았다. 암담한 현실에 제인은 저도 모르게 깊은 한숨을 내쉬었다. 제 인생이 폭풍우 치는 바다 위를 떠다니는 오리 인형 같았다.

⚜

살 떨리는 일만 연달아 터지던, 그 문제 많은 밤도 시간의 흐름과 함께 지나갔다. 리처드는 무사히 돌아갔고, 프린 팰리스는 이른 아침이 주는 고요함에 빠져 있었다. 폭풍이 몰아치기 전의 정적 같기도 했으나, 황제의 집무실은 이미 한 차례 태풍이 휩쓸고 지나간 뒤였다.

의자에 앉은 황제는 팔걸이에 의지하면서 열이 오르는 이마를 짚었다. 극심한 충격에 시달리는 그의 앞에는 원인을 제공한 아들이 태평하게 앉아서 차를 홀짝이는 중이었다.

리처드도 무언가 결정을 내리진 않았지만, 머리를 싸맨다고 해결될 일도 아니었다. 다만, 공작에게 듣는 것보단 자신이 말하는 게 좋을 거란 생각에 아침 일찍부터 아버지를 찾아왔을 뿐이었다. 그래야 황제도 마음의 준비를 하지 않겠는가.

'웨슬럿 공작이 뻗대는 이유도 분명히 있을 텐데. 도대체 무슨 사연인지 모르겠단 말이지.'

리처드는 낙담하여 쓰러지기 일보 직전인 아버지에게 슬쩍 눈길을 주었다. 공작의 무례한 태도까지 샅샅이 고해바쳤으나 황제는 여전히 이유를 알려주지 않았다. 분명 제인을 덮치려 했다는 공작의 오판 때문만은 아닐 터였다. 그의 오만방자한 태도에는 뭔가가 더 있었다.

"숨긴다고 될 일이 아닙니다. 저도 알아야 하지 않겠습니까?"

리처드는 대놓고 답을 요구했지만, 그런 그에게 돌아온 건 황제의 날 선 눈빛이었다. 처음으로 아들을 노려보던 그는 고개를 홱 돌려 버리고 근심이 가득한 숨을 길게 내뱉었다. 제인을 좋아해서 그런 무모한 짓까지 했다는데 뭐라 다그치기가 힘겨웠다.

'누가 내 자식 아니랄까 봐.'

그는 자신을 탓하며 괴로운 마음을 억지로 다독었다. 공작의 반대를 무릅쓰고 오필리아를 맞이했던 그였으니, 사랑하면 안 될 여인에게 마음을 줬다는 아들을 질책하기도 곤혹스러웠다.

'이젠 말해줘야 하나.'

황제는 우측에 멀찍이 떨어져 있는 책상 뒤, 벽에 걸린 액자를 바라보았다. 뒤집어서 그림이 보이지 않도록 벽에 박아놓은 그 액자를 보면서, 그는 웨슬럿 가문과 오필리아 황비의 비밀에 대해서도 말해주어야 할 때가 온 걸지도 모른다고 생각했다.

고뇌하고 또 고뇌하던 그는 힘이 떨어진 몸을 억지로 곧추세웠다. 답을 기다리는 리처드를 향해 어렵사리 입을 열었을 때, 문밖에서 시종의 목소리가 들렸다. 불청객의 등장이었다.

"폐하, 웨슬럿 공작이 뵙기를 청합니다."

잠시 벌어졌던 황제의 입이 한일자로 다물어졌다. 황제가 입을 봉하자 집무실에는 무거운 침묵만 감돌았다. 윤허를 내리지 않으니 시종이 다시 한 번 고했지만, 그럼에도 황제는 요지부동이었다.

닫힌 문만 보고 있게 된 제프 공작은 새까만 가죽 장갑을 낀 손으로 허리춤에 찬 검의 손잡이를 살짝 쥐었다. 가문의 검을 쥐고서 손가락으로 톡톡 두드리는 제프 공작의 행동은 묘한 긴장감을 불러일으켰다.

곁에 서 있던 시종들도 마른침을 삼켰다. 고래 싸움에 새우 등 터진다는 말이 가장 적절한 순간이었다. 대답 없는 황제와 언제 문을 박찰지 모르는 공작 사이에서 시종들의 심장만 터질 듯이 뛰어댔다. 다행스럽게도 우려하던 최악의 상황은 벌어지지 않았다. 황제의 윤가가 떨어진 것이다.

신의 뜻대로

"들라 해라."

문 앞을 지키던 시종들은 황제가 마음을 바꾸기 전에 부랴부랴 문을 열었다. 열린 문 안으로 들어서자마자 공작은 리처드와 눈이 마주쳤다.

'역시.'

황태자가 미리 와 있으리란 것 정도는 그도 짐작하고 있었다. 사안이 사안인 만큼 그가 직접 황제에게 밝힐 게 분명했고, 분위기로 보아 내용도 이미 다 전달되었을 터였다. 빠르게 상황을 파악한 제프 공작은 황제의 곁에 서서 가볍게 고개를 숙였다.

"오랜만입니다, 폐하."

의자에 앉아 있는 황제를 내려다보는 공작의 눈빛은 어젯밤보다 한결 여유로웠다. 그에 반해 황제는 입안을 꽉 깨물고 아무런 반응도 내보이지 않았다. 심기가 불편해서 자리를 권하지 않았음에도 제프 공작은 옆에 놓인 의자에 제멋대로 앉았다.

리처드는 그런 공작의 태도가 이젠 별로 놀랍지도 않았다. 그저 호기심 어린 눈길로 공작과 황제를 지켜볼 뿐이었다. 공작은 뜸도 들이지 않고 바로 본론을 꺼냈다.

"어젯밤에 일어난 불미스러운 일에 대해서는 들어서 아실 겁니다. 입이 열 개라도 할 말은 없으실 테고, 황태자의 장례 절차는 근시일 내로 준비하시는 게 좋겠습니다."

그는 아직 살아 있는 사람을 앞에 두고 장례 절차까지 운운했다. 황제는 공작을 힘껏 노려보았으나, 리처드는 속으로 헛웃음만 흘렸다. 하지만 공작은 그런 두 사람의 반응에는 신경도 쓰지 않았다. 그저 제 할 말만 내뱉고 장갑 한쪽을 벗어서 리처드의 옆에 놓인 티 테이블 위로 툭 던졌을 뿐이었다.

그건 매우 성의 없는 결투 신청이었다.

리처드는 테이블 위에 인착한 검은 징갑을 내려다보았다. 손등 부위에 두 개의 황금 검이 교차한 모습이 화려하게 수놓아져 있었다. 웨슬럿의 문장. 그걸 보는 리처드의 귓가로 화를 억누르는 황제의 목소리가 들렸다.

"누구 마음대로 제국의 황태자에게 결투 신청인가. 인정할 수 없으니 좋게 말할 때 돌아가게."

악다문 이 사이로 협박성 음성이 흘러나왔다. 그런 아버지의 모습을 처음 목도한 리처드는 내심 놀랐다. 지금껏 그가 생각한 황제는 빈틈이 많은 사람이었다. 그런데 오늘만큼은 제프 공작에게도 밀리지 않는 기세를 보였다.

장갑을 던져 버리는 공작의 행태에 분노가 폭발한 것이다. 어느 아비가 아들을 죽이려는 자에게 분노하지 않을 수 있겠는가. 하지만 제프 공작은 그런 황제를 보란 듯이 비웃었다.

"그야 당연히 내 마음대로지. 아들과 작별인사라도 할 시간을 준 건 내 아량이라 여기게."

공작은 기다렸다는 듯이 자연스럽게 말을 놓았다. 물론 황제는 그걸 지적하지 않았다. 아들의 생사가 눈앞에서 왔다 갔다 하는데 불충한 말투 따위를 지적할 여유 같은 건 존재하지 않았다. 게다가 그 속에 든 내용이 더 문제였다.

"뭐가 어째? 아량? 딸년도 제대로 관리하지 못해서 일을 이 지경까지 만들어놓고 지금 어디 와서 행패란 말인가!"

결국, 그는 삿대질까지 하며 노호를 터뜨렸다. 타박을 들은 공작도 이마에 혈관이 뿌득 튀어나왔다. 딸도 아니고 딸년을 제대로 관리하지 못했다는 천박한 어투가 심기를 건드렸다. 소중한 딸이 모욕을 당하자 그도 지지 않고 언성을 높였다.

"자네 아들놈이 발정 나서 남의 집 담벼락을 겁도 없이 뛰어넘은 건 생각도 안 하나!"

공작의 입에서 튀어나온, 매우 적절치 못한 언사에 리처드는 얼이 나갔다. 발정이라니. 생각해 본 적도 없던 단어였다. 수천 년간 악마들의 왕으로 군림하면서도 여자는 가까이 둔 적이 없건만 발정이라니.

'내 살다 살다 별소릴 다 듣는군.'

화가 나진 않았으나 썩 즐겁지도 않았다. 그래도 나름 침착한 리처드와 달리 황제의 얼굴은 일그러질 대로 일그러졌다. 그 또한 사랑해 마지않는 아들이 당한 모욕을 쉬이 받아들일 수가 없었다.

"그놈의 주책없는 주둥아리는 말이면 단줄 아는가! 자네의 그 악마 같은 여식이 내 아들을 홀린 게 빤한데, 어디다 죄를 뒤집어씌우는 게야!"

"뭐야? 예쁜 여자만 보면 사리분별 못 하는 꼬락서니는 자네를 닮아서 그런 거겠지! 내 딸이 예쁜 게 죈가?"

평생 교육받아왔던 신사적인 태도는 어디에다가 집어던졌는지, 두 아버지는 있는 대로 험한 말을 주고받았다. 그러다 터지는 화를 주체하지 못하고 거의 동시에 자리에서 벌떡 일어나 서로를 향해 으르렁거렸다. 목에 핏대를 올리고 잡아먹을 듯이 눈을 부라리는 두 사람은 곧 사생결단이라도 낼듯했다. 그렇게 공작과 내치하던 황제가 마지막 경고를 내뱉었다.

"나를 예전의 나로 보지 말게. 내 아들을 죽이는 즉시 웨슬럿은 역모로 다스리고, 자네의 여식도 죽이겠어."

조용히 을러대는 황제의 말에 공작은 코웃음을 쳤다.

"역모? 그딴 게 성립된다고 보나?"

"다른 건 다 필요 없네. 지네가 일을 저지른다면, 자네 딸은 제 아비를 조종해서 황태자를 죽인 악마년이 될걸세."

여론을 그렇게 조작해서라도 제인을 완전히 매장해 버리겠다는 말이었다. 소문을 잘 다루는 몬타 공작이 있으니 불가능한 것만도 아니었다. 오히려 몬타 공작은 그걸 원할 터였다.

예전보다 더 강력해진 황제의 반발에 공작의 미간은 더 좁힐 수 없을 만큼 구겨졌다.

"이 자리에서 자네까지 죽여 버리는 수가 있네."

더는 자신을 자극하지 말라는 공작의 최후통첩이었다. 그는 정말 여차하면 황제를 향해 검을 뽑을 기세였다. 자신의 소중한 딸을 악마년이라 부르지 못하게 하고 싶었다.

사태가 이보다 더 험악해질 수 없는 상황에서 찻잔을 내려놓는 소리가 살벌하던 분위기를 깼다. 그제야 리처드의 존재를 떠올린 두 사람은 소리가 난 곳으로 고개를 돌렸다.

리처드는 제 곁의 테이블 위에 놓인, 공작의 장갑을 집어 들며 자리에서 일어났다.

"이쯤에서 그만들 하시는 게 좋겠습니다. 보기에 좋지 않습니다."

다 큰 자식 앞에서 체통을 잃었던 아버지는 입을 다물었고, 공작은 리처드가 집어 든 장갑 덕에 잠시 분노를 물렸다. 장갑을 집었다는 건 결투를 받아들인다는 뜻이나 마찬가지였다. 물론, 리처드도 그걸 모르지 않았다.

"받아들이겠습니다. 결투."

"리처드!"

황제가 발작하듯이 말렸으나 그는 결정을 바꿀 마음이 없었다.

좀 전까지만 해도 갈팡질팡했었지만, 아버지와 공작의 대화를 통해 이번 일은 피할 수 없음을 깨달았다. 만약 공작의 결투를 받아들이지 않는다면 황실이든 웨슬럿이든, 한쪽 혹은 양쪽 모두 피를 봐야만 했다. 그건 그가 원하는 바가 아니었다.

리처드는 걱정으로 하얗게 질려 버린 아버지에게 처음으로 미소를 지어주었다. 그 표정의 변화는 매우 미미했으나, 황제는 아버지의 본능으로 아들의 눈빛을 읽었다. 그건 죽음 앞에서도 굴하지 않고 자신을 보호해 주는 아버지에 대한 기쁨이었다. 그리고 결투에 대한 자신감이기도 했다. 굳건한 아들의 눈빛은 그렇게 말하고 있었다.

"제가 진다고 한 적은 없습니다."

리처드는 자신이 이긴다는 뉘앙스를 풍겼고, 그 당당함에 공작과 황제는 잠시 할 말을 잃었다.

웨슬럿의 공작을 이긴다는 건 제국이 수립된 뒤로 단 한 번도 이루어진 적이 없던 일이었다. 전설과도 같은 그 기록을 스무 살의 젊은 황태자가 깰 수 있다고 누가 믿겠는가. 항상 아들을 자랑스럽게 여기던 황제마저도 이번만큼은 리처드가 잘못된 판단을 내렸다고 생각했다. 전쟁터를 누비던 제프 공작의 힘을 직접 봤었기에 더더욱 말려야만 했다.

"이번 결투는 인정할 수 없다. 그 불충한 장갑은 태워 버려라."

황제는 아들의 자존심을 건드리지 않도록 조심하며 말렸지만, 리처드는 한번 세운 뜻을 굽히지 않았다. 그는 손에 쥔 장갑을 살짝 흔들며 한쪽 입술 끝을 삐뚜름하게 올렸다.

"이미 받아들인 결투를 어찌 무릅니까. 설령 그것이 가능하다 해도 그러고 싶지 않습니다. 황실을 모욕한 대가는 치르셔야지요. 아니 그렇습니까, 공작."

　어떻게 해서든 대가를 치르게 하셌다는 일종의 도발이었나. 그에 제프 공작은 집무실이 떠나가도록 웃어댔다. 심각한 상황에서 정말 뜬금없이 터져 버린 웃음이었으나, 공작은 현 상황이 매우 마음에 들었다. 젊은 황태자의 치기 어린 도발이 꽤 귀엽기도 했다. 그렇게 한참을 파안대소하던 공작은 하도 웃어서 아픈 배를 쓰다듬으며 고개를 끄덕였다.

　"멍청한 생각이긴 하지만 물러서지 않는 패기는 높이 사지. 원한다면 갑옷을 입을 시간도 주겠네."

　"필요 없습니다. 지금 당장 시벌리 홀로 가죠."

　리처드는 바로 승부를 낼 생각이었다. 공작은 거부하지 않고 몸을 돌렸고, 황제는 눈을 질끈 감았다. 그는 다리에 힘이 풀려 쓰러질 것 같았지만, 공작이 앞에 있다는 이유 하나만으로 이를 악물고 버텼다. 하지만 아들의 목숨을 건사하지 못한 아버지의 마음은 새까맣게 타버린 지 오래였다.

　시벌리 홀에 도달한 두 사람은 겉옷을 시종에게 맡기고 가벼운 차림으로 섰다. 그러나 황제가 쫓아와 막는 바람에 결투는 잠시 지연되었다.

　홀의 안쪽, 단상 위 의자에 황제를 앉힌 리처드는 본인이 질 것 같으면 항복하겠다고 다독였고, 최고의 실력을 갖춘 친위대와 의사들까지 연무장에 배치했다. 그런 일련의 조치를 한 뒤에도 아버지는 불안해했다.

　"네가 공작의 실력을 본 적이 없어서 이길 수 있다고 생각하는 것이다. 제프의 실력은 인간이라 할 수 없어."

전쟁터에서 검 한 자루 달랑 들고 수십을 상대하던 공작의 모습이 눈에 선했다. 그 괴물 같은 실력을 상기하던 황제는 힘없이 눈꼬리를 늘어뜨렸다.

"공작이 마음만 먹으면 친위대는 십 분도 못 버틸 거다."

"우려하시는 바를 알겠습니다. 하지만 그의 실력은 보셨어도 제 실력은 못 보셨잖습니까."

리처드의 굳건한 말투에서 황제는 절대 이 결투를 막을 수 없음을 깨달았다. 이제 그가 믿을 구석이라곤 제프가 이유 없는 살생을 혐오한다는 사실과 황실을 지키는 웨슬럿 가의 의무뿐이었다.

"제프! 내 아들 몸에 상처가 나면 자네 딸도 무사치 못한다는 것만 알아두게!"

황제의 목소리가 쩌렁쩌렁하게 연무장을 울렸다. 하지만 제프 공작은 콧방귀를 뀌며 리처드를 향해 검을 겨눌 뿐이었다.

"선공은 넘기지. 오게."

"그럼, 거절은 않겠습니다."

연무장으로 내려선 리처드는 공작의 호의를 받아들이고 검을 들었다. 하지만 그의 정중함은 거기까지였다.

까앙─

귓가를 찢는 강렬한 금속음이 연무장에 퍼졌다. 모두가 무슨 일이 벌어진 건지 제대로 알지 못했다. 눈을 부릅뜨고 참관했지만, 정확히 보질 못한 것이다. 공격을 가한 리처드와 그걸 막은 제프 공작만 알 뿐이었다.

'내 검을…… 막았다고?'

딱 한 번, 순간적인 공격으로 끝내 버릴 요량이었다. 공작이 눈을 깜박인 그 찰나, 공격은 이미 진행되었다. 목 부근에서 멈추려고는 했지만, 온 힘을 다한 공격이 막힐 줄은 전혀 예상치 못했다.

표정이 굳은 리처드만큼 제프 공작의 눈동자도 사정없이 흔들렸다. 소름이 목덜미를 훑으며 돋았다. 딱 한 번, 눈을 깜박였을 뿐이었다. 그런데 그 순간 이미 지척까지 다가온 리처드가 보였고, 검은 휘둘러진 상태였다.

수십 년을 공들인 훈련과 타고난 감각이 아니었다면 열다섯 이후 처음으로 패배의 쓴맛을 봤을 것이었다.

'이거, 괴물이구나.'

적수를 발견한 공작의 심장이 떨렸다. 여운이 뇌리를 깊게 파고들었고, 한 번도 품어본 적 없던 호승지심이 대책 없이 피어올랐다. 맞대어진 검 너머로 흥미로워하는 리처드의 눈빛을 보자 공작은 자신도 모르게 입술 끝을 끌어올렸다. 기분이 좋아지면서 큭큭 대는 웃음소리가 새어 나왔다. 이윽고 그 웃음은 박장대소로 번졌다.

"하하하하— 아주! 아주 마음에 들어!"

번들번들한 공작의 눈동자를 본 리처드는 속으로 침음을 삼켰다. 마음에 든다는 표현이 사위로 삼을 만하단 뜻이 아니라 적수를 만나 기쁘단 소리에 가까웠다.

'체면이 말이 아니군.'

인간으로 환생했다지만, 넷밖에 안 되는 악마들의 왕으로 살면서 검을 다뤄본 시간이 제프 공작의 인생보다 길었다. 물론 자신의 진짜 힘은 영혼에 봉인된 악마의 기운이고, 검은 심심풀이 장난감이었을 뿐이지만 그래도 충격이 이만저만 아니었다.

그런 리처드의 정신 상태와 상관없이 제프 공작은 흥분에 휩싸여 있었다.

"더, 더 해보게. 어디, 날 한번 몰아세워 봐."

극한까지 몰려보고 싶었다. 이젠 까마득해진 그 느낌이 어떤 것인지 오랜만에 경험해보고 싶은데, 미미하게 눈살을 찌푸린 리처드는 고개를 저으며 거리를 벌렸다.

"그만하시죠."

"뭐? 대체 왜? 뭣 때문에 그러는가."

등줄기를 훑던 짜릿함을 더 맛보고 싶은 제프 공작은 딸을 넘본 파렴치한 황태자를 두 동강 내버리겠다는 의지마저 잠시 내려놓았다. 결투를 끝내기 싫어하는 그에게 리처드는 상상 이상의 답변을 내놓았다.

"그러다 공작이 다치면 공녀에게 혼납니다."

제프 공작은 말문이 턱 막혔다. 이 얼마나 당혹스런 답변인지 홀로 끌어올렸던 호승심이 조금 가라앉을 정도였다. 제 딸에게 혼나는 게 싫다는 남자에게 뭐라 해줘야 할지. 괜찮다는 말로는 확실히 부족했다.

"진심인가?"

"거짓일 이유도 없지 않습니까. 그녀에게 미움받는 건 제가 원하는 일이 아닙니다."

지금도 이미 충분히 미움받고 있는 와중이라 여기서 더 원한이 쌓이는 건 원치 않았다. 그건 함께 임무를 수행해야 하는 입장에서 매우 곤란했다.

그런 이유로 내뱉은 리처드의 말이 제프 공작에겐 딸의 애정을 유지하기 위한, 한 사내의 눈물겨운 사투처럼 느껴졌다. 그와 같은 모습을 보는 건 의외로 기분을 좋게 해주는지라, 실소를 지은 공작은 검을 한 바퀴 돌리며 손목을 풀었다.

"그럼, 내가 자네를 몰아세우는 수밖에…… 검로가 제멋대로 변할 테니 살려면 정신 똑바로 차리고 대응하게. 끝까지 살아남으면 내 딸과의 만남을 굳이 방해하진 않지."

보상처럼 덧붙인 소리에 리처드가 정말이냐는 듯 빤히 쳐다보자 제프 공작은 슬쩍 말을 덧붙였다.

"물론 대낮에, 내 시선이 닿는 곳에서만."

그게 뭔가 싶어 리처드의 표정이 떨떠름해졌지만, 제프 공작은 개의치 않았다. 중요한 건 마음껏 실력을 펼쳐 볼 만한 적수를 만났다는 것이었다.

오른발을 앞으로 내민 공작이 검을 대각선으로 빗겨 들며 무릎을 살짝 굽혔다. 특이한 준비 자세에 리처드도 심호흡으로 감정을 다스렸다. 진검승부인 만큼 까딱 잘못했다간 제프 공작의 말대로 죽을 수도 있었다.

리처드의 눈빛이 차분하게 가라앉은 그 순간, 공작의 공격이 시작되었다. 검은 순식간에 네다섯 개로 보일 만큼 빨라졌다.

리처드도 이를 악물고 대응해야만 했다. 변화무쌍한 공작의 검로는 정확하게 급소만 노리고 들어왔다. 하나도 놓치지 않고 차단하려면 모든 감각을 동시에 써야 했다.

챙 챙 챙 챙─

금속성이 연달아, 끊임없이 울려댔다. 초당 두 번의 공격이 들어갔고, 검은 제멋대로 움직였다. 손목을 타고 빙그르르 돌기도 하고, 부딪쳐 튕겨지면 등 쪽으로 넘어갔다가 옆구리로 빠져나와 상대를 공격하기도 했다.

대체로 찌르기와 적당한 발놀림으로 상대를 제압하는 검술을 익혀왔던 기사들은 두 사람이 전신을 이용해 싸우는 걸 넋 놓고 보고 있었다. 눈으로는 좇지만 이해할 시간조차 내어주지 않을 만큼 움직이는 속도가 빨랐다.

그 와중에 제프 공작은 검로가 차단당할 때마다 치솟는 기쁨을 주체하지 못했다. 처음엔 좀 밀린다 싶던 리처드가 점점 더 빠르고 기민하게 반응하며 제 실력을 따라잡고 있었다. 그야말로 완전히 검을 가지고 노는 느낌이었다.

'완벽해! 완벽하게 타고났어.'

신이 전투를 위해 빚어놓은 자를 보는 느낌이었다. 조금만 가르치면 저를 뛰어넘을지도 몰랐다. 그건 참관 중이던 모든 이들의 공통된 생각이기도 했다. 특히 황제는 경악스러운 아들의 실력을 넋 놓고 지켜보았다.

'내가 지금 꿈을 꾸는 것인가.'

그는 이 믿기 힘든 상황에 혼란스러움을 느꼈다.

평범한 인간은 신의 축복을 받은 웨슬럿 가의 공작을 이기지 못하는 게 이 땅의 정석이었다. 그들은 인간의 범주를 넘어선 무력을 지니고 있었고, 그중에서도 현 공작의 무위는 선대 공작들의 실력을 훨씬 웃돈다는 말도 떠돌았다. 그런 이의 검을 제 아들이 막아내고 있었다. 직접 눈으로 보고 있어도 믿기지 않을 만큼 비현실적이었다.

모두가 숨을 죽인 채 그 경이로운 모습을 지켜보았다. 제인의 부탁을 받고 프린 팰리스까지 온 웨슬럿의 기사단장, 아놀드 경도 임무를 잊을 만큼 그들의 결투에 푹 빠져 있었다. 연무장 한복판에서 검을 다루는 경지의 끝이 펼쳐지고 있었다. 이 역사적인 결투는 무를 숭상하는 그에게 전율을 심어주기에 충분했다. 그렇게 한참을 집중해서 보고 있던 그는 슬슬 결투의 끝이 다가

오는 걸 깨달았다.

'아직은 무리인가.'

그의 눈동자가 제프 공작에게서 간신히 벗어나 호흡을 다듬고 있는 리처드에게 닿았다.

수년간 전장을 누빈 공작과 취미 삼아 홀로 검을 익히던 리처드 사이에는, 쉬이 좁히기 어려운 숙련도와 경험치의 차이가 있었다. 환생 후에도 체력 단련용으로 기사들과 대련을 한 게 전부인지라, 실전으로 재능을 갈고닦은 제프 공작을 상대한다는 게 쉬운 일이 아니었다.

어쨌거나 몸에 밴 경험치의 차이만 아니었더라면, 오늘 진 건 공작일지도 몰랐다. 그 사실을 꿰뚫어본 아놀드 경은 이미 오래전에 넋을 놓은 황제를 힐끔 쳐다보았다.

'늑대가 사자를 낳다니.'

아마도 리처드는 얼마 지나지 않아 세상을 호령하면서 웨슬렁의 목덜미를 물 황제로 성장할 수도 있었다. 차라리 이번 기회에 실수로라도 죽이는 게 나을 수도 있지만, 간절하던 제인의 부탁을 상기한 그는 홀의 중앙으로 걸음을 옮겼다.

결투에 정신이 빠져 있던 친위대는 아놀드 경을 막지 못했고, 리처드가 2라운드를 위한 정비를 끝내길 기다리고 있던 공작은 그를 발견하고 퉁명스러운 소리를 냈다.

"결투 중인 게 안 보이나, 아놀드 경."

가장 아끼는 부하라지만 이런 중요한 순간에 끼어드는 무례는 용서할 수 없는 일이었다. 불쾌감을 표출하는 공작에게 머리를 숙여 예를 갖춘 아놀드 경은 이렇게까지 할 수밖에 없는 이유를 들이밀었다.

"레이디 제인의 일로 왔습니다."

제인을 들먹이자 공작은 더 뭐라 하지 못하고 그가 가까이 다가오는 것을 허락했다. 아놀드 경은 제프 공작만 들을 수 있도록 그의 귀에 대고 최대한 목소리를 죽여서 제인의 상황을 그대로 읊어주었다.

사랑에 빠져 버린 딸이 어떤 선택을 내렸는지 들은 공작은 어금니가 짓눌릴 만큼 턱을 꽉 다물다가 아쉬운 눈으로 리처드를 보았다.

"오늘은 승부를 보기 글렀으니 다음에 다시 하지."

제프 공작은 검집에 검을 꽂아 넣으며 리처드를 어찌 처리할 것인지 고민했다. 솔직히 그냥 죽이기엔 좀 아까웠다. 이만한 적수를 또 찾는 건 불가능하기도 했고, 제 딸에게 혼나기 싫다고 검을 뽑는 걸 주저하는 모습도 제법 봐줄 만했다.

'스튜더 가에 넘겨주는 건 찜찜하고, 제인과 맺어주는 건…….'

그건 조금 신중하게 고민해 볼 필요가 있어 보였다. 제인과 혼약을 했다고 하니 사위로 들어서 매일 검술 상대로 써먹어도 나쁘진 않을 터였다. 다만, 오필리아 황비가 낳은 자식이란 게 괜히 껄끄러웠다. 삼키긴 싫고 뱉기도 아까운 탓에 그는 리처드의 처분을 나중으로 미루기로 하고 무심하게 말을 내뱉었다.

"그래도 오늘은, 덕분에 즐거웠네."

끝까지 도도함을 잃지 않은 공작은 몸을 돌려 홀을 빠져나갔다. 그의 뒤를 아놀드 경이 따랐다.

황제파만 남은 시벌리 홀은 곧 환호성으로 뒤덮였다. 황제는 연무장으로 뛰어 내려가 자랑스러운 아들을 격하게 포용했고, 친위대 기사들은 흡사 우상을 보듯 존경심이 가득한 눈으로 젊은 황태자를 바라보았다. 하지만 그 소란스러움 속에서도 리처드의 머릿속에는 아놀드 경이 공작에게 전한 말만 맴돌았다.

"레이디 제인의 안색이 썩 좋아 보이지 않았습니다. 하얗게 질려서 많이 위태로워 보였는데, 황태자 전하가 없는 세상은 지옥이라며 제게 구해달라고 하시더군요. 이쯤에서 접으심이 옳을 듯합니다. 사랑에 빠진 젊은 여성들은 간혹 극단적일 때가 있지 않겠습니까."

어느 한쪽의 승패를 원치 않는 제인이 꾸며낸 거짓말인 걸 알면서도 리처드는 그 말이 듣기에 그리 나쁘지 않았다.

4

위험한 밀회

　황태자가 제프 공작과의 결투에서 호각으로 맞섰다는 소문이 파다하게 난 초봄의 어느 날, 리처드는 썩 달갑지 않은 손님을 맞이했다.

　그의 맞은편에 앉은 몬타 공작은 응접실의 테이블 위에 찻잔을 내려놓고 밤색 콧수염을 만지작거렸다. 향유를 발라넘긴 곱슬머리처럼 그의 눈은 느글거리기 그지없었다.

　그가 리처드를 찾은 건 아들의 검술 실력에 깊이 감동한 황제가 엘리스와의 혼약에 대해 여지를 두는 듯한 인상을 풍겼기 때문이었다. 제인 공녀만 아니라면 아들이 좋아하는 여인과 이어주겠다는 분위기에 위기감을 느낀 몬타 공작은 리처드를 직접 압박하기로 했다. 그리고 그는 제프 공작과 마찬가지로 황태자를 흔들 패를 쥐고 있었다.

　"오필리아 황비의 신분을 제대로 아는 이는 이 땅에 얼마 없지요. 전하는 총명하시니, 모친의 신분이 드러날 때 생기는 파장을 잘 아실 겁니다."

거기까지 말한 그는 자리에서 일어나며 여전히 반응 없는 리처드에게 마지막 경고를 남겼다.

"애지중지 키운 제 여식이 전하로 인해 눈물짓는 일이 더는 없었으면 좋겠습니다."

공작은 웃는 낯으로 고개를 까딱여 인사하곤 걸음을 옮겼다. 그러나 그는 문을 코앞에 두고 걸음을 멈춰야만 했다. 어느새 그의 목덜미에 쇠붙이가 닿아 있었다. 눈동자만 돌려 어깨 위로 내려앉은 검을 바라보는데, 소름 끼치도록 낮은 음성이 뒤쪽에서 등줄기를 잔잔하게 파고들었다.

"이 나라의 공작들은 목숨이 몇 개쯤 되나? 그도 아니면 자신이 황제라도 된다고 착각하는 건가. 황태자를 대할 때는 함부로 나대는 그 혀를 잘 단속하는 게 좋겠소, 공작."

당장 목을 날려 버릴 듯이 살벌하게 으르는 소리에 몬타 공작은 피식, 심빠진 소리를 냈다. 그는 황태자가 자신을 숙일 수 없다는 걸 잘 알고 있었다. 그랬다가는 황실의 힘이 줄고 웨슬럿의 힘은 더 강해진다.

"전하께서는 검을 어디로 겨눠야 하는지 착각하고 계시는 듯합니다. 전하의 편이 되어드릴 수 있는 건 오직 저뿐입니다. 황실 위에 군림하려는 웨슬럿이 전하를 가만 내버려 두겠습니까? 웨슬럿은 조종하기 쉽고 나약한 윌리엄 황자를 지지할 겁니다."

그의 말은 사실이었다. 웨슬럿은 황실의 존치를 중히 여기지만, 그것이 꼭 능력 있는 황태자를 지지하겠다는 뜻은 아니었다. 윌리엄이나 리처드나 같은 황제의 핏줄이니 그들에겐 둘 중에 하

신의 뜻대로

나만 있어도 되었다. 리처드도 그걸 모르지 않았다. 제인과의 거짓 약혼이 제프 공작을 잠시 막고 있을 뿐이었다. 그럼에도 리처드는 몬타 공작에게 겨눈 검을 회수하지 않았다.

"모친의 신분으로 나를 위협해 놓고 편이 되어주겠다니, 차라리 여기서 그대를 죽이고 제인 공녀와 결혼하는 게 낫겠군. 안하무인인 제프 공작이라 해도 사위를 죽이진 않겠지."

권력을 나누는 데 결혼보다 더 확실한 보증수표는 없었다. 하지만 몬타 공작은 제인과의 결합 운운하는 리처드를 한껏 비웃었다.

"보기보다 순진하시군요, 전하. 웨슬럿은 대대로 황실과 혼약을 맺지 않았고, 항상 황실의 목을 조르는 걸 더 좋아했습니다. 게다가 제인 공녀를 위해서라면 뭐든지 감수하는 그 제프 공작이 전하께 여식을 줄 리가 없지 않습니까. 전하께서 출신도 모르는 창녀의 자식인 걸 아는데……."

그가 말을 끝내기도 전에 흰 셔츠 목깃이 붉게 물들었다. 살갗을 파고든 통증을 참기 위해 몬타 공작은 입을 다물었다. 그의 입을 봉해놓고 리처드는 짙은 분노를 내비쳤다.

"두 번 다시 내 모친을 모욕하는 발언을 입 밖으로 꺼냈다간, 그대 목이 두 동강 날 거요."

언제든지 죽일 수 있다는 걸 일러둔 리처드는 몬타 공작과의 거리를 좁힌 뒤, 그의 귀에 대고 작은 목소리로 말을 이었다.

"누구와 언제 결혼할지는 내가 정하오. 그대의 여식이 매력이 없는 걸 탓해야지, 권력으로 어찌해 볼 생각을 하다니. 부끄러운 줄 좀 아시오."

단단히 면박을 주는 말에 몬타 공작의 얼굴이 일그러졌다. 오필리아의 신분을 들먹이면 먹힐 줄 알았던 것이 오산이었다. 보기 좋게 망신을 당한 공작은 목에 닿아 있는 검을 밀쳐 내고 거칠게 문을 열어젖혔다.

그는 험악한 얼굴로 목에 두른 크라바트를 풀어 상처를 지혈하면서 밖으로 나갔다. 그때 정문과 이어진, 쭉 뻗은 콜로네이드 끝에 멈춰서는 마차가 있었다.

"웨슬럿."

그 말을 증명하듯 마차에서 내린 건 제인이었다. 연녹색 머리카락을 높게 틀어 올린 그녀는 멀리서 보아도 시선이 갈 만큼 완벽했고, 하얀 외투를 입고 콜로네이드를 따라 걷는 자태는 고대의 여신이 환생한 듯했다. 냉정한 황태자조차 눈길을 줄 수밖에 없다는 걸 스스로 인정하면서도 몬타 공작은 패배감에 몸서리쳤다.

그사이 정문까지 온 제인은 문 앞에 서 있는 낯선 사내가 몬타 공작임을 알아차렸다. 크라바트로 지혈 중인 목을 보고 조금 놀라긴 했지만, 눈치껏 함구한 채 무릎을 굽혀 인사했다. 그러나 그는 약간의 고갯짓은커녕 뚫어지게 쳐다보며 질문부터 퍼부었다.

"전하를 만나러 온 건가? 제인 공녀?"

형식적인 질문에 대답을 해주는 게 그리 어려운 건 아니었다. 그럼에도 제인은 약간의 비음만으로 답했다. 성의껏 한 인사를 가뿐하게 씹어 삼키는 그의 태도가 영 마뜩잖은 탓이었다. 그러거나 말거나 몬타 공작은 제 할 말을 이어갔다.

"이렇게 공을 들인다고 전하와 결혼할 수 있는 건 아닐 텐데. 일찌감치 마음 접는 게 공녀에게도 좋을 거야."

그가 대뜸 결혼에 대해 왈가왈부하며 참견하자 제인은 빈정이 상했다. 그의 작위가 아무리 높다 할지라도 그럴 권한은 없었고, 그 말이 조언의 탈을 쓴 협박임을 모르지 않았다. 심기가 뒤틀린 제인은 생긋 웃으며 인위적인 감탄사를 터뜨렸다.

"어머나, 공작께서 제 결혼에 이토록 관심이 많으셨는지 몰랐네요. 다정하게 충고까지 해주시고, 누가 보면 제 아버지라도 되시는 줄 알겠어요."

그녀는 능청스럽게 눈웃음까지 곁들이며 비난을 농담으로 승화시켰다. 대놓고 타박하는 소리가 분명한데도 흠잡아 질책할 곳이 없는 그녀의 화법에 몬타 공작의 표정이 눈에 띄게 굳었다.

낯빛이 석회질처럼 변한 그에게 가볍게 목 인사를 한 제인은 열린 문 안으로 들어갔다. 공작이 심각하게 쳐다보든 말든 그녀는 외투를 벗어 시종에게 건넸다.

네크라인이 넓게 파인 연보라색 드레스는 소매가 매우 짧았고, 가슴 부근부터 엉덩이까진 색색의 꽃을 빼곡하게 수놓았다. 그 꽃은 치마 끝단 일부에도 똑같이 수놓아져 있었는데, 장식이 없는 부분엔 연한 보랏빛 프릴을 달아 화려함의 극치를 보여주었다.

그녀를 시야에 담는 것만으로도 벌써 봄이 온 듯 싱그럽고 화사했다. 그 모습을 리처드가 본다면, 그것만큼 제 딸에게 절망적인 일도 없을 터였다. 어쩌면 이미 엘리스의 바람은 이루어지기 어려운 상태까지 치달았는지도 몰랐다. 이미 결론이 났다고 느끼면서도 공작은 제인에게 충고 아닌 충고를 하는 걸 멈추지 않았다.

"난 공녀가 현명한 사람인 줄 알았는데…… 불가능한 일에 매달려 시간을 쏟는 것만큼 어리석은 일도 없다는 걸 모르는군."

"그것참, 정말 멋진 말이네요. 댁에 돌아가시거든 엘리스 공녀에게도 들려주세요. 저보단 그녀에게 꼭 필요한 얘기 같으니까요."

"조언을 받아들일 줄도 모르다니, 언젠가 후회할 거다."

이젠 대놓고 협박인 말에 제인은 적당히 응수하던 걸 멈췄다.

웃음기를 얼굴에서 지워 버린 그녀는 싸늘한 태도로 맞받아쳤다.

"그렇게 절 걱정해 주시다니, 서도 조언 하나 하죠. 선하는 본인이 원하는 레이디와 결혼하실 겁니다. 함부로 휘두르려 들면 상대의 목을 치실 테니까요. 그래도 공작의 작위를 가지셨다고 이번엔 베다 마셨네요."

제인은 상황을 정확하게 판단하고 그걸 이용해 몬타 공작의 입을 틀어막아 버렸다. 이 건물에서 그의 목에 흠집을 낼 만한 사람은 리처드뿐이었고, 그를 이용하려는 공작의 야욕도 알기에 정곡을 찌를 수 있었다.

살벌해진 몬타 공작의 눈빛을 코웃음으로 날려 버린 제인은 시종의 안내를 받아 계단을 올라갔다. 그녀가 2층의 응접실로 들어가는 건 그다지 어렵지 않았다. 리처드의 마음을 사로잡았다는 소문이 파다한 덕분이었다. 문제는 그의 정신이 다른 데 팔려 있다는 사실이었다.

햇빛이 잘 들어오는 커다란 창가 앞에 앉아서 찻잔만 노려보고 있는 리처드의 태도에 제인은 고개를 갸웃거렸다. 인사를 해도 눈길을 주지 않았고 가까이 다가가도 반응이 없었다.

"이봐요, 전하."

제인은 제법 다정하게 그를 불렀으나 그의 깊은 상념을 깨기는 어려웠다. 슬슬 장난기가 발동한 그녀는 리처드의 눈앞에다 대고 손을 휙휙 휘저었다.

"저기요? 정신 좀 차려봐요."

하얀 레이스 장갑을 낀 그녀의 손이 양옆으로 움직일 때마다 시원한 향이 퍼졌다. 그 향긋함이 리처드를 현실로 끌어올렸다. 가냘픈 손목을 따라 올라간 그의 시선에 기분이 좋아 보이는 제인의 얼굴이 담겼다.

"언제 왔소?"

"좀 전에요. 무슨 생각을 그렇게 해요?"

여느 때보다 제인의 말투가 한결 부드러웠다. 그녀와 이런 분위기를 유지하는 건 전혀 익숙지 않은 탓에 리처드는 시선을 떼며 대답을 회피했다.

"그런 일이 좀 있어서. 연통도 없이 무슨 일이오?"

리처드가 얼른 화제를 돌리자 제인은 그가 말하기 곤란해한다는 걸 알았다. 하지만 굳이 캐물을 생각은 없었기에 순순히 찾아온 이유를 밝혔다.

"내 유리병들을 돌려받으러 왔어요."

한두 개도 아니고 수백 개가 넘는 데다 리처드의 것과 섞여 있는 탓에 시야에 담고 거두는 게 가장 빠르고 정확했다. 그래서 에드가 국립도서관에 가는 틈을 타 그와 함께 집을 빠져나왔다. 그렇게라도 하지 않으면 밖으로 나올 수가 없는 상태였다.

"저번에 결투를 말린 일로 바깥출입은 물론이고 당신과 만나는 것도 금지당했어요. 오늘도 최대한 빨리 돌아가야 해요."

남자 때문에 죽을지도 모른다는 식으로 군 탓에 제인은 아버지로부터 단단히 혼났다. 그 정도의 벌은 각오하고 한 일이니 달게 받고는 있지만, 리처드가 유리병을 가지고 있어서 어쩔 수 없이 몰래 찾아와야만 했다.

대충 제인이 처한 상황을 파악한 리처드는 자리에서 일어났다. 그는 별다른 말을 하지 않았지만, 유리병이 있는 곳으로 안내하는 것임은 충분히 짐작할 수 있었다.

제인은 그의 뒤를 따라 걸었다. 그림이 군데군데 걸린 황금빛

복도를 지나서 북쪽 끝에 있는 방문 앞에 멈추자 시종들이 문을 활짝 열어주었다. 그제야 제인은 그곳이 그의 침실임을 깨달았다.

개인적인 장소가 주는 특유의 불편함에 쭈뼛거리며 안으로 들어서자 잘 정돈된 침실이 한눈에 들어왔다. 맞은편의 창과 침대 사이에는 책장 하나가 벽에 붙은 채 놓여 있었는데, 리처드는 그 책장으로 다가갔다. 제인도 곁에 서서 그가 하는 일을 유심히 지켜보았다.

두툼한 책 중에 몇 개를 힘주어 누르자 탁- 소리가 들렸다. 그것이 비밀장소를 여는 잠금장치라는 걸 확인하는 데는 그리 오래 걸리지 않았다. 레일을 깔아둔 덕에 손쉽게 안쪽으로 밀린 책장 옆으로 숨겨져 있던 공간이 나타났다. 복도처럼 길지만 그리 좁지도 않아서, 제법 쾌적한 그곳에 발을 들인 제인의 눈이 휘둥그레졌다. 벽을 따라 늘어선 나무 선반에 유리병들이 쫙 진열되어 있었는데, 비밀 장소라는 특성에도 불구하고 관리가 잘된 상태였다.

"당신 침실에 이런 공간이 있는 줄은 몰랐네요."

제인은 감탄하며 안으로 들어갔다. 폭이 넓고 길이도 매우 긴 롱 갤러리를 비밀 공간으로 바꿔놓은 듯했다. 이제는 비밀문이 된 책장 옆에 기대선 리처드는 그녀의 말에 적절한 설명을 달아주었다.

"유리병을 넣어두려고 내가 직접 손을 좀 본 곳이오. 프린 팰리스 내에서 가장 안전한 장소이기도 하지. 여는 방법도 나밖에 모르고, 이 책장도 나무 안에 철판을 넣어 짰소."

그가 손가락으로 책장을 톡톡 건드리며 하는 말에 제인은 그를 돌아보며 빙긋 웃었다. 그녀의 얼굴에는 여전히 장난기가 어려 있었다.

"그것 참 유감이네요. 나도 좀 전에 여는 방법을 알아버렸는데 미안해서 어쩌죠?"

말은 그렇게 해도 제인의 표정에는 그의 비밀을 빼앗은 기쁨이 충분히 엿보였다. 그녀는 호시탐탐 그를 놀려줄 기회를 엿보곤 했는데, 문제는 그런 그녀의 태도가 리처드를 전혀 불쾌하게 만들지 않는다는 점이었다.

도리어 신기함을 느낀 그는 팔짱을 끼고 그녀를 주의 깊게 살폈다. 하지만 제인에게서 변화된 점이라곤 자신을 바라볼 때의 눈빛이 조금 더 유해졌다는 것뿐이었다.

"이상하군."

"뭐가요?"

"당신 기분이 좋아 보이는데……."

그의 말에 제인은 잠시 입을 다물었다. 그리곤 지금이 기분 좋은 상태인가 고민하다가 어깨를 으쓱였다.

"나도 기분 좋을 때가 많아요."

"적어도 내 앞에선 아니었잖소."

즉각적인 그의 대답에 제인은 할 말을 잃었다. 그의 말이 맞았다. 자신도 모르는 사이에 경계심이 더 누그러진 모양이었다. 그녀는 이 불편한 대화를 계속 진행하는 대신에 손을 흔들어 자신의 유리병을 회수했다.

하얀 글자가 새겨진 유리병을 다 회수한 걸 확인한 제인은 근처에 있는 리처드의 유리병을 하나 들고 그에게 다가갔다. 그녀는 조금 전보다는 확실히 딱딱해진 표정으로 리처드에게 병을 건넸다.

"불필요한 얘긴 그만하죠. 얼마 전에, 당신이 내 침실로 왔던 날에 유리병을 합치는 게 나쁜 일은 아닐 거라고 했죠?"

"그랬소."

"유리병이 사라진 이유를 생각하다가 신께서 하신 말씀이 잠깐 떠올랐는데, 그분께서 '아마 혼자서는 임무를 끝내기 어려울 것'이라고 흘리듯이 말씀하신 적이 있어요."

그때 제인은 그 혼자서는 임무를 끝내기 어렵단 말을 여러 사람의 도움을 받아 그들의 감정을 두루 얻으란 뜻으로 받아들였다. 하지만 지금 와서 생각해 보면 다른 방향으로도 해석할 여지가 있었다.

"혼자서는 임무를 끝낼 수 없다는 말은 우리 둘이 함께하면 가능하단 말도 되지 않나요?"

"그럼 그대는 우리의 임무가 온전히 끝나려면 모든 유리병을 합쳐야만 한다? 그렇게 해석했단 얘기요?"

"그렇죠!"

제인은 기뻐하며 목소리를 높였다. 그녀가 지닌 생기발랄함은 억지로 감춘다고 감춰지는 것이 아니었다. 그녀가 웃으면 주위가 환해졌고, 몸에 닿는 온도도 더 따뜻하게 느껴졌다.

저를 올려다보는 제인의 푸른 눈동자가 반짝이자 리처드는 텅 비어 있던 가슴에 무언가가 차올라 울렁이는 현상을 겪었다. 어째서인지는 모르겠지만, 그녀를 끌어안고 있으면 향긋한 내음과 함께 포근하게 젖어드는 기분이 들 것만 같았다. 가슴 속 깊은 곳에서 보내오는 강렬한 신호에 그는 옅은 신음을 흘렸다. 왜 이런 화학작용이 벌어지고 있는지는 몰라도, 그녀가 제 앞에서 환하게 웃는 모습을 계속 보고 싶다는 생각만큼은 확실했다.

혼란스런 마음을 정리한 그는 제인이 건네는 병을 받아들었다. 파란 액체가 가득한 병에는 검은색으로 '용기'라고 쓰여 있었다.

"궁금한 게 하나 있소."

"뭐죠?"

무심코 반문한 제인은 뒤늦게야 그의 낮은 음성이 고막을 간질인다는 것과 진중한 눈빛에 담긴 분위기가 심상치 않음을 알아차렸다. 그리고 곧 이 공간에 단둘뿐이라는 사실과 그를 신경 쓰고 있는 자신의 감정에서 뭔가 잘못되었음을 깨달았다. 하지만 그녀가 그 모든 것들에 반감을 품기도 전에 리처드의 말이 이어졌다.

"당신은 웨슬럿을 위해서라면 뭐든지 할 각오가 되어 있소? 그것이 설령 그대가 용납할 수 없는 일이라 할지라도?"

그가 말하는 용납할 수 없는 일이 무엇인지는 모르지만, 제인은 알고 싶지 않았다. 그의 눈동자에 담긴 은근한 감정들이 그녀를 사로잡은 탓이었다. 그의 두려움 속에 감춰진 것은 열렬한 마음이었고, 그윽한 눈길 속에 어린 건 은밀한 바람이었다. 그것이 얼마나 인정할 수 없는 일인지, 제인은 그 누구보다 잘 알고 있었다. 하지만 그녀는 그를 막지 못했다. 그가 전해준 감정이 제 가슴 속에 살며시 퍼지는 걸 어찌하지 못하고 그저 바라만 볼 뿐이었다.

그런 그녀에게 나지막한, 리처드의 마음이 와 닿았다.

"나와 결혼해 주겠소?"

저번보다 훨씬 더 진지한 청혼이었다.

제인은 한동안 휘몰아치는 감정들 사이에서 헤맸다. 처음엔 당황스럽고 믿기 어려웠다. 그러다가 이성이 전진하자, 제인은 그의 청혼이 발생한 원인을 판단하고자 했다. 가장 먼저 떠오른 건 역시나 공작에 대한 반발심이었다. 몬타 공작의 목을 벨 정도로 자극을 받았으니 가능성은 충분했다.

"몬타 공작이 당신을 얼마나 몰아세웠는지는 모르겠지만, 이런 식의 청혼은 썩 달갑지 않네요. 농담이라고 해도요."

"농담이라니, 오해요."

공작의 태도가 섣부른 청혼에 영향을 끼친 건 사실이지만 꼭 그래서만은 아니었다. 게다가 장난식의 빈말은 더더욱 아니었기에 리처드는 얼른 말을 덧붙였다.

"공작 때문에 조금 서두른 건 사실이지만, 오래전부터 생각은 하고 있었소. 최근 들어 더 확고해졌고. 지금껏 수많은 여인을 만나봤어도 이만큼 마음이 가는 건 그대뿐이오."

마음이 간다는 말. 그 뜻을 해석할 수가 없었다. 어떻게 악마가 천사에게 마음을 준단 말인가. 당혹스러워하던 그녀는 곧 적당한 답을 찾아냈다.

"편해서 그렇게 느낀 거겠죠. 우린 서로의 과거를 공유하고 있으니까요."

"……."

"당신이 날 사랑할 리가 없잖아요."

확고하게 선을 긋는 그 말이 상처가 되었는지, 리처드의 눈동자가 살짝 흔들리다 공허하고 슬퍼졌다. 그는 달리 말을 하지 않았고 표정의 변화도 미세했으나 그 작은 변화를 매번 알아채는 제인은 미칠 지경이었다. 예전부터 이따금 그가 그런 표정을 지을 때마다 그녀는 껄끄럽고 신경이 쓰였다.

"리처드. 제발, 그런 눈으로 보지 마요."

도저히 안 되겠다 싶어서 제인은 고개를 돌려 마음을 다잡았다. 시간을 갖고 감정을 좀 정리하고 나서 그녀는 다시 그를 마주했다.

"리처드, 아니…… 루카스. 당신과 내가 결혼이라니. 말이 된다고 생각해요? 나랑 키스조차 할 수 없으면서 어떻게 결혼생활이 가능하다고 여기는 거죠?"

"정말 그렇게 생각하오?"

되묻는 저의가 뭔지, 제인은 슬쩍 찌푸린 미간에 의아함을 담아 그를 올려다보았다. 그때, 리처드가 천천히 손을 올려 그녀의 볼 옆으로 내려온 잔머리를 매만졌다.

제인은 화들짝 놀랐으나 거부하진 못했다. 그저 눈을 크게 뜨고 그를 올려다볼 뿐이었다. 달아오른 볼에 손이 스치듯이 닿으면서 부드러운 살결이 느껴졌다. 그의 그윽한 시선이 제 입술에 와 닿자 제인은 깨달았다. 그는 지금 저와 키스하고 싶어 했다. 그것도 꽤 부드럽고 은근하게. 심장이 두근대며 뛰기 시작하고, 매혹적인 그의 시선에 마법처럼 홀려 버린 제인은 도저히 이 분위기를 막을 수가 없었다.

그는 그녀를 탐할 준비가 되어 있었다. 몸을 달아오르게 하는 은근한 열기와 뒤이어 이어질 쾌락에 대한 기대감이 거짓말처럼 솟아났다. 처음 느끼는 감정에 사로잡힌 리처드가 거리를 좁히며 몸을 밀착해 오자 제인의 눈동자가 파르르 떨렸다.

그의 두 팔 사이에 갇힌 채로 제인은 눈을 감았다. 시야가 차단되자 입술은 더 예민해졌고, 그가 가까워지는 게 느껴졌다.

리처드와 사이가 틀어진 몬타 공작은 황비를 만나고 있었다. 피에 젖은 크라바트를 꽉 쥔 채, 분노에 젖은 그의 눈빛을 보며 캐서린은 아무 말 없이 차를 홀짝였다. 표정에 드러나진 않았으나 그녀는 지금 이 상황이 꽤 유쾌했다.

'이미 다 자란 맹수의 목에 어설프게 목줄을 채우려 들었으니

물릴 수밖에.'

리처드가 갓난아기일 때부터 그녀는 그가 맹수가 되리란 걸 알아보았다. 그는 어릴 때부터 남달랐다. 과하게 손찌검을 해도 울지 않았고, 차분한 눈빛 속에는 때를 기다리는 침착함이 존재했다.

'소름 끼칠 만큼 완벽한 군주의 재목이라 더욱더 징그러운 인물이지.'

훗날을 위해 거짓으로 정을 주려 해도 쉽지 않았다. 그는 신분이나 권력을 막론하고 만인의 위에 설 자였다. 태어날 때부터 그렇게 태어났고 이젠 성인이 되었으니 제어하는 건 불가능했다. 그걸 몬타 공작만 모른 것이다. 또는 자만했을 수도 있었다.

"공작께선 그를 너무 우습게 보셨지요."

캐서린은 홍차의 달콤한 향을 맡으며 미소 지었다. 그것이 공작의 신경을 자극하리란 걸 알지만, 그녀는 말을 멈추지 않았다.

"제어할 생각을 하다니, 공작께서 순진하게 대응하신 겁니다. 내 목을 물 것 같은 맹수는 길들이는 게 아니라 사살하는 게 답이죠."

"그럼 왜 지금까지 살려두신 겁니까? 죽일 기회는 얼마든지 있지 않았습니까?"

지난 이십 년간 죽일 기회는 많았다. 몬타 공작이 그 점을 지적하자 황비의 고운 미간이 살짝 찌푸려졌다.

"시도도 안 해봤겠습니까? 폐하가 저리 싸고도는 데다 독이 든 건 귀신같이 알아냅니다. 심지어 이유식에 약을 타서 직접 먹였었는데도 죽질 않더군요. 그게 인간인지, 괴물 새끼인지 지금도 분간이 가질 않아요."

리처드의 몸에 있던 천사의 문양이 독을 해독한 탓이지만, 그걸 모르는 캐서린은 이해할 수 없는 현상에 진저리를 쳤다. 하지

신의 뜻대로

만 그보다 더 놀라운 것은 그녀가 아무런 거리낌 없이 암살 시도에 대해 밝히고 있다는 점이었다. 그만큼 그녀는 몬타 공작이 자신과 한편이 되리란 사실을 믿어 의심치 않았다. 그리고 그 예상은 맞아떨어졌다.

몬타 공작은 자신의 딸이 황태자비가 될 가능성이 매우 낮고, 설사 자신이 리처드의 장인이 된다 해도 그를 조종하기 힘들다는 사실을 이제는 인정할 수밖에 없었다. 오늘에서야 현실을 깨달은 그는 즉시 캐서린 황비를 찾아왔다. 그는 그녀가 힘을 합치길 원한다는 사실을 잘 알고 있었다.

"한 나라에 황제의 후계자가 둘일 필요는 없습니다. 제가 적당한 때를 제공해 드리면 하나가 될 수 있겠습니까?"

몬타 공작은 리처드를 죽일 기회를 제공하겠다는 뜻을 피력했다. 리처드의 허수아비 장인이 될 바에는 차라리 윌리엄을 황제로 올리고 엘리스와 맺어주는 게 자신에게는 더 좋았다.

그의 각오를 전달받은 캐서린은 찻잔을 내려놓고 몬타 공작을 똑바로 바라보았다. 그녀에게 이번 일은 꽤 좋은 기회였다. 몬타 공작의 실력이라면 뒤처리는 걱정하지 않아도 된다. 그가 쥐고 있는 언론과 정보력은 황태자가 암살당했다 하더라도 큰 논란 없이 윌리엄을 후계자로 만들 수 있을 터였다. 그리고 그녀에게는 이럴 때 쓰기 위해 남몰래 키워둔 자들도 많았다.

"당연한 말입니다. 제아무리 괴물 같은 놈이라 할지라도 목에 칼이 들어가면 죽겠지요. 복수는 확실히 하실 수 있을 겁니다."

캐서린은 몬타 공작의 목에 시선을 주었다가 의자 등받이에 깊이 몸을 묻었다.

몬타 공작은 이를 아득아득 갈며 손에 쥔, 피 묻은 크라바트를 다시 목에 가져다 댔다. 상처가 깊지 않아 지혈은 쉽게 되었으나 다친 자존심은 회복될 기미가 보이지 않았다.

'오늘의 치욕은 반드시 갚고야 말 것이다.'

그는 욱신거리는 턱의 통증을 무시하면서 살심을 마음껏 피워올렸다.

⚜

거대한 상앗빛 건물인 국립도서관 서가에서 에드는 원하던 책을 찾아냈다. 다만, 그 책을 어느 젊은 여성이 먼저 보고 있다는 게 문제라면 문제였다. 그는 그녀가 책을 다 읽을 때까지 근처에 서서 지켜보았다.

검은 단발머리에 수수한 옷차림의 여인은 창백하다 싶을 만큼 피부가 하얀 편이었다. 여자치고는 큰 키에 썩 미인은 아니었고 단정하단 느낌이 있었는데, 그의 시선을 사로잡은 것은 그녀의 집중력이었다. 바로 앞에서 쳐다보고 있어도 알아차리지 못할 만큼 그녀는 책을 읽는 데 온 정신을 기울이고 있었다. 그 모습이 하도 신기해서 한참을 바라보고 있노라니 이름이 떠올랐다.

'앤 클레브였던가.'

클레브 자작가의 여식으로 사람들의 입에 오르내리는 인물은 아니었다. 그것은 두 가지 사실을 시사했는데, 가문이 화젯거리가 될 만한 힘이 없고 본인의 성격도 무난하다는 뜻이었다. 그러한 점들을 추측하는 사이에 마침내 그녀가 고개를 들었다.

예기치 못하게 눈이 마주친 두 사람 사이에는 한동안 침묵만 오갔다. 앤은 잘생긴 신사가 자신을 빤히 쳐다보고 있다는 점에서, 그리고 그가 웨슬럿 가문의 후계자라는 점에서 당혹스럽기 그지없었다.

다행히 그녀보다는 조금 덜 놀란 에드가 먼저 가볍게 고개를 숙여서 숙녀에 대한 예의를 갖췄다. 그제야 정신을 차린 앤도 무릎을 굽혔다. 그렇게 인사를 나눈 뒤에도 그녀가 여전히 입을 열지 못하자 에드는 특유의 자상한 미소를 지으며 말을 걸었다.

"수학을 좋아하시나 봅니다."

듣기 좋은 그의 음성과 말투는 여인의 경계심을 무너뜨리고 뜨거운 감정을 품게 하기에 충분했다. 그러나 앤은 반대로 침착함을 되찾았다. 그가 관심을 가지는 건 자신이 아니라 손에 들린 책이라는 걸 숱한 경험 속에서 쉬이 짐작할 수 있었다. 현실을 직시한 그녀는 적당히 예의를 갖춰 그를 상대했다.

"수학은 여러 면에서 도움이 되는 학문이라 조금 관심이 있을 뿐입니다."

그녀의 검은 눈동자에 담긴 총기를 발견한 에드는 호기심이 일었다. 수학을 공부하는 여인은 처음 보았기에 당연한 궁금증일지도 몰랐다.

"어떤 면에서 도움을 받는지 여쭈어도 되겠습니까?"

그의 질문을 받은 앤의 대답은 즉각적이었다.

"딱 짚긴 어려울 만큼 삶의 곳곳에서 필요하죠. 하지만 저보다는 공자께 너 도움이 될 듯하네요."

앤은 그에게 책을 건넸다. 자신이 생각하기에도 자연스럽게 책을 넘겨줄 수 있는, 제법 재치 있는 대답이었다. 그러나 그것은 대화의 단절을 뜻하기도 했다.

책을 받아들면서 에드는 조금 묘한 감정을 맛봐야만 했다. 기분이 나쁘진 않았는데 떨떠름하고, 더 대화를 나눠보고 싶은데 그녀가 막는 느낌이었다. 그는 별수 없이 헤어짐의 인사를 해야 했다.

"다 읽고 나면 돌려드리겠습니다."

집으로 보내주든가 할 생각으로 말을 꺼내자마자 그의 시야에 사랑스러운 여동생이 다가오는 것이 보였다. 그러나 그녀는 평소와 달리 넋이 빠진 상태였다.

도서관 안을 정처 없이 떠돌던 제인은 에드가 여러 번 소리 내어 부른 뒤에야 눈에 초점이 돌아왔다. 그 모습이 어딘가 이상해서 에드는 걱정스러운 얼굴로 동생을 찬찬히 살폈다.

"제인, 어디 아픈 거니?"

"아, 아니요. 구경하고 있었어요."

제인은 반사적으로 대답했다. 좀 전에 리처드와 있었던 일이 자꾸 뇌를 혼미하게 만들었다. 어떻게 그와 키스할 생각을 했을까. 지금 생각해도 제정신이 아니었다. 다행히 입술이 닿기 전에 정신이 돌아왔지만, 조금만 늦었어도 그에게 완전히 잠식당할 뻔했다. 열기를 품은 눈빛과 뺨에 닿던 손길, 제 몸을 덮고도 남을 만큼 듬직한 체격에 달궈진 주변의 온도까지. 그 모든 것이 은근히 다가와 깊게 스며들어 그녀를 사로잡았다.

리처드는 제인이 생각하기에도 키스에 대한 여인의 환상을 자극하기에 부족함이 없는 남자였다. 악마라는 점을 빼면 그러했다. 까칠하다가도 달콤한 말을 내뱉길 주저하지 않았고, 무뚝뚝하게 굴다가도 열정을 내보이는 매력을 지녔다. 그런 남자가 입술이 닿은 뒤엔 제게 어떤 느낌을 새겨줄지 본능적으로 궁금해진 것이다. 몸이 녹녹해질 만큼 부드럽거나 혹은 이성을 잃을 만큼 강렬하지 않을까 하는.

'어느 쪽이든 잘할…… 아니, 아니야! 내가 지금 무슨 생각을 하는 거야!'

제인은 얼른 그 말도 안 되는 생각을 털어버렸다. 스스로 큰 충격을 받은 제인의 낯빛이 금세 핼쑥해졌지만, 에드는 장소가 마땅치 않다는 생각에 섣불리 캐묻지 않았다. 대신 앤과 제인을 서로 소개해 주었는데, 두 레이디가 어색하게 인사하는 차에 에드는 좋은 생각을 떠올렸다.

"제인, 이렇게 만난 것도 인연인데 오늘 저녁 식사에 앤 양을 초대하는 것은 어떻겠니?"

대놓고 노골적인 에드의 초대는 제인을 놀라게 하기에 부족함이 없었다. 덕분에 그녀는 정신을 차렸지만, 이번엔 앤이 혼란스러워했다. 에드가 여동생을 무척 아낀다는 걸 알기에 그가 신분이 낮은 자신과 친분을 맺도록 동생을 종용할 줄은 몰랐다. 그 속에 담긴 의도를 파악하지 못하고 있는 그녀에게 제인은 흔쾌히 저녁 식사를 함께하고 싶다고 말했다.

제인은 앤을 친절하고 차분한 이미지로 기억하고 있어서 친분을 맺고 싶었다. 창고에서 울던 안나를 달래주던 걸 엿들었기에 더 그랬다.

도서관에서 저녁 식사를 기약하고 헤어진 뒤에, 앤과 함께한 저녁 식사는 제법 무난하게 진행되었다. 그건 제프 공작이 자리를 비운 덕분이기도 했다. 타이밍이 좋았던 앤은 체하지 않고 식사를 끝냈고, 이사벨라와 제인도 그녀와의 대화를 즐겼다. 종종 화제가 떨어질 때면 에드가 적절히 끼어들어 윤활유 역할을 해주기도 했다.

웨슬럿 가 사람들은 앤을 유식하면서도 겸손하다고 여겼다. 한

마디로 거품이 없는 여성이었다. 담백하면서도 신중한 그녀는 제인에게 좋은 친구가 될 수 있어 보였다. 그녀와 이야기를 나눌 때면 리처드를 잠시 잊을 수 있다는 점에서 제인도 활기를 얻고 대화를 이어나갔다. 그렇게 원하던 친구가 마침내 생긴 것이다.

그 사실에 힘입어 제인은 며칠 뒤에도 클레브 자작가에 초대장을 보냈고, 말미에 마음을 털어놓을 수 있는 좋은 친구가 있다면 소개해 달라고 적었다. 그것은 제인의 실책이기도 했다.

이튿날에 앤이 데려온 여성은 제인도 잘 아는 이였다. 아담한 체격에 어깨까지 내려오는 금발의 곱슬머리가 인상적인 안나는 빌튼 백작가의 영애였는데 귀엽고 수다스러운 인물이었다.

첫 만남이라 그런지 안나는 낯을 가렸다. 그러나 십 분도 채 지나지 않아서 언제 그랬냐는 듯 제인의 곁에 착 붙어 별별 이야기를 다 쏟아냈다. 다행스럽게도 어느 정도의 분별력은 지니고 있어서 크게 논란이 될 만한 이야기는 하지 않았다. 다만, 한 가지 문제는 그녀의 주된 화제가 리처드란 점이었다.

"전하의 손을 잡고 춤을 추던 모습을 봤을 때 제가 얼마나 감동했는지 모르실 거예요. 두 분보다 더 잘 어울리는 한 쌍은 없었죠. 제인 양을 바라보던 전하의 눈빛은 또 얼마나 달콤했다고요."

안나는 보석 반지로 치장한 두 손을 꼭 마주 잡고 큼지막한 눈을 깜빡이며 제인에게 선망의 눈빛을 쏘았다. 그 눈빛은 매우 부담스러워서 제인은 어색하게 웃으며 그녀의 말에 희미한 반기를 들었다.

"설마요. 전하와 뵌 적도 몇 번 없는걸요."

환생 후에 비공식적인 만남까지 다 계산해도 열 번이 채 되지 않았다. 하지만 그러한 반대는 안나의 열렬한 주장에 작은 흠집조차 내지 못했다. 그녀는 큼지막한 귀걸이가 흔들릴 만큼 거세게 고개를 내저으며 리처드가 사랑에 빠졌음을 주장했다.

"사랑에 만난 횟수는 중요하지 않아요. 두 분은 첫 만남부터 격렬했죠. 사실 저도 그 자리에 있었는데 공녀의 행동에는 이유가 있었다고 봐요. 다만 전하의 마음은 떠나리라 생각했죠. 그런데 봐봐요. 그 뒤로도 전하는 제인 양과 춤을 추고 웨슬럿 가에도 발길을 자주 하시잖아요. 그게 무슨 뜻이겠어요?"

귀에다 대고 매우 당연한 사실을 직시하라는 듯한 말에 제인은 그저 웃을 수밖에 없었다. 리처드를 떠올리는 건 불편한 일이었으나 희한하게도 안나의 말들이 그다지 싫지는 않았다.

오히려 그 짧은 기간 사이에 청혼을 두 번이나 받았고, 그가 아버지 앞에서 고백까지 했으며, 그보다 더한 일도 겪을 뻔했단 걸 알려주면 어떤 반응일까 궁금해지기까지 했다. 더불어 몬타 공작과 엘리스에게도 그 얘기를 전해준다면 얼마나 통쾌할지, 상상만으로도 즐거웠다. 하지만 그런 종류의 기쁨은 그리 오래가지 못했다. 허영심을 충족시키는 찰나에만 발생하는 기쁨이라는 걸, 그간 인간의 감정을 모아온 제인도 잘 알고 있었다.

순간적인 허영심이 물러나자 제인의 안색은 파리해졌다. 그와의 관계를 널리 알릴 생각을 한다는 것 자체가 스스로 충격인 탓이었다.

에드에게 받은 수학책에 빠져서 제인의 낯빛이 나빠진 걸 뒤늦게 발견한 앤은 안나를 적당히 제지했다.

"안나, 황태자 전하께서 열렬한 사랑의 감정을 호소했다면 그 누구보다 제인 양이 잘 알지 않겠니? 비록 지금은 반신반의해도 몇 번 더 만나보면 자연히 알게 될 거야. 그러니 그렇게까지 영애를 설득하려 들지 않아도 돼."

"당연히 더 만나셔야지. 이제 봄이니 피크닉도 많을 테니까, 전하의 감정을 확인할 기회는 얼마든지 있어."

그 말이 제인을 낙담하게 했지만, 다행히 안나는 리처드의 얘기를 더 꺼내진 않았다. 눈치 빠른 앤이 피곤해하는 제인을 위해 책을 덮고 자리에서 일어났기 때문이었다. 덩달아 작별인사를 하게 된 안나는 다음을 기약하며 킹스 팰리스를 나서야 했다.

⚜

안나가 제인의 귀에다 대고 퍼뜨린 지독한 이야기 중에서 적어도 마지막 말은 사실로 판명되었다. 3월 중순이 지나자 여성들은 각종 피크닉을 앞다퉈 열기 시작했고, 그중에는 제인도 어쩔 수 없이 참석해야만 하는 것들이 있었다.

특히 중립을 취하고 있는 테네 후작가의 영애가 연 피크닉은 제인도 거부하기가 어려웠다. 엘리스와 리처드는 물론이고 제인과 친분이 있는 사람들이 다 참석하기로 한 자리였다. 그럴 때 몸이 안 좋다고 빠지면 악마의 문양이 건강을 해쳤네, 진짜로 사라진 게 아니네 마네 하면서 고약한 소문이 돌 것이 자명했다.

테네 후작가의 뒤뜰에는 넓은 잔디밭이 펼쳐져 있었고, 커다란 천막 하나가 긴 장대에 붙잡혀서 부자연스러운 모습으로 하늘거렸다. 다행히 바람이 곧 잔잔해지자 네 명의 여성은 테네 영애, 린다의 안내를 받으며 봄 햇살을 피해 삼삼오오 천막 아래로 모여들었다.

하인들이 가져온 먹음직스러운 음식이 바닥에 펼쳐둔 고급 천

위에 놓이자 아가씨들은 그 주위에 빙 둘러앉았다. 제인의 왼쪽은 안나가 차지했고, 그 옆으로 앤과 엘리스, 린다가 동그랗게 원을 그리며 앉았다. 린다 테네는 여인보다는 소녀라는 말이 더 어울릴 만큼 예쁜 인형같이 생겼는데, 성격이 모나지 않아서 많은 이들에게 두루 인기가 좋았다. 제인도 그녀와 몇 마디 대화를 주고받은 뒤에는 호감을 품을 정도였다.

그녀들은 산책하러 말을 타고 나간 신사들을 기다리며 수다꽃을 피웠다. 앤은 제인 덕에 초대받은 터라 친분이 깊지 않은 레이디들 앞에서 쉬이 입을 열지 못했고, 대체로 안나가 말을 하면 린다가 대꾸하는 식이었다. 그리고 안나의 화제는 이번에도 리처드였다.

"아까 전하께서 제인 양에게 인사할 때 유독 긴장하시는 걸 봤나요?"

안나는 엘리스의 속을 뒤집어놓기라도 할 작정인지 생글생글 웃으며 제인과 리처드를 엮었다. 비록 백작 영애이고 빌튼가는 그리 유서 깊은 집안도 아니지만, 상업으로 거금을 벌어들인 덕에 취할 수 있는 행동이었다. 재물이 지닌 권력도 무시할 수 없는 데다가 저번에 약혼자를 빼앗겼던 수치심까지 합했으니 그녀의 말은 거리낄 것이 없었다.

"말 그대로 사랑이란 감정만이 불러일으키는 아름다운 모습이었죠."

안나의 조잘거림에 엘리스는 더 참지 못하고 눈썹을 꿈질거렸다. 하지만 그녀는 입을 열어 비난하거나 화를 내지는 않았다. 저번 무도회에서 감정적으로 나갔다가 큰 손해를 본 탓에 이번엔 힘겹게 감정을 억눌렀다. 그런 엘리스의 심리상태를 아는 린다가 조심스럽게 반대 의견을 내밀었다.

"전하는 근엄하셔서 항상 한결같은 표정이신지라 사랑의 감정을 품으셨는지는 잘 모르겠던데요."

"린다 양, 조금만 주의 깊게 살핀다면 알 수 있을 거예요. 그분은 확실히 제인 양을 대할 때만큼은 태도가 달라진답니다."

"글쎄요, 어떤 점에서 그렇죠?"

린다는 과일을 올린 디저트 접시를 들고 포크로 한입 찍어 입에 넣기 전에 우아한 말투로 물었다. 그녀는 자신의 아버지를 닮아 어느 쪽에도 척을 지고 싶어 하지 않았다. 그래서 적당히 응수하는 말에 안나는 열을 올렸다.

"전하는 제인 양 앞에서 조금 더 부드러운 눈빛을 하셔요. 애정 어린 시선이죠."

"영애도 안나 양의 얘기에 공감하시나요?"

린다는 곁에 앉은 제인에게 이 화제를 떠넘겼다. 안나의 확고한 생각을 바꾸기에는 무리라는 판단을 한 것이다.

제인은 엘리스를 비롯한 여인들의 시선을 부담스럽게 느끼며 어깨를 살짝 으쓱였다.

"글쎄요. 그분은 워낙 생각이 깊고 진중하신 분이라, 제가 그 속을 짐작하기란 여간 어려운 일이 아니네요."

최대한 예법에 어긋나지 않게 돌려 말하며 제인은 대화에서 슬그머니 발을 뺐다. 하지만 눈치 빠른 린다는 그 자리에 있는 모든 이들이 궁금해할 만한 화제를 꺼냈다. 애석하게도 그것 또한 리처드와 관련된 내용이었다.

"그럼, 저번에 대공께서 전하와 결투를 하신 건 무슨 이유에서 인가요? 남자들이야 전하의 검술 실력에 놀라 칭송하느라 바쁘다지만, 우리 같은 여자들은 검술보다는 사건 속에 숨어 있는 감정에 더 관심이 많잖아요. 그래서인지 사교계에서 공공연히 떠들기를 공녀와 관련이 있는 건 아닐까 짐작한다죠."

그녀의 질문은 대화에 참여하지 않고 있던 앤의 관심까지 끌어당겼다. 모두가 제인의 입이 열리기만을 기다렸고, 제인은 답변할 말을 찾지 못해 포도주로 목을 적시며 시간을 끌었다. 하지만 몇 초 이상 끌기란 어려운 일이라서 그녀는 적당히 대답해야만 했다.

"저도 자세한 내막은 모른답니다. 아버지와 전하 사이에 무슨 일이 있었던 것 같은데, 그저 제 추측인지라 함부로 입 밖에 내기가 여간 어려운 일이 아니네요."

제인은 조심스럽다는 티를 팍팍 내가며 더는 말해줄 수 없다는 걸 확실히 했다. 청혼이나 약혼 같은 말을 꺼내면 엘리스의 면상을 제대로 구겨줄 수도 있겠지만, 개인적인 감정을 위해 가문이나 황실에 영향을 끼칠 수는 없었다. 다행히 그 말을 끝으로 신사들이 모습을 드러냈기에 제인은 더 이상 질문 세례를 받지 않았다. 대신 안나가 다른 쪽으로 레이디들의 주의를 끌었다.

"신사분들이 오고 계시니, 이참에 전하의 마음을 확인해 보죠."

"어떻게요?"

린다는 흥미로운 듯 눈을 빛내며 물었다. 안나는 패배하게 될 엘리스를 상상하며 콧대를 한껏 세우고 보란 듯이 내기를 걸었다.

"전하께서 누구 곁에 앉으시는지 보면 알 수 있죠. 대체로 이런 자리에서는 관심 있는 아가씨의 곁에 앉잖아요."

운명적인 사랑의 맹신론자인 안나의 머리에서 나왔다고 하기에는 꽤 신빙성이 있는 소리였다. 다만 엘리스는 정말 리처드가 제인의 곁에 앉을까 봐 불안해했고, 제인은 그가 어디에 앉든 복잡한 심정이었다.

조마조마한 레이디들의 마음을 모르는 다섯 명의 신사는 하인들에게 말을 건네주고 천막으로 다가왔다. 제인의 왼쪽에는 안나가 딱 붙어 앉아 있었기 때문에, 그녀의 옆자리는 한 자리뿐이었다. 헨리는 제인의 곁에 앉고 싶은 욕심이 났지만, 황태자인 리처드와 황자인 윌리엄에게 먼저 자리를 선택할 권리가 있었다.

신사들을 이끌고 온 리처드는 제인을 힐끗 본 뒤에 미련 없이 걸음을 옮겨 엘리스의 곁에 앉았다. 제인을 제외한 모든 이들이 놀랐지만, 시종일관 굳어 있던 엘리스의 입술은 호선을 그렸다. 의기양양해진 엘리스는 근처에 있던 하인에게 손짓해서 리처드가 편하게 기대어 쉴 수 있도록 쿠션을 가져오게 했다.

윌리엄은 리처드와 린다 사이에 자리를 잡았다. 그는 이런 자리에서도 공작 영애들과는 거리를 두었다. 그 덕에 제인의 곁은 헨리가 차지할 수 있었다.

얼마 전에 공식적으로 약혼을 발표한 랭턴 후작은 약혼녀인 안나의 다리를 당당히 베고 누웠고, 그 옆에 있는 앤과 엘리스 사이에는 에드가 자리했다. 그는 리처드로 인한 동생의 심리 상태를 주의 깊게 살피면서도 앤과 대화하는 데 많은 노력을 기울였다. 그런 에드의 사려 깊은 배려 덕에 앤은 조금이나마 목소리를 냈다.

"폐하의 숲에서 말을 타다 오신 건가요?"

"예, 언제쯤 사냥하면 적당할지 확인해 봤죠. 이런 궂은일은 항상 저희 몫이거든요."

산책을 겸하여 한 일이었으나 에드는 분위기를 풀기 위해 농을 섞었다. 다행히 현명한 앤은 적당히 맞장구를 쳐 주었다.

"그렇기에 여자들도 마음 놓고 숲에 들어갈 수 있는 것 아니겠어요? 해마다 이런 궂은일을 마다치 않는 신사분들께 진심으로 감사하고 있답니다."

적절히 띄워주는 앤의 칭찬에 리처드를 제외한 사내들의 얼굴에 미소가 떠올랐다. 랭턴 후작도 적극적으로 대화에 참여할 생각이 들었는지 상체를 일으키며 도시 밖의 숲에 다녀온 이야기를 들려주었다.

"오늘은 깊은 곳까지 말을 몰아봤는데 정말 꽃이 활짝 피었더군요. 이제 봄이구나 싶어서 구경하는 중에 수풀 사이로 뭔가 보이지 뭡니까."

"그게 뭐였죠, 후작님?"

린다가 호기심을 잔뜩 드러내자 랭턴 후작은 뜸을 들이다가 잘 다듬은 콧수염을 매만지며 능글맞게 웃었다. 그는 레이디들이 놀랄 준비가 된 것을 확인한 뒤에야 말을 이었다.

"제 백마와 비슷한 크기의 멧돼지더군요."

후작은 과장을 조금 섞었다. 그는 안나와 후작 영애가 터뜨리는 감탄사에 만족하며 멧돼지의 크기와 송곳니 길이, 그리고 그것이 얼마나 사납게 굴었는지 등을 열심히 설명했다. 그 이야기를 가만 듣고 있던 윌리엄은 고개를 저으며 그의 무용담을 조금 조절해 주었다.

"후작님의 훌륭한 명마를 멧돼지와 비교하다니요, 안 될 일입니다. 나 큰 멧돼지이긴 했으나 그래도 그 명마가 들으면 매우 섭섭해할 이야기가 아닙니까."

윌리엄은 반박할 때도 상대의 기분이 상하지 않게 하는 데 능숙했다. 그의 뛰어난 언변에 후작은 웃으며 자신의 이야기가 과장되었음을 인정했다. 하지만 순진한 안나는 진심으로 놀라서 자신의 약혼자가 어디 다치지는 않았는가 걱정했다. 그에 후작은 어깨를 으쓱이며 아무런 문제도 없다는 제스처를 취했다.

"황태자 전하께서 잡지 말라 하셔서 그냥 쫓아내기만 했는데, 다음 달에 있을 사냥 대회 때 한 마리 잡아다 그대에게 바치리라."

그는 낯간지러울 만큼 느끼한 소리를 내뱉고는 감격하는 안나의 손등에 입을 맞췄다. 불과 두 달 전만 해도 다른 여자의 손을 잡고 무도회에 갔던 사내의 모습이라 하기에는 괴리가 있었다.

제인은 두 사람의 모습에서 사교계의 생태는 도무지 이해하기 어렵다는 걸 느꼈다. 또 한편으로는 이야기에 집중하기 어려울 만큼 강렬한 시선에 곤혹스러워했다.

'저 인간은 정말 나한테 왜 그러는 거야. 괴롭히는 방법을 바꾼 건가?'

사랑에 빠진 사내답게 쳐다보는 헨리의 선한 눈빛은 달가웠지만, 노려보는 듯한 리처드의 시선은 감당하기 어려웠다.

리처드는 엘리스의 곁을 택했어도 눈은 제인을 벗어나지 않았다. 그의 얼굴은 평소와 같이 무표정해서 무슨 생각을 하는지는 알 수 없었지만, 다들 그가 제인에게서 눈을 떼지 않는다는 걸 알 지경이었다. 심지어 깨가 쏟아지는 커플조차 제인에게만 향하는 리처드의 시선을 알아차렸다.

그와 달리 제인은 그가 있는 방향으로는 최대한 고개도 돌리지 않았다. 두 사람의 묘한 기류에 안나는 먹이를 발견한 새처럼 제인의 귀에다 대고 작게 조잘거렸다.

"보세요, 전하께서 눈도 떼시지 못하잖아요. 아까부터 공녀만 바라보고 계신다니까요. 아마 엘리스 공녀의 옆에 앉은 것도 제인 양을 보기에 가장 편한 자리였기 때문일 거예요."

그녀의 추측은 제법 그럴듯했고, 제인은 더욱 부담스러워졌다. 최대한 티를 내려 하지 않았지만, 자꾸 그에게로 향하려는 눈길을 막는 게 힘에 부쳤다.

'자기도 답을 빤히 알았잖아. 그런데 왜 청혼 같은 걸 하고, 심지어 그런 짓을 하려 해서 사람을 불편하게 하냔 말이야.'

제인은 며칠 전, 그의 침실에서 있었던 청혼을 기억해 냈다. 그리고 그 고백과 이어지던 행동이 준 충격에 다시금 끙끙 앓았다.

입술이 닿기 직전에 고개를 돌려 피했을 때 그의 표정이 어떠했을지는 상상도 하고 싶지 않았다. 시선도 마주치지 않고 서로 얼마나 다른 존재인지를 강조했지만, 제인의 추측과 달리 그는 순순히 물러나지 않았다.

"그대의 마음을 구걸하지 않겠소. 아내의 의무를 바라지도 않을 것이오. 그저 내 곁에 있는 건 그대였으면 싶소."

가슴을 파고드는 호소력 짙은 목소리는 걷잡을 수 없을 만큼 그녀의 마음을 흔들어댔다. 하지만 최근 들어 그녀가 바라게 된 결혼생활은 그런 것이 아니었다.

멋진 신사에게 사랑받고 싶었고, 자신을 닮은 아이를 낳아보고 싶었고, 그 아이가 커가며 줄 행복도 만끽하고 싶었다. 그것들을 포기할 수 없었기에 제인은 힘겹게 그의 바람을 잘라냈다.

"그건 내가 원하는 삶이 아니에요. 나도 사랑하고, 사랑받고 싶어요. 당신과 나는 그럴 수 없다는 걸 서로 잘 알잖아요. 우리의 본질은 천사와 악마라고요."

제인의 대답에 리처드도 더는 붙잡지 않았다. 거기까지 밀한 그녀는 유리병도 합치지 못하고 그의 침실을 빠져나왔다. 그의 곁을 지나칠 때, 그녀가 마지막으로 슬쩍 본 그의 눈은 공허했다.

그것이 못내 제인의 마음을 어지럽히기를 수십 일째. 그는 이제 피크닉에 와서도 말을 걸지 않았고 빤히 쳐다보기만 할 뿐이었다. 그로 인해 대화가 끊긴 천막 안에서는 정적만 맴돌았다. 제인도 심란한 마음에 남몰래 한숨지었다.

'정말 왜 저러는 거야. 게다가 나를 곁에 두고 싶다는 건 대체 무슨 의미인 건데?'

그 말이 지난 며칠간 뇌리를 울리며 제인을 괴롭혀 댔다. 결혼하자는 말보다도 곁에 있어줬으면 좋겠다는 그의 고백이 더 이해하기 어려웠다. 청혼이야 자신과 결혼하면 그가 얻을 수 있는 이득 때문이라고 해석할 수 있지만, 곁에 있어주길 바라는 마음은 좀처럼 납득하기 어려웠다.

'그건 사랑하는 사람한테나 하는 소리잖아. 심지어 진짜 키스할 뻔했고.'

툭 터놓고 왜 그랬느냐고 물어보고 싶었으나, 이상하게도 겁이 나서 제인은 죄를 지은 사람처럼 그를 피했다. 리처드도 그날 이후로 딱히 그녀를 찾지 않았다.

그런 두 사람이 만들어내는 불편한 기류는 몇 마디 대화로 환기할 수 있는 종류의 것이 아니었다.

결국, 에드가 나서서 남자들에게 달리기 내기를 제안했다. 리처드의 시선이 제인에게 박힌 것이 싫었던 헨리도 적극 찬성하며 의욕을 불태웠다. 그러면서 그는 제인에게 손을 내밀어 그녀의 관심을 자신에게로 돌렸다.

"제인 양께서 저를 응원해 주신다면, 오늘은 블릭 후작님을 이기는 기적을 만들 수도 있을 것 같습니다."

블릭 후작은 에드의 칭호였다. 그를 이기는 기적을 보여주겠다는 헨리의 유쾌한 말에 마음이 조금 편안해진 제인은 웃으며 그의 손을 잡고 일어났다.

랭턴 후작과 다른 여인들도 주섬주섬 일어나는 때에, 엘리스는 가만히 앉아서 리처드를 바라보았다. 그가 달리기에 참여해야만 자신도 일어날 생각이었다. 제인이 헨리를 향해 웃어주는 걸 본 리처드는 엘리스를 힐끗 보곤 몸을 일으켰다.

"열정적인 신사들은 달리기 내기를 하게 두고 우리는 산책이나 합시다."

그가 산책을 청하자 엘리스는 처음엔 귀를 의심하다가 거짓말처럼 얼굴이 환하게 폈다. 세상을 다 얻은 듯이 활짝 웃은 그녀는 얼어붙은 안나와 굳어버린 제인에게 승자의 미소를 지어 보이곤 그의 팔에 딱 붙어 팔짱을 꼈다. 리처드는 그런 엘리스의 행동을 용인했다. 그것이 예법에도 맞거니와 굳이 뺄 필요성도 못 느꼈기 때문이었다.

다정해 보이는 두 사람의 뒷모습을 잠시 지켜보던 신사들은 레이디들을 에스코트하며 잔디밭으로 나가 달릴 준비를 했다. 제인도 헨리를 응원하기 위해 손수건을 들고 그의 곁에 섰지만, 그녀의 귀는 종종 리처드와 엘리스의 자취를 좇았다. 괜히 신경이 쓰인 탓이었다.

불편한 제인의 마음을 모르는 린다는 쾌활하게 출발을 외쳤고, 사내들은 고삐 풀린 말처럼 넓은 정원을 가로질러 달려 나갔다. 그사이, 바람을 타고 온 리처드의 목소리가 제인의 예민한 청각에 걸렸다.

"우리의 약혼에 대해 생각을 좀 해봤는데……."

애석하게도 주위에서 목청 높여 응원하는 레이디들 탓에 뒷이야기는 잘 들리지 않았다. 제인은 최대한 귀를 기울였지만, 그 이상 알아낼 수 있는 건 없었다.

달리기를 두어 번 더 하고, 세 남자가 번갈아 가며 한 번씩은 이겼을 때 리처드와 엘리스도 산책을 끝내고 돌아왔다. 그때까지도 엘리스의 표정은 여전히 환해서 제인의 마음에 짙은 껄끄러움을 남겼다.

의문만 남긴 피크닉 이후로 제인은 리처드를 보지 못했다. 그것은 4월에 접어들어도 마찬가지였다. 에드의 말에 의하면 그가 황제를 도와 나라를 돌보느라 바쁘다고 했다.

아버지로부터 제인과 리처드의 관계에 대해 들었던 에드는 동생이 상심했을까 봐 저어했지만, 그의 예상과는 달리 제인은 부척 잘 지냈다. 엘리스에 대한 반감을 좀 다스리고, 리처드를 잊고 지내려 애쓴 덕분이기도 했다. 게다가 4월이 되면서 사냥대회 준비를 핑계로 웨슬럿 가에 빈번히 드나드는 헨리가 그녀가 마음을 다스리는 데 많은 도움이 되어주었다.

이른 아침부터 웨슬럿 가를 방문한 헨리는 제프 공작의 따가운 눈총에도 불구하고 꿋꿋하게 제인에게 산책을 권했다. 그의 용기는 미인을 얻을 만했다.

봄이 되어 붉고 노란 꽃들이 군락을 이룬 웨슬럿의 숲은 남녀가 정답게 걷기에는 최고였다. 발갛게 물든 예쁜 꽃을 꺾은 헨리는 그것을 제인에게 건네며 수줍게 말을 걸었다.

"제인 양도 알고 계시겠지만, 곧 있을 사냥대회는 남자들에게 매우 중요한 자리입니다. 혹시, 그곳에서 함께할 파트너가 정해져 있으십니까?"

그는 조심스럽게 파트너 신청을 했다. 리처드란 부담스러운 복병이 있음에도 그는 바짝 긴장한 채로 한 가닥 희망을 놓지 않았다. 그런 헨리의 모습은 제인을 즐겁게 하기에 충분했다. 저돌적이면서도 때때로 귀엽게 구는 헨리 덕에 제인은 흔쾌히 그의 청을 받아들였다.

"제게 파트너 신청을 한 건 남작님이 처음이에요. 덕분에 사냥대회를 즐길 수 있을 것 같네요."

사교계에 진출하긴 했어도 이제 겨우 넉 달쯤 되었고, 다른 사내들과 교류가 잦았던 것도 아닌 탓에 제인은 이번 사냥대회에 큰 기대를 하지 않고 있었다.

황제가 여는 사냥대회는 귀족 남성들이 파트너와 함께 참여하는 게 관례인지라 신사의 초청이 아니면 여성들은 참석이 어렵기도 했다. 그래서 올해 사냥대회는 구경조차 못 할 수도 있다고 생각했는데, 때마침 헨리가 나타나 준 것이다. 그 점이 제인은 무척이나 고마웠다.

"남작님은 제가 무섭지 않으세요?"

아마도 자신의 외모에 반한 게 아닐까 짐작하면서도 제인은 그가 제게 마음을 주는 정확한 이유가 궁금했다. 그녀의 물음에 헨리는 주위를 둘러보며 사람이 없는 걸 확인하곤 비밀 얘기를 하듯이 목소리를 줄였다.

"사실은 전하의 정강이를 찼다는 소식을 들었을 때부터 궁금했었습니다. 그분의 정강이를 찬다는 건 용감한 기사들도 감히 엄두를 못 낼 일이거든요. 그러다 당신을 보았고, 아름다운 레이디가 당차기까지 하단 생각에 더 알고 싶어졌습니다."

그의 말투에는 장난기가 묻어 있었으나 거짓이 없다는 건 충분히 느낄 수 있었다. 그는 호감을 표현하는 일에 적극적이었지만, 제인이 부담스럽게 느낄 선은 넘지 않았다. 그녀의 마음을 배려한 그의 행동은 무척 신사적이었고, 제인도 그를 훌륭한 남자로 인식하는 데 주저할 필요가 없었다.

조금의 끈적거림도 없이 산뜻한 헨리는 좋은 사람이었고, 마침내 산책길의 끝에서 제인은 임무를 완수할 수도 있겠다는 희망을 보았다. 그는 이미 자신을 사랑해 줄 준비가 되어 있었고, 보면 볼수록 매력적인 남자라는 걸 그녀도 인정했다.

'그는 나를 평생 보석처럼 귀히 대해줄 거야. 내가 상처받지 않도록 노력할 거고, 사랑받는 느낌이 어떤 건지 알게 해주겠지.'

그것은 천사의 삶을 통틀어서도 그녀가 느껴본 적 없는 감정일 터였다. 이제 남은 건 자신이 그를 사랑할 준비가 되는 것뿐이었다. 제인은 그리 머지않은 시일 내에 그에게 열렬한 사랑의 감정을 느낄 수 있으리라 생각했다.

헨리는 자신의 존재를 제인에게 성공적으로 각인시킨 뒤에도 자주 웨슬럿을 찾았다. 하지만 그렇다고 해서 매번 제인과 함께 시간을 보낸 건 아니었다. 4월 중순에 있을 사냥대회 날이 가까워짐에 따라 황실 기사단과 웨슬럿의 기사들은 사냥터를 수색하고 위험요소가 없는지, 야영장은 어디에 차릴 것인지 등을 알아보고 다녀야만 했다. 그 일을 지휘한 건 에드와 랭턴 후작이었고, 곧 백작이 될 헨리도 두 사람에게 끌려다니느라 자연스레 바빠질

신의 뜻대로

수밖에 없었다.

그만큼 제인은 혼자 있을 시간이 많아졌는데, 그 시간에는 헨리에게 줄 손수건에 수를 놓거나 사냥터에서 입을 드레스를 고르는 일로 시달려야 했다. 다행인지 불행인지, 이사벨라는 헨리를 좋은 사윗감 후보로 여겼기 때문에 제인은 빠져나갈 구멍이 없었다.

제인이 사냥대회에 가기로 한 걸 후회하기 시작했을 즈음에 덩달아 바쁜 인물이 있었다. 몬타 공작의 편지를 받은 황비였다.

캐서린은 넓은 침대에 홀로 앉아서 몬타 공작이 남몰래 전해준 편지를 뜯었다. 내용은 짧았으나 필요한 정보는 다 들어 있었다.

-대회가 열리는 날 밤에 기사가 아닌 이들이 물가에 있어야 합니다. 최소한 마흔 명은 되어야 하고, 접근전은 피하는 게 상책이니 독을 바른 암기를 넉넉하게 챙기라 하십시오. 그날 밤에 사냥터 주위의 경계를 서는 기사는 잘 고르시리라 믿겠습니다. 혹여나 실패하더라도 뒷일은 염려치 마십시오. 마지막으로 이 편지는 꼭 불태우시길 바랍니다.

몬타 공작은 편지를 소각할 것을 당부하고 글을 맺었다. 몇 줄 되지 않았으나 내용은 일목요연했고, 그의 정보력은 황비를 놀라게 하기에 충분했다. 사냥대회 날에 유인하여 죽이겠다는 계획은 매우 단순했지만, 그녀가 비밀리에 키워둔 수족들에 대해서도 알고 있을 줄은 몰랐다.

'황제가 괜히 곁에 두는 건 아닌 모양이군.'

황비는 자신의 패가 드러났다는 점에서 거북함을 느꼈지만 크게 동요하지는 않았다. 그녀가 무력을 키운 사실을 황제에게 섣불리 알릴 만큼 몬타 공작은 멍청한 인물이 아니었다. 권력에 대한 그의 집착이라면 결국 승자의 손을 잡을 게 뻔하기 때문이었다.

캐서린은 공작의 편지를 든 채 사리에서 일어났다. 벽난로 위의 촛불에 편지를 가져다 대자 종이로 옮아 붙은 불이 삽시간에 커졌다. 이제는 사용하지 않는 벽난로에 편지를 던져 놓고 더 태울 것이 없어 사그라지는 불빛을 보며 그녀는 마음을 다잡았다.

'리처드의 목을 베는 것으로 당신에 대한 복수를 시작하겠어.'

그녀는 아수라장이 되어 불타오르던 궁전과 바닥을 굴러다니던 아버지의 얼굴을 떠올렸다. 그 앞에서 피 묻은 검을 들고 서 있던 제프와 그 사실을 묵인하던 남편의 태도도 이십 년이 지난 지금까지 생생했다.

'내 아버지의 나라를 정복했다고 단단히 착각하고 있겠지만, 오히려 정복당했다는 걸 언젠가 내 입으로 알려주는 날이 오겠지.'

일국의 공주였던 그녀는 복수에 대한 열망 하나로 그 지난한 세월을 참고 살아왔다. 부친을 죽인 제프 공작을 대놓고 저주할 수조차 없었고, 천한 여자를 아내로 들이기 위해서 자신을 이용한 남자를 남편으로 받아들여야만 했다.

목숨을 부지하는 대가로 오필리아의 신분을 귀족의 여식으로 바꾸고 직접 보증까지 했으니, 만약 오필리아가 리처드를 낳다가 죽지만 않았더라면 캐서린은 그녀를 직접 죽였을 것이었다.

'어디서 굴러먹다 왔는지도 모를 여자를 상전으로 모시게 된 건 절대 잊지 못하지.'

태생부터가 고귀한 왕족이었던 그녀에게 그보다 더 큰 치욕은 없었다. 다행히 오필리아가 일찍 죽었지만, 캐서린의 복수는 여전히 현재진행형이었다. 그녀는 훗날을 대비해 본국의 기사 중 일부를 빼돌렸고, 황제 몰래 그들에게 금전적인 지원을 했다.

당시 얼굴이 알려지지 않아서 목숨을 부지한 어린 수습기사들은 이십 년이 지난 지금, 든든한 황실 기사단의 일부가 되었다. 여전히 그녀에게 충심을 품고 있는 그들이야말로 캐서린의 가장 큰 힘이었다. 그리고 이제 그 힘을 제대로 써먹을 때가 되었다.

⚜

숱한 사람들의 열망 속에서 사냥대회가 열리던 날, 제인은 처음으로 말을 타고 외출을 감행했다. 저를 본 사람들이 어떤 반응을 보일지 두려웠지만, 기사들과 함께 움직이니 마음도 한결 편했고, 무엇보다 싱그러운 산책길의 유혹은 외면하기 어려웠다.

긴 머리를 하나로 땋아 내리고 리본이 달린, 챙이 작은 모자를 쓴 제인은 수도 밖에 있는 황제의 사냥터로 향했다. 적당하게 부푼 하얀 언더스커트는 말의 움직임에 따라 물결쳤고, 상체에 딱 맞게 제작된 타이트한 흰 조끼와 진녹색 코트는 단정하면서도 활기찬 그녀의 성향을 부각해 주었다.

사람들과 눈이 마주칠 때마다 최대한 선하게 웃어준 덕인지 혹은 악마의 문양이 사라졌음을 꾸준히 언론에 노출한 덕분인지 그녀를 바라보는 사람들의 시선은 걱정했던 것보단 나쁘지 않았다.

그렇게 살랑살랑 부는 봄바람을 맞이하며 사냥터에 도착한 제인은 입이 살짝 벌어졌다. 숲의 초입에 있는 커다란 잔디밭 위에 백 개는 훌쩍 넘어 보이는 하얀 막사가 세워져 있었다. 각 가문의 깃발이 막사 꼭대기에서 펄럭였고, 그 가문에 속한 시종들은 이른 아침부터 짐을 옮기느라 분주했다.

제인과 베티는 구경하는 데 여념이 없었고, 그런 두 사람의 정신을 수습해 준 건 도착 소식을 듣고 마중 나온 에드였다.

"베티, 웨슬럿의 막사는 중앙 공터 근처에 있다."

"아, 네!"

에드 덕에 수월히 막사의 위치를 확인한 베티는 제인의 짐을 챙겼다. 사냥대회가 다음날 오후에나 끝나기 때문에 이틀 동안 쓸 짐이 한가득이었다.

베티가 시종들의 도움을 받아 짐을 나르는 동안 에드는 제인에게도 할 일을 알려주었다.

"제인, 앤 양과 안나 양도 도착한 것 같은데 함께 인사하러 가지 않을래?"

처세와 사교가 가장 중요한 귀족들은 이런 모임에 참석하면 서로 인사하러 다니느라 분주했다. 제인도 사교계에 발을 들인 이상 벗어날 수는 없는 일이었기 때문에 정신을 수습하고 말에서 내려 에드와 함께 걸음을 옮겼다.

귀족들은 수백 개의 막사가 만들어낸, 커다란 중앙 공터에 몰려 있었다. 황실과 웨슬럿, 스튜더 가문의 깃발이 달린 막사가 제일 앞에서 공터를 둘러싸고 있었다. 그것만 보아도 귀족이란 존재는 권력과 떼어놓을 수 없다는 사실이 여실히 드러났다.

돈이 아무리 많아도 완전히 예외가 될 수는 없어서 안나 역시 눈엣가시 같은 엘리스와 한공간에 있을 수밖에 없었다.

"나 속이 안 좋은 것 같아, 앤."

안나는 엘리스가 듣지 못하도록 멀찍이 떨어져서 중얼거렸다. 주위가 시끄럽고 산만한 와중에도 그 소리를 용케 들은 앤은 팔짱을 낀 안나의 손을 토닥였다.

"너무 신경 쓰지 마. 그녀가 득의양양한 건 우리가 어쩔 수 없어."

짜증 가득한 안나와는 달리 앤은 차분한 눈길로 엘리스를 바라보았다.

귀족들에게 둘러싸여 있는 엘리스는 그 어느 때보다 아름답게 치장했는데, 그녀의 곁에는 리처드가 있었다. 그의 한쪽 팔을 당당하게 차지하고 양산 아래서 싱긋싱긋 웃는 엘리스의 모습이 흡사 황태자비라도 된 듯했다.

'제인 양이 전하께 마음이 있다면 속상해할 텐데.'

에드에게만큼이나 제인에게도 호감이 있는 앤은 친구로서 그녀가 행복하길 진심으로 바랐다. 하지만 리처드와 제인의 마음은 단정 짓기가 여간 어려운 것이 아니었다. 리처드는 요즘 따라 엘리스를 가까이했고, 제인은 바덴 남작과 자주 교류한다는 소문이 파다했다. 직접 만나서 물어봐도 제인은 리처드에 대한 감정을 확실히 하지 않았다. 앤은 그 이유를 각 가문의 이득관계 때문이라고 생각했다.

이런저런 추측을 하는 차에 제인과 함께 걸어오는 에드가 보였다. 말쑥하게 차려입은 그를 보는 순간 그녀의 가슴은 침착성을 잃고 세차게 뛰었다. 하늘이 내려주는 햇살과 살랑대는 바람, 싱그러운 잔디밭까지 모두 그를 위해 존재하는 것만 같았다. 이 땅에 그보다 더 멋진 신사는 없을진대, 자신에게 곧바로 다가오는 그를 보니 순간순간이 황홀한 꿈처럼 느껴졌다. 그런 앤의 상태를 모르는 안나는 여전히 엘리스를 보며 입술을 일그러뜨렸다.

"저런 여자가 황태자비가 된다면 내 자식은 참으로 불쌍한 시대를 살게 될 거야. 저 배에서 나온 애가 좋은 군주가 되겠어?"

안나는 앤이 자신의 말에 공감해 주기를 기다렸다. 하지만 아무런 소리도 들리지 않았고, 의아함에 고개를 돌리자 발갛게 물든 앤의 볼이 보였다. 그녀의 수줍은 시선을 따라간 뒤에 그 연유를 찾은 안나는 앤의 옆구리를 팔꿈치로 쿡 찔렀다. 그제야 화들짝 놀라며 정신을 차리는 앤을 향해 안나는 매우 의뭉스러운 웃음을 지었다.

"어쩐지 오늘은 날이 참 좋지?"

"응?"

"이 땅의 모든 것이 다 아름다워 보이잖아."

그제야 앤은 안나의 말을 이해했다. 사랑 예찬론자인 안나가 입버릇처럼 하는 말이었다. 사랑에 빠지면 일어나는 변화들. 그때는 이해하지 못했는데 지금은 당혹스러울 만큼 공감하고 있었다. 앤에게서 움트는 행복과 떨림을 함께 만끽하며 안나는 친구의 변화를 진심으로 기뻐했다.

"사랑에 빠진 걸 축하해, 앤. 넌 이 시대 최고의 남자에게 사랑받을 자격이 있어."

"안나."

앤은 벅차오르는 감정을 말로 풀기 어려웠다. 진심으로 축하해주는 친구를 뒀다는 사실이 그녀를 더욱 행복하게 만들었다.

두 여성이 따뜻한 우정을 나누고 있을 때, 에드와 제인이 두 사람 앞에 섰다. 그들은 서로 정답게 인사를 나눴고, 안부를 물으며 근황을 얘기했다.

제인은 자신의 뒤쪽으로 그리 멀지 않은 곳에 리처드와 엘리스가 있다는 걸 알고 있었지만 크게 마음 쓰지 않았다. 그의 진지한 청혼을 받고 나니 더는 집안을 위한다는 명목으로 그를 매어둘 자신이 없었다. 그는 권력을 지닌 가문의 여자가 필요했고, 엘리스는 많은 부분에서 적합한 여자였다.

그러한 점은 안나도 잘 알고 있었으나 그녀는 아직 엘리스를 용서하지 못했다. 자신의 약혼자를 유혹해 사사로이 이용하던 여자를 어찌 잊을 수가 있겠는가. 그래서 리처드의 팔짱을 끼고 다가오는 엘리스를 본 안나의 눈가 근육이 뻣뻣하게 경직되었다.

"결국엔 친히 납시네요. 그렇게 자랑하고 싶을까."

한껏 비꼰 안나는 앤이 눈치를 주기 전에 알아서 미소를 지으며 엘리스를 반가이 맞이했다.

"어머, 엘리스 양. 드레스가 정말 예쁘네요."

안나는 칭찬할 만한 것을 찾지 못했는지 엘리스의 연하늘색 드레스를 거론했다. 하늘색 드레스와 잘 어울리는 사파이어 목걸이도 눈에 들어왔으나 안나는 굳이 더 말을 섞지 않았다. 엘리스도 오로지 제인에게만 관심을 두었다.

"제인 공녀, 요즘 바덴 남작님과 교제한다는 소문이 있던데. 남작 부인이 되기 전에 내게 귀띔이라도 줘요. 공녀의 결혼식에 어울릴 만한 귀중한 선물을 구해야 하니까요."

엘리스는 선물을 운운하며 두 사람의 결혼을 기정사실로 만들어 버렸다. 그리곤 보란 듯이 리처드의 팔에 밀착하며 헨리와 제인의 분위기가 예전부터 범상치 않았다는 이야기를 늘어놓았다.

"지난번 피크닉 때도 얼마나 다정하던지요. 전하도 보셨죠?"

엘리스는 리처드의 의견을 물었다. 입을 굳게 다물고 있던 리처드는 제인의 시선을 의식하며 짧게 대꾸했다.

"그는 좋은 신사지. 잘 어울리오."

그에게서 듣고 싶었던 대답을 끌어낸 엘리스는 화사하게 웃으며 제인의 답변을 기다렸다. 속내가 다 보이는 엘리스의 행동에 제인은 가라앉았다고 생각한, 그녀를 싫어하는 마음이 슬그머니

머리를 들추는 것을 느꼈다. 리처드의 마음을 돌리기 위해 자신과 헨리를 엮으면서 한편으로는 헨리를 무시하는 모습이 괜히 아니꼬웠다. 적어도 그는 이런 대우를 받을 이유가 없었기에, 제인은 잘못된 정보를 정정해주었다.

"바덴 남작님이 멋진 분이라는 건 잘 알고 있답니다. 다만, 그분의 마음이 제게 향하고 있는지는 저도 잘 모르겠네요. 만약 그렇지 않다면, 공녀의 말씀은 그분께 매우 큰 실례일 겁니다. 공녀 때문에 다른 분께 마음을 전하는 일이 틀어질 수도 있으니까요."

제인은 헨리와 결혼을 약속한 건 사실이 아니며, 엘리스의 발언은 매우 경솔했음을 지적했다.

함부로 입을 놀렸다가 리처드 앞에서 망신을 톡톡히 당한 엘리스는 얼굴이 빨개졌다. 화를 참느라 눈 밑 살이 파들파들 떨렸으나 그런 엘리스와는 반대로 안나는 웃지 않으려 애써야만 했다.

분위기가 순식간에 이상해지자 에드는 이 불편한 자리를 빨리 파해 버릴 필요성을 느꼈다. 엘리스는 파악하지 못했지만, 지금 리처드는 한계에 도달해 있었다. 그는 이른 아침부터 엘리스에게 붙잡혀서 그녀의 허영심을 채워주느라 고단한 상태였다. 무뚝뚝한 표정 때문에 잘 드러나지는 않으나 리처드의 성격을 잘 아는 에드는 그에게 구원의 손길을 내밀었다.

"전하, 사냥 전에 보고드릴 일이 있습니다. 잠시 막사로 가심이 어떻겠습니까?"

"그러지."

기다렸다는 듯이 냉큼 수락한 리처드는 엘리스가 팔짱을 풀자마자 미련 없이 몸을 돌려 성큼성큼 가버렸다. 에드는 레이디들에게 작게 고개를 숙여 예의를 갖추고 리처드의 뒤를 쫓았다.

멀어져 가는 두 남자의 뒷모습을 보던 엘리스는 제인을 힘주어 노려본 뒤에 자신을 떠받들어 주는 여성 무리에게로 향했다.

제인은 콧방귀를 뀌며 무시해 버렸으나 안나는 반짝반짝한 눈으로 제인을 치켜세웠다.

"어쩜, 우리 제인 양은 말도 그렇게 예쁘게 잘하시나요. 저 여자 표정 보셨죠? 고마워요. 내 속이 다 후련했어요."

안나의 칭찬에 제인은 어색하게 웃었다. 엘리스를 미워하지 않으려 했는데 헨리를 이용해서 성질을 긁어대는 통에 또 발끈하고 만 것이다. 어쩐지 사냥대회가 끝날 때까지 많은 인내심이 필요할 듯했다.

새하얀 막사 중에서 유일하게 금색을 섞어서 장식한 리처드의 막사는 하루만 지낼 곳 치고는 꽤 호화로웠다. 오리털 이불이 두툼하게 깔린 침대는 물론이고 고급스러운 테이블과 의자에 무기 진열대까지 주위를 꾸미고 있었다.

사냥에서 쓸 무기들을 확인하는 리처드를 보면서 에드는 말을 아꼈다. 제인과의 혼약이나 엘리스와의 관계 등을 묻고 싶었으나 남의 연애사에 함부로 간섭하는 건 옳지 못했다. 그것이 신사의 미덕이라 생각하기에 먼저 얘기해 주기 전까지는 묻기 어려웠다. 또한, 리처드는 그런 분야에 대해 미주알고주알 털어놓는 스타일도 아니었다. 역시나 그는 에드의 바람을 들어주지 않았다.

"그렇게 쳐다만 보지 말고 파악해 두라고 한 건 어찌 되었는지 말해보게."

리처드는 이번 사냥대회 때 차출된 황실 기사단을 에드에게 조사하라고 한 적이 있었다. 호위에 빈틈이 생길 수밖에 없는 사냥대회는 적에게 노출되기 좋았다. 특히 사냥 중에는 적이 기습하기에 안성맞춤이었기에 미연에 적과 아군을 구별해 둘 필요가 있었다. 그건 꽤 탁월한 선택이었으나 에드의 표정에는 찝찝함이 감돌았다.

"일흔 명을 다 확인해 봤는데, 황비의 사람이 확실한 건 열 명도 채 되지 않네."

생각보다 적은 숫자에 리처드는 에드를 돌아보았다. 하지만 그를 본다고 무언가 더 알아낼 수 있는 건 아니었다. 그저 스스로 조심하는 수밖엔 방법이 없었다.

"사냥에 따라나서는 건 웨슬럿 기사단과 내 사람이 확실한 자들로 국한하지. 나머지는 막사를 지키게 하게. 늦어도 점심 전에 출발할 거야."

리처드는 출발을 서둘렀다. 해가 지기 전에 끝내고 돌아오려면 최대한 빨리 사냥을 시작해야만 했다. 물론 엘리스에게 붙잡혀 영양가 없는 수다를 들어주는 데 더는 시간을 낭비하고 싶지 않다는 마음도 있었다. 그걸 잘 알기에 에드는 고분고분 막사를 나섰다.

사냥 준비는 일사천리로 진행되었고, 경갑옷에 무기를 착용한 사내들은 숲 입구로 모여들었다. 그들이 가장 아끼는 명마들도 주인 곁에 섰으며, 레이디들은 각자 파트너에게 다가가 사냥 중에 땀을 닦아낼 손수건을 전달했다. 제인도 흰 천에 노란 채송화를 수놓은 손수건을 헨리에게 건넸다.

"조심해서 다녀오세요."

제인은 담백하게 인사를 건넸다. 그녀는 사냥이 썩 반갑지 않았지만, 멧돼지같이 덩치가 큰 짐승들은 사냥으로 개체를 줄여줘야만 했다. 그렇지 않으면 숲 인근에 사는 사람들까지 해치곤 해서 귀족 사내들은 자주 무리를 지어 맹수를 사냥하곤 했다. 또한, 4월에 열리는 사냥대회는 올해 있을 사냥의 시작을 정식으로 알리는 중요한 대회이기도 했다.

제인의 손수건을 받은 헨리의 얼굴에 미소가 번졌다. 그는 해사하게 웃으며 제인의 손등에 살짝 입을 맞췄다.

존경과 애정을 담아서 시도한 손등 키스는 헨리의 의도와는 전혀 다르게 작용했다. 제인에게 손등 키스란 건 올 초에 리처드에게 받았던 때를 떠올리게 하기 때문이었다. 당시의 묘한 분위기와 민망함, 두근거림이 버무려져 제인의 볼이 발갛게 물들었다.

그걸 부끄러워하는 것으로 여긴 헨리는 제인에게 사랑이 가득한 눈길을 주며 털이 고운 여우를 잡아서 선물하고 싶은 마음을 드러냈다. 그러나 제인은 그런 선물을 딱히 원치 않았기에 돌려 말했다.

"저는 그저 남작님이 무사히 돌아오셨으면 좋겠어요. 다른 건 바라지 않아요."

동물들이 걱정되어 한 소리라는 걸 짐작 못한 헨리는 사랑스러운 제인에게서 눈을 떼지 못했다. 그는 다른 이들의 재촉을 듣고 나서야 말에 올라탔다.

제인은 떠나려는 헨리에게 눈웃음으로 인사했다. 그러다가 근처에 있던 리처드와 눈이 마주쳐 버리자, 순간 그녀는 그가 자신을 지켜보고 있었다는 사실에 매우 놀랐다. 파트너인 헨리의 무사 귀환을 바라는 게 죄도 아닌데 괜히 가슴이 철렁하기까지 했다.

흡사 연인처럼 헨리와 다정한 분위기를 자아내는 제인의 모습에 리처드는 괜히 입맛이 썼다. 천사와 악마가 가까이 지낼 수 없다는 건 그도 알지만 그래도 불쾌감이 피어올랐다. 남자로서 헨리에게 진 느낌이었다. 처음 맛보는 패배감에 그는 타고 있던 흑마의 배를 거칠게 박찼다.

숲 안쪽으로 내달리는 그의 뒤를 수십 명의 귀족 사내가 따랐다. 말도 많고 탈도 많은 사냥대회의 시작이었다.

남자들이 사냥을 떠나자 여자들은 나무 그늘에 자리를 펴고 앉았다. 그녀들은 즐겁게 담소를 나눴는데, 그런 분위기를 유지할 수 있었던 건 세 팀으로 나눠 앉은 덕분이었다. 제인에게 호감이 있는 몇몇은 엘리스와 멀찍이 떨어져 앉았고, 스튜더와 웨슬럿 사이에서 줄타기 중인 사람들은 윌리엄의 파트너이자 중립을 지키는 테네 후작가의 영애, 린다 옆에 무리를 지었다.

그 두 팀보다 월등히 많은 수의 여성들이 몰린 곳은 엘리스의 곁이었다. 그렇다고 그들이 모두 엘리스를 좋아하는 건 아니었지만, 적어도 그녀가 차기 황태자비가 된다는 데에는 이견이 없었다.

제인은 리처드나 헨리와의 관계를 떠보려는 여자들에게 둘러싸여서 극도의 정신적 피로감을 느끼는 중이었다. 질문이 전부 곤란한 탓에 확실한 답을 하지 못했다. 두 남자와의 관계를 딱 잘라 정의하기에는 하나같이 상황이 여의치 않았다. 그 때문에 난처해하는 제인을 구하기 위해 나선 건 안나였다.

"여러분, 다른 건 몰라도 전하의 마음은 그분을 조금만 집중해서 보면 알 수 있는 문제예요. 전하가 누구에게 더 시선을 주는지만 파악하면 되죠."

제법 그럴듯한 말에 레이디들은 호기심을 느끼며 안나에게 파악한 답을 들려달라고 졸랐다. 그녀들이 이 대회에 참석한 목적은 어쩌면 리처드와 제인의 관계를 파헤치기 위함이라는 생각이 들 정도였다. 그나마 사교계에서의 경험이 풍부한 안나는 이런 사태를 능숙하게 넘길 줄 알았다.

"누누이 말하지만, 직접 확인하는 것보다 더 완벽한 방법은 없죠. 저녁 식사 시간 때 전하의 시선을 가장 많이 받는 레이디가 분명 있을 겁니다."

말 그대로 각자 판단하란 뜻이었다. 안나는 제인과 붙어 있을 때 리처드의 시선이 자주 닿는 것을 느꼈으나 그 사실을 함부로 입 밖에 내지는 않았다. 어쨌든 지금 리처드의 파트너는 엘리스였고, 제인은 헨리의 파트너였기 때문이었다. 물론 안나는 그 사실을 그렇게 나쁘게 받아들이지만은 않았다.

'파트너는 종종 바뀔 수 있는 거고, 한 신사와만 소문이 나는 건 좋지 않으니까.'

약혼하지 않은 젊은 레이디가 한 남성과만 가까이 지내는 건 위험한 행동이었다. 혼처가 급격히 줄어들 수도 있었고, 그와의 약혼이 성사되지 않으면 난감했다. 그러니 다른 사내들이 다가올 여지는 항상 남겨두어야만 했다.

리처드와 제인의 관계에 대해 더 왈가왈부할 수 없게 되자 레이디들은 이번엔 앤을 걸고넘어졌다. 그녀들은 별 볼 일 없는 앤이 어떻게 웨슬럿의 후계자와 파트너를 맺었는지 궁금해했다.

에드는 리처드만큼이나 권력과 힘을 가진 사내였고, 다정다감한 태도에 매력적인 외모를 지녔다. 또한, 필요할 때만 드러내는 카리스마는 신사들의 귀감이 될 만했다.

그런 사내의 눈에, 뛰어난 미인도 아닌 평범한 자작 가문의 영애가 띄었다고는 생각하고 싶지 않은 듯했다. 그래서인지 그녀들은 무례하다 싶을 정도로 노골적인 모습을 보였다.

안나가 주의를 주어도 나아지지 않았고, 제인으로 하여금 불편한 이 자리를 파해 버릴 생각까지 하게 만들었다. 결국, 보다 못한 제인이 나서서 앤에게 산책을 권했다.

"앤 양, 함께 산책할래요? 속이 좋지 않아서 좀 걸어야겠어요."

제인 덕분에 자리를 피할 기회가 주어진 앤은 순순히 일어났다. 두 사람은 작은 양산을 펼쳐 들고 사람이 드문 방향으로 걸었다. 숲 입구 쪽에 다다라서 듣는 귀가 없는 걸 확인한 뒤에야 앤은 입을 열었다.

"고마워요, 제인 양. 저 때문에 괜히 불편해진 건 아닌가 모르겠어요."

그 자리에 있던 레이디들은 제인 때문에 모여 있었던 건데 그녀가 자리를 파해 버렸으니 남은 사람들은 낙동강 오리알 신세가 되었다. 그 점이 혹여나 안 좋은 말들을 생산할까 저어하는 앤을 제인이 달래주었다.

"마침 도망 나오고 싶었으니 신경 쓰지 말아요. 다들 질투 나서 하는 소리니 마음에 담아두지도 말고요."

"아니에요. 저도 알고 있어요. 내 자신을 사랑하지만, 그렇다고 그에게 어울린다고 생각하진 않아요."

앤은 최대한 담담하게 말했으나 가슴이 아픈 건 어쩔 수 없었다. 그녀는 이성적이고 냉철했으며, 객관적이었다. 그런 그녀의 성향은 본인에게도 적용되었는데, 자신의 가문과 외모 모두 에드의 파트너로는 적합하지 않았다. 그나마 그녀가 내세울 수 있는 건 그와 지적인 대화를 나눌 때 막힘없이 대답할 수 있다는 점이었다.

"내 입으로 이런 말 하기는 그렇지만, 그는 여자인 내가 많은 책을 읽고 토론하기를 즐긴다는 걸 높이 평가하고 있어요. 그리고 그는 여동생을 매우 사랑하죠. 내가 동생에게 도움이 되길 바라기 때문에 날 가까이하는 거예요. 그리고 나도 내가 제인 양에게 도움이 되는 사람이길 바라요."

앤은 수줍게 웃으며 제인과 눈을 마주쳤다. 제인은 그런 그녀가 매우 아름답다고 생각했다.

"당신은 내게 더없이 좋은 친구인걸요, 앤. 당신을 알게 해준 오빠에게 고마워하고 있어요. 그리고 그는 나를 아끼지만……."

말을 끊은 제인은 장난스럽게 앤의 팔짱을 꼈다. 흔들리는 그녀의 눈동자를 보며 제인은 생긋 웃어주었다.

"친구를 사귀는 일까지 간섭하진 않아요. 오히려 관심이 가는 여인을 저녁 식사에 초대하기 위해서 동생을 이용했다고 보는 게 맞을걸요?"

제인의 말은 앤에게 새로운 희망과 용기를 불어넣어 주었다. 그녀는 크게 드러내놓고 좋아하지는 않았으나 행복한 마음을 감추지 못했다. 자신에게 향한 에드의 관심이 생각보다 더 깊다는 사실과 그가 사랑하는 여동생이 천사 같은 마음씨를 지녔다는 것도 그녀를 행복하게 했다.

두 여인이 산책을 끝내고 몇 시간이 흐른 뒤에야 사냥 나갔던 남자들이 돌아왔다. 그들은 커다란 멧돼지를 다섯 마리나 잡았고, 노루나 토끼 같은 작은 짐승들도 잡아왔다. 다행히 리처드와 에드가 걱정했던 일은 일어나지 않았고 사냥은 성공적이었으며, 레이디들은 파트너를 칭찬하는 데 열과 성을 기울였다. 그 응원에 고취된 남성들이 조금 과장된 경험담을 늘어놓는 사이에 하늘에는 붉은 노을이 짙게 깔렸다.

잔디밭 위에는 저녁 식사를 위한 긴 테이블이 마련되었고, 격한 사냥 탓에 허기진 사내들은 파트너와 함께 테이블로 모여들었다. 남작의 작위를 지닌 헨리의 자리는 테이블의 중간쯤이었는데,

제인도 그 곁에 앉았다.

어둠이 깔리는 야외에서 테이블 위의 등불이 사아내는 분위기는 낭만적이었다. 포도주의 향긋함과 알맞게 요리된 음식들도 만족스러웠다. 주위에 자리한 사내들은 대부분 헨리의 친구들이었고 모두 예의 있는 신사들이라 제인은 저녁 식사를 충분히 즐길 수 있었다.

다만 들으라는 듯이 엘리스를 칭찬하며 자신을 견제하는 레이디들의 행동은 매우 거슬렸다. 특히 저들끼리 속삭이는 소리는 제인의 주의를 자꾸 분산시켰다.

"안나 양의 말대로라면 황태자 전하의 마음은 블릭 후작님께 향한 것이 분명하군요."

그녀들의 말대로 리처드는 에드나 윌리엄과 가장 많은 대화를 나눴다. 엘리스가 가끔 끼어들었으나 에드가 응수해 주는 경우가 대부분이었다. 물론 리처드는 제인과 헨리에게도 이따금 시선을 주었는데, 그 횟수가 빈번하지는 않았다. 그래서 귀족 여성들은 리처드가 엘리스만큼이나 제인에게도 큰 관심이 없다고 판단했다.

"그나마 폐하가 스튜더 가를 지지해 주시니, 엘리스 공녀가 황태자비가 될 가능성이 크겠네요. 전하가 처음에 제인 공녀에게 관심을 보인 건 호기심 때문이 확실한 것 같아요."

"아무렴요, 악마라는 소문이 무성했는데 직접 보니 우리랑 별반 다를 바가 없잖아요."

"머리색이 이상한 걸 빼곤 말이죠."

저들끼리 소곤대던 여성들은 터지려는 웃음을 간신히 참았다.

어쨌거나 웨슬럿 가의 하나뿐인 공녀이자 제프 공작이 사랑해 마지않는 제인의 눈 밖에 나는 건 지금 상황으로는 좋지 않았다.

다 함께 악마라고 손가락질할 때야 큰 문제가 없었지만, 악마의 문양이 사라진 지금은 대놓고 욕하기가 어려웠다. 그래서 눈이 마주칠 때마다 웃으며 거짓 호감을 표했지만, 제인의 밝은 귀는 이미 그들의 은밀한 대화를 다 수집한 상태였다. 그럼에도 그녀는 화사하게 웃어주었다. 자신의 연녹빛 머리카락을 매만지면서.

"그렇게 이상한가요?"

단 한마디였으나 그 파급력은 어마어마했다. 실컷 험담하던 여성들은 화장한 얼굴이 허옇게 뜨는 게 보일 만큼 질려 버렸고, 옆에 있어서 원치 않게 대화를 들었던 파트너들은 민망해했다. 그녀들의 대화를 듣지는 않았으나 제인의 말로 상황을 파악한 사람들은 무어라 말을 꺼내지 못했다. 충분히 골려준 제인은 어색해진 분위기를 풀기 위해 슬쩍 말을 바꿨다.

"제 머리카락을 자꾸 쳐다보셔서 이상한가 싶어서요."

제인이 일부러 빠져나갈 구멍을 만들어준 것인지, 타이밍이 기가 막혔던 건지는 아무도 몰랐으나 당사자들은 황급히 변명을 내뱉었다.

"에메랄드 색이 신비하면서도 아름다워서 계속 보게 되네요."

"맞아요. 공녀의 하얀 피부와 무척 잘 어울려요."

호들갑 떨며 늘어놓는 칭찬 일색의 소리에 제인은 마음에도 없는 겸손을 떨었다. 사교계는 더럽고 치사하고 가식적이어도 그렇게 해야 살아남는 곳임을 그녀는 모르지 않았다.

이번 일로 간이 철렁했던 레이디들은 식사 시간이 끝날 때까지 열심히 제인의 비위를 맞춰주었다. 덕분에 풀어진 분위기 속에서 제인은 만족스럽게 식사를 끝내고 막사로 들어갈 수 있었다.

웨슬럿의 깃발을 건, 수십 개의 막사 중에 제인이 지낼 곳은 에드의 막사 바로 옆에 있었다. 침대와 테이블, 화장대와 옷장까지 레이디에게 필요한 모든 가구를 들어놓아 구색을 갖춘 막사 안에서 유일하게 부족한 건 씻는 공간이었다. 제인은 목욕을 매우 좋아하지만, 오늘은 따뜻한 물에 수건을 적셔서 몸을 닦는 것으로 만족해야만 했다.

씻고 난 물을 베티가 버리러 간 사이에 침대에 누운 제인은 눈을 감고 휴식을 취했다. 그러나 종일 세뇌 당하듯이 들은 리처드와 엘리스 이야기가 그 순간에도 제인의 머릿속을 파고들었다.

엘리스가 가장 고귀한 자리에 앉는 여자가 될 것이라는 말, 저주받은 검은 공녀는 완벽한 황태자에겐 어울리지 않는다는 쑥덕거림도 자주 들렸다. 그것은 한여름 밤에 귓가를 맴도는 모기처럼 끊임없이 제인을 괴롭히며 그녀의 신경을 건드렸다.

'하고 많은 여자 중에서 왜 하필 엘리스야.'

제인은 리처드와 관련된 말들이 거슬리는 이유가 엘리스 때문이라고 확신했다. 이제는 둘이 결혼을 하든 말든 관여치 않으려고 했는데 오늘 아침에 엘리스가 보인 태도가 아니꼽기 그지없었다. 그래서인지 엘리스에 대한 미움은 애꿎은 리처드에게도 번졌다.

'평생을 거의 혼자서 지내왔으니 여자를 잘 모른다고 쳐. 그래도 그렇지, 그렇게 보는 눈이 없나? 바로 옆에 있던 린다 영애도 괜찮잖아. 예쁘장하고 태도도 우아하고. 엘리스보다 수백 배는 낫던데.'

거기까지 생각한 제인은 괜히 짜증이 나서 미간을 확 찌푸렸다. 리처드의 팔짱을 끼고 좋아하던 엘리스의 모습을 머릿속에서 털어버리려고 애쓰는데, 때마침 그녀를 부르는 목소리가 있었다.

"공녀님, 드릴 전갈이 있습니다."

가느다란 여성의 목소리에 제인은 침대에서 몸을 일으켰다. 대충 머리를 매만지고 가운을 여미며 내방을 허락하자 황실 시녀가 안으로 들어왔다. 공손히 인사를 한 시녀는 종종걸음으로 다가와 작은 쪽지를 제인에게 내밀었다.

"황태자 전하께서 공녀님께 전하라 하셨습니다."

'리처드가?'

그가 이런 식으로 접촉해 올 것은 상상도 못 했기에 제인은 선뜻 쪽지를 받지 못했다. 그러나 시녀가 조금 더 가까이 들이밀자 받지 않을 수가 없었다. 제 할 일을 다 한 시녀는 밖으로 나가 버렸고, 홀로 남은 제인은 천천히 쪽지를 펼쳤다.

리처드의 유려한 필체가 작은 쪽지에 가득 적혀 있었는데, 긴히 할 얘기가 있으니 사람들의 눈을 피해 동쪽 숲 개울가로 나오라는 내용이었다.

'유리병 때문인가?'

청혼을 거절했을 때 유리병을 어찌할지 제대로 대화를 나누지 못했다. 그 뒤로도 딱히 단둘이 이야기를 나눌 상황이 아니었기 때문에 그녀는 유리병 때문일 것이라고 단정했다. 그 외의 이유는 굳이 떠올리고 싶지 않았다.

제인은 막사 안을 밝혀주던 등불 하나를 내렸고, 옷도 갈아입었다. 베티가 없었기에 그나마 입기 편한 일자형 원피스인 엠파이어 드레스를 선택한 그녀는 밖으로 나가려다가 몸을 돌려 화장대 앞에 앉았다. 지웠던 화장도 새로 하고 머리도 다시 다듬었다. 해가 져서 어두워졌지만 그래도 맨얼굴로 나가고 싶지는 않았다.

곱게 단장한 제인은 숲 안에서 짐승을 만났을 때를 대비해 아버지가 생일선물로 준 단검도 챙겼다. 여성이 검을 들고 다니는 모습은 다른 사람의 눈에 띄면 좋을 것이 없으므로 그녀는 단검을 치마 안쪽, 무릎 부근에 끈으로 단단히 고정해 두었다.

"완벽해."

자신의 준비성에 만족한 제인은 밖으로 나가려다 다시 몸을 돌렸다. 베티에게 쪽지를 남겨둔다는 걸 깜박했다. 조금 산만한 상태로 베티에게 남길 말을 휘갈겨 쓰고 제인은 부랴부랴 막사를 나섰다.

기사들이 경계를 서는 위치를 확인하고 막사로 돌아온 리처드는 자신에게 쪽지를 건네는 시녀를 빤히 바라보았다. 겁을 먹었는지 바닥만 보고 선 그녀에게 그는 다시 한 번 되물었다.

"제인 공녀가 전해달라며 직접 줬다고?"

"예."

기어들어 가는 목소리였으나 좀 전과 같은 대답에 리처드는 고개를 끄덕이고 그녀를 물렸다. 작은 쪽지를 펼치자 생일파티 초대장에서 봤던 제인의 필체가 눈에 들어왔다.

'동쪽 숲 개울가?'

긴히 할 얘기가 있으니 아무도 모르게 동쪽 숲 개울가로 나와달라는 얘기에 리처드는 가장 먼저 유리병을 떠올렸다. 그러나 곧 황비가 자신을 유인하기 위해 파놓은 함정일 수도 있음을 상기했다.

'사냥 때가 아니라 내 경계가 풀어질 때를 노렸을 수도 있지.'

그는 자신의 이유식에 독을 타 먹이던 황비의 독기 어린 모습을 똑똑히 기억하고 있었다. 특히나 리처드는 제프 공작과의 결투가 무승부로 끝난 뒤에 지지자가 폭발적으로 늘었는데, 그건 황비에게 심리적 압박이 될 수 있었다. 더 내버려 두면 안 된다고 판단한 그녀가 이런 계략을 꾸몄을 가능성이 컸다.

'그래도 혹시 모를 일이니…….'

만에 하나 정말 제인이 불러낸 것이라면 혼자 숲에서 기다리게 내버려 둘 수는 없는 일이었다. 거기까지 생각이 닿은 그는 확실히 할 필요성을 느끼고 자리에서 일어났다. 제인의 막사로 가서 그녀가 보낸 게 맞는지 확인할 생각이었다.

귀족들이 전부 휴식을 취하러 막사로 들어가서 공터는 조용했다. 덕분에 크게 시선을 끌지 않고 제인의 막사로 간 리처드는 그 앞을 지키던 웨슬렛의 기사, 베넷에게 그녀가 안에 있는지를 물었다. 그러나 돌아온 베넷의 대답은 부정적이었다.

"좀 전에 나가셨습니다."

"호위는?"

뜬금없이 호위하는 자가 있는지 묻는 말이 베넷에게 불안감을 심어주었다. 표정이 굳은 베넷은 혹시나 제인에게 무슨 일이 생겼나 싶어서 바짝 긴장한 채로 대답했다.

"인근으로 혼자 산책하러 다녀오신다고 하셔서 아무도 따라가지 못했습니다. 혹시 공녀님께 무슨 일이라도 있는 겁니까?"

"아닐세."

아니라고는 대답했으나 그는 제인의 막사로 들어가 내부를 둘러보았다. 감시를 위해 베넷이 뒤를 따랐지만, 리처드는 별다른 움직임을 취하지 않았다. 막사에는 침입자의 흔적이 없었고, 이상한 부분은 더더욱 없었다. 그저 제인이 남긴 것으로 보이는 쪽지 하나만이 테이블 위에 덩그러니 놓여 있을 뿐이었다.

리처드는 쪽지를 집어 들고 제인의 필체를 확인했다. 조금 휘갈겨 쓰긴 했으나 익숙한 글씨체였다.

'동쪽 숲이라.'

쪽지에는 동쪽 숲 근처를 잠시 돌아보고 올 테니 걱정하지 말고 있으라고 적혀 있었다. 나가기 직전에 베티에게 남긴 것이 분명했다.

'헨리에게는 막사 주위의 기사들을 살펴보라고 해뒀으니 그가 불러낸 것도 아닐 테고.'

결국, 제인이 스스로 나갔다는 결론이 내려졌다. 그렇다면 더 지체할 필요가 없었다. 그것이 함정이든 아니든 제인이 숲으로 간 건 확실했다.

"자네, 이름이 뭐지?"

"베넷이라 합니다."

리처드는 쪽지를 내려놓고 베넷을 돌아보았다. 강단 있게 생긴 베넷은 믿을 만한 인물 같았다.

"좋아, 베넷. 한 시간 안에 공녀가 돌아오지 않으면 에드에게 말해서 동쪽 숲으로 기사들을 보내게. 알겠나?"

"예!"

베넷은 무슨 일이 터진 것 같아서 불안했지만, 성급히 묻지 않았다. 대신 리처드가 그의 불안을 잠재워 주었다.

"공녀에게는 아무 일도 없을 걸세. 그러니 섣부른 판단은 금하고 명을 따르게."

"알겠습니다."

고개를 숙여 명을 받드는 베넷만 남겨두고 리처드는 막사를 벗어났다. 이제 제인을 만나러 갈 차례였다.

등잔불 하나에 의지해 동쪽 숲으로 이어진 작은 길을 따라 걷던 제인은 아무리 가도 나오지 않는 물가에 슬슬 인내심이 떨어지고 있었다. 달이 밝은 편이어도 숲은 어두웠고, 잘 닦이지 않은 숲길을 걷기엔 여성용 구두는 그다지 적당하지 않았다.

'뭐 이런 데까지 불러내? 그냥 돌아가든가 해야지.'

리처드가 기다리든 말든 그냥 돌아가겠다고 생각하면서도 제인은 바지런히 걸었다. 그래도 포기하지 않고 걸은 덕분인지 곧 물 흐르는 소리가 들렸다. 그 소리를 따라 걷자 제법 폭넓은 개울이 나왔고, 그 앞의 공터에는 등불 하나가 덩그러니 놓여 홀로 주위를 밝히고 있었다.

좀 전에 놓아둔 게 분명한 등불을 본 제인은 주위를 두리번거렸다. 어째서인지 그 옆에 있어야 할 등불의 주인이 보이지 않았다.

"리처드?"

그를 불렀으나 돌아오는 대답은 없었다. 불빛이 닿는 범위 내에서는 물론이고 어둠 속에서도 그의 기척은 느껴지지 않았다. 의아해진 제인은 조금 더 목소리를 높이며 리처드를 찾기 위해 걸음을 옮겼다.

제인이 움직이자 근처 나무 위에 숨어 있던 암살자들 사이에서 작은 동요가 일었다. 생각했던 것보다 리처드의 등장이 늦어지고 있었고, 제인이 매복지점을 벗어나면 일이 어려워질 게 불 보듯 뻔했다. 제인을 미끼로 삼아 리처드를 유인하고 두 사람 모두에게 공격을 퍼붓는 것이 목적인지라, 암살자들은 이제 어찌해야 할지 지시를 내려주길 바라는 눈빛을 보스에게 주었다. 부하들의 시선을 받은 파커의 매서운 눈동자에 고뇌하는 흔적이 잡혔다.

'지금 공녀를 죽이고 황태자가 와서 시신을 살필 때 공격하는

수밖에······.'

　파커는 미리 꺼내두었던 날카로운 쇠붙이를 손가락 사이에 끼워 잡았다. 그것이 신호탄이 되어줄 것이었다. 허리를 곧추세운 그가 암기를 날리기 위해 손목을 젖히자마자 리처드를 부르던 제인의 목소리가 뚝 끊기고 그녀의 움직임이 멈췄다.

　제인의 시선이 남몰래 나무 위로 가 닿았다. 그녀는 파커의 존재를 알아차렸고 더불어 그가 살의를 품었음도 알았다. 함정에 빠졌다는 걸 깨달았지만, 적은 어둠 속에 숨어 있었고 등불을 든 자신의 주위는 환했다. 모든 부분에서 불리하기 이를 데 없었다.

　제인이 그 사실을 인지한 것과 거의 동시에, 리처드도 근처에 도착했다. 그는 조금 떨어진 곳에 서 있는 제인과 여기저기 매복한 암살자들의 기척을 바로 감지했다. 그 수가 족히 열은 넘었고 하나하나 해치우다간 오히려 적을 자극할 수도 있는 상황이었다. 지금은 제인이 갑자기 멈추는 바람에 잠시 소강상태에 빠졌지만, 그녀가 섣불리 움직였다간 공격이 시작될 건 자명한 일이었다.

　적들을 자극하지 않고 제인에게 다가갈 방법을 찾던 리처드는 그녀와 눈이 마주쳤다. 뜻밖에도 제인은 침착하게, 작은 고갯짓과 눈빛으로 다가오지 말 것을 알려왔다. 그는 적들보다 뒤쪽에 있었고 도망칠 기회가 존재했다. 그러니 괜한 위험을 자초하지 말고 도망치라는 무언의 신호를 받았을 때, 리처드는 어떠한 결심이 섰다. 그는 그대로 그녀를 향해 달려갔다.

　놀란 제인의 눈이 커지고, 리처드는 그녀를 힘껏 껴안았다.

　순식간에 벌어진 일에 제인은 물론이고 암기를 날리려던 파커도 순간적으로 굳어버렸다. 황비의 명령대로 제인을 미끼로 쓰긴 했지만 두 사람의 관계가 이토록 깊은 줄은 몰랐다.

제인을 꽉 끌어안는 리처드의 모습은 오랫동안 헤어져 있던 애인을 다시 만난 사내와도 같았다. 그는 뜨겁게 타오르는 애정을 지금이라도 쏟아부을 듯했다.

그건 제인이 느끼기에도 그러했다. 제 목덜미에 얼굴을 묻고 강하게 끌어안는 그의 두 팔은 너무나도 저돌적인 기색을 띠었고, 피부에 닿는 숨결은 육욕의 갈증에 불타는 사내처럼 뜨거웠다. 그의 몸을 통해 전달되는 강렬한 감정과 애정은 제인으로 하여금 마치 그와 열렬한 사랑에 빠졌다고 착각하게 할 정도였다. 심장이 떨렸고 손에 힘이 빠지면서 등불 또한 자리를 이탈했다. 어쩌면 그가 제게 키스를 할지도 몰랐고, 애정을 갈구하는 그의 입맞춤이 짜릿함을 선사할 수도 있었다. 지금이라면 충분히 그러고도 남을 것 같다고 느꼈을 때, 리처드의 속삭임이 그녀의 의식을 붙잡았다.

"환생 후에 검은 좀 다뤄봤소?"

리처드의 질문에 제인은 정신이 번쩍 들었다. 꿈결 같은 환상 속을 거닐다가 갑자기 현실로 끌어당겨진 느낌에 그녀는 막혔던 호흡을 터뜨렸다. 비로소 정신이 돌아오면서 암살자들이 주위에 깔려 있다는 사실도 떠올랐다. 더불어 리처드와는 본디 원수지간이나 다름없는 사이라는 걸 상기하자 제인은 민망함에 아랫입술을 꾹 깨물었다.

무슨 정신으로 그와 키스하는 것까지 생각했던 건지, 제인은 부끄러움에 두 볼을 물들이고 나오지 않는 목소리를 간신히 짜냈다.

"다, 당연하죠. 치마 안쪽에, 단검도 있어요."

"치마 안?"

"그게…… 오른쪽, 무릎 쪽에."

힘겹게 대답한 제인은 그가 좀 놔주길 바라며 그의 품에서 빠

져나가기 위해 바르작거렸다. 그 움직임을 느낀 리처드는 놔주긴
커녕 더 꽉 끌어안았다. 심지어 그는 제인의 귀에 바짝 입술을 가
져다 대고 애무하는 척하며 속삭였다.

"당황하지 말고, 지금 바로 내 허리띠를 푸시오."

놀라지 말라고 미리 언질을 주었지만, 제인으로서는 경악하지
않을 수가 없었다. 지켜보고 있는 암살자들이 얼마나 많은데 벨
트를 풀라니. 게다가 그런 걸 제게 시킨다는 것만으로도 제정신
으로 보기는 어려웠다.

"미쳤어요?"

"어서."

단호한 재촉에 미간을 찌푸린 제인은 얼굴을 돌렸다가 그와 코
가 스치듯이 닿았다. 리처드가 귀를 애무하는 척, 고개를 틀고
살짝 숙인 채 있다가 벌어진 불상사였다. 그의 입술이 지닌 열기
가 느껴질 정도로 가까운 거리였다. 과거에 비슷한 일이 있었던
걸 떠올린 제인은 심장이 내려앉았으나 그는 피하려는 마음조차
없어 보였다.

빤히 눈을 마주치던 리처드의 시선이 제인의 입술로 내려갔다.
그가 무슨 생각을 하는지 더 알고 싶지 않은 제인은 서둘러 고개
를 돌려 버렸다. 뭔가 묘한 분위기에 입이 딱 붙어버린 제인은 억
지로 손을 움직여 그의 벨트를 풀었다. 그 사이 리처드는 제인을
놓아주고 테일 코트를 벗었다. 그 모양새가 이제 뭔가 본격적으
로 시작해 보겠다는 분위기를 물씬 풍겼다.

덕분에 암살자들은 맡은 임무도 잠시 미루고 흥미로운 얼굴로
두 사람을 지켜보았다. 조금만 있으면 둘 다 옷을 전부 벗을 기세
였다. 그건 매우 큰 이득이었다. 상황을 진지하게 살피고 있는 파

커도 그 부분에 공감하여 공격을 개시하지 않고 있었다.

제인에게 집중하는 동안 리처드는 주위를 경계하기 어려울 것이었다. 설령 공격을 받아도 옷을 벗은 채로는 도망치기도 쉽지 않을뿐더러, 무엇보다 방어할 무기가 없을 터였다.

두 사람의 애정행각은 생각지도 못한 전개였지만 파커의 판단은 정확했고, 제인이 벨트를 다 풀자 리처드의 검도 자연히 그녀의 손으로 넘어갔다. 파커는 그녀가 벨트를 땅에 버리길 기다렸으나 리처드가 조금 더 빨랐다. 그는 다시 제인의 목을 애무하는 척하며 그녀를 구석으로 몰았다.

바닥에 떨어진 등불에서 점점 멀어지는 두 사람에 파커가 불안함을 느꼈을 때, 제인의 등이 나무에 닿았다. 그녀는 손에 벨트를 쥔 채 어둠에 반쯤 파묻혔다. 아직 불빛이 닿는 범위 내에 있던 리처드는 제인의 치마를 걷어 올리며 그 안쪽으로 손을 넣었다.

큼직한 손이 맨다리에 닿으며 남기는 감촉에 제인은 아랫입술을 꽉 깨물었다. 빨리 단검만 뽑았으면 좋겠는데 그는 무기 하나하나가 아쉽다며 끈을 풀어 검집까지 쓰려 했다. 덕분에 제인은 치마 속에서 움직이는 그의 손을 꽤 오랫동안 감내해야만 했다. 무기가 부족하고 암살자들의 수가 암담할 만큼 많지만 않았더라면 그런 방식을 절대 허락하지 않았을 것이다. 제인은 그의 목에 두른 팔에 힘을 주고 협박하듯이 작게 목소리를 냈다.

"왜 이렇게 못 풀어요? 빨리빨리 해요."

"자세가 불편한 데다 한 손이니 당연한 것 아니오? 좀 돕든가, 다리라도 올리고 그런 소릴 하시오."

리처드는 답지 않게 말을 길게 하며 반박했다. 제인과 몸을 밀착하고 있는 시간이 생각보다 길어지고 있었다.

확실히 시간이 지날수록 제인은 평정심을 찾았지만, 반대로 리처드는 점점 더 힘겨워졌다. 그녀의 몸을 가리고 있는 얇은 드레스는 아무것도 차단해 주지 못했다.

손에 닿는 모든 부분이 그렇지만, 무엇보다 봉긋하게 솟은 가슴이 문제였다. 코트를 벗어서 상체에 겨우 한 겹의 셔츠만 걸치고 있는데 그녀가 움직일 때마다 조금씩 다른 감촉이 느껴졌다. 그건 매우 자극적이었고, 온 신경을 앗아갔다.

그렇다고 몸을 살짝 떨어뜨리려 하면 제인의 얇은 목과 도드라지는 빗장뼈, 심지어 선이 고운 윗가슴 라인이 보였다. 고개를 숙일 필요도 없었다. 시선만 내리면 시야에 들어오는데 그것이 저를 힘들게 하니 그는 조금이라도 빨리 제인과 떨어지고 싶었다.

가슴 언덕을 반쯤 드러내는 게 요즘 여인들 사이에서 유행인지라 리처드도 질리다 못해 물릴 만큼 보았고, 그것에 별다른 감흥을 느껴본 적도 없었다. 그건 제인에게도 마찬가지였는데, 오늘은 조금 이상했다. 그는 그 이유가 제 컨디션이 좋지 않거나 낮도 아니고 밤에, 은은한 불빛이 그녀의 고운 피부에 닿아 만들어내는 분위기가 영향을 주었기 때문이라고 생각했다. 혹은 체온이 느껴질 만큼 가까이 두고도 입술이 닿지 않도록 거리를 조절해야만 하니 반작용으로 욕구가 더 커지는 걸지도 몰랐다. 그야말로 성욕과 인내심을 한꺼번에 시험당하는 기분인데, 제 목에 팔을 두른 채로 저를 올려다보며 입술을 샐쭉거리는 그녀의 표정은 왜 덮치지 않느냐고 묻는 듯했다. 아마도 본인은 그것이 제게 어떤 영향을 주는지 모르고 그러는 모양이지만, 괴롭히려는 의도라면 제법 성공적이라고 평가할 만했다.

"역시 그대는 나를 힘들게 하는 데 천부적인 소질이 있나 보오."

"어머, 뜬금없이 웬 칭찬이에요?"

검이 손에 들어온 뒤로 마음의 여유를 찾은 제인은 그의 비아냥을 더없는 칭찬으로 받아들이며 생긋 웃었다. 덕분에 리처드는 앓는 소리를 냈지만, 제인의 기분은 한결 나아졌다. 그녀는 무릎을 올려 끈을 풀기 편하게 해줬다. 그건 서로에게 천만다행이었다.

두 사람을 지켜보던 파커가 이상한 낌새를 눈치채고 있었던 것이다. 연인끼리 다정하게 대화를 나누는 듯하지만, 아까의 그 불타는 감정은 어디로 갔는지 그런 자세에선 응당 있을 키스를 나누지 않았다. 무엇보다 리처드의 손이 제인의 다리 안쪽으로 더 깊이 들어가질 않고 무릎 쪽만 건드리는 것도 이상했다.

파커는 암기를 잡은 손에 힘을 주었다. 제인이 두 팔로 목을 감싸 안고 있으니 리처드가 방어하기란 불가능했고 공격은 적중할 게 분명했다. 차라리 지금 공격을 개시하는 게 나을지도 몰랐다. 결심을 내리자마자 암기를 든 파커의 팔이 크게 휘둘러졌다. 자유를 찾은 쇠붙이의 기세는 날카로웠다. 그것은 리처드의 등을 향해 달려들었고, 제인의 눈에선 웃음기가 싹 사라졌다.

암기를 응시하던 그녀가 검을 뽑자마자 쨍한 쇳소리가 울렸다. 한 치의 오차도 없이 암기를 쳐 내는 검의 움직임은 적들의 몸에 소름을 돋웠다. 그야말로 반전이었다.

제인의 흠잡을 데 없는 실력에 그 모습을 본 눈동자가 얼었고, 아린 뒤통수가 완벽하게 낭했음을 각인시켰다. 미끼로만 여겼던 그녀가 실은 매우 뛰어난 실력자라는 점과 두 사람에게 속았다는 사실이 불러일으키는 경직은 비단 파커만의 것은 아니었다.

놀란 암살자들이 미처 대응하지 못하는 사이에 제인과 리처드는 미리 약속했던 방향으로 달렸다. 그들이 도망치자 파커의 고함이 밤의 숲을 후려쳤다.

"잡아!"

정신을 차린 암살자들이 기민하게 움직였다. 근접전에 대비하여 매복해 있던 자들도 뛰쳐나왔다. 그러나 가장 먼저 나온 자는 리처드가 던진 단검에 당해 죽었다.

이제 리처드의 손에 남은 것은 아무짝에도 쓸모없어 보이는 단검의 검집뿐이지만, 그는 그것으로 공격을 쳐 내며 과감하게 암살자들 사이로 파고들었다. 그때부터 서 있는 자들의 머릿수가 줄어들기 시작했다. 리처드에게 팔이 잡힌 자들은 자신들의 의지와는 다르게 동료를 찌르기 일쑤였고, 몇 명이 그렇게 가고 나니 어느새 그의 손에는 장검 두 개가 생겼다.

처음으로 함께 싸워본 두 사람의 호흡은 썩 괜찮았다. 제인은 뒤에서 날아드는 암기를 막으며 든든하게 지켜주었고, 리처드는 그녀를 믿고 마음껏 실력을 발휘하며 길을 뚫었다. 하지만 합류하는 적의 수가 눈에 띄게 많아지자 두 사람 다 한꺼번에 상대해야 하는 수가 늘어났다.

그 와중에도 리처드는 눈부신 검술 실력을 보였다. 그의 앞에 선 자들은 제대로 된 공격을 해보기도 전에 고꾸라지기 일쑤였다. 그러나 제인은 점점 힘에 부치고 있었다. 머릿수 차이에는 장사가 없는 데다 전부 실력이 좋은 자들이었다. 더불어 창술이 특기인 그녀가 오랜만에 잡은 검으로 일급 살수들을 상대해야 했으니 몸에 자잘한 상처가 생기는 건 당연한 일이었다.

"읏."

제인의 억눌린 신음소리에 반사적으로 몸이 굳은 리처드는 더 싸우는 걸 포기했다.

태생부터가 악마들의 왕인 그에게 도망은 매우 불명예스러운 일이었으나, 이대로 두면 암살자들이 몰려서 제인이 위험해질 수도 있었다. 그렇게 둘 수는 없는지라, 리처드는 근처에 있던 암살자 셋을 한꺼번에 베어버리고 다른 이들이 접근하기 전에 제인의 손목을 낚아챘다.

"갑시다!"

리처드가 이끄는 대로 제인은 군말 없이 달렸다. 조금이라도 지체했다간 뒤에서 쫓아오는 암살자들에게 당할 수도 있었다. 수십 개의 암기가 온몸을 노리고 달려들었지만, 숲에 빼곡히 자리한 나무들과 리처드 덕에 어찌어찌 피할 수 있었다.

그때, 암살자들의 상황을 확인하기 위해 고개를 돌린 제인의 눈에 리처드의 다리를 표적으로 삼은 암기가 잡혔다. 그걸 본 찰나의 순간에 제인은 더 생각할 것도 없이 몸을 움직였다.

푹–

매우 얇은 단검 형태의 암기가 살갗을 찢고 뼈를 긁으며 파고들었다. 오랜만에 느끼는 육체의 통증은 극단적일 만큼 강렬했지만, 그녀는 아랫입술을 꽉 깨물고 비명을 삼켰다. 지금은 다친 다리보다 목숨을 부지하는 게 먼저였다.

리처드가 앞에서 튀어나오는 몇몇 암살자들을 제거했고, 두 사람은 일단의 무리를 따돌릴 수 있었다. 두꺼운 나무에 몸을 숨기고 주위를 경계하던 리처드는 그제야 제인의 왼쪽 나리에 박힌 암기를 발견했다.

"다쳤소?"

제인의 부상에 그의 얼굴에 자책의 빛이 어렸다. 함께 있었음에도 다치게 했으니 자신의 불찰이었다. 그러나 제인은 개의치 않고 다리에 박힌 암기를 확 잡아 뽑았다. 피가 많이 나는데도 그녀는 신음 하나 흘리지 않았다. 문제는 혈향 속에 독 냄새가 섞여 있단 사실이었다.

그 냄새를 맡은 리처드의 낯빛이 어두워졌다. 어떤 독인지는 정확히 모르지만 저를 죽이려는 자들이 암기에 묻혀놓은 것이니 극독일 게 분명했다. 리처드는 황급히 목에 두른 크라바트를 풀었다.

"독을 빨아내야겠소."

그의 말에 눈이 휘둥그레진 제인은 입만 뻥긋댔다. 독에 당했으니 응급처치로 독을 빨아내야 하지만, 그러려면 상처 부위에 입을 대야 했다. 그 얘긴 치마를 걷어 올려서 허벅지까지 드러내야 한다는 소리와 같았다.

"도, 독이 그렇게 강한 것 같진 않아요. 아직까진 멀쩡하기도 하고……."

"바보 같은 소리 마시오! 그대가 죽을 수도 있소!"

그의 말이 정곡을 찌르자 제인은 울상이 되었다. 머리는 알지만 실천은 어려운 일이었다. 민망함에 머뭇거리는 그녀의 마음을 리처드는 단번에 정리해 주었다. 그는 풀어둔 크라바트를 제인에게 내밀었다.

"묶는 건 그대가 직접 하시오. 스스로 하지 않으면 내가 할 것이오. 나 때문에 그대가 죽게 내버려 두진 않을 거니까."

그가 그렇게까지 말하니 제인은 어쩔 수 없이 크라바트를 받아들었다. 리처드가 고개를 돌리고 눈을 감자 제인은 치마를 들추고 상처보다 조금 위쪽을 묶었다.

"묶, 묶었어요."

제인의 목소리가 살짝 떨렸다. 그녀가 부끄러워하고 있다는 걸 아는 리처드는 눈을 감은 그대로 제인의 앞에 무릎 한쪽을 꿇고 앉았다.

대충 상처의 위치를 가늠하고 고개를 숙이자 핏물이 흘러나오는 부분이 입술에 닿았다. 그는 독이 묻어 있는 부분을 피와 함께 힘껏 빨아들였다. 그 느낌에 움찔 놀란 제인은 뒤로 몸을 빼내려 했다. 그 순간 리처드가 손을 뻗어 그녀의 허벅지를 붙잡았다.

리처드에게 잡혀 옴짝달싹 못하게 된 제인은 신음이 터지려는 입을 손으로 꽉 틀어막았다. 그와 이러고 있는 자세도 매우 야릇한데 맨살에 닿는 손은 불같이 뜨겁게 느껴졌다. 그렇다고 놓아달라 할 수도 없어서 제인은 눈가까지 붉어진 상태로 그 시간을 견뎌야만 했다.

리처드는 몇 번이나 독을 빨아내고 땅에 뱉기를 반복했다. 제인의 탄력 있는 허벅지의 감촉은 무시하려 애를 썼다. 최대한 독을 빼내는 데 온 신경을 집중한 그는 피가 묻어 붉어진 입술을 손가락으로 훔치며 제인을 놓아주었다.

"이제 상처 부위를 묶고 지혈하는 게 좋겠소."

"내, 내가 할게요."

끝났다는 생각에 안도한 제인은 응급조치를 마무리하고 치마를 내렸다. 이후 둘 사이에는 그 어느 때보다 더 서먹서먹한 분위기가 형성되었다.

붉어진 볼을 밤바람에 식히던 제인은 쭈뼛쭈뼛, 부자연스럽지만 진심을 다해 고마운 마음을 전했다. 그녀 성격에 악마에게 그런 말을 한다는 것 자체가 크나큰 결심이 있어야만 가능한 일이었다. 그만큼 그녀는 좀 전에 그가 보여준 배려를 고맙게 생각하고 있었다.

"고마워요."

"아니오. 그대가 독에 당한 건 내 탓이오."

자책하는 듯한 그의 표정과 눈빛을 본 제인은 당혹스러웠다. 제가 다친 일에 그가 이토록 마음을 쓸 줄은 몰랐다. 기본적으로 악마들은 천사가 다치거나 죽으면 좋아하는 경향이 있지 않은가. 그럼에도 그는 왜 상식과 다른 반응을 보이는지, 흔들리는 감정을 애써 억누른 제인은 부러 더 밝게 행동했다.

"천하의 루카스도 내 도움이 필요하단 걸 증명한 거죠. 안 그래요? 마왕님?"

크게 다친 사람이라곤 느껴지지 않을 만큼 제인의 말투와 표정은 발랄했다.

장난기로 반짝이는 그녀의 눈빛에 리처드는 어이가 없어서 고개를 절레절레 저었다. 그래도 입가에 미소가 번지는 건 막을 수가 없었다.

암살자들에게 쫓기는 상황에서도 웃게 하고, 미안한 마음을 이런 식으로 상쇄시키는 사람은 세상에 또 없을 것이었다. 예전에는 그런 그녀가 특이하다고 생각했지만, 이제는 조금 달랐다.

제인은 특별했다. 아주 특별한 여자였다.

세상에 단 하나뿐인.

그걸 인지한 순간, 리처드의 표정이 굳었다. 있는지도 몰랐던 심장이 갑자기 뛰기 시작했다. 암살자들의 표적이 되어 죽을 위기에 처해도 잔잔하던 것이 이젠 두근두근 소리까지 냈다.

가슴에 손을 댄 리처드의 눈빛이 잘게 떨리자 지켜보던 제인이 고개를 갸웃거렸다.

"왜 그래요?"

"아니, 아니오."

리처드는 시선을 피했다. 심장이 빨리 뛰니 몸에 열이 올라 두 볼까지 붉어지고 있었다. 그 모습을 들키고 싶지 않아서 억지로 회피하는 그에게 제인은 가장 중요한 점을 인지시켰다.

"오늘 구해준 거 공짜 아니에요. 나중에 이 빚 다 갚아요."

리처드는 좀 전까지 날뛰던 심장이 조금 차분해지는 걸 느꼈다. 굳이 지금 그런 소리를 해야만 했냐는 시선으로 힐끔 쳐다보자 제인의 눈매가 가늘어졌다.

"뭐예요. 응급처치 해줬다고 없던 일로 하려는 건 아니겠죠? 내가 목숨까지 구해가면서 대신 다치기까지 했는데?"

"아니오. 갚겠소. 두 배로 갚지."

"당연히 그래야죠."

만족스럽게 고개를 끄덕이던 제인은 저를 쳐다보는 시선에 고개를 들었다가 묘하게 그와 키스하기 좋은 각도가 되었음을 깨달았다. 지레 움찔한 제인은 몸을 뒤로 빼며 서둘러 딴소리를 내뱉었다.

"그 암살자들은 당신을 노리는 것 같던데, 누구한테 그렇게 원한을 산 거예요?"

분위기를 바꾸려는 제인의 노력은 효과가 있었다. 리처드도 암살자들 쪽으로 생각의 방향을 틀었다.

"정확히는 모르지만, 아마도 내 자리를 원하는 누군가일 거요."

"설마…… 윌리엄 황자는 아니죠?"

리처드와 황위 다툼을 할 만한 사람은 현시점에서 윌리엄뿐이었다. 그래서 우려하며 묻는 말에 리처드는 쓴웃음을 지으며 어깨를 으쓱였다. 그건 긍정도 부정도 아니었다. 그것이 제인을 놀라게 했다.

"그를 의심하나요?"

"모르오. 황비는 워낙 대놓고 나를 경계하고, 윌리엄은…… 아니길 바라지. 확실한 건, 내가 황위를 넘겨줄 생각이 없단 거요."

그건 진심이었다. 굳건한 그의 눈이 그렇게 말하고 있었다. 그것이 제인에게 의문을 심어주었다.

"당신이 이번 삶에 꽤 진지하게 임한다는 건 알아요. 하지만 왜 꼭 황제이길 원하죠? 우리의 임무를 수행하는 데 꼭 황제일 필요는 없잖아요."

그 얄미운 엘리스와의 결혼을 고심할 만큼 그렇게 황제 자리가 중요하냐는 질문은 속으로 삼켰다.

제인의 물음에 리처드는 한동안 입을 다물었다가 천천히 이야기를 꺼냈다.

"내가 침묵의 루카스라고 불리는 건 그대도 알 거요. 그리고 내 영지는 매우 조용하지."

제인이 그를 처음 만난 건, 그가 마왕 루카스이고 그녀가 천사 마리엘일 때였다. 신들에게 임무를 받았지만, 마왕이 천사들의 세상으로 올 수는 없기에 제인이 악마들의 세상으로 갔었다. 그리고 그곳에서 마물들을 만난 제인은 예정에 없던 전투를 치렀고, 다 죽어가는 중에 리처드를 만났다.

그에게 구해져 성에서 치료받는 동안 제인이 만난 악마는 오로지 리처드뿐이었다. 그의 영토는 광활했지만, 생명체는 단 하나도 없었다. 대화를 나눌 이 하나 없이 왕좌에 앉아 있는 리처드의 모습이 제인은 매번 마음에 걸렸었다.

리처드는 지금 그 이유를 얘기하고 있었다.

"편견 때문이었소. 그대도 알다시피 나에 대한 소문이 꽤 악랄하게 났었으니까 말이오."

그의 말에 환생 전의 기억을 되짚던 제인은 인상을 썼다. 차마 입에 담기도 어려운 그런 고약한 소문들이 항상 그를 따라다녔다. 역사상 최악의 왕이라고 불릴 만하던 소문 속 존재가 정말 눈앞의 사내를 지칭하는 것일까. 제인은 의구심과 함께 약간의 혼란스러움을 느꼈다.

그런 제인의 감정변화를 눈치채지 못한 리처드는 얘기를 계속했다.

"처음에는 어찌되었든 상관없었소. 내가 다른 왕들에 비해서도 강한 건 사실이니 그런 소문을 내는 것도 나약한 자들의 발악이라 생각했지. 내 곁에서 아부나 떨며 귀찮게 굴던 자들도 점점 사라졌고, 난 그 고요함을 즐겼소."

당신을 만나기 전까지는. 리처드는 차마 그 말만큼은 꺼내지 못했다.

"그대가 내게 했던 말을 기억하오? 그대가 왕좌에 앉아 있는 내게 했던 얘기 말이오."

리처드의 질문에 제인은 기억을 되짚어 나갔다. 전생에 그와 말을 섞은 일이 흔치 않았기 때문에 답은 금방 찾을 수 있었다.

"이런 황폐한 곳에서 대체 몇 년이나 혼자 산 거죠? 마신이 가장 사랑하는 아들이라더니, 그건 거짓말이 분명하네요. 내 눈에 당신은 껍데기만 남은, 저주받은 사람처럼 보여요."

"당신 말이 맞소. 반박할 수 없었지. 지독한 적막 속에서 내 감정이 죽어버린 거요. 그걸 깨달아 버린 그 순간에, 난 내가 너무 오랫동안 혼자였음을 절감했소."

담담한 음성엔 깊은 쓸쓸함이 배어 있었다. 제인은 차마 아무 말도 할 수 없었다. 그가 살아가던 공간을 직접 보았었기에 오히려 지금 그가 토로하는 감정이 많이 절제된 것임을 알 수 있었다.

제인의 눈빛에 안쓰러움이 어리는 걸 본 리처드가 부드럽게 미소 지었다.

"그러다가 이번 임무를 얻었고, 내게도 다시 백성이 생긴 거요."

"아……."

제인은 비로소 그가 환생 후에 느끼게 된 감정들을 깨달았다. 그가 왜 황제가 되고자 하는지도.

"일국의 군주로서 내게 의지하는, 많은 이들의 삶을 지켜주는 건 생각보다 기쁜 일이오."

작게 미소 짓는 그가 유달리 멋있어 보이는 건 착각일까. 좁았던 시야가 넓어지고, 가슴이 따뜻하게 데워졌다. 이제 더 이상 그가 차갑고 무서운 마왕으로 보이지 않았다.

그때, 그가 허리를 확 끌어당겼다. 무방비 상태로 그의 품에 안긴 제인은 얼어붙었으나 빠져나가려고 애쓰지 않고 오히려 그의 품을 더 파고들었다. 근거리에서 암살자들의 기척이 느껴지는 탓이었다.

제발 그냥 지나치길. 나무가 온전히 몸을 가려주길 바라며 서로에게 더 밀착하니 강렬하게 느껴지는 심장 소리가 이젠 누구의 것인지조차 구별되지 않았다. 암살자들로 인한 긴장감 때문인지 혹은 다른 이유가 있는지도 알 수 없었다.

한 가지 분명한 건, 제인보다 리처드가 더 큰 혼란에 빠져 있다는 사실이었다.

'아무리 생각해도 드레스 옷감이 너무 얇아.'

리처드는 다시금 시험에 들어야 했다. 괜히 하늘도 쳐다보고 입술도 깨물어보았으나 전혀 효험이 없었다. 차라리 암살자들과 싸우는 게 더 나을 듯했다.

"내가 유인할 테니 그대는 여기 있다가 막사로 가서 사람들을 불러오시오."

혼자 도망가라 하면 제인의 성격에 절대 안 갈 게 뻔한지라, 리처드는 그녀에게 적절한 임무를 맡겼다. 그러나 눈치 빠른 제인이 고개를 젓기도 전에 피 냄새를 맡은 암살자들이 먼저 달려들었다.

순식간에 병장기가 부딪치고 전투가 벌어졌다. 제인과 리처드는 다시금 등을 맞댔다. 아까 꽤 숫자를 줄여두었다고 생각했음에도 적들의 수가 여전히 두 자릿수는 되었다.

파커와 암살자들은 죽을 각오로 덤볐다. 지금 처리하지 않으면 죽는 건 자신들일 테니 그럴 수밖에 없었다. 암살자들은 독기를 품었고, 다친 제인은 점점 수세에 몰렸다. 그나마도 전투에 대한 본능적인 감각 덕분에 버티고 있는 것이었다. 게다가 리처드는 제인을 지켜주며 싸우느라 무리하게 움직이는 중이었다.

맹공을 퍼붓는 암살자들 사이로 날붙이들이 어둠을 뚫고 쉴 틈 없이 날아왔다. 그것들은 엄청난 숙련도를 증명하듯이 정확하게 리처드만 노렸다. 절묘한 임기의 공격과 암살자들의 합격은 굳건하던 리처드의 호흡도 흐트러지게 했다.

버거운 상황이었으나 그는 하나씩 적의 머릿수를 줄여갔다. 그의 빈틈없는 실력은 암살자들로 하여금 암담함을 느끼게 할 정도였다. 덕분에 제인도 큰 부상 없이 버티고 있는 도중에 두 사람의 귀에 반가운 음성들이 들렸다.

"제인!"

"형님!"

"전하!"

에드를 필두로 윌리엄과 귀족들, 호위기사들이 무기를 빼 들고 달려왔다. 리처드가 베넷 경에게 남긴 언질을 듣고 에드가 사람들을 데려온 것이다.

제인의 얼굴에 화색이 돌고, 수세에 몰린 파커와 암살자들은 도망치기 시작했다. 리처드의 몸에 부상 하나 입히지 못한 상태에서 더 버텨봤자 승산 없는 싸움이었다.

그들의 등 뒤로 리처드의 사살 명령이 떨어졌다. 그는 제인까지 이용한 자들을 그냥 놔줄 생각이 없었다. 그러나 훈련된 일급 암살자들은 흔적도 남기지 않고 숲에서 사라졌다. 황실 기사들이 부상자 둘을 추적하였으나 그들은 스스로 목숨을 끊은 탓에 배후를 알아낼 방법이 요원해졌다.

상황이 일단락된 뒤에 막사로 돌아간 제인은 곧바로 의사의 진찰을 받았다. 천으로 다리를 덮고 구멍을 내서 허벅지의 상처를 확인한 의사는 긴장했던 표정을 풀었다.

"다행히 가볍게 스친 듯합니다."

그 말에 곁에 있던 안나와 앤, 베티가 크게 안도했다. 그러나 제인은 심각한 표정으로 다친 다리를 보았다. 확실히 의사의 말대로였다.

깊은 부상은 가벼운 자상이 되어 있었고, 자잘하게 입은 상처들은 이미 눈 씻고 찾아봐도 남아 있지 않았다. 심지어 독에 당한 흔적조차 없었다.

'상처가 나서 봉인된 천사의 힘이 새어 나오는 건가?'

치료 효과가 있는 천사의 힘은 영혼에 묶인 채 봉인되어 있었
다. 그런데 이번에 육신의 일부가 찢기면서 영혼에도 타격을 입었
는지 미약하나마 힘이 새버린 것이다. 그 덕에 아무는 속도가 빨
랐고 맹독도 그녀에겐 아무런 영향을 주지 못했다.

'이걸 미리 알았으면 아까 그런 짓은 안 해도 되었던 거잖아.'

제인은 숲에서 리처드에게 응급처치를 받던 장면이 생각나서
얼굴을 붉혔다. 엄연히 독을 치료하는 과정이었을 뿐이라고 생각
하려 해도 민망하고 부끄럽지 않을 수가 없었다.

그녀의 심리가 번잡한 걸 모르는 의사는 상처에 뿌릴 가루약과
붕대를 베티에게 넘겨주고 리처드에게 보고를 하기 위해 밖으로
나갔다. 그렇게 말도 많고 탈도 많은 사냥대회가 마무리되었다.
그러나 다음날부터 리처드와 제인, 엘리스의 관계에 대한 소문이
묘하게 번지기 시작했다.

"그 얘기 들었어? 웨슬럿 공녀님이랑 황태자 전하랑 늦은 밤에
같이 숲에 들어갔었대."

"어머, 밤에 숲은 위험하지 않아?"

"그게 문제가 아니지. 야밤에 젊은 남녀가 왜 숲에 들어갔겠
어? 그것도 호위 한 명 없이 단둘이!"

"그럼 스튜더 가의 공녀님은?"

"거긴 정치적인 관계인 거고. 듣기로는, 두 분이 이미 갈 데까
지 갔다나 봐. 주위에서 반대가 심하니까 남들 눈을 피해서 밀회
를 즐긴 거지."

"어머 어머, 웬일이니!"

빨랫감을 널던 하녀는 볼을 붉히면서도 이어지는 동료의 말에 귀를 기울였다. 깍깍거리며 모든 상상력을 동원하는 건 비단 그녀뿐만이 아니었다.

자극적인 이야기를 담은 소문은 일파만파 퍼졌고, 웨슬럿 가문은 골머리를 앓았다. 심기가 불편한 건 에드도 마찬가지였다. 제인이 리처드와 약혼했다고 밝힌 적도 있었지만, 최근엔 둘 다 애정이 깨진 듯이 굴었기 때문이었다. 이런 상황에서 숲에서의 만남이 암살자들이 꾸민 계략이었다는 건 더 큰 문제였다. 둘이 이어질 가능성은 없는데, 제인이 리처드와 그렇고 그런 사이라는 소문만 나면 혼처는 완전히 막혔다고 봐도 무방했다.

'결국, 둘을 이어줘야 한단 건데…… 이 친구 속은 전혀 모르겠으니.'

에드는 눈앞에서 태평하게 차를 마시고 있는 리처드를 살폈다. 다행히 조금 전에 던진 미끼에 입질이 있었다. 그가 제인을 입에 담은 것이다.

"제인 공녀가 건국일 축제에 참여해 본 적이 없다고?"

5월에 있는 건국일 축제는 평민과 귀족이 함께 즐기는 축제였다. 귀족들도 딱 하룻밤, 늦은 시각에 거리에 나가 불꽃놀이 등을 즐겼다.

4월의 사냥대회에 남성의 초청을 받은 여성이 참여한다면, 5월의 건국일 축제는 여성의 선택을 받은 남성이 에스코트하는 형식이었다. 물론 남성들이 먼저 함께 가자고 제안하는 것도 허용되었다.

에드는 그 점을 노리고 리처드를 떠보는 중이었다. 그가 제인의 파트너가 된다면 두 사람 사이에 다시금 애정이 싹틀 무언가가 생기지 않을까 싶었다.

"지금껏 운신이 자유롭지 않았으니까. 언제 암살 시도가 있을지 모르니 저택 밖으로 잘 내보내지 않았지. 하지만 올해는 악마의 문양도 사라져서 꼭 나가보고 싶은 모양이야."

"자네가 같이 가면 되지 않겠나? 웨슬럿의 장자쯤은 되어야 함부로 못 덤비지."

"나는……."

에드는 말끝을 흐리며 리처드의 시선을 슬쩍 피했다. 그 몸짓이 말하는 바를 리처드는 바로 알아보았다.

"공사가 다망하시다, 이거군. 앤 클레브인가?"

"크흠. 그녀는 멋진 여성이야."

"그런 듯하군. 천하의 블릭 후작에게 에스코트를 요청하고."

"용기 있는 여자는 사내의 마음을 얻는 법이지."

에드의 말은 '용기 있는 남자는 미인을 얻는다'는 말을 상기시켰다. 그걸 노리고 말한 것도 있었다. 덕분에 리처드로부터 생각해 보겠다는 답변을 얻는 쾌거를 이뤘다.

하지만 이틀 뒤, 이른 아침부터 집무실로 부른 황제의 폭탄선언에 리처드는 제인과의 만남을 미뤄야만 했다.

황제는 초췌한 얼굴로 그를 불러 오랫동안 지그시 응시한 뒤에 다음과 같은 말을 했다.

"즉위식을 준비해라. 두 달 뒤, 너는 황제가 될 것이다."

그 말에 리처드가 얼마나 놀랐는지는 본인만이 알 것이다. 황제는 아직 젊었고, 적어도 십여 년은 더 나라를 이끌어도 되었다. 그런 그가 권력을 물려주겠다고 선언한 것이다. 물론 조건은 있었다.

"언젠가 때가 되면 내 소원 하나를 꼭 이뤄다오. 그것이 설령 네게 부당하고 온당치 못하다 하더라도. 네 이름의 명예를 걸고 약속을 지킬 수 있겠느냐."

지그시 눈을 마주하는 부자 사이에 침묵만 오갔다. 이것은 일종의 거래였다. 아마도 윌리엄이나 캐서린 황비와 관련이 있는.

"제가 윌리엄을 해칠까 두려우십니까?"

긴 침묵은 긍정이었다. 이번 암살 사건을 계기로 황제는 두 아들을 모두 지키기가 쉽지 않다는 걸 확신했다. 설령 황위와 관련이 없는 암살 시도였다고 해도 윌리엄이 있는 한 리처드는 계속 위협받을 것이고, 리처드가 있는 한 윌리엄은 황제가 되기 어려웠다.

윌리엄을 황위에 앉히고자 하는 캐서린의 야욕을 황제도 모르지 않았다. 그 욕심이 정점에 달해 대놓고 겉으로 드러나기 시작한 요 며칠간, 황제는 깊은 고민에 빠졌다.

'리처드가 황제가 되면 황비도 포기하고 대세에 순응할 수밖에 없겠지.'

권력을 공고히 한 리처드는 캐서린을 완벽하게 감시할 것이고, 황비는 그의 시선을 피해 일을 저지르기가 쉽지 않을 터였다. 그것만이 윌리엄의 목숨을 보전할 방법이었다. 그래서 리저드가 자신이 윌리엄을 죽일까 두려우냐고 물은 것이다.

"너희 둘 다 내 아들이다. 권력다툼으로 어느 한쪽을 잃는 일은 피하고 싶구나."

황실도 웨슬렛처럼 손이 귀했다. 현 황제는 형제가 없었고, 자식이라곤 딱 둘뿐이었다. 그 둘이 서로를 죽이는 걸 볼 바에는 차라리 미리 서열을 정리하는 편이 더 나았다. 어차피 리처드는 성인이었고, 국정운영 능력도 이미 입증한 상태였다.

아들들을 위해 황위를 내놓겠다는 황제 앞에서 리처드는 윌리엄을 살려줄 테니 그런 말씀 마시라는 소리 따위는 하지 않았다.

어차피 언젠가는 황제가 될 예정이었고, 생각보다 시일이 좀 당겨졌을 뿐이었다. 게다가 자신이 황제가 되면 결혼과 관련된 부분에서 부친의 영향력이 줄어든다는 것도 그에겐 좋은 일이었다.

"제 이름과 명예를 걸고, 약속하겠습니다. 아버지."

흔치 않은 아버지 소리에 황제는 만족하며 고개를 끄덕였다.

"넌 성군이 될 것이다. 잘 이끌어 가다오."

황제가 양위의 뜻을 드러낸 그 다음 날, 귀족들에게 이 소식이 전달되었고 신속하게 공표되었다. 그야말로 대사건이었으며, 캐서린은 충격에 부들부들 떨다가 쓰러지기까지 했다. 황제가 리처드를 암살하려 한 그녀에게 크게 한방 먹인 것이다.

❦

웨슬럿의 중형 응접실에서 앤과 제인은 함께 책을 읽고 있었다. 두 여인이 독서 삼매경일 때, 안나와 이사벨라 사이에선 내일 있을 축제 이야기가 한창이었다.

"안나 양도 내일 자정에 있을 불꽃놀이를 가장 기대하고 있겠죠?"

"그럼요, 밤하늘의 불꽃만큼 아름다운 건 또 없을 거예요."

"사랑하는 사람과 함께하니 더욱 아름답겠죠."

이사벨라의 눈짓에 안나는 행복한 얼굴로 수줍게 웃었다. 그녀는 내일 약혼자인 랭턴 후작과 함께 축제를 즐길 생각에 들떠 있었다. 그녀의 기쁨은 주위로 전염되었다. 응접실 내의 공기는 달콤하고 평화롭기 이를 데 없었다. 그때, 그 분위기에 약간의 경직을 주는 의외의 인물이 등장했다.

"리처드 황태자 전하께서 오셨습니다."

집사의 말에 여인들은 모두 놀라 두 눈을 휘둥그레 떴다. 즉위식 준비로 눈코 뜰 새 없이 바쁜 황태자가 연통도 없이 갑자기 왔으니 그럴 만도 했다.

이런 상황에서 가장 먼저 정신을 차린 건 역시 연륜이 있는 이사벨라였다. 그녀는 순식간에 딸의 차림새를 확인했고, 우아하고 기품 있는 자세로 황태자를 맞이할 준비를 끝냈다.

리처드가 응접실 안으로 들어오자 여성들은 자리에서 일어나 예를 갖췄다. 이어 이사벨라는 따뜻한 미소와 인사말로 그를 환영했다.

"오랜만이네요, 전하. 즉위식 준비로 바쁘다고 들었는데 걸음해 주셔서 영광입니다."

"부인의 환대에 감사드립니다."

리처드는 가볍게 인사하고 곧바로 제인에게 시선을 주었다가 얼떨결에 앤과 안나와도 대화를 나눴다. 두 여인과 인사하면서 그는 스스로 적절치 않은 시기에 제인을 찾아왔다고 생각했다. 호기심 가득한 안나의 눈빛을 보니 그 판단은 더욱더 확고해졌다.

리처드는 여인네들이 넷이나 되는 응접실에 쉬이 적응하지 못했고, 결국 에드가 있는지를 물었다. 마치 자신이 이 집을 찾아온 이유가 에드인 것처럼 보이게 했으나 안타깝게도 그는 집을 비운 상황이었다.

난처해하는 그를 눈치껏 도와준 건 이사벨라였다.

"이곳에 오래 앉아 있었더니 조금 걷고 싶네요. 전하께서 괜찮으시다면, 킹스 팰리스의 자랑인 미로 정원을 함께 보시겠어요? 요즘 장미가 펴서 매우 아름답답니다."

이사벨라의 호의에 리처드는 매우 반색하며 제안을 받아들였다.

"부인께서 그리 말씀하시니 꼭 한번 보고 싶습니다."

그렇게 해서 다섯 사람은 함께 산책에 나섰다.

킹스 팰리스의 미로 정원은 그 규모가 대단했다. 예전엔 미로에 갇혀서 빠져나오지 못하는 사람도 발생했을 정도였다. 하지만 지금은 곳곳에 탈출로를 알려주는 표지판을 만들어서 사고를 방지해 두었기에 제인 일행도 걱정 없이 미로 속을 거닐었다.

잘 다듬어진 녹색 덤불 위 빨간 장미는 시각적으로 훌륭했고, 바람결에 실려오는 꽃내음은 향기로웠다. 그 정취에 푹 빠진 채 잠시 거닐던 리처드는 어느새 제인과 단둘이 되었음을 알아차렸다.

이사벨라의 걸음이 느려서 그녀의 팔짱을 끼고 걷던 안나가 자연히 뒤로 처졌고, 앤도 눈치껏 이사벨라 쪽에 합류했다. 그렇게 두 팀으로 나눠진 상태로 미로 속을 걷다 보니 도중에 서로 길이 엇갈렸다. 출구로 통하는 길이 여러 갈래로 되어 있는 탓에 벌어진 일이었다.

리처드에게만 온 신경이 쏠려서 뒤늦게 그 사실을 안 제인은 매우 당혹스러워했다. 그녀의 표정을 읽은 리처드는 잠시 기다려 보자고 했으나 다른 이들은 감감무소식이었다. 결국, 아무 말 없이 서 있는 것이 더 불편해진 제인이 걷는 걸 권했다.

"다른 길로 가셨나 봐요. 목소리도 들리지 않으니 출구에서 기다리죠."

"그럽시다."

그 뒤로 두 사람은 새로운 대화거리를 찾았다. 제인은 그의 즉위가 결정된 걸 축하했고, 한편으론 황제의 건강에 문제가 있어서 급하게 양위하는 건 아닌가 걱정했다. 그에 대한 리처드의 대답은 의외로 가벼웠다.

"무거운 책무를 내려놓고 나면 폐하께선 아들보다 더 정정해지실 테니, 건강 걱정은 내가 받아야 할 것 같소."

"어머, 당신이 엄살도 부릴 줄 알아요?"

"요즘 좀 늘었소."

그답지 않은 농담에 제인은 저도 모르게 풋하고 웃어버렸다. 제인이 웃으니 리처드의 얼굴에도 만족스러운 미소가 떠올랐다.

분위기는 삽시간에 말랑해졌고, 리처드는 여세를 몰아 암살 시도 건에 대해서도 사과했다.

"그런 일을 겪게 하고 몹쓸 소문을 듣게 해서 미안하오. 최대한 빨리 정리하겠소."

"난 괜찮아요. 그건 신경 쓰지 말고 지금은 좋은 황제가 되는 일에만 집중해요. 당신 백성들이잖아요. 그들의 삶을 잘 보살펴 줘야죠."

제인은 리처드와 시선을 맞추며 싱긋 웃었다. 그 순간 리처드는 그녀에게서 숨저럼 눈을 뗄 수 없었다.

뒤늦게 그 사실을 알아차린 그는 헛기침을 하며 고개를 돌렸다. 그리곤 최대한 자연스럽게 화제를 바꿨다.

"건국일 축제에 함께할 파트너는 구했소?"

바쁜 시간에 짬을 내 직접 찾아온 이유가 이 질문을 하기 위함이었다. 만일 그녀가 구하지 못했다고 하면 함께 가는 걸 제안할 멘트까지 준비했다. 하지만 그 사실을 제인은 미처 알지 못했다.

"네, 구했어요."

예상치 않았던 답변에 리처드의 얼굴이 굳었다. 저와 그렇고 그런 사이라는 소문까지 무시해 가며 제인에게 접근한 이가 누구인지 알 것 같았다.

"헨리?"

정답이 나오자 제인은 고개를 끄덕이며 그를 보았다가 멈칫했다. 화기애애한 분위기를 유지하던 그가 씁쓸한 표정을 지었기 때문이었다. 물론 그건 매우 찰나에 지나간 감정이었으나, 제인에게 혼란을 심어주기엔 부족함이 없었다.

'설마 나랑 같이 축제에 가려고 했었나?'

당황한 제인은 두 눈을 급하게 깜박였다. 좀 전까지만 해도 에드에게 용건이 있어서 왔다고 생각했지만, 그렇다면 그를 궁전으로 불러들이면 될 일이었다. 즉위식 준비로 바쁜 와중에 시간을 소모하는 산책 제의를 그가 받아들일 이유도 없었다.

'나 때문에 온 건 아니겠지?'

제 판단이 사실이라면 그건 매우 놀라운 일이었다. 사냥대회 때까지만 해도 그의 파트너는 엘리스였으니 더욱 그랬다. 물론 그와 엘리스가 가깝게 지내게 된 시점이 자신이 청혼을 거부했을 때부터이긴 했지만.

'그때 나한테 키스하려 해서……'

문득 당시의 일을 떠올린 제인은 다시금 패닉 상태에 빠졌다. 잊고 지낼 만하면 상기되는 데다가 지금은 그때처럼 아무도 없는 공간에 단둘이 있었다. 게다가 지금 그걸 스스로 의식하고 있다는 것 자체가 제인에겐 큰 충격이었다.

각자 다른 이유로 정신적 타격을 입은 두 사람은 미로 정원의 출구에 도달할 때까지 더 대화를 나누지 못했다. 리처드는 이사벨라 일행과 조우하자마자 여성들에게 작별인사를 건넸다.

"시간이 없어서 이만 가봐야겠습니다. 에드에겐 왔다 갔다고 전해주지 않으셔도 됩니다."

정중하지만 간단히 인사를 한 그는 몸을 돌렸다. 남은 용건이 없다는 듯 뒤도 돌아보지 않고 떠나는 그를 보며 제인은 왠지 모르게 마음이 쓰였다. 어쩐지 이제 그가 킹스 팰리스를 찾는 일은 두 번 다신 없을 것만 같았다.

건국일 축제를 맞이해서 한껏 멋을 부린 헨리는 난처한 상황에 놓여 있었다. 그는 제인을 만나러 가기 전에 리처드의 호출을 받았다. 무슨 일을 겪게 될지 몰라 바짝 긴장한 채로 찾아왔는데, 황태자는 말없이 앉아 빤히 쳐다보기만 할 뿐이었다. 그 시선에서 은근히 적대감이 느껴지는 탓에 헨리는 심경이 복잡해졌다.

'정말 제인 공녀의 에스코트를 자청한 일로 화가 나셨나?'

그 부분을 우려한 친구들의 각종 조언을 귀 따갑게 들은 상태였다. 이제 다음 달이면 즉위할 황태자의 눈 밖에 나고 싶어서 열성이냐는 타박도 있었다. 친구들의 말대로 변방으로 쫓겨나는 건 아닌가, 가슴을 졸이는데 리처드가 긴 침묵을 깼다.

"즉위식이 끝날 때까지 바덴 경이 내 호위를 좀 맡아줬으면 싶은데."

"호위, 말씀이십니까?"

그건 전혀 생각지도 못했던 말이라 헨리의 눈이 휘둥그레졌다. 심지어 이어지는 리처드의 설명은 그럴싸한 걸 떠나서 감격스러울 정도였다.

"내 안전을 맡기기에 바덴 경이 가장 적합한 것 같아서 말이야."

그만큼 믿고 있으며 실력 또한 인정한단 소리였다. 한 치의 거짓도 없이 진중한 리처드의 눈빛에 헨리는 부끄러움을 느꼈다.

'이런 분이 날 변방으로 보낼까 걱정했었다니, 나야말로 옹졸하구나.'

그는 단단히 오해했다.

사실 리처드는 이번 제안으로 두 가지 이득을 꾀하고 있었다. 헨리를 곁에 둠으로써 그가 제인에게 접근할 수 있는 시간을 줄였고, 더불어 자신의 호위로 삼아 안전을 강화하고자 했다. 그런 리처드의 속셈을 모르는 헨리는 한 달이나마 그의 호위기사가 되는 걸 영광으로 삼았다.

"최선을 다하겠습니다."

"그럼 경만 믿도록 하지."

그를 직속 호위기사로 삼은 리처드는 당장 오늘부터 일하라고 할까 하다가 생각을 고쳐먹었다. 헨리를 잡아두면 제인은 축제에 갈 수가 없었다. 그녀가 이번 축제에 얼마나 가고 싶어 했는지 알기에 실망감을 주고 싶지 않았다. 결국 리처드는 욕심을 접었고, 덕분에 헨리는 그날 밤 자정까지 제인과 함께 있을 수 있었다.

해가 질 즈음, 축제는 클라이맥스를 향해 달려가고 있었다. 모든 이들이 들떠 있었고, 거리는 활기로 가득했다. 그 속에서 제인도 즐거운 시간을 보냈다. 사람들 눈에 띄지 않도록 후드로 머리카락 색을 숨겨야 했지만, 그것은 큰 방해가 되지 않았다. 오히려 때때로 그녀의 기분을 뒤흔든 건 어제 만난 리처드였다. 헨리와 축제를 즐기면 즐길수록 이상하게 그가 떠오른 것이다.

'내가 축제에 참여하지 못할까 봐 마음 쓴 걸까?'

예전 같았으면 그에게 그런 배려는 건 절대 불가능한 일이라 여겼겠지만, 지금은 가능성이 있다고 판단했다. 적어도 그는 그녀가 으레 짐작했던, 살육을 즐기는 미치광이 악마가 아니었다. 상대를 존중해 주는 태도를 종종 보여주었고, 이번 생에 얻은 백성을 잘 보살펴 주고 싶다는 따뜻한 마음도 지니고 있었다.

그런 리처드에 대한 긍정적인 생각을 뚫고 곁에서 함께 걷던 헨리의 음성이 들려왔다.

"황태자 전하의 즉위식이 끝날 때까지 그분의 호위를 맡기로 했습니다. 앞으로 한동안 찾아뵙지 못할지도 모릅니다."

"아, 호위를……."

반 박자 늦게 반응하면서 제인은 알아버렸다. 헨리를 자주 만나지 못해 섭섭한 마음보다 그가 리처드를 잘 지켜주었으면 하는 마음이 조금 더 커졌다는 것을. 리처드의 새로운 모습을 알게 되고 그에게 호감이 생기면서 자연스럽게 진행된 변화였지만, 제인은 심경이 복잡했다. 천사인 자신이 악마인 그를 이토록 긍정적으로 평가해도 되는 것일까 하는, 원론적인 문제 때문이었다.

그 부분에 대해 좀 더 깊이 생각해 보려 할 때, 쏘아 올려진 색색의 불꽃이 어두운 하늘에 화려한 꽃을 피웠다. 아름다운 불꽃은 기대했던 만큼 환상적이었고, 제인은 탄성을 흘렸다. 그러나 그녀의 머릿속을 완전히 비워주진 못했다.

'지금쯤이면 그도 엘리스랑 같이 저걸 보고 있겠지?'

제인은 아마도 그러리라 생각했고, 왜인지 속이 쓰렸다. 하지만 그녀의 예상과 달리 리처드는 그 시간까지 자신의 집무실에서 일에 열중하고 있었다.

황제가 되기까지 남은 시간은 약 한 달. 급하게 정해진 만큼 그가 처리해야 할 업무도 산더미였다. 이런 와중에 마음에도 없는 여인에게 저녁 시간을 할애할 그가 아니었다. 이미 진즉에 엘리스의 에스코트를 거부해 두었고, 그건 몬타 공작을 자극하기에 충분했다. 또한, 캐서린에겐 리처드를 노릴 또 다른 기회가 부여되는 계기가 되었다. 공작과 작당을 끝낸 캐서린은 그날 밤 남몰래 윌리엄을 불러들여서 아들에게 비밀 하나를 털어놓았다.

"리처드를 죽일 생각이다."

"어머니!"

윌리엄은 그런 무서운 말은 하지 말라며 화를 내었다. 가뜩이나 사냥대회 때의 일로 형님을 보기 껄끄러운 데다가 반란이 성공할 가능성은 전혀 없었다. 애매하게 시도하다가 실패하면 제게 남는 건 죽음뿐이었다.

"제가 어머니의 그 무모한 도전을 지지하리라 생각지 마십시오."

윌리엄은 확실하게 선을 그었다. 물론 그도 황위에 관심이 없는 건 아니었다. 아주 오래전부터 엘리스에게 애정을 품고 있었던 윌리엄은 황제가 되어 권력의 정점에 선 뒤에 그녀를 아내로 맞이하고 싶었다. 하지만 그녀에 대한 애정이 자신의 목숨보다 중요한 건 아니었다. 그래서 철저하게 엘리스를 외면하고 둘째 아들로서의 본분을 지켜왔다. 그렇게 힘겹게 만들어놓은 안전한 울타리를 부수고 어머니가 저를 끌어내려 하고 있었다.

반항하는 아들의 불안한 심리가 리처드를 두려워하기 때문임을 캐서린은 모르지 않았다. 형을 존경한다고 입버릇처럼 말하지만, 그 내면엔 살아남기 위한 두 번째 계승권자의 눈물겨운 사투가 있음을 알고 있었다. 그런 아들을 반란군의 수장으로 삼아 군대를 이끌게 하려면 캐서린은 그 어느 때보다 더 독해질 필요가 있었다. 그녀는 무표정한 얼굴로 아들이 도망칠 퇴로를 끊었다.

"지금의 황제는 네 아버지가 아니다."

너무나 충격적인 이야기라 윌리엄은 단번에 소화하질 못했다. 조금 시간이 지난 뒤에야 경악하는 그를 보며 황비는 담담하게 이야기를 시작했다.

"이십여 년 전에 벌어진 침략전쟁은 내 인생을 송두리째 망쳐 버렸지."

일국의 왕이었던 부친은 평화롭던 나라를 빼앗기고 제프의 손에 죽임을 당했다. 황제가 처형을 묵인했기에 벌어진 일이었다. 그런 남자의 애인이 되는 건 끔찍한 일이었으나, 캐서린은 복수심으로 하루하루를 견디며 황제를 유혹했다. 뛰어난 미모를 가진 그녀는 오필리아가 세상을 등진 이후에 손쉽게 황비 자리를 꿰찼다.

황비가 된 직후, 그녀는 자신과 닮은 모국의 귀족과 몰래 잠자리를 가졌다.

"난 내 모국의 순수한 혈통을 원했고, 널 낳았다. 이제 널 황위에 올리면 나라를 되찾고 복수하겠다는 맹세를 지킬 수 있어."

캐서린은 오로지 복수에 성공하기 위해 긴 세월을 치밀하게 행동하고 준비해 왔다. 저와 닮은 남자를 찾아 아이를 가진 것도 윌리엄의 아버지가 누구인지 의심받지 않기 위함이었다. 그런 출생 비화를 알게 된 윌리엄은 차마 믿을 수가 없어서 고개를 저었다.

"지금 그걸 제게 믿으라는 말씀이십니까."

"상관없다. 중요한 건 내 복수가 완성될 시점이 다가왔단 것이니까."

그녀가 원하는 건 현 황제와 리처드의 죽음. 그리고 제 아들의 즉위였다. 그 사실을 잘 아는 윌리엄은 불편한 표정으로 앉아 있다가 끝내 고개를 저었다.

"포기하십시오, 어머니. 십여 년을 아버지로 모셨고, 형님으로 알고 지냈습니다. 그런 이들을 제 손으로……."

윌리엄의 말이 끝나기도 전에 캐서린의 눈이 사나워졌다. 그녀는 그 어느 때보다 더 큰 분노와 실망감을 억누르며 아들을 향해 잘근잘근 말을 내뱉었다.

"이십삼 년이다. 그 긴 세월, 숱한 치욕을 겪은 나는 보이지 않느냐! 내가 어떤 감정으로 널 낳고 버렸는지 아느냔 말이다!"

캐서린은 분노를 터뜨렸다. 그런 어머니의 모습을 더 마주하기가 힘겨운 윌리엄은 자리를 피하려 했고, 흥분한 캐서린도 폭발해 벌떡 일어났다.

"못하겠다면 지금 당장 리처드에게 가서 말해라. 황비가 반란을 꾀하고 있다고!"

"어머니!"

"그만한 강단도 없이 내 손을 놓겠단 말이더냐!"

의붓아버지와 피 한 방울 섞이지 않은 형을 택하든 친모를 택하든 둘 중 하나를 결정하란 소리였다.

캐서린은 고통으로 일그러지는 윌리엄의 얼굴을 주시했다. 아들의 심장에 칼을 꽂아 넣는 한이 있더라도 그녀는 복수를 멈출 생각이 없었다.

"나 또한 말할 것이다. 황제 앞에서 네가 그의 친자가 아니란 것쯤은 말해야 복수라 할 수 있지 않겠니?"

그건 그녀가 오랫동안 꿈꿔왔던 복수의 피날레였고, 뜻을 따라주지 않는 아들에 대한 경고이기도 했다. 황제의 친자가 아니란 사실이 밝혀지면 윌리엄도 안위를 보장받기 어려웠다.

어머니의 분노가 얼마나 뿌리 깊은 것인지 새삼 깨달은 윌리엄은 숨통까지 꽉 조여서 옴짝달싹할 수가 없었다. 그는 그녀의 복수를 위해 태어난 존재였고, 그 올가미에서 벗어난다는 건 죽기 전엔 불가능했다.

낯빛이 하얗게 질려 버린 아들을 캐서린은 천천히 달랬다. 그녀는 복수를 위해 철저히 준비해 왔고, 그만큼 충분한 성공이 보장되어 있었다. 그건 윌리엄에게 적잖은 위안이 되었다.

윌리엄이 출생의 비밀을 알게 된 밤이 지나고, 시간은 언제나 그렇듯이 빠르게 흘러갔다. 즉위식에 가까워질수록 모두가 바빠졌으나, 유독 시간이 더디게 흐른다고 느끼는 이도 있었다. 바로 제인이었다.

헨리에게선 보름째 편지 한 통 없었고, 안나와 앤의 방문도 뜸해졌다. 본래 귀족들은 초목이 우거지는 4월부터 9월까지 컨트리 하우스에서 생활하는 일이 많았다.

안나와 앤도 이번 여름 내내 멀리 바다가 보이는 한적한 마을에서 지낼 것이라 했다. 그곳은 안나의 집안에 속한 곳으로, 즉위식이 끝나면 바로 떠나기 위해 두 사람 모두 준비에 박차를 가하고 있었다.

'나도 가고 싶은데.'

고맙게도 함께 가자는 권유를 받았지만, 제인은 지금껏 그랬듯이 올해도 킹스 팰리스를 벗어날 수가 없었다. 아버지가 안전을 이유로 여행을 허락하지 않은 탓이었다.

별수 없이 혼자만의 시간을 보내게 된 제인이 가장 자주 접한 건 리처드의 소식이었다. 모두가 그에게 관심을 가졌으니 당연한 일이었다. 신문은 연일 그에 대한 찬사를 쏟아냈고, 누가 그의 아내가 될지도 비중 있게 다뤘다.

테네 후작가의 영애를 꼽는 사람들도 있지만, 가장 가능성이 있는 건 스튜더 가문의 공작 영애가 아닐까 한다. 사냥대회 때 전하의 파트너였다는 점이 그 증거다. 당시 전하와 웨슬럿 공작 영애의 추문이 있었지만, 그건⋯⋯.

신문을 읽는 제인의 눈이 살며시 찌푸려질 때, 이사벨라가 급한 걸음으로 응접실로 들어왔다.

"제인, 오늘자 신문⋯⋯."

읽지 않길 바라며 딸을 찾은 이사벨라는 이미 펼쳐져 있는 신문을 보고 말문이 막혔다. 얼어붙은 어머니를 본 제인은 괜찮다는 뜻으로 가볍게 미소 지어주었으나, 그 미소에 아픔이 담겨 있음을 눈치 못 챌 이사벨라가 아니었다.

"제인. 그런 말도 안 되는 기사는 무시하려무나."

"물론이에요, 어머니."

제인은 최대한 밝게 대답했다. 하지만 그의 애정이 자신에게 향할 리 없다는 기사가 한바탕 가슴을 할퀴고 지나간 뒤였다. 더불어 예전처럼 리처드가 누구와 결혼을 하든 관심 없단 소리도 좀처럼 나오지 않았다.

최근 한 달간 그의 소식을 접할 때마다 제인은 자신의 심리적 변화를 알아차렸다. 그건 그녀가 원치 않아도 느껴졌고, 조용히 생각할 시간이 많아진 탓에 심란함은 가중되었다.

제인은 제 곁으로 다가와 앉은 어머니의 어깨에 얼굴을 묻었다. 다정하게 토닥이는 손이 용기를 불어넣어 주자 그녀는 요즘 들어 저를 괴롭히는 감정을 살며시 고백했다.

"너무 혼란스러워요. 왜 자꾸 그가 신경 쓰일까요? 그를 좋아하게 된 건 아니겠죠?"

"그를 좋아하는 게 무슨 문제가 되니?"

"그건……."

제인은 말문이 막혔다. 이사벨라는 차마 답을 내놓지 못하는 딸을 애정 어린 눈길로 바라보았다.

"제인, 사람의 감정변화란 건 자연스러운 거야. 서로 정해진 짝도 없는데, 굳이 힘겹게 억누를 필요는 없어."

그 감정을 억누르고 외면할수록 사이는 멀어지고 고통받는 건 제인일 것이었다. 이사벨라는 사랑스러운 딸의 이마에 가볍게 입을 맞췄다. 사랑 때문에 괴로워하기보단 더 행복하길 바라면서 그녀는 조언을 아끼지 않았다.

5

천사의 헌신

봄과 여름이 뒤섞이는 시점에 프린 팰리스는 새로운 황제를 맞이할 준비를 끝냈다. 즉위식이 열리는 거대한 홀에 귀족과 종교인들이 바글바글 모였고, 그 속에서 앤과 안나는 제인을 찾아냈다. 그건 그렇게 어려운 일이 아니었다. 그녀는 누구보다 아름다웠고 그만큼 눈에 띄기 때문이었다.

"제인 양!"

쾌활한 안나의 부름에 하얀 드레스를 입은 제인이 몸을 돌렸다. 연녹빛 머리를 목 뒤쪽으로 헐렁하게 말아 묶고, 진주로 장식한 그녀는 순수한 여신의 면모와 성숙한 여인의 향기를 동시에 풍겼다. 자연히 찬미하게 되는 제인의 모습에 안나는 곁에 선 앤에게 작게 속삭였다.

"황태자 전하와 헨리 경이 제인 양을 보면 적어도 5초 동안 눈을 못 뗀다는 것에 내 보석 반지를 걸게."

"안나, 네가 그 반지를 잃는 일은 절대 없을 거라고 확신해. 나조차도 눈을 못 떼겠는걸. 헨리 경은 10초를 줘도 네가 이길 거야."

두 사람의 속닥거림은 청력이 좋은 제인의 귀에 고스란히 닿았다. 괜히 민망해진 제인은 모르는 척 다가가 농담을 건넸다.

"날 불러놓고 둘이서 무슨 얘길 그렇게 재미나게 해요. 설마 흉본 건 아니죠?"

"흉은요. 그보단 조금 후에 있을 황태자 전하와의 만남을 기대하고 있었죠. 제인 양을 보고 어떤 표정을 지으실지 너무너무 궁금하달까요?"

안나는 빙글빙글 웃으며 더 놀릴 기회를 얻고자 했다. 제인의 얼굴에 수줍음이 살짝 떠올랐을 때, 앤이 갑자기 더 부끄러워하는 표정을 지었다. 에드를 발견한 것이다. 즉위식 준비로 한동안 만나지 못했던 터라 더욱 반가웠다. 그런데 그의 표정이 썩 좋질 않았다.

에드는 부친에게 곧장 다가가 작은 목소리로 무언가를 얘기했다. 그러자 공작의 얼굴이 일그러졌고, 제인은 심상찮은 일이 벌어졌음을 알았다. 그녀는 아버지에게 다가가 무슨 일인지 물었다.

"아버지, 왜 그러세요?"

"제인, 여기 꼼짝 말고 있거라. 황태자 전하를 좀 만나고 와야겠다."

주위에 듣는 귀들이 많은 만큼 그는 적절히 전하 소리를 붙여 말했다. 즉위식이 시작되기 전이니 방으로 찾아가 볼 생각이었다. 그러나 굳이 움직이지 않아도 되었다. 홀의 정문이 벌컥 열리면서 리처드가 안으로 뚜벅뚜벅 걸어 들어왔기 때문이었다.

즉위식에 맞춰 화려한 제복을 입은 그는 어쩐지 평소보다 더 매서운 기운을 풍겼다. 웃음기 하나 없는 얼굴엔 날이 서 있었고, 눈빛은 서늘했다. 굳은 표정의 그를 본 귀족들은 당황하여 급히 예를 갖췄으나, 리처드는 무시하고 중앙에 난 길을 걸었다. 그의 걸음이 멈춘 곳은 제프 공작 앞이었다.

"공작도 들었습니까?"

"예."

"윌리엄은 빠져나간 모양입니다."

얌전하던 동생에게 제대로 배반당한 리처드는 이를 악물었다. 좀 전에 도시 밖에서 정체를 알 수 없는 무장한 자들이 진격하고 있다는 연통을 받았다. 혹시나 싶은 마음에 곧바로 윌리엄의 소재를 확인했으나 그는 이미 프린 팰리스를 빠져나가고 난 뒤였다.

"적의 수가 그리 많진 않다고 하니 웨슬럿에서 먼저 출정하십시오. 전 폐하를 찾아뵌 뒤 군대를 이끌고 합류하겠습니다."

헨리에게 군대를 소집하라 명령을 내려두었으니 곧 출정할 수 있을 것이었다. 그래도 입맛이 쓴 리처드와 달리 제프 공작은 현 상황이 그렇게 나쁜 건 아니라고 생각했다. 위기를 통해서 리처드의 정확한 판단력을 확인할 수 있었고, 황위 경쟁자인 윌리엄을 제거할 명분을 얻었다는 점에서도 그랬다.

제프 공작은 제 곁에 서 있는 딸을 보았다. 그 시선을 무심코 따라갔다가 제인을 본 리처드는 말을 잃었다. 안나가 원하던 그런 반응이었다. 그러나 잠시간 제인에서 눈을 떼지 못하던 그는 공작의 목소리에 정신을 차리고 고개를 바로 했다.

"이렇게 하시죠, 전하. 웨슬럿의 군대를 이끄는 건 에드에게 맡기겠습니다."

공작은 아들의 능력을 시험할 좋은 기회를 놓치지 않았다. 에드도 군말 없이 받아들였다. 이후 공작은 자신이 황제를 찾아가 겠단 뜻을 비쳤다.

"전시에 폐하의 안위를 지키는 것 또한 웨슬럿의 의무입니다. 전하께선 이곳에서 귀족들을 통솔하십시오."

홀에 있는 귀족들이 반란에 대해 알게 된다면 한바탕 소요가 일어날 수 있었다. 그걸 우려한 듯 얘기했지만, 공작의 속뜻은 따로 있었다.

"즉위 전에 솎아낼 좋은 기회일 겁니다."

누가 쭉정이인지 이번 기회에 확인해서 제거하란 소리였다. 즉, 이곳에서도 전투가 있을 수 있고, 그걸 리처드 보고 혼자 해결하란 뜻이기도 했다. 위험한 일이었지만 그는 거부하지 않았다. 과거에 제인의 중재로 끝맺지 못했던, 결투의 탈을 쓴 사윗감 시험의 연장선이란 느낌도 있었다.

리처드의 시선이 자연히 제인 쪽으로 옮겨갔다. 영문을 모르겠다는 듯 두 눈을 깜박이는 제인은 솔직히 사랑스러웠다.

"끝나고 나면, 따님과의 교제를 허락해 주실 겁니까?"

작은 음성이었음에도 정확히 들은 제인은 토끼 눈이 되었다. 그의 도발적인 태도에 놀란 제인과 달리 제프 공작은 묘한 웃음을 입가에 걸쳤다.

"그런 헛소리를 하시기 전에 내 딸이나 잘 지키십시오."

공작의 대구에 리처드의 입꼬리가 슬쩍 올라갔다. 말투는 여전했지만, 예전보다 우호적인 느낌을 받았다. 어쩌면 교제를 허락받을지도 몰랐다. 물론 그러려면 우선 제인의 마음부터 얻어야 했다.

리처드의 판단대로 제프 공작은 예전만큼 그에 대한 반감이 심하지 않았다. 사냥터에서 제인을 지켜줄 수 있는 유일한 남자란 걸 리처드는 스스로 증명해 보였고, 공작도 그 부분을 높이 사고 있었다. 비록 리처드가 중간에 엘리스를 가까이 한 적도 있었지만, 상대의 질투심을 유발하기 위해 그런 방식을 쓰는 일이 사교계에선 종종 벌어지곤 했었다.

'우리 제인에게 반하긴 한 것 같으니까. 제인만 좋다면야 긍정적으로 생각해 보는 쪽도 나쁘진 않겠지.'

그렇게 판단한 공작은 리처드를 시험대에 올려두고 에드와 함께 떠났다. 황제를 찾아 그의 안위를 확인하고 반란 진압에 대해 상의해야 했다. 그러나 황제는 자신의 방에 있지 않았다.

리처드의 즉위식에 앞서 황비를 데리러 간 황제의 목엔 두 개의 검이 닿아 있었다. 반역을 저지른 두 기사 사이에 서서, 일그러진 그의 표정에도 황비는 눈 하나 깜짝하지 않았다.

"윌리엄에게 황위를 넘겼으면 이런 일은 없었을 겁니다."

"닥치시오! 첫째인 리처드가 내 뒤를 잇는 당연한 일에 어찌 반기를 든단 말이오!"

황제는 황비를 노려보며 노호를 터뜨렸다. 이런 일이 벌어지는 걸 원치 않아서 빠른 양위를 택했더니 황비가 무리하게 욕심을 부렸다. 현실에 만족하지 못하고 사태를 키운 그녀가 원망스러웠지만, 한편으론 용서해 줄 마음도 품고 있었다. 긴 세월을 부부로 살면서 키운 정이 있었고, 정복 전쟁 중에 그녀의 아버지를 처형한 것도 늘 미안했다.

"지금도 늦지 않았소. 검을 치우고 윌리엄을 불러들이시오. 하면 내 한 번은 용서해 주리다."

이럴 때를 대비해 리처드에게 소원 하나를 들어달라고 해두었다. 그걸 이용해 살려주고자 했는데 황비는 그의 자비를 비웃듯이 미소 지을 뿐이었다.

"용서라······ 제가 왜 용서를 구해야 합니까?"

"지금 무슨 짓을 저질렀는지 모른단 말이오?"

"알지요. 내 아들을 황제 자리에 올리고자 하는 것이 아닙니까."

그녀의 태도는 처음부터 끝까지 뻔뻔하기가 이를 데 없었다. 그것은 황제를 더욱 노하게 했다.

"윌리엄은 황제의 재목이 아니오! 리처드에 비하면 전부 부족하오! 아무리 내 아들이라 해도 그 정도 능력으로 나라를 다스리는 건 인정할 수 없소!"

수많은 백성의 삶을 어깨에 짊어진 만큼 더 현명하고 더 영악하고 더 똑똑해야 한다. 호시탐탐 권력을 노리는 귀족들 위에 군림하고 그들을 이용할 줄 아는 능력도 필요하다. 적어도 그가 생각하는 군주의 재목은 그러했다. 윌리엄도 인재지만, 날 때부터 군주의 자질을 타고난 리처드에 비하면 여러모로 부족해 보일 수밖에 없었다.

오필리아에게서 그런 아들이 태어난 것이 항상 거슬렸던 황비는 비릿한 미소로 황제의 주장을 묵살해 버렸다.

"그렇다면 폐하께선 더 살아 계실 필요가 없을 것 같습니다."

"뭐요?"

"있어봤자 내 아들의 앞날에 걸림돌만 될 테니까요."

캐서린의 냉혹한 판단은 기사들의 손에 힘이 들어가게 했다. 목이 잘릴 위기에 처한 황제는 침통한 눈길로 아내를 바라보았다. 그래도 수십 년, 서로 살을 맞댔고 아끼며 살았다 생각했는데 다 착각이었다.

고통을 토로하는 듯한 황제의 표정에 캐서린은 오히려 들떴다.

그의 발밑에 엎드려 목숨을 구걸하던 과거의 자신과 현재의 자신이 뒤섞여 그녀의 감정은 희열과 광기의 끝으로 치달았다.

그 기쁨을 만면에 띄운 그녀는 남편을 나락으로 떨어뜨릴 준비를 했다.

"그리고 한 가지 더. 죽기 전에 알고 가는 게 좋겠죠?"

"……."

"윌리엄은 당신 아들이 아니랍니다."

캐서린은 그 사실이 황제에게 엄청난 고통을 주길 바랐고, 그녀의 소원은 이루어졌다. 충격에 말을 잃은 황제를 보니 너무나도 기뻐서 그녀는 그 어느 때보다 활짝 웃었다.

"그 애 아버지는 따로 있지요. 원수의 아들을 낳아줄 만큼 난 멍청하지 않으니까요."

비밀을 밝힌 순간에 그녀는 세상을 다 가진 듯이 황홀해졌다. 이제 황제의 목만 잘라내면 되었다.

"그것을 가져다가 오필리아의 무덤 앞에 던져 드리지요."

그리고 한껏 비웃어주며 그들의 패배를 축하할 것이다.

소원성취를 눈앞에 둔 그녀가 두 기사에게 손짓하려는 그 찰나에, 테라스의 유리창이 와장창 깨져 나갔다. 반사적으로 목을 움츠렸다가 눈을 뜬 캐서린은 자신의 허리를 뚫고 들어오는 검을 발견했다. 엄청난 통증이 휘몰아쳤다. 벌벌 떨리는 손으로 검날을 붙잡고 고개를 들자, 낯익은 사내가 미간을 찌푸린 채 서 있었다. 수도 밖의 반군을 저지하러 나갔어야 했을 제프 공작이었다.

그는 좀 전에 그녀가 황제에게 했던 말을 그대로 돌려주었다.

"관 뚜껑에 아들 머리를 장식으로 달아주지. 역적의 아들을 살려줄 만큼 난 무르지 않아서 말이야."

그의 모욕적인 언사에 이를 악문 캐서린의 이마 혈관이 우득 튀어나왔다. 목에 단검을 맞고 쓰러진 두 기사와 멀쩡한 황제를 보니 더더욱 열이 뻗쳤다. 이대로 지옥으로 떨어지더라도 제프 공작은 끌고 가고 싶을 지경이었다.

"제프…… 제프으으!"

캐서린의 악에 받친 부르짖음에도 공작은 눈 하나 깜짝 않고 검을 확 잡아 빼버렸다. 붉은 핏물이 얼굴에 흩뿌려지고, 캐서린은 울컥 피를 토했다. 그대로 고꾸라진 그녀는 제프의 검에 심장이 뚫렸다. 복수에 눈이 멀어 역모를 일으킨 그녀는 끔찍한 최후를 맞이해야만 했다.

황비의 죽음을 멍하니 바라보던 황제는 확인사살을 끝낸 제프가 몸을 돌린 뒤에야 간신히 한마디 내뱉었다.

"윌리엄은……."

이 와중에도 윌리엄을 걱정하는 소리에 제프는 혀를 찼다.

"리처드 걱정이나 해. 우리가 캐서린을 너무 우습게 봤어."

캐서린의 소망은 기껏해야 친아들의 황제 등극인 줄로만 알았다. 하지만 그녀의 원한은 그 이상이었다. 인생을 망친 복수를 위해 그동안 얼마나 치밀하게 준비했는지는 윌리엄의 태생만 봐도 알 수 있었다.

'리처드의 목숨을 장담할 수 없게 됐군.'

제프 공작의 얼굴에 그늘이 졌다. 그의 우려는 그대로 맞아떨어졌다.

에드와 공작이 떠난 직후, 홀을 지키던 기사와 군인들이 본색을 드러냈다. 근 삼분의 일이나 되는 자들이 갑자기 검을 뽑아 들며 귀족들을 무자비하게 공격해 대기 시작했다. 홀은 금세 아수

라장이 되었다.

놀란 여성들은 비명을 질렀고, 검술을 익힌 남성들도 속수무책으로 당했다. 즉위식엔 무기를 들곤 참석할 수 없다 보니 맨손으로 있다가 그대로 당한 것이다.

홀에 갇힌 채 살육당하는 사람들 사이에서 그나마 이성적인 판단을 내리는 건 리처드와 제인뿐이었다. 제인은 홀의 뒷문을 지키는 기사들은 별로 배반하지 않은 걸 확인하고 리처드에게 그 사실을 알렸다.

"뒷문을 퇴로로 삼아요!"

제인의 외침을 들은 리처드는 당황한 귀족들과 기사들에게 지시를 내렸다.

"무기를 든 자는 나와 함께 앞으로 나서고 나머지가 퇴로를 맡는다! 여성들부터 대피시키도록!"

일의 우선순위가 입력된 기사들이 정신을 차리고 앞으로 나섰다. 리처드도 그들을 이끌며 맨 앞에서 학살을 중단시켰다. 그의 엄청난 무위는 기사들의 사기를 진작시켜 주었고, 반란군은 밀리기 시작했다.

그러나 그것도 잠시, 뿔피리 소리와 함께 리처드와 같은 편에 있던 기사들이 공격의 궤도를 바꿨다. 같은 편인 줄 알고 등을 내어줬던 이들은 속수무책으로 당할 수밖에 없었다.

반란군은 아직 빠져나가지 못한 남성과 여성을 가리지 않고 학살했다. 피가 튀어 붉게 충혈된 눈동자들이 야망으로 번들거렸다. 그들은 신분상승의 기회를 잡았고, 그걸 놓칠 생각이 없어 보였다.

잠깐 뚫렸던 퇴로가 다시 막히자 미처 빠져나가지 못한 자들은 구석으로 몰렸다. 제인은 제 옆에서 겁에 질려 벌벌 떨고 있는 앤과 안나를 보며 입술을 깨물었다.

'나라도 나서야 해.'

보는 눈이 너무 많지만 이대로 두 손 놓고 있는 건 성격상 맞지 않았다.

"두 사람 다 여기서 꼼짝 말고 있어요."

제인은 앤과 안나를 떼어두고 똘똘 뭉쳐 있는 사람들 사이를 헤집고 나아갔다.

"제인 양?"

"어디 가요, 공녀!"

"거긴 위험해요!"

앤과 안나가 부르며 뒤쫓아왔지만, 제인은 거침없이 걸음을 옮겼다. 뭉쳐 있는 귀족들을 보호 중인 기사들이 무리에서 떨어져 나오는 그녀를 황급히 말렸다.

"여긴 위험합니다, 레이디. 다른 분들과 함께 계십시오."

"저희가 지켜드리겠습니다. 그러니 어서 안쪽으로!"

세인은 그들의 말에 내심 필요성을 못 느꼈다. 그러나 끝까지 저를 따라온 앤과 안나가 간절히 부르는 소리까지 무시할 수는 없었다.

"난 괜찮으니까 자꾸 따라오지 마요. 누굴 지켜줄 상황까진 안 된다고요."

뻣뻣한 코르셋에 풍성한 치마, 통이 좁은 소매는 전투에 적합하지 않았다. 이곳에서 검을 들고 싸우는 이들 중에 자신이 가장 안 좋은 조건으로 참전하는 것이다. 그래도 큰 두려움 없이 주위를 둘러보자 지옥 같은 상황이 한눈에 보였다. 리처드가 만들어 둔 방어선이 좀 전의 배반자들로 인해 붕괴 직전이었다.

제인은 시체들 사이에 자리를 잡고 섰다. 붉은 핏물과 반짝이는 하얀 드레스는 무척 이질적이었다. 그래서 더 아름답게 느껴지는 오연한 자태에 사람들의 시선이 따라붙은 건 당연한 일이었다. 일차 저지선을 뚫고 들어온 적들도 그녀에게 시선을 빼앗겼다.

저건 뭘까 싶은 눈빛에 제인은 삐뚜름한 미소를 지었다. 암만 생각해도 저는 그다지 착한 천사는 아닌 모양이었다.

그녀는 손을 올리고 시원시원하게 손가락을 까딱였다.

"덤벼. 상대해 줄 테니까."

생각지도 못한 그녀의 도발적인 면모에 귀족들은 물론이고 그들을 보호 중이던 기사들도 입을 떡 벌렸다.

얌전히 있어도 죽을 판에 적을 자극해서 관심을 끌면 어쩌잔 것인가. 같은 생각인지 적들도 어처구니없단 얼굴로 그녀를 보았다. 하지만 전투 중에도 제인에게 집중하고 있던 리처드의 입술만큼은 작은 호선을 그렸다. 저러니 어떻게 안 반하고 배길 수가 있을까.

'확실히 매력적이야.'

리처드는 스스로도 놀랄 만큼 제인에게 빠지고 있었다. 그러지 않기엔 그녀를 이루고 있는 모든 부분이, 특히나 저 톡톡 튀는 성격이 너무나도 강력하게 그를 끌어당겼다.

리처드의 몸에 자신이 어떠한 화학작용을 일으키는지 모르는 제인은 차분히 적들을 살폈다. 일차 저지선을 뚫고 들어온 이들은 네다섯쯤 되었지만, 그녀를 상대해 주는 이는 딱 하나였다. 다들 귀족가 영애 하나 죽이는 데 기사 한 명이면 차고도 넘친다고 생각한 것이다.

그 꼴을 본 제인은 혀를 쯧- 하고 찼다. 다른 이들을 공격하지 못하도록 관심을 끌어보려 한 건데 보기 좋게 실패했다.

'이건 좀 자존심이 상하는데?'

리처드에겐 열댓이나 붙였으면서 그와 저를 동급으로 봐주질 않는 것이다. 그들에겐 당연한 일이겠지만, 외모와 차림새 혹은 성별 때문에 무시당하는 게 기분 좋은 일은 아니었다. 제인은 저를 향해 달려오는 기사를 보며 가볍게 숨을 내쉬었다.

장기를 압박 중인 코르셋이 호흡을 막는 그 순간에, 제인은 몸을 낮췄다. 치마가 풀썩이며 넓게 퍼지고, 좀 전까지 그녀의 목이 있던 곳을 검이 스치고 지나갔다. 아주 찰나에 일어난 일이었으나 그것이 두 사람의 운명을 갈랐다.

쭉 뻗은 제인의 다리 하나가 강한 회전력을 싣고 기사의 무릎을 후려쳤다. 허공을 베면서 균형을 잃은 기사의 무릎이 부러지는 소리와 함께 안쪽으로 확 꺾였다. 기이하게 꺾인 무릎은 몸을 지탱해 주지 못했고 기사는 그대로 나동그라졌다.

어긋난 관절이 주는 통증이 뒤늦게 몸을 관통하자 기사는 비명을 지르며 손끝까지 덜덜 떨었다. 고통 어린 그의 눈동자에 군데군데 붉어진 하얀 드레스 자락이 들어왔다. 기사는 제 손복을 가뿐하게 지르밟는 구두를 공포에 절은 눈으로 보았다. 무슨 짓을 하려는지 알기에 더 두려웠다.

뚜둑–

"끄아악!"

손목뼈가 으스러지면서 이제 두 번 다시 사용할 수 없는 손가락이 힘없이 풀렸다. 그 밑에 놓인 검을 빼는 손이 얄밉도록 고왔다.

'아, 악마⋯⋯.'

기사의 눈엔 제인이 그렇게 보였다. 그리고 귀족들을 지키던 기사들의 눈엔 하늘에서 내려준 구세주같이 보였다. 허리를 꼿꼿이 세우고 적을 내려다보는 그녀의 뒷모습이 이젠 성스럽기까지 했다. 감격한 그들은 그제야 그녀의 이름을 기억해 냈다.

"웨슬럿."

신의 축복을 받은 제국의 검이자 방패의 상징인 그 이름. 제프 공작과 에드가 없는 이곳에서 그녀의 존재 가치는 엄청난 것이었고, 기사들에게 큰 반향을 불러일으켰다. 아군의 사기를 드높이고 적군은 위축시키니, 그녀는 리처드와 거의 대등한 역할을 하고 있었다.

뒤늦게 제인의 가치를 알아차린 반란군들이 신중한 태도로 접근하며 그녀에게 검을 겨눴다. 목을 노리는 이들이 많아졌지만, 제인은 안색 하나 변하지 않았다. 그녀의 눈이 힐끔, 리처드가 있는 쪽으로 향했다. 그가 사냥터에서 했던 말이 떠올랐다. 제게 의지하는 많은 이들의 삶을 지켜주는 건 행복한 일이라던. 그때만큼은 그가 악마가 아니라 한 나라를 이끌어갈 훌륭한 군주로 보였었다.

'좋아요, 당신의 그 마음. 나도 인정하겠어요.'

그러니 지금 이곳에 그가 지키고 싶어 하는 백성들이 있는 한, 절대 물러서지 않을 것이다. 제인은 제게 달려드는 자들에게로 시선을 돌리고 호흡을 가다듬었다. 일대 다수. 난전의 시작이었다.

아름답던 크리스털 홀은 널브러진 시체와 흩뿌려지는 피들로 엉망이었다. 홀과 연결된 문들이 전부 열렸지만, 밖에서도 칼부림이 일어서 어느 곳도 안전하다고 볼 수 없었다.

새로운 권력구도를 꿈꾸는 반란군의 무차별적인 공격은 앤과 안나도 피해갈 수 없었다. 피를 흠뻑 뒤집어쓴 기사와 눈이 마주친 두 여성은 비명을 질렀다. 그들의 비명은 근처에서 싸우고 있던 제인의 귀에까지 닿았다.

"앤! 안나!"

제인은 두 사람을 부르며 상대 중이던 기사의 몸에 검을 박아넣었다. 숨이 끊어지는 걸 확인할 틈도 없이 고개를 돌리자 시퍼런 날붙이를 든 기사가 두 사람을 표적으로 삼은 것이 보였다. 제인은 시체에 박힌 검을 빼낼 새도 없이 이를 악물고 뛰었다.

눈을 질끈 감은 앤과 안나가 기사의 검에 의해 두 동강 나려는 순간, 제인이 끼어들었다. 그녀는 기사의 팔목을 잡아 검을 막고 몸을 회전하며 팔꿈치로 옆 목을 가격했다. 어찌나 힘을 썼는지 제인의 몸이 반 바퀴나 돌아갔고, 기사는 그대로 정신을 잃었다.

회전력을 얻어 넓게 펼쳐진 치맛자락 위로 기사가 쓰러졌다. 쿵 소리에 눈을 뜬 앤과 안나는 동시에 기함했다. 치맛단이 잡혀 주저앉는 제인을 향해 달려오는 반란군이 보인 것이다.

"제인 양!"

그녀들의 외침이 귓전에 닿기도 전에 제인은 본능적으로 자신의 위기를 알아차렸다. 붙잡힌 치마를 힘껏 당겨 빼냈지만, 그 짧은 시간도 전투 중엔 치명적으로 작용했다.

죽음을 인지한 그녀가 고개를 들었을 때, 거리를 꽤 좁힌 반란군의 팔이 잘려나갔다. 더불어 그 팔을 자른 리처드와 그의 등을 베는 검도 보였다. 흩뿌려지는 붉은 핏방울과 휘청거리는 그의 모습이 하나의 장면이 되어 그녀의 눈동자에 각인되었다.

여기저기서 리처드를 부르는 소리가 터져 나왔다. 그러나 제인의 귀에는 닿지 못했다. 그녀는 숨 쉬는 것조차 잊고 그를 보고 있었다.

검 끝으로 바닥을 짚어 간신히 몸을 지탱한 그에게 곧바로 두 번째 공격이 가해졌다. 리처드는 허리를 비틀어 뒤로 돌면서 그걸 쳐 냈다. 그 힘에 기사의 검이 부러지고, 검과 함께 잘려나간 기사의 가슴에선 피가 뿜어져 나왔다.

피를 옴팡 뒤집어쓰고 제 등을 벤 자의 얼굴을 확인한 리처드의 표정은 매우 좋지 않았다. 좀 전까지 저를 지켜주던 기사였다. 믿고 등 뒤를 내주었는데 빈틈을 보이자마자 공격을 가해왔으니, 이쯤 되면 같은 편도 전부 의심할 수밖에 없었다.

홀에 있는 기사 중에 반은 리처드가 태어나기 전부터 캐서린이 공들여 키운 이들로 이루어져 있었다. 그들은 이미 오래전에 출신을 세탁해 황제의 밑으로 들어갔고, 언행도 황제와 리처드를 지지하는 것처럼 꾸몄다. 나라를 완벽히 집어삼키고 황제에게 큰 충격을 주기 위한 캐서린의 계략이었다.

'이 정도였던가.'

시시때때로 이를 드러내는 그녀를 우습게 보았다가 된통 당했다. 크게 베인 등이 화끈화끈했고 머리는 어지러웠다. 먹먹해진 귀로 사람들이 무어라 외치는 소리가 들리는 듯한데 도저히 알아들어먹을 수가 없었다.

힘겹게 버티고 선 리처드를 향해 기회를 포착한 적들이 쇄도했다. 반란의 목적이 그를 죽이는 것이었으니 지금보다 더한 적기는 없었다. 리처드의 부상에 황제파와 귀족들이 당황한 틈을 타 반란군 두 명이 접근하여 그에게 공격을 가했다.

다수가 그의 죽음을 예견했다. 그러나 반란이 성공하려는 그 순간에 반란군의 팔과 몸통을 한 번에 꿰뚫는 검이 있었다.

"끄아악!"

비명을 질렀으나 주군을 향해 검을 겨눈 고통은 거기서 끝나지 않았다. 그의 몸에 박힌 검을 짚고 그 힘으로 허공에 몸을 띄운 제인은 곁에 있던 다른 기사의 머리를 냅다 걷어찼다. 무게가 실린 검이 몸통을 잘라냈고, 머리를 맞은 기사는 박 깨지는 소리와 함께 목이 옆으로 꺾였다.

잔인하지만 가장 확실한 방법으로 두 명을 한꺼번에 처리한 제인은 리처드가 쓰러질 듯 휘청거리자 급히 손을 뻗어 그를 부축했다. 몸을 덮치듯이 의탁해 온 그가 다 죽어가는 목소리로 본인의 상태를 알렸다.

"봉인된 힘이 새어 나오고 있소."

"아!"

그가 말하는 바를 제인은 바로 알아차렸다. 봉인된 힘이 상처를 통해 빠져나오는 건 사냥터에서 다리를 다쳤을 때 겪어봐서 잘 알고 있었다.

"조금만 버텨요. 이동해야 하는데, 걸을 수 있겠어요?"

리처드는 대답 대신 신음을 삼키며 힘겹게 걸음을 옮겼다. 악마의 힘이 어떤 식으로 표출될지 모르니 남들 눈에 띄지 않는 곳으로 가야만 했다.

두 사람은 남은 귀족과 기사들의 호위를 받으며 홀을 빠져나갔다. 그런 제인과 리처드를 멀리서 지켜보는 이가 있었다. 2층 발코니에 숨어서 사태를 관망하던 몬타 공작이었다. 혹여나 반란이 실패할 듯하면 타이밍을 노려 리처드 쪽에 낄 생각이었으나 그럴 필요가 없어졌다.

'저 정도 부상이면 금방 죽겠지.'

즉사하지 않은 게 신기할 지경이었으니, 많이 쳐 줘봤자 한 시간 내로는 죽을 게 분명했다.

'이제 윌리엄에게 군대를 지원해 주고 여길 정리할 일만 남았군.'

몬타 공작은 미련 없이 몸을 돌렸다. 군대를 투입해 이곳을 싹 치워두고 윌리엄이 돌아올 때 성문을 열어주면 자신의 직위는 좀 더 높아질 것이었다.

몬타 공작의 탐욕스러운 수작질을 모르는 제인은 리처드를 그의 침실로 데려가고자 했다. 그러나 그 과정은 험난함의 연속이었다. 따라오던 귀족들은 뿔뿔이 흩어졌고, 호위하던 기사들도 계속 죽어나갔다.

결국 마지막 기사까지 쓰러졌을 때, 제인은 암담함을 느꼈다. 호위기사는 모두 죽었는데 반란군은 일곱이나 살아 있었다. 적들은 주위를 포위하며 서서히 거리를 좁혀왔다.

그들은 검을 들고 있는 제인을 경계하면서도 리처드를 죽일 기회를 호시탐탐 엿보았다. 그 모습이 마치 하이에나 떼와 같았다.

최악의 상황에 제인은 이를 악물었다. 그녀는 부상이 심한 리처드를 지탱하는 것만으로도 벅찬 상태였고, 움직임에 제약이 있는 상황에서 한 팔로 상대할 수 있는 적은 많아야 두셋이었다. 엎친 데 덮친 격으로 복도가 넓어서 일곱 명이 한꺼번에 달려들어도 막을 도리가 없으니 이대로라면 바로 당할 터였다.

"리처드."

삶의 끝이 보이는 순간에 제인은 괜히 그를 불러보았다. 이유는 모르지만 그러고 싶었다. 가슴 속 저 끝에서 밀려오던 절망적인 감정도 그의 이름을 부를 때만큼은 멀어졌다.

그를 통해 약간의 용기를 얻은 제인은 검을 들어 올렸다. 무의미한 반항인 걸 알고 있지만 할 수 있는 데까진 대항할 생각이었다.

그때, 힘겹게 몸을 세운 리처드는 제인의 어깨에 둘렀던 팔에 힘을 주어 그녀를 꽉 끌어안았다. 제인이 어떠한 반응을 보이기도 전에 벌어진 일이었다.

그의 몸에 가로막혀 시야를 차단당한 그녀가 놀라 고개를 돌리기도 전에, 기회를 엿보던 적들이 달려들었다. 끝을 보고자 하는 그들의 기합 소리에 눈을 반쯤 내리깔고 있던 리처드의 시선이 스르륵 움직였다. 그와 동시에 사선으로 갈린 그의 등에서 검은 기운이 화르륵 뿜어져 나왔다.

불꽃같이 강렬한 악마의 힘은 순식간에 반란군의 몸을 휘감았다. 비명을 지를 새도 없었다. 육신이 터져 버린 그들은 핏방울 하나 남기지 못했다. 그렇게 적을 소멸시켜 버린 악마의 힘은 주인의 의지에 따라 공기 중으로 흩어져 사라졌다.

일순 고요해진 복도에 남은 건 제인과 리처드뿐이었다. 눈길 한 번으로 모든 적을 말살시켜 버린 리처드는 제 품에 안긴 채로 고개를 들어 올려다보는 제인과 눈을 마주치며 희미하게 웃었다.

"빚, 갚은 거요. 두 배로."

"……바보."

제인은 욕인지 뭔지 모를 소리를 내뱉고 그의 품에 얼굴을 묻었다. 그의 가슴에서 들려오는 심장 뛰는 소리가 그녀에겐 진정제와 같은 역할을 해주고 있었다.

파괴의 속성을 가진 리처드의 악마의 힘은 반란군을 제거하는데 효과적이었다. 하지만 양날의 검과 같아서 본인의 몸도 파괴했기에, 두 사람이 침실에 도착할 때쯤엔 등의 상처가 더 악화되어 있었다.

간신히 침실에 도착해서 문을 단단히 잠근 제인은 그를 침대 대신 책장 앞으로 이끌었다. 예전에 한 번 봤던 비밀 공간에 몸을

신의 뜻대로

숨길 생각이었다. 그곳이 프린 팰리스에서 가장 안전한 곳이라던 리처드의 말을 그녀는 확실히 기억하고 있었다.

"리처드, 이 비밀 공간 여는 거…… 리처드?"

대답 없는 그의 호흡이 매우 거칠었다. 리처드의 허리에 둘러둔 그녀의 팔은 이미 피범벅이었고, 축축한 촉감은 그대로 끔찍한 생각이 되어 제인을 덮쳤다. 억누르고 있던 두려움이 엄습해 왔다.

"정신 차려요, 제발."

그건 스스로에게도 하고 싶은 말이었다. 산산이 부서져 침몰하려는 이성을 억지로 붙잡고서 제인은 떨리는 손으로 몇 개의 책을 눌렀다. 탁- 소리와 함께 잠금장치가 풀리면서 문이 열렸다.

안으로 들어간 그녀는 금방이라도 쓰러질 듯한 리처드가 큰 부닥침 없이 바닥에 엎드릴 수 있도록 도와주었다. 문을 닫자마자 그의 상처를 확인하는 제인의 눈빛이 감정의 크기만큼 요동쳤다.

등을 사선으로 길게 가른 상처는 매우 깊었고, 이미 한계까지 피를 흘린 탓에 낯빛은 파리했다. 거칠던 숨소리도 아득하니 그의 생명은 금방이라도 꺼질 촛불처럼 위태로워 보였다. 가뜩이나 부족한 피는 안타까운 마음도 모르는지 자꾸 새어 나왔다. 제인은 맨손으로 그의 상처를 틀어막았다. 그러나 야속하게도 출혈은 멈출 기미가 보이지 않았다.

"제발, 눈 좀 떠봐요."

제인은 점점 더 간절해졌지만, 변하는 긴 아무것도 없었다. 그는 죽어가고 있었고, 제가 할 수 있는 것이라곤 이런 식으로 지혈하려 애쓰는 게 전부였다.

손가락 사이로 끊임없이 피가 새어 나왔다. 그 뜨거운 것이 달군 가슴에 무력감이 뒤따라 스며들자 전신으로 잔 떨림이 퍼져

나갔다. 입술을 꾹 깨물고 참아보려 하지만 가슴에 이는 통증은 간당할 수 있는 게 아니었다.

그때, 강렬한 어둠의 힘이 따갑게 손을 찔렀다. 그 강도는 점점 심해져서 이내 불판 위에 올려놓은 것처럼 손바닥이 화끈거리기 시작했다. 어떻게든 참아보려던 제인은 리처드의 몸속에서 느껴지는 기운에 화들짝 놀라며 손을 뗐다. 그 순간 그의 등에서 검고 큰 깃털 날개가 솟구쳤다.

그것은 마치 환상처럼 제인의 몸을 통과하며 위로 쭉 펼쳐졌다. 물리적인 힘은 존재하지 않았으나 그것이 준 정신적 타격은 어마어마했다. 온갖 생각이 한꺼번에 몰려들었고, 아무런 반응도 보이지 못하는 그녀의 귓가에 리처드의 목소리가 닿았다.

"두려워 마시오."

다정한 음성을 따라 시선을 내리니 의식의 끝을 간신히 붙잡은 그가 보였다. 고통을 참으면서 어떻게든 티를 내지 않으려 애쓰는 눈동자가 제인의 가슴을 시리게 했다.

"리처느……."

"괜찮소. 내가 그대를 해칠 일은 없으니."

리처드는 마치 맹세하듯이 절대 그런 일은 없다고 말하며 힘겹게 웃어 보였다.

그 미소에 제인은 입술을 꾹 깨물었다. 그는 이미 본인의 죽음을 인지하고 있었다. 그럼에도 불구하고 마지막이 될 귀중한 순간을 그는 고작 자신을 달래는 데 할애하고 있었다.

"그게 무서운 게 아니에요."

저를 해칠까 봐 두려운 게 아니라 그의 삶이 끊어지는 순간이 다가오는 것이 두려웠다.

"차라리 그냥, 내가 다치게 두지 그랬어요."

그랬으면 이렇게 가슴 아프지도 않았을 텐데. 뒷말을 삼키는 그녀의 목소리가 가늘게 떨렸다.

리처드는 손을 뻗어 제인의 손을 꼭 잡아주었다. 아까는 농담처럼 빚을 갚은 것이라 했지만, 실제로는 그저 자신이 그렇게 하길 원했기 때문이었다.

"내 마음이 시켜서 한 일이니 자책할 필요 없소. 진심으로, 다행이라 생각하오. 그대가 다치지 않아서……."

리처드는 기꺼이 자신의 죽음을 받아들였다. 임무는 실패했고 목표는 이루지 못했지만, 제인을 지킨 것만으로도 충분히 가치 있는 삶이었다고 여겼다. 그 말을 끝으로 시야가 흐릿해진 리처드의 검은 눈동자가 초점을 잃었다. 그의 눈꺼풀이 천천히 내려앉기 시작했고, 의식이 사그라지는 게 제인의 눈에도 보였다.

"리처드?"

그를 부르는 제인의 목소리에 울먹임이 배었다. 그녀는 믿을 수 없단 얼굴로 손을 뻗어 그의 몸을 흔들어보았다. 그는 반응이 없었다. 제인의 심장이 덜컥 내려앉았다.

"안 돼요, 리처드. 가지 마요. 정신 좀 차려봐요. 제발요……."

제인은 고개를 저으며 애원하듯 간청했다. 이렇게 그를 보낼 수는 없었다. 죽고 나면 그에게 남은 건 황폐한 성에서 홀로 살아가는 인생뿐이었다.

저주가 아닐까 싶을 만큼 외로웠다던 그의 목소리가 들리는 듯했다.

"이대로 가면 안 돼요. 그곳은 외롭다면서요. 포기하지 마요, 제발."

제인의 손이 떨려왔다. 그가 얼마나 외로웠을지, 직접 목격했던 그녀였기에 더 보낼 수 없었다. 무언가 울컥 목을 치고 올라왔다.

"당신 이렇게 약한 남자 아니잖아!"

그녀의 외침엔 처절함이 배어 있었다.

천사들도 무서워하는 악마들의 왕이라면서, 누구보다 강인하던 남자였으면서, 대체 어쩌다 이렇게 손 쓸 도리도 없이 죽어가고 있는 것일까. 그에게 다정한 말 한마디 해준 적이 없는데, 항상 미워하기만 했는데 그런 저를 지켜주려다가 이렇게 죽는다는 게 말이 되는가.

"말도 안 돼, 말도 안 된다고!"

제인은 가슴을 짓누르는 무언가를 토해내듯 부정했다. 그러나 격앙된 외침에도 그의 손은 힘을 잃고 제인의 손등 위에서 미끄러졌다. 떨어지려는 그의 손을 꽉 붙잡은 제인의 뺨을 타고 눈물이 후드득 떨어졌다.

가슴에 경련이 일었다. 그를 위해 할 수 있는 게 아무것도 없어서, 그런 자신이 너무나도 미워서. 그녀는 미어지는 가슴을 감당치 못하고 흐느껴 울었다.

떨리는 그녀의 몸을 감싸 안아주듯이 위로 솟구쳐 있던 리처드의 날개가 천천히, 가로로 길게 펼쳐졌다. 그의 검은 날개는 마치 작별을 고하는 듯했다.

끝이 보이는 상황에 제인은 몸이 굳었다. 지금 그의 생명을 위협하는 것은 지혈이 안 되는 상황과 부족한 혈액, 그리고 파괴의 속성을 가진 악마의 힘이었다. 이 세 가지를 한꺼번에 해결할 방법, 그걸 찾아내야만 했다.

"생각, 생각해 내야 돼. 방법이 있을 거야, 방법이……."

억지로 움직이던, 그녀의 굳은 머릿속으로 한 가지 생각이 관통했다.

"아!"

제인은 젖은 눈으로 서둘러 주위를 둘러보았다. 그녀가 찾고 있는 리처드의 검이 근처에 떨어져 있었다. 그걸 집어 든 제인은 자신의 팔을 내려다보았다. 뽀얀 피부 밑으로 흐르는 혈관이 보였다. 그것이 그녀에겐 유일한 희망이었다.

'이 방법밖엔 없어.'

제인이 생각해 낸 건 천사의 힘이었다. 성공할지 실패할진 모르지만, 시도해 볼 가치는 있었다. 천사의 힘은 악마의 힘과 상극인데다가 치료 효과까지 지녔다. 적어도 부족한 피를 생성해 주고 상처를 봉합해 줄 수는 있을 것이었다.

그 점을 상기한 제인은 이를 악물었다. 쇠붙이의 존재를 알아차린 팔에 소름이 돋았으나 그녀는 널뛰는 마음을 진정시킬 새도 없이 힘껏 자신의 팔을 그었다.

"으윽."

차갑고 끔찍한 감각이 피부 깊이 새겨졌다. 제인은 사선으로 난 상처를 타고 줄줄 흐르기 시작하는 핏물을 리처드의 등 위로 떨어뜨렸다.

제인의 혈액에 깃든 천사의 힘은 그의 상처를 빠르게 봉합해 갔다. 그러나 얼마 가지 않아 제인의 팔에 난 상처가 아물면서 흐르는 피의 양이 줄어들었다. 덩달아 효과도 시들시들해졌다.

'아직, 아직이야. 이 정도론 부족해.'

더 많은 피가 필요하다고 판단한 제인은 다시 팔을 그었다. 리처드가 자신을 위해 겪고 감내한 고통에 비하면 아무것도 아니라고 생각하면서, 그녀는 그 뒤로도 몇 번이고 본인의 몸을 스스로 베어냈다. 시간이 지날수록 팔은 딜딜 떨리고 현기증이 일었지만, 제인은 이를 악물고 버텨냈다. 쓰러진 리처드를 바라보는 그녀의 눈망울엔 아픔보단 절실함이 깃들어 있었다.

얼마나 시간이 흘렀는지 성내를 휘감던 병장기 소리가 더는 들리지 않았다. 대신 누군가를 찾는 듯한 성급한 걸음들이 아무 데나 들쑤시고 다녔다.

"빨리 제인 공녀를 찾아!"

그녀를 찾아서 신병을 확보해야만 윌리엄 쪽으로 향한 웨슬럿의 검을 막을 수 있다. 더불어 그녀와 함께 있을 리처드도 찾아서 수급을 취해야 반란이 성공적으로 끝났음을 증명할 수 있을 터였다.

공로에 눈이 먼 그들은 황태자의 침실까지 침범했다가 책장 앞에서 뚝 끊긴 핏자국을 발견했다.

"이 안에 비밀통로가 있나 본데?"

"비켜봐. 내가 부술게."

책장을 쾅쾅 때리는 소리가 크게 울렸다. 격한 소음에 굳어 있던 리처드의 눈썹이 움찔, 움직였다. 곧이어 천천히 떠진 그의 눈에 가장 먼저 보인 건, 맞은편 벽에 기댄 채 잠들어 있는 제인이었다.

잠시 멍하니 그녀의 얼굴을 바라보던 리처드는 억지로 몸을 일으켰다. 의식을 잃은 사이에 무슨 일이 있었던 건지 전혀 감이 잡히지 않았다. 부상당했던 등에도 통증이 없었고, 피를 많이 흘린만큼 응당 뒤따라야 할 어지럼증도 느껴지지 않았다.

기력이 좀 부족하단 것 외엔 멀쩡한 몸 상태에 의아해하던 그는 잠든 제인에게 다가갔다.

"제인, 제인."

목소리를 들었는지 책장을 부수던 소리가 뚝 끊겼다. 적에게 위치가 노출되었지만, 제인을 바라보고 있는 리처드에게 그런 건 중요하지 않았다. 파리한 제인의 안색이 그에게 불안감을 심어준 탓이었다.

리처드는 제인을 향해 손을 뻗었다. 흔들어 깨우고자 했으나 그녀는 눈을 뜨긴커녕 힘없이 옆으로 쓰러졌다. 반사적으로 제인의 몸을 받아 안은 리처드의 손에 힘이 들어갔다. 시야에 제인의 두 팔이 들어왔다.

흐릿하게 남아 있는, 수십 개의 상흔으로 난도질된 팔. 성치 않은 몸이 의미하는 바는 명확했다. 그녀는 저를 위해 희생한 것이다. 그 사실이 너무 놀랍고 황망한 탓에 리처드는 하염없이 그녀를 바라보았다.

그제야 그는 깨달을 수 있었다. 제인은 잠든 게 아니라 의식을 잃었음을. 하얀 드레스에 수백 송이의 붉은 꽃이 필 때까지 피를 흘렸으니, 어쩌면 당연한 결과였다.

'제인……'

리처드는 그녀를 조심스럽게 품에 안았다. 가슴 속 깊은 곳에서 한 번도 겪어본 적 없던 감정들이 일었다.

그때, 책장을 부수던 이들이 동료들을 불러왔는지 발소리가 많아졌다. 그 소리에 집중하면서 리처드는 제 품속에 있는 제인을 내려다보았다. 혼자 두고 싶지 않았지만, 그녀를 지켜주려면 밖에 있는 적들부터 쓸어버려야 했다.

리처드는 제인의 손을 잡아 올리고 그녀의 손등에 오래도록 입을 맞췄다.

'한숨 자고 일어나면 모든 일이 끝나 있을 거요. 그때까지 이곳에서 조금만 기다려 주오.'

이제 사태를 이렇게까지 키운 적들에게 반격을 가할 차례였다.

성스러운 의식이 거행되어야 했을 크리스털 홀은 축하와 환호 대신 피비린내와 공포로 채워져 있었다. 반란군에 의해 무릎 꿇려진 귀족들은 참담한 표정으로 맞은편의 황제와 그의 곁에 선 제프 공작을 바라보았다.

황제는 항복하지 않겠다는 의지를 일찌감치 천명했으니, 그들이 기댈 곳은 공작뿐이었다. 그러나 그의 무위가 아무리 대단하다 한들 이렇게 많은 인질을 단 한 명의 희생도 없이 전부 구한다는 건 불가능했다.

군대를 이끌고 온 황제파와 인질들의 목숨줄을 쥔 반란군의 위험한 대치는 쉽사리 끝나지 않았다. 팽팽한 분위기 속에서 반란군들의 지휘를 맡은 몬타 공작이 나섰다. 그는 아들의 부상 소식에 분노한 황제 대신 제프 공작을 회유하고자 했다.

"공작, 일이 이렇게 되었으니 윌리엄 황자를 따릅시다. 이제 황실의 적통 후계자는 한 명뿐이고, 그를 지키는 게 웨슬럿의 의무요."

웨슬럿의 의무를 들먹이는 소리에 제프는 심드렁하게 눈동자만 돌려 황제를 쳐다보았다. 결정하란 뜻이었다. 윌리엄을 후계자로 삼을지 말지.

캐서린이 죽기 전, 그녀가 내뱉은 말을 떠올린 황제는 턱뼈가 으스러지도록 이를 악물었다. 자신의 친자든 아니든 형을 죽이는 데 일조한 윌리엄을 아무렇지 않게 받아들일 순 없었다.

"윌리엄의 황위 승계권을 박탈하겠다! 이제 그는 내 아들이 아

신의 뜻대로

니다!”

“그렇다는군.”

제프 공작은 그의 결정에 토를 달지 않았다. 어차피 황제가 인정한다 해도 받아들일 생각이 없었다. 그저 황제에 대한 예우로 먼저 결정할 기회를 주었을 뿐이었다.

윌리엄이 황제의 친자가 아님을 알고 있는 제프 공작과 달리 몬타 공작은 황제의 의사를 쉽사리 이해하지 못했다.

“폐하, 리처드는 죽었고 결과는 절대 바뀌지 않습니다. 이제 현실에 순응하셔야지요.”

한심하다는 어조로 아들의 죽음을 입에 담는 공작의 태도는 황제를 더욱 분노케 했다.

“몬타 네 이놈! 내 믿음에 대한 보답이 이런 것이란 말이더냐!”

목에 핏대까지 세우고 호통을 치는 소리에도 공작은 눈 하나 깜짝하지 않았다. 어차피 윌리엄이 황위에 오르면 황제는 발톱 빠진 맹수에 불과하고, 권력은 자신의 몫이 될 터였다.

몬타 공작은 아들을 잃은 아버지를 눈앞에 두고 이죽거렸다.

“그러게 진즉에 리처드를 제 딸과 맺어주셨더라면 이런 일은 없었을 것 아닙니까. 물론 이젠 줘도 싫습니다만.”

몬타 공작이 손사래를 치는 그 순간에 뒷문이 열리며 익숙한 음성이 들렸다.

“그거 듣던 중 반가운 소리요, 공작.”

나긋하지만 힘 있는 목소리의 주인은 검날에 묻은 핏물을 털어내며 태연히 홀 안으로 걸어 들어왔다. 적들 사이로 난 길을 일말의 두려움도 없이 걷는 그를 발견한 모두의 눈이 휘둥그레졌다.

그중에서도 가장 놀란 건 황제와 몬타 공작이었다.

"리처드!"

"어, 어떻게……."

몬타 공작은 흡사 귀신이라도 본 것처럼 얼굴이 하얗게 질렸다. 리처드가 크게 다치는 걸 직접 목격했는데 멀쩡한 모습으로 나타났으니 놀라지 않을 수가 없었다. 하도 경악하여 숨 쉬는 것조차 잊어버릴 정도였다. 그런 몬타 공작을 보며 리처드는 한쪽 입꼬리를 삐뚜름하게 올렸다.

"공작은 예나 지금이나 날 너무 우습게 보는 면이 있소. 반역을 모의할 때 황비가 말 안 해줬나? 난 그렇게 쉽게 죽질 않는다고."

그제야 몬타 공작은 캐서린 황비가 이유식에 독을 타 먹였음에도 죽지 않았다고 했던 말을 기억해 냈다. 그때는 그냥 흘려들었는데, 이제는 무언가 의미를 품고 다가왔다.

'괴, 괴물.'

몬타 공작은 점점 가까워지는 리처드와의 거리에 주춤주춤 뒷걸음질 쳤다. 그런 공작과 달리 황제는 기쁨과 만족감에 취해 정반대의 해석을 내놓았다.

"아무렴! 내 아들인데! 당연히 살아 있을 줄 알았다!"

좀 전까지 아들을 잃고 분노하던 감정은 잊어버렸는지 황제는 한껏 들떠 있었다. 아버지의 애정을 느낀 리처드의 표정도 잠시간 온후해졌다. 그러나 그는 곧 자신이 해야 할 일을 상기하고 주위를 쓱 둘러보았다.

귀족들의 목에 검을 대고 있던 반란군들은 그의 시선에 움찔하며 몸을 움츠렸다. 아군인 척하다가 뒤에서 공격하는 게 아닌 한 그를 이길 수 없다는 걸 누구보다 잘 알고 있었으니 겁을 먹는 건 당연했다.

리처드는 그런 기사들의 심리를 이용해 항복을 권했다.

"지금이라도 무기를 버려라. 그럼 살려는 주지."

"어림없는!"

발끈한 몬타 공작이 말을 끝맺기도 전에 그의 목에 붉은 선이 쫙 그어졌다. 스스로 인지하기도 전에 일어난 죽음이었다.

단칼에 그를 처형한 리처드는 다음번 사냥감을 물색하는 것처럼 반란군들에게 매서운 눈길을 주었다.

"이자처럼 목이 잘리는 경험을 하고 싶다면 얼마든지 나서라."

리처드는 차분한 말투와 타고난 카리스마로 좌중을 휘어잡았다. 리처드가 자아내는 공포스러운 분위기 속에서 체험해 보겠다며 자원하는 이는 단 한 명도 없었다. 어차피 그의 곁에 간자가 없는 한 이길 수 없는 건 매한가지였다.

반란군들은 서로 슬금슬금 눈치를 보다가 누가 먼저랄 것도 없이 무기를 버리고 투항했다. 캐서린 황비가 죽어서 지휘체계가 망가졌으니 그들의 결정을 막을 이도 궁전 내에는 존재하지 않았다.

가장 깔끔하고 효율적인 방법으로 적군을 굴복시킨 리처드는 제게 다가오는 제프 공작에게 시선을 주었다. 반란을 반쯤 진압한 지금 이 순간에도 공작의 관심사는 딱 하나였다.

"내 딸은?"

"제 침실의 비밀 공간 안에 있습니다."

"무사한가?"

"예."

의식은 없었으나 호흡은 고른 편이었으니 그리 오래지 않아 깨어날 것이었다. 확신을 품은 그의 대답에 공작은 매우 만족했다. 물론 리처드가 목숨 바쳐 제인을 구했다는 점도 그의 흐뭇함을 배가시키는 데 한몫하고 있었다.

"윌리엄은 수도 밖에서 에드와 대치하고 있는 중이라더군. 마무리 짓고 나면 자네를 킹스 팰리스에 정식으로 초대하지."

제인이 태어난 뒤로 외부인을 집 안에 들이는 걸 극도로 꺼리던 공작이 정식으로 하는 초대였다. 그만큼 의미 있는 자리가 될 터였고, 리처드는 공작이 낸 시험에 합격했음을 확신할 수 있었다.

"기대하고 있겠습니다."

"좋아. 그때까지 자네는 내 딸의 마음을 얻어낼 궁리나 하게."

나름대로 호의를 보인 공작은 뒷수습을 리처드에게 맡겨놓고 그를 지나쳐 뒷문으로 향했다. 제인을 만나러 가기 위함이었다.

공작을 보낸 리처드는 근처에 있던 헨리와 눈이 마주쳤다. 얘기를 들었는지 얼굴에 씁쓸한 빛이 떠 있었다. 헨리의 마음을 모르는 건 아니지만 그렇다고 제인을 양보할 생각은 추호도 없었다. 이젠 명확히 연적이 되어버린 두 사내의 눈빛 교환은 아주 짧게 이루어졌다. 시국이 시국인 만큼 리처드에겐 정리해야 할 일들이 많이 남아 있었기 때문이었다.

리처드는 아버지에게 다가갔다. 이제 곧 윌리엄을 잡으러 가야 하니, 그에게 내릴 벌의 강도도 미리 정해야만 했다. 대체로 역모 죄는 사형에 처하지만, 황제는 양위를 앞당기는 대신에 소원성취권 하나를 얻었었다.

"하실 말씀이 있다면 지금 하십시오."

"……네가 알아서 처리하거라."

황제는 미리 안배해 두었던 소원을 쓰지 않았다. 그건, 리처드가 윌리엄을 제거하겠다고 한다면 받아들이겠다는 뜻이었다.

미동도 없던 제인의 손가락이 움찔했다. 미간을 한껏 찌푸린 채 간신히 눈을 뜬 제인은 벽을 따라 빼곡히 진열된 유리병들을 발견했다. 그러다 몸을 덮은 이불과 피칠이 된 바닥이 시야에 들어오자 정신이 번쩍 들었다.

"리처드?"

그가 없었다. 어떻게 된 건지 당혹스러운 와중에 제 몸에 덮여 있는 이불만이 그의 자취를 알려주고 있었다.

'설마, 나간 거야? 그 몸으로?'

의식을 잃기 전에 외상이 없어진 걸 확인했다지만, 정상적인 몸 상태는 아닐 게 분명했다. 혹여나 부작용이 있을지도 모를 일이니 시간을 가지고 지켜봐야 하는데, 눈앞에 있어야 할 환자는 감쪽같이 사라진 지 오래였다.

부작용으로 갑자기 쓰러지면 어찌할지, 우려한 제인은 벌떡 일어났다가 본능적으로 벽을 짚었다. 피를 너무 많이 흘린 탓인지 어지러웠다. 핑 도는 증상이 가라앉길 기다렸다가 겨우겨우 밖으로 나간 제인은 흠칫 놀랐다.

바닥에 시신들이 나뒹굴고 있었다. 전부 비밀 공간에 침입하려고 한 반란군들이었다. 그들은 잘못된 선택으로 싸늘한 주검이 되어 있었다. 어리석은 자들의 죽음을 안타까워하며 조심조심 이동하던 제인은 침실로 들어오던 제프 공작과 맞닥뜨렸다.

"아버지!"

"제인!"

큰일을 겪고 난 직후라 더욱 반가운 해후였다. 이것저것 물어볼 게 많았지만, 제인은 리처드의 소재부터 물었다.

조급해하는 딸의 태도에 공작은 의아해하면서도 순순히 알려주었다.

"잔당들을 소탕하러 가야 하니 한창 출정 준비 중일 게다."

"아. 안 돼요, 아버지. 지금 그는……."

몸이 좋지 않다고 설명하는 대신에 제인은 더 지체 않고 뛰쳐나갔다. 리처드가 성을 떠나기 전에 찾아서 말려야만 했다.

제인은 건물 옆문으로 빠져나가 황족들만 이용하는 가족정원을 지나쳤다. 반란 탓에 제지하는 이가 없어서 단숨에 중앙 건물까지 간 제인은 크리스털 홀과 연결된 뒷문을 열어젖혔다. 그 안엔 수많은 귀족이 있었지만, 찾고 있는 남자만큼은 보이지 않았다.

애가 탄 제인의 앞에 나타난 건 앤과 안나였다.

"제인 양!"

"앤 양, 안나 양!"

무사한 그녀들의 모습을 본 제인의 얼굴빛이 밝아졌다. 중간에 뿔뿔이 흩어지는 바람에 생사를 알지 못했었는데 참으로 다행이었다. 안도한 제인은 두 사람에게 리처드를 봤는지 물었다.

"그를 찾고 있는데 어디로 갔는지 봤나요?"

"기사들이 출정 준비를 하는 동안 이곳에서 폐하와 함께 계셨는데……."

안나가 뒷말을 흐리며 주위를 두리번거리자 앤이 부족한 정보를 덧붙여 주었다.

"좀 전에 기사 두 분과 함께 밖으로 나가셨어요."

"아, 고마워요! 먼저 가볼게요."

제인은 두 여성을 뒤로하고 서둘러 홀을 가로질렀다.

정문과 연결된, 크고 웅장한 로비를 지나자 숨이 차오르고 어지럼증마저 도졌다. 이마를 짚고 서서 호흡을 가다듬던 제인의 흐릿해진 시야에 신전 형태의 주랑인, 콜로네이드를 걸어가는 세 남자의 뒷모습이 보였다. 앤의 말대로 리처드는 기사 두 명과 함께 있었다.

"리처드!"

제인이 있는 힘껏 부르자 목소리가 닿았는지 그가 돌아보았다.

"제인?"

리처드는 반갑고 놀라운 마음이 뒤섞인 표정을 지었다. 그런 리처드에게 달려간 제인은 앞뒤 잴 것도 없이 그의 팔을 붙잡고 고개를 저었다.

"가지 마요. 당신 몸도 성치 않잖아요. 싸우다 또 다치기라도 하면 그땐……."

그땐 정말 손쓸 도리가 없을지도 모른다. 그러니 가지 말라고 말리는 것인데 그는 남의 속도 모르고 오히려 미소를 지었다.

리처드의 눈엔 저를 걱정하여 가지 말라고 조르는 제인이 귀여워 보였다. 이렇게 찾아와 준 것도 기뻤고, 무엇보다 저를 생각해 주는 그 마음이 고마웠다. 하지만 그렇다고 해서 제인의 말대로 이곳에 남아 있을 수는 없었다. 두렵다고 숨으면 이룰 수 있는 게 아무것도 없는 법이다.

"부하들 뒤에 숨는 건 내가 원하는, 진정한 내 모습이 아니오."

"아……."

제인은 그가 바라는 모습이 무엇인지 알 것 같았다. 나라를 이끌어가는 자로서 책임감 있는 태도를 중히 여기는 그에게 몸을 사리라는 건 너무나 가혹한 말인지도 모른다. 적어도 최근에 그녀가 알게 된 그는 위험한 일을 남에게 떠넘기는 무책임한 사람이 아니었다. 그의 마음을 이해한 제인은 차마 더 말릴 수가 없었다.

그사이 리처드는 그녀를 향해 조금 더 가까이 다가가 고개를 숙였다. 무슨 비밀 애기를 하듯이 귓가에다 대고 속삭인 그는 제인이 무언가 반응을 보이기도 전에 슬며시 웃으며 몸을 돌렸다.

멀어져 가는 그를 바라만 보고 있는 제인은 매우 멍한 상태였다. 그가 남긴 마지막 말이 그녀의 가슴에 낯선 파문을 일으키고 있었다.

"꼭 살아 돌아올 거요. 그대의 마음을 얻기 위해서라도."

그러니 너무 걱정하지 말라는 말 속엔 순수하고 열띤 애정이 담겨 있었다. 사랑을 쟁취하고자 하는 한 사내의 의욕과 다정한 면모는 생소한 두근거림으로 그녀를 사로잡았다.

리처드가 주랑 끝에 당도하자 그 앞에 정렬해 있던 군대가 열렬한 함성으로 그를 맞이했다. 곧 있을 전투에 대한 공포심을 억누르고 승리에 대한 기대감을 표출하는 사내들의 함성은 제인마저 휩감았다. 그 소리를 들으니 설렘을 넘어선, 어떠한 복합적인 감정들이 몰려들었다. 다시금 그를 잃으면 어쩌나 하는 두려움도 엄습했다. 공포에 젖어버린 이성은 마비되고 감성은 극대화되었다.

군마에 올라타는 리처드를 지켜보던 제인은 세차게 일어나는 감정을 더 참지 못하고 그를 향해 뛰었다.

"리처드, 리처드!"

제인의 목소리를 들은 리처드는 말의 고삐를 쥐다 말고 주랑 쪽으로 고개를 돌렸다. 붉은 꽃이 핀, 흰 드레스 자락을 붙잡고 저를 향해 달려오는 제인이 보였다.

신전을 닮은 콜로네이드와 신비로운 연녹빛 머리카락, 어딘지 모르게 간절한 그녀의 표정이 어우러져 성스러운 분위기를 자아 냈다. 모두가 그녀에게 매료되었지만, 제인의 축복을 받을 사내는 오로지 단 한 명이었다.

리처드와 가까워진 제인은 말 위에 앉은 그의 발등을 밟고 올 라서서, 놀란 듯 고개를 들어 눈을 마주쳐 오는 그에게 입을 맞췄 다. 처음엔 가볍게 포개서 감촉을 맛보는 정도였지만, 그것만으론 만족감이 채워지지 않았다. 그녀는 그의 아랫입술을 살며시 물다 가 점점 더 적극적으로 변해갔다.

예기치 못한 입맞춤에 리처드는 그대로 넋을 놓았다. 말에서 떨어지지 않도록 한쪽 팔로 감싸 안은 가냘픈 허리와 몸에 닿는 제인의 손길이 그를 전율케 했다. 그렇게 강렬하게 몸과 마음을 들쑤셔 놓고 제인이 입술을 떼었다.

마주친 그녀의 푸른 눈동자엔 애절한 바람이 진하게 어려 있었 다.

"제발 다치지 마요."

제인이 원하는 건 그것뿐이었다. 부드럽고 간절한 소망에 리처 드는 아무런 대답도 하지 못했다. 제인에게 깊게 홀려서 소리가 빠져나올 틈도 없었기 때문이었다. 대신 마음만큼은 그 어느 때 보다 강하게 그녀가 원하는 대로 하겠다고 외치고 있었다.

제인이 말에서 무사히 내려설 수 있도록 끝까지 팔을 잡아주던 리처드는 그녀가 땅을 밟은 뒤에도 차마 손을 놓지 못했다. 짧고 가벼운 키스였던 만큼 아쉬움이 더 커져서 절대 헤어지고 싶지 않았다. 그러나 그는 떠나야 했고, 제인은 남아야만 했다.

기사들을 이끌고 성문으로 말을 몰면서도 리처드는 중간 중간 계속 뒤를 돌아보았다. 한 번이라도 더 제인을 시야에 담고 싶었다. 그 마음을 모르는 듯 펄럭이는 깃발들과 말을 탄 기사들의 듬직한 체구에 그녀의 모습은 가려지기 일쑤였다.

그렇게 서로를 볼 수 없는 상황이 되고 시간이 좀 더 흐른 뒤에 제인은 문득 정신을 차렸다. 나갔던 이성이 몸속으로 들어왔고, 머리를 후려치는 느낌이 뒤따랐다.

"아아……."

두 손으로 입가를 가리던 제인은 곧 머리를 부여잡았다. 그녀의 눈동자가 격하게 흔들렸다. 좀 전에 저지른 짓이 떠오르면서 뒤이어 리처드의 주변에 엄청나게 많은 기사가 있었다는 사실도 기억해 냈다. 그 속엔 아마 헨리도 있었으리라.

경악한 제인은 너무나도 끔찍한 상황에 손이 떨렸다. 콜로네이드의 기둥에 머리를 박아버리고 싶은 심정이었다.

"내가 대체, 무슨 짓을 한 거야!"

수백 명이나 되는 기사들 앞에서 첫 키스를 해버렸다. 그것도 호감이 있던 남자 앞에서 다른 남자에게. 그것만으로도 최악의 상황인데 상대는 리처드였고 제 발로 달려가서 덮친 데다, 놀라서 명해지기까지 하던 그의 표정을 상기하니 쥐구멍에 숨고 싶어졌다.

역사상 처음으로 악마의 입술을 훔친 천사로 길이길이 기억되리라. 거기까지 망상이 뻗치자 제인은 왜 제가 살아 있는 것인지, 그런 회의감에 몸서리치며 자신을 저주하는 데 많은 기력을 소진해야만 했다.

6
마지막 유리병

　에드와 리처드가 수도 밖의 반란군을 제압하는 데는 그리 오래 걸리지 않았다. 애초부터 황비의 목적은 프린 팰리스 내에서 리처드를 처리하는 것이었던지라 수도 밖에 포진한 이들은 실력부터 떨어졌다.

　황태자의 부상 소식을 들은 에드가 공격을 유보하면서 반군의 기세가 등등해졌지만, 리처드가 멀쩡한 모습으로 나타난 뒤엔 상황이 역전되었다.

　웨슬럿과 황실의 기치(旗幟, gonfalon) 아래, 반군은 제대로 힘을 쓰지 못하고 스러졌다. 그들을 이끌던 윌리엄은 사로잡혔다가 곧 처형당했다. 문제는 윌리엄을 죽인 이가 리처드가 아닌, 뒤늦게 합류한 제프 공작이라는 사실이었다.

　그 일로 황태자와 공작이 언성을 높여 싸운 일은 며칠 만에 이사벨라의 귀에도 들어갔다. 덕분에 공작은 자신의 집무실에서 아내에게 크게 혼이 났다.

"황태자의 입장도 생각하셨어야지요! 두 형제 사이가 돈독했던 걸 모르십니까."

"그리 돈독했으면 황비가 종용해도 반란에 가담하지 않았을 거요."

공작의 말대답에 이사벨라의 눈꼬리가 치켜 올라갔다. 제 말의 중요 포인트는 그게 아니지 않은가. 리처드의 입장을 헤아리란 소리에 윌리엄의 잘못을 들먹이니 말이 뱅뱅 도는 느낌이었다. 그녀는 아예 이번 사건의 중점을 콕 짚어 얘기해 주었다.

"황태자는 웨슬렛의 공작에게 황족에 대한 즉결처형권이 있다는 걸 모릅니다. 그러니 동생을 유배 보내기로 한 결정을 당신이 함부로 어겼다고 생각하겠지요. 권한을 침범당했다고 느낄 테니 당연히 화가 나지 않겠습니까."

공작이 황태자의 결정을 묵살하고 함부로 황자를 처형한다는 건 리처드로선 도저히 용납할 수가 없는 일이었다.

특히나 제인에게 끌리고 있어서 더더욱 경계해야만 했다. 제인과의 순탄한 교제를 위해 공작의 행실을 묵인하면, 공작은 앞으로도 무소불위의 권력을 마음껏 휘두를 것이었다. 그건 황권의 추락을 뜻했고 외척이 득세하는 세상이 열리는 걸 의미하기도 했다.

그 점을 우려하여 목소리를 높인 점은 차기 황제로서 매우 이성적이고 훌륭한 판단이었다. 제프 공작도 그런 리처드의 판단을 존중했다. 다만 다시 과거로 돌아간다고 해도 윌리엄을 처단하겠단 생각엔 변함이 없었다.

"내게 권한이 있든 없든 처형하는 게 옳은 거요. 반란군의 수괴를 살려둬서 뭐에다 써먹겠다고, 황태자가 먼저 유배 따위를 거론한단 말이오."

월리엄이 황제의 친자가 아니라는 점은 차지하더라도 그냥 두면 또 다른 반역의 씨앗이 될 수 있었다. 심지어 리처드에겐 오필리아 황비의 신분이 천하단 약점이 있었다. 그 비밀이 드러났을 때 황제의 둘째 아들인 월리엄이 귀족들의 눈엔 좋은 대안으로 비쳐질 가능성이 컸다. 그리되면 나라는 혼란에 빠질 테고, 제인과 리처드의 교제를 허락한 시점에선 더더욱 바라지 않는 일이었다.

거기까지 생각하고 기껏 그 싹을 제거해 줬더니 월권이라고 타박하니, 자존심이 상해서 지금까지 툴툴대며 버티고 있는 것이다.

설득이 안 통하자 이사벨라는 방법을 바꿨다. 그녀는 공작의 약점인 제인을 이용하기로 하고 안쓰럽단 말투를 장착했다.

"딸 생각도 하셔야지요."

딸이란 단어 하나에 공작은 난감해졌다. 기사들이 다 보는 앞에서 제인이 리처드에게 키스하면서 두 사람에 대한 소문이 사교계에 쫙 퍼졌다. 헨리는 킹스 팰리스에 방문하는 일을 끊었고, 이제 제인을 짝으로 맞이할 신사는 리처드밖에 없었다. 딱 하나 남은 혼처가 끊기는 걸 원치 않는 부인의 눈치를 보며 공작은 나름대로 상황을 합리화했다.

"시집 좀 안 가면 어떻소. 우리 가족끼리 지금처럼 단란하고 행복하게 살면 되는 것 아니오?"

"지금 그걸 말이라 하십니까!"

이사벨라는 분통을 터뜨리며 살벌하게 노려보았다. 공작은 부인의 시선을 회피했다. 그러나 눈을 피한다고 귀까지 차단할 수 있는 건 아니었다.

"제인이 넋 놓고 사는 것 좀 보셔요. 애가 속이 깊어 말을 안할 뿐이지 리처드 생각에 애간장이 뚝뚝 끊어지고 있을 겁니다. 베티 말이, 밤이 되면 제인이 이불 속에서 흐느껴 운대요. 그런 딸을 위해서 리처드를 찾아가 보진 못할망정, 결혼을 포기하란 소리가 나오십니까!"

제인이 넋을 놓는 건 문득문득 떠오르는 첫 키스의 기억 탓이고, 말을 안 하는 건 민망함과 부끄러움 때문이며, 이불 속에서 흐느껴 우는 건 괴성과 함께 이불 킥하는 소리를 베티가 오해했을 뿐이었다.

모두가 제인의 행동을 하나부터 끝까지 곡해하고 있었지만, 공작의 마음을 흔드는 덴 효과가 있었다.

"고민 좀 해보겠소. 생각을 정리할 시간이 필요하오."

남편에게서 꽤 긍정적인 답변을 받아낸 이사벨라의 표정이 밝아졌다. 이제 제인이 리처드를 그리워하며 가슴 아파하는 걸 더는 지켜보지 않아도 될 것 같았다. 제 딸이 환한 미소를 되찾길 기대하며 이사벨라는 머지않아 자신의 사위가 될 리처드를 한 번 더 두둔해 주었다.

"리처드도 공과 사를 구별 못 할 남자가 아니니 조금만 설명해 줘도 충분히 이해할 거예요."

"알겠소. 알겠으니 그만 나가보시오."

항복을 선언한 남편에게 싱긋 웃어준 이사벨라는 그에게 다가가 볼에 입을 맞춰주고 집무실에서 퇴장했다. 부인의 잔소리 폭격에서 벗어난 공작은 오랜 고민 끝에 편지지를 꺼내고 펜을 들었다.

잉크를 묻힌 펜은 그의 감정만큼 거친 글자들을 만들어냈다.

-내가 권력을 좀 휘두른 일에 분노하는 것이 제인과의 교제보다 더 중한가.

신의 뜻대로

겨우 그 정도라면 나도 자네에게 내 딸을 줄 생각 없네.

거기까지 쓴 공작의 손이 멈췄다. 제인을 만나러 오지 않는 리처드의 태도에 화가 나고 그만큼 괘씸하긴 한데 더 질책할 수가 없었다. 황제와 오필리아, 그리고 캐서린이 생각난 것이다.

황제는 제 반대에도 불구하고 오필리아를 황비로 삼아 황태자에게 약점을 만들어주었다. 또한, 리처드의 자리를 위협할 게 분명한 캐서린의 유혹에도 쉽게 빠졌다.

제프는 그 점을 항상 질책했지만, 황제는 아름다운 여인에게 너무 약했다. 캐서린의 야욕을 알면서도 애정에 눈이 멀어 강하게 제지하지 않았다. 그 결과가 오늘날 나라에 미친 파장을 생각하면, 리처드의 행동과 결정을 칭찬하지 않을 수가 없었다.

"에잇!"

결국 그는 쓰던 편지를 확 구겨서 집어 던져 버렸다. 제 딸이 엮여 있는 일이니 괴롭기 그지없었다. 잠시 이마를 짚고 고뇌하던 그는 새 편지지를 꺼내 다시 적기 시작했다. 좀 전보단 더 차분한 태도로 아주 먼 옛날부터 전해져오는 웨슬럿과 황실의 관계를 설명해 갔다.

-황제가 되면 자연히 알게 될 이야기지만, 저번 일을 해명하기 위해 꼭 필요하니 지금 이곳에 몇 자 적겠네.

그렇게 서문을 연 편지를 리처드는 정원을 거닐며 읽어나갔다.

-초대 황제 폐하와 관련된 이야기일세. 그분은 신의 축복을 받았다고 전해

질 만큼 명석한 두뇌와 뛰어난 무위를 지니셨지. 어떤 전쟁이든 승리로 이끌었고 승승장구했네. 그렇게 전쟁마다 승리하며 거대한 제국을 세우기에 이르렀는데, 호탕한 성격에 몸 쓰기를 더 즐겨 하는 그에게 정치란 건 고달픈 일에 불과했지. 신하들과 언쟁하는 일에 신물을 느낀 그는 어느 날 갑자기 동생에게 황위를 넘기기로 마음먹었다네. 그 동생도 형 못지않게 똑똑했고 그보단 더 정치적인 성향이었기에 신하들은 금방 수긍하고 새로운 황제로 섬겼지.

그것은 왕권을 약화시키는 이야기라 평민이나 일반 귀족들에겐 가르치지 않는 역사였다. 오로지 황제와 웨슬럿의 공작, 그리고 종교 지도자들에게만 전해지는 이야기였다. 예외가 있다면 남편에게서 전말을 전해들은 이사벨라뿐이었다. 제프 공작은 당시의 이야기를 더 들려주었다.

–초대 황제 폐하께선 황위를 넘길 때 동생에게 한 가지 조건을 걸었었네.

"훗날 너는 물론이고 너의 후손도 내가 사랑하는 이 나라를 위험에 빠뜨리고 망치려 든다면 그 즉시 처형하길 주저하지 않겠다. 이는 나, '웨슬럿 공작'의 이름으로 거행되며 나의 적장자들은 그 권한을 이어받을 것이다."

정원을 거닐던 리처드의 걸음이 우뚝 멈췄다. 이제야 모든 것이 이해되기 시작했다.

황제가 황비를 선택하는 일에 제프 공작이 개입하며 극심하게 반대한 이유. 황태자도 죽일 수 있다며 호언장담한 일. 윌리엄의 처형이 월권이 아니란 주장까지.

황제들이 잘못된 선택을 하거나 권력을 사사로이 이용하는 걸 견제하기 위하여 초대 황제는 황족에 대한 즉결처형권을 가져간 것이다. 그의 권한은 웨슬럿 공작에게 이어졌고, 지금에 이르러 제프 공작이 그 권한을 물려받은 것이다.

리처드는 서둘러 다음 문장을 읽었다.

－황태자가 황제가 되고, 웨슬럿의 적장자가 공작의 위를 물려받는 날에 이 계약도 대를 이어 전달되네. 초대 황제께선 후대의 황제들이 항상 웨슬럿을 경계하고 이 조건을 상기하길 바라셨기에 웨슬럿의 권력을 증명할 장치도 해두셨지.

그 장치 중의 하나가 황제의 집무실에 있는 뒤집힌 그림이었다. 황족을 처형하는 웨슬럿의 공작과 그 뒤에 앉아 눈을 감고 입을 닫아 묵인하는 황제의 모습이 담긴 그림이었다. 또한, 웨슬럿의 저택이 킹스 팰리스라 불리고 황제가 사는 곳은 프린 팰리스라 불리는 것도 황제에게 웨슬럿을 경계하며 본분을 다하라는 의미가 담겨 있었다. 이 외에도 서류나 증인 등 몇 가지가 더 있었다.

제프 공작에게 윌리엄을 처형할 합당한 권한이 있었음을 알게 된 리처드는 불쾌감이 가라앉았다. 그러자 공작에 대한 분노로 억누르고 있던 제인에 대한 그리움도 자연히 해방되었다. 자유를 얻은 감정은 그 기쁨을 표현하듯 마음껏 부풀어 올랐고, 리처드는 제인과의 만남을 기대하며 공작에게 답신을 쓰기 위해 걸음을 재촉했다.

리처드가 보낸 서신엔 정중함이 담겨 있었고, 공작의 기분을 풀어주기에도 충분했다. 웨슬럿의 권한을 인정하며 차기 황제로서 책무를 소홀히 하지 않겠다는 리처드의 의지에 공작은 매우

만족스러워했다. 무엇보다 서신 말미에 예의를 갖춰, 제인을 보고
싶은 마음을 슬쩍 드러내면서 저녁 식사에 초대해 준다면 기쁘겠
다고 적은 말은 흡족할 정도였다.

리처드는 나름대로 감정을 조절해서 썼지만, 공작은 편지를 읽
자마자 제 딸을 향한 황태자의 애정이 뜨겁단 걸 알 수 있었다.
그의 짐작은 며칠 뒤, 초대를 받은 리처드가 킹스 팰리스에 왔을
때 확실히 증명되었다.

하얀 바탕에 금으로 장식된 육두마차가 멈춰 섰다. 마중 나와
있던 에드는 마차에서 내리는 리처드를 반갑게 맞이했다.

"어서 오십시오, 전하."

"그간 잘 지냈나?"

"예, 물론입니다."

간단한 안부 인사에 대답하면서 친우의 표정을 확인한 에드는
내심 놀랐다. 리처드는 그 어느 때보다 기분이 좋아 보였다. 눈빛
에 생동감이 더해졌고, 입술은 부드럽게 호선을 그렸다. 약간의
긴장과 설렘이 동시에 묻어 있는 얼굴은 에드가 처음 보았다고
단언할 수 있을 만큼 낯선 것이었다.

'이 정도로 변할 줄은……'

여인을 사랑하는 방법을 모른다고 확신했었는데, 이젠 그 평가
를 바꿔야 할 때가 온 듯했다. 그는 모든 여인을 사랑하진 못해도
제인만큼은 사랑하고 있었다. 그건 매우 고무적인 현상이었다. 다
만 그것을 마음껏 기뻐하기엔 한 가지 문제가 있었다.

'제인 얘기를 미리 해주는 게 좋겠지.'

에드는 리처드를 응접실로 안내하면서 주위에 듣는 귀가 줄어

들자 말을 편하게 했다.

"폐하께선 어떠하신가? 상심이 크실 텐데."

"잘 이겨내고 계시지. 강한 분이니까."

캐서린이 망쳐 버린 리처드의 즉위식은 기약 없이 미뤄졌고, 반란에 가담한 귀족들에겐 엄한 처벌이 내려졌다. 주동자인 몬타 공작의 딸, 엘리스도 신분과 재산이 몰수된 뒤 쫓겨났고, 황제는 그러한 국정 현안들을 처리하느라 눈코 뜰 새 없었다.

가슴이 무뎌질 때까지 아픈 상처를 외면하려고 그렇게 발버둥 치는 것이다. 일에 파묻히는 게 좋은 방법인지는 모르겠지만, 그렇게라도 부친이 이겨내길 바라는 리처드는 빠른 양위를 요구하지 않았다.

'제인과 시간을 보내기에도 황태자인 지금이 더 좋고.'

제인과 함께할 시간을 조금이라도 늘릴 수 있다면 황제위를 십 년쯤 뒤에 받아도 좋았다. 앞으로 그녀와 함께 정원을 거닐고, 웃으며 이야기를 나눌 생각을 하니 자연히 흐뭇해졌다.

핑크빛 미래를 상상하며 복도로 접어들었을 때, 에드가 조심스럽게 제인의 이야기를 꺼냈다.

"이런 얘길 하게 되어서 유감이네만, 제인이 어제 감기에 걸려서 방에서 나오지 못하게 되었네."

리처드의 걸음이 우뚝 멈췄다. 눈빛에 섞여 있던 기대감이 사라지고, 표정마저 굳어버렸다. 확연한 변화를 실감한 에드는 난처한 얼굴로 동생을 위해 변명을 늘어놓았지만, 리처드에겐 통하지 않았다.

리처드는 단번에 꾀병임을 간파했다. 제인의 피는 죽어가던 자신도 살렸는데, 감기 따위를 치료 못 할 리가 없었다. 차라리 공작 부인이, 기사들 앞에서 먼저 키스를 한 제인을 타박하며 딸의 가치를 높이기 위해 한 번쯤 튕기도록 지시했다는 쪽이 더 그럴싸했다. 사교계의 생리를 잘 아는 노련한 부인들은 그런 식으로 곧잘 사내의 마음을 애태우곤 했으니까. 그렇다면 그건 크게 걱정할 사안이 아니었다. 며칠만 더 기다리면 자연히 해결될 일이었다. 진짜 문제는 이사벨라의 지시가 아니라 제인의 의사일 때였다. 지금 에드의 반응으로 보아 아마도 그럴 공산이 컸다.

"공녀가 날 피하는 건가?"

대답하기 곤란한 질문에 에드는 적당히 얼버무려야만 했다.

"부끄러워하는 걸지 모르지. 스스로 받아들일 시간을 좀 주게."

"흐음…… 알겠네."

리처드는 에드의 말을 받아들였다. 그날의 키스는 자신에게도 꽤 파격적인 일이었고, 항상 저를 밀어내기만 했던 제인이었으니 감정을 인정하는 데 시간이 필요한 걸지도 몰랐다.

그날 리처드는 제인을 만나지 못했지만, 꽤 기분 좋게 하루를 보낼 수 있었다. 공작은 그 어느 때보다 호의적이었고, 이사벨라는 은근히 그를 사윗감으로 생각하고 있음을 드러냈다.

저녁 식사 후에 가볍게 한 검술 대련은 큰 소득으로도 이어졌다. 그의 실력에 크게 만족한 공작이 자주 와달라고 한 것이다.

리처드는 공작의 요청을 핑계로 시간이 날 때마다 킹스 팰리스를 제집처럼 드나들었다. 덕분에 괴로워진 건 제인이었다.

어느 날은 창가에 서 있다가 이사벨라와 함께 정원을 거니는 리처드를 발견하고 후다닥 몸을 피했다. 그와 눈이 마주친 탓에 심장이 콩닥콩닥 뛰었다. 그 느낌이 심호흡으로도 달래지지 않자 제인은 풀어헤친 머리를 마구 헝클어뜨렸다. 이젠 거의 습관적으로 쥐어뜯고 망가뜨리니 베티도 머리 손질을 포기한 지 오래였다.

"왜 자꾸 오는 거야. 황태자라면서 바쁘지도 않나!"

리처드가 처음 방문한 뒤로 벌써 열흘이 지났다. 이젠 감기 핑계를 대기도 어려워졌고, 가족들의 등쌀도 심해졌다. 손님이 왔는데 계속 방 안에만 틀어박혀 있으니, 리처드와 딸의 결혼이 성사되길 바라는 어머니에게 예의가 아니라고 혼나기도 했다.

"여행 보내주셨으면 이런 일 없고 서로 좋았잖아."

리처드의 두 번째 방문이 있었을 때 견디다 못한 제인은 아버지를 찾아가 앤과 안나가 있는 곳으로 보내달라고 졸랐다. 친구들이 보고 싶다는 간절한 요청은 어머니의 완강한 반대에 부딪쳐 무산되고 말았다.

이사벨라는 제인에게 남은 유일한 혼처를 놓칠 생각이 없었다. 리처드와 딸의 관계가 진전되어야 할 중요한 시기에 멀리 떨어뜨려 놓는 건 그녀에겐 절대 있을 수 없는 일이었다.

완고한 어머니 덕에 벼랑 끝에 다다른 제인은 이제 곧 리처드를 만나야 할지도 모른다는 압박감에 시달렸다. 그것은 악몽으로 연결되었고, 제인은 매일 밤 그에게 키스하는 꿈을 꾸었다.

"으앗! 또 생각났어!"

맞닿던 입술의 감촉과 허리를 감싸 안던 그의 손길을 몸이 기억했다. 그렇게 각인된 기억을 바탕으로 시작된 꿈속의 키스는 도중에 멈추거나 서부하기 어려웠다. 꿈을 생생하게 꾸는 편인지라 쾌락이 선명하게 새겨지고 고스란히 전해졌다. 그러니 더더욱 하면 안 된다는 의지는 약해지고 분위기에 취해 몸을 맡기게 되는 것이다. 그러다가 아침에 일어나면 자괴감의 강도도 끝없이 치솟았다.

"오, 신이시여 길 잃은 천사를 구원하소서. 이러다 타락할지도 모른단 말입니다."

제인은 무릎을 꿇고 두 손을 모으며 간절히 기도를 올렸다.

타락천사가 되는 걸 걱정할 만큼 그와의 키스는 달았다. 원래 달고 맛있는 건 건강에 악영향을 끼치고, 그만큼 쉽게 중독되는 법이 아니던가. 인정하고 싶진 않지만, 자꾸 생각나고 한번 시작하면 중단하지 못하는 증세가 나타났다. 그야말로 중독 초기증세인지라 제인의 정신건강은 하루가 다르게 나빠지고 있었다. 그것이 리처드를 향한, 제 마음이 반영된 결과물임을 제인은 쉽사리 받아들이지 못했다. 그걸 인정하면 천사의 날개를 잃고 악마의 날개를 얻을까 봐 두려웠다.

"절 시험에 들게 하지 마시옵소서."

제인은 중얼거리며 방 안을 서성였다. 그녀가 중독 증세에서 벗어나려 안간힘을 쓰는 동안 리처드도 한계에 다다르고 있었다. 열흘이 넘도록 기다려 주었지만, 제인은 온갖 핑계를 대며 이리저리 도망 다녔다. 다섯 번쯤 방문했을 때 창가에 서 있는 제인을 발견한 순간 리처드는 참았던 감정이 폭발하고 말았다.

가까이서 보고 싶었고, 목소리를 듣고 싶었다. 여기서 더 나아가 가능하다면 그녀를 품에 안고 싶었다. 그러한 바람들은 손쓸 새도 없이, 둑을 터뜨리는 물처럼 세차게 흘러나왔다.

간절한 와중에 어쩌면 제인이 시간을 끌면서 저를 향한 마음을 지워 버리려고 애쓰는 걸지도 모른다는 생각이 들었다. 불안감은 더 커져 버렸고 결국 리처드는 그녀에게 편지 한 장을 남겼다.

리처드가 궁전으로 돌아간 뒤 베티를 통해 편지를 전달받아 읽은 제인은 다시금 신을 찾아 부르짖으며 원망스러운 상황을 호소해야만 했다. 그와의 만남을 더는 피할 수가 없게 된 것이다.

리처드의 편지엔 이런 문장이 적혀 있었다.

-내일 정오에 그대의 유리병을 챙겨서 날 찾아오시오. 내 비밀 공간이 망가져서 유리병들을 보관할 곳이 없어졌으니 되는 대로 다 합칩시다. 만약 내일도 만남을 거부한다면 나도 두 번 다시 그대를 찾지 않겠소.

두 번 다시란 부분에 잉크가 유독 많이 묻어서 굵게 보였다. 그건 제인이 빠져나갈 틈을 원천봉쇄하는 말이었다. 이번 기회를 놓치면 다신 만나지 않겠단 소리고, 그건 곧 두 사람 모두의 임무 실패를 의미했다. 그걸 감내할 각오가 여실히 묻어나는 편지에 제인은 좌절하며, 다음 날 얌전히 머리 손질에 응해야만 했다.

아침나절부터 최대한 시간을 끌다가 오후 늦게 프린 팰리스에 도착한 제인은 응접실로 안내되었다. 그녀는 리처드가 올 때까지 햇빛이 환하게 쏟아져 들어오는 방 한가운데에 멍하니 서서 기다렸다. 그러는 동안 손가락은 애꿎은 드레스 자락을 주기적으로 괴롭혔다.

흰색과 주홍색이 조화롭게 어우러진 치마는 노을빛을 닮아 있었다. 그 위를 얇게 덮은 반투명한 흰 베일 천은 끊임없이 구겨졌다 펴지기를 반복했다. 그녀의 이성과 감성이 줄다리기하며 신경을 팽팽하게 잡아당긴 탓이었다. 그러다 마침내 리처드가 올 시간이 가까워지자 제인은 틀어 올린 머리 쪽으로 손을 올렸다.

베티가 봤으면 기함하며 말렸겠지만, 아쉽게도 그녀는 이 자리에 없었다. 머리를 고정해 주는 작은 꽃 무더기 금장식이 제인의 손에 잡혀 빠져나왔다. 그때, 리처드가 도착했음을 알려주는 시종의 신호와 함께 문이 열렸다.

흠칫 놀라 뒤를 돌아보는 순간, 제인의 결 좋은 긴 머리카락이 찰랑거리며 흘러내렸다. 눈이 마주친 두 사람의 시간이 멈추고, 전신의 감각이 신기루처럼 흩어졌다. 현재 느껴지는 건 세찬 심장 박동뿐이었다.

그것이 의미하는 바가 너무나 명백한 탓에 손에 힘이 풀린 제인은 금장식을 떨어뜨렸다. 바닥과 부딪친 장식의 잘그랑 소리가 멈춰 있던 시간을 풀어주었다.

리처드가 뚜벅뚜벅 다가와 금장식을 주워들었다. 상체를 숙이며 긴 손가락으로 잡아 올리는 것뿐인데 그 각도와 선이 절묘했다. 그 모습이 망막에 박힌 제인은 그에게서 좀처럼 시선을 떼지 못했다. 이전부터 느끼고는 있었지만, 신이 편애할 만한 조건을 다 갖추고 있단 생각이 들었다.

리처드의 완벽한 외모에 속지 않겠다고 다짐하면서 제인은 장식을 돌려받기 위해 손을 내밀고자 했다. 그러나 그 찰나에 그가 성큼 다가왔다.

졸지에 리처드의 품에 거의 안기게 된 제인은 제 옆머리에 내려 앉는 금장식을 통해 그의 신중한 손길을 느꼈다. 사내에겐 무척 낯선 물건인지라, 혹여나 아플까 조심스러워하는 마음이 그 속에 배어 있었다. 그래도 노력하는 태도에 제인의 두 볼이 발갛게 물든 건 당연한 이치였다.

'원래 이렇게 다정했나…….'

리처드가 자아내는 달콤한 분위기에 제인은 쩔쩔매며 다른 곳으로 정신을 돌리려고 했다. 그러나 시야에 들어온 그의 턱선이 아찔함을 가중했고, 외면하며 눈길을 옮기면 제복을 걸친 넓은

신의 뜻대로

어깨가 보였다. 질겁해서 황급히 시선을 내리깐 제인은 안기고 싶어지는 그의 든든한 가슴팍과 껴안고 싶은 허리선에 결국 눈을 질끈 감아버렸다.

'아무 생각도 하지 말자. 아무 생각도 하지 마.'

주문을 외듯 머릿속을 차지한 상념을 지우려 애쓰는데 그런 노력을 무색하게 만드는 목소리가 들렸다.

"너무 무방비한 것 아니오?"

눈을 번쩍 뜬 제인은 근거리에서 저를 빤히 쳐다보는 리처드를 발견하고 석고상이 되어버렸다.

감정이 그대로 노출될 만큼 동그랗게 뜬 눈은 리처드에게 귀엽단 생각을 심어주었다. 그는 짓궂은 미소를 지으며 스스로도 놀랄 만한 소리를 스스럼없이 흘렸다.

"안 그래도 키스하고 싶었는데."

농담인지 진담인지 구별이 안 되는 소리에 혼미해진 제인은 본능의 힘으로 후다닥 뒤로 물러섰다. 조금만 틈을 보이면 가슴 속 깊은 곳까지 파고들어 와 홀리려 들었다. 그는 그토록 요망하고 위험한 존재였다. 감정을 지닌 생물이라면 최소한 천 미터쯤은 떨어져 있는 것이 정신건강에 좋을 듯싶었다.

최대한 멀찍이 떨어진 제인은 경계심을 드러냈고, 리처드는 의아해하며 다가가려 했다. 그러나 제인은 그걸 허용할 생각이 없었다.

"오, 오지 마요!"

우뚝. 리처드의 걸음이 멈췄다. 경직된 그의 표정이 왠지 모르게 가슴을 할퀴었지만, 제인은 몸이 보내는 신호를 애써 외면했다.

"또 그런 이상한 소리 하면 도망칠 거예요. 그날 있었던 일, 떠올리게 하지 마요."

"부끄러워하는 거요, 아니면 싫어하는 거요?"

"둘 다요, 둘 다 싫어요! 유리병만 합치고 갈 거예요."

횡설수설해서 답변이 좀 이상했지만, 의미는 명백했다. 제인은 그날의 입맞춤을 자신과 같은 의미로 받아들이지 않는다는 것. 천사들은 악마를 혐오하니 인정하기가 쉽지 않을 거란 걸 알지만, 가슴속 깊은 곳이 아프고 실망스러운 건 어쩔 수가 없었다.

짧게 한탄의 숨을 내뱉은 리처드는 손을 까딱여 자신의 유리병들을 주위에 뿌려놓았다. 떠다니는 유리병 중에서 하나를 잡은 그는 제인을 향해 사무적인 말투로 물었다.

"내가 가는 게 좋겠소? 아니면 그대가 오겠소?"

리처드의 분위기가 초창기 때와 비슷해지자 제인은 문득 섭섭한 마음이 솟았다. 그러나 그런 감정은 서둘러 지워 버렸다. 저와 그는 사무적인 관계를 유지하는 게 옳다고 그녀는 맹신했다.

제인과 가까이에서 마주 선 리처드에게 남은 시간은 고문과 같았다. 그녀의 마음을 알았으니 이제 자신의 애정은 억눌러야만 하는데, 그게 쉽지 않았다. 그렇다고 일방적으로 마음을 드러내는 건 자신에게도, 그녀에게도 못할 짓이었다.

서로에게 상처만 줄 걸 알기에 그는 유리병을 합치는 일에만 집중했다. 두 사람은 말 한마디 없이 기계적으로 손에 든 유리병을 합쳤다. 그럼에도 종종 맞닿는 손이 제인의 신경을 잡아끌었고, 움찔하며 볼을 붉히는 그녀를 보고 있자니 리처드는 자꾸만 마음이 동해 죽을 맛이었다.

'이젠 둘만의 만남을 유도할 핑곗거리도 없는데…….'

유리병을 다 합치고 나면 제인과 사사로이 만날 만한 이유가 없었다. 모으지 못한 감정이 몇 개 있다는 점에 기대를 걸어보아도 그럴 때마다 제인의 유리병이 차 있었다. 제인이 채우지 못한 유리병은 제가 담았으니, 임무를 완수하기 위해 열심히 모은 게 이토록 한스럽게 될 줄은 미처 몰랐다.

합쳐진 유리병이 사라지고 응접실에 남아 있는 수도 줄어들다가 마지막 하나만 남았다. 아무리 해도 감정이 모이지 않는 문제의 그 유리병이었다. 표면에 적힌, 사랑이란 글자를 엄지손가락으로 쓸어 보던 리처드는 제인이 정한 금기를 깼다.

"그날 내게 키스한 건 그대였소."

"아……."

그야말로 방심한 찰나에 들어온 기습적인 공격이었다. 예전 같았으면 그가 뭐라 생각하든 빤빤한 얼굴로 태연히 굴면서 한 방 먹여주었을 제인이었다. 하지만 지금은 그런 주제로 대화를 나누는 것 자체가 민망하고 부끄러웠다.

결국, 제인은 하나 남은 유리병을 회수할 생각도 못 하고 도망쳤다. 등 뒤에서 리처드가 부르는 소리가 들렸지만 무시하고 문으로 달려가 손잡이를 잡았다. 그러나 그녀의 도피 행각은 큼직한 손이 문을 턱 막으면서 중단되었다.

고개를 들어 문을 막은 그의 손을 본 제인의 눈동자가 잘게 떨렸다. 저는 양손을 써서 당기는데도 그의 손 하나에 가로막힌 문은 꿈쩍도 하지 않았다. 사정이 이쯤 되니 좋든 싫든 그에게 애원해야만 했다.

"보내줘요."

"싫소."

리처드의 음성은 매우 단호했고, 제인은 등 뒤에서 느껴지는 그의 존재감을 지우는 게 버거웠다. 이렇게 가까이 붙어 있는 건 여러모로 좋지 않았다.

"리처드, 제발."

"그대가 내게 키스한 이유를 스스로도 잘 알고 있잖소."

"그때 얘긴 하고 싶지 않아요."

당시에 어떠한 감정으로 그랬는지, 제인도 알고는 있었지만 인정하는 건 두려웠다. 그래서 그를 외면하며 절대 뒤를 돌아보지 않았다. 그런 제인의 모습에 문을 짚은 리처드의 손이 꽉 움켜쥐어졌다.

"그래도 난 알아야겠소."

"……."

"내게 마음도 없으면서 대체 왜…… 왜 그런 거요."

제인은 이번에도 입을 다물고 말을 아꼈다.

그녀에게서 원하는 답을 들을 수 없음을 인지하자 꽉 쥐어져 있던 그의 손이 맥없이 풀렸다. 리처드는 시들어가는 풀잎처럼 힘겹게 마음을 전했다.

"그대가 내 마음을 얼마나 흔들어대는지는 아오?"

절절하게 다가오는 뜨거운 감정 앞에선 제인의 굳건하던 의지도 속수무책이었다. 무장이 해제되었으니 이제 그녀에게 남은 건 그가 호소하는 사랑의 포로가 되는 것뿐이었다.

"제인……."

가슴을 사로잡는 감미로운 목소리에 그를 향해 고개를 돌린 건 명백한 실수였다. 큼직한 손이 한쪽 볼을 감쌌고, 그 온기가 굳어 있던 그녀의 가슴을 녹였다. 몸을 돌리도록 유도하는 손길은 거부할 수 없는 마력을 품고 있었다. 이미 그에게 사로잡힌 지 오래인 제인은 순순히 응할 수밖에 없었다.

눈을 마주치던 그가 천천히 고개를 숙였다. 조금씩, 조금씩 그의 입술이 가까워졌다. 곧 있을 키스가 얼마나 자극적일지 아는 제인은 잘게 몸을 떨었다. 손가락 하나 까딱할 수 없는 상태로 그녀는 그의 입술을 맞이했다.

두 개의 부드러움이 만나 감촉을 극대화했다. 가벼운 접촉이었으나 그것만으로도 제인의 입술이 살며시 벌어졌다. 솜털이 보스스 일어났고, 제인은 작은 신음을 흘렸다. 그 순간 닿아 있던 그의 몸에 바짝 힘이 들어가는 게 느껴졌다.

리처드는 제인을 덮치고 싶은 걸 초인적인 인내심으로 참아냈다. 한 번에 몇 단계를 뛰어넘으면 제인이 놀랄 수도 있어서 그는 그녀의 입술에만 집중했다. 윗입술과 아랫입술을 가볍게 물어 그 탐스러움을 즐겼고, 견디다 못한 제인이 입술을 벌리면 그 사이를 혀로 살짝 핥았다.

애무에 가까운 그의 입맞춤은 제인의 몸을 달궈댔다. 그녀의 머릿속에 천사와 악마란 단어는 지워진 지 오래였고, 남은 건 오로지 리처드, 그뿐이었다. 제인은 그의 옷자락을 부여잡았다. 옅은 자극은 끊임없이 왔지만, 마음껏 충족되질 않으니 감질나서 견디기가 어려웠다.

턱을 한껏 들고 있는 제인의 호흡이 조금씩 가빠지고, 그녀의 손은 리처드의 가슴께까지 올라갔다. 제인에게서 잠깐 입술을 뗀 리처드는 곧바로 후회할 수밖에 없었다. 열기가 올라 발그스름한 볼과 살짝 풀린 눈빛, 제가 건드려서 꽃물이 든 입술이 그나마 남아 있던 그의 이성을 모조리 소멸시켜 버렸다. 그는 다급하게 그녀의 입술을 찾았다.

좀 전과는 확연히 다른 느낌에 제인은 몸을 움츠렸지만, 입술

사이로 밀고 들어오는 그를 거부하진 못했다. 혀가 얽혔고, 제인은 눈을 질끈 감았다. 현실의 그는 꿈속의 그보다 훨씬 더 자극적이었고, 무엇보다 맛있었다.

제인의 팔이 리처드의 목을 감싸 안았다. 리처드도 그녀의 허리를 당겨 안고 한껏 탐닉했다. 억누르고 있던 시간만큼 두 사람 모두 감정이 터져 버렸다. 호흡이 가빠져도 멈추는 건 불가능했고, 오히려 그 거친 호흡이 이성을 더 앗아갔다.

영혼까지 다 빨아들이는 듯한 리처드의 키스에 완전히 현혹된 제인은 시간이 얼마나 흐르는지도 알지 못했다. 그저 맛보고 또 맛볼 뿐이었다. 그러다 목이 뻣뻣해지면 리처드가 알아서 번쩍 안아 들고 위치를 바꿔서 계속했다.

방 안을 비추는 햇빛도 그들을 따라 조금씩 자리를 옮겼다. 마침내 창문이 석양빛으로 물들었을 때, 시종의 목소리가 긴 의자에 거의 눕다시피 한 두 사람을 일깨웠다.

"폐하께서 곧 당도하신답니다."

그 소리에 제인의 눈이 반짝 떠졌다. 갑작스럽게 현실로 끌어올려 진 그녀의 몸이 굳었다. 리처드가 입술을 떼자 그제야 무슨 일을 저지른 것인지 깨달은 제인의 낯빛이 하얗게 질렸다.

제인은 리처드가 말리기도 전에 그를 밀어내고 일어나서 문을 벌컥 열고 밖으로 뛰쳐나갔다.

"제인, 제인!"

이대로 제인을 보내고 싶지 않은 리처드는 그녀의 뒤를 쫓았다. 그러나 계단참에 막 도착했을 때 2층으로 올라오던 황제와 마주쳐 버렸다. 제인은 황제를 알아보지 못하고 그냥 지나쳤지만, 리처드는 차마 그럴 수가 없었다. 그는 표정이 굳은 아버지를 응접실로 모셨다.

황제는 아들이 권하는 자리에 앉지도 않고 묵묵히 서 있었다. 이곳에 오기 전에, 제인과 리처드가 꽤 오랜 시간 단둘이 있다는 걸 전해 들었다. 그 소식이 주는 느낌이 썩 좋지 않은 탓에 부랴부랴 찾아왔다가 겁에 질려 도망치는 듯한 제인과 딱 마주쳤다.

저를 알아보지도 못할 만큼 다급히 뛰쳐나가는 그녀의 모습은 그에게 불쾌감보다 안도감을 주었다. 그러나 뒤쫓아 온 아들을 보았을 때 그는 두 사람을 이대로 두면 안 되겠다고 확신했다. 제프까지 둘의 관계를 긍정적으로 보고 있으니 더 손을 놓고 있다간 제가 바라지 않는 일이 벌어질 것이었다.

위기감을 느끼고 결정을 내린 그는 긴 침묵을 깼다.

"내가 저번에 말했던 소원 하나를 들어달라고 했던 것, 기억하느냐?"

그가 대뜸 소원 얘기를 꺼내자 리처드는 뭔가 불안한 기분이 들었다. 그렇다고 이제 와 모른다고 대답할 수도 없었다.

"예, 기억합니다."

"네가 제인 공녀와 결혼하지 않는 것이 내 소원이다."

"폐하!"

"그녀만큼은 안 돼!"

"동의할 수 없습니다!"

리처드는 크게 반발했다. 좀 전까지 제인과 달콤한 시간을 보내면서 그녀의 마음이 열릴 가능성을 보았기에 더 받아들일 수 없는 소원이었다. 그러나 황제의 의지도 굳건했다.

"불합리한 소원이라도 들어주기로 하지 않았느냐!"

윌리엄을 위해 승낙했던 것이 부메랑이 되어 리처드에게 돌아왔다. 방 안의 공기가 무겁게 목을 짓누르는 듯했다. 리처드는 좀 전보다 가라앉은 목소리로 아버지의 요구가 성립될 수 없음을 밝혔다.

"빠른 양위가 전제조건이었습니다."

그러니 양위가 이루어지지 않은 현재, 그 소원도 효력을 잃었다는 뜻이었다. 국정을 돌보며 시름을 잊으려고 노력 중인 부친에게 하고 싶은 얘기는 아니었지만, 그렇다고 제인을 포기하란 소리를 얌전히 받아들이고 싶지도 않았다.

잠시 말을 잃은 황제는 당시의 일이 떠오른 듯 비탄에 젖은 얼굴로 자조했다.

"여인의 외양에 눈이 멀어 잘못된 선택을 하는 건 나 하나로도 족하다."

"……"

"너까지 실패하게 둘 순 없어."

"제인 공녀의 외모가 출중한 건 사실이지만, 그것이 전부라 생각하지 않습니다. 그녀는 내면이 더 빛나는 여잡니다."

리처드의 확신과 부드러운 어조는 사랑에 빠진 걸 분명히 드러내고 있었다. 제인에 대한 그의 애정은 황제를 자극하기에 충분했다. 그는 자신이 가장 바라지 않던 일이 눈앞에서 벌어지고 있는 걸 참을 수가 없었다.

"그녀는 악마다! 그 속이 얼마나 더러울지 안 봐도 뻔한 일이야."

도가 지나치는 황제의 발언에 리처드는 눈살을 찌푸렸다. 제인에 대해 제대로 알지도 못하면서 그녀에 대해 이러쿵저러쿵하는 건 달갑지 않았다.

"편견으로 그녀를 판단하지 마십시오. 그녀가 아니라 제가 악마의 문양을 지니고 태어났어도 그렇게 말씀하셨겠습니까?"

그 말에 황제의 눈이 커졌다. 그에게 그런 가정은 끔찍한 상상이었다. 신의 축복 같은 아들과 제인의 처지를 바꿔서 생각해 본 적 없었고 그리고 싶지도 않았다. 어차피 일어날 리 없는 일이니까.

황제의 확장된 눈동자 속에서 그러한 속내를 읽어낸 리처드는 더 보기가 거북해서 고개를 돌렸다. 진짜 악마는 제인이 아니라 자신인 걸 알면 어떤 반응을 보일지, 문득 부친의 애정이 얄팍하게 느껴져서 서글퍼졌다.

"본인의 의사와는 상관없이, 태어나길 그렇게 태어났을 뿐인데 그걸 죄라 하는 것만큼 부당한 게 또 어디 있겠습니까."

거기까지 말하고 더 대화할 필요성을 느끼지 못한 리처드는 물러가겠단 뜻을 내보였다. 답변도 듣기 전에 문을 향해 걸음을 옮기는 그의 등 뒤로 황제의 목소리가 따라붙었다.

"그런 문양을 지니고 태어난 덴 다 이유가 있는 법이다."

세상에 이유 없이 발생하는 건 존재하지 않는다는 말에 리처드의 걸음이 멈췄다. 그와 제인이 가슴에 자각의 진을 새긴 건 신의 명령이 있었기 때문이었다. 환생 후에 서로를 알아보려면 필요하다고 하니 그런 줄 알고 따랐었다. 그러나 막상 태어나고 보니 외형은 크게 달라지지 않았고, 자각의 진은 그대로 그 용도를 상실해 버렸다.

'그나마 내 몸에 새긴 천사의 문양은 나쁜 영향을 주지 않았지만 제인에겐⋯⋯.'

그녀에겐 악마라는 이미지를 덧씌워서 사람들의 손가락질을 받게 할 뿐이었다. 신이라는 존재가 거기까지 예측하지 못했다는 건 말이 되질 않았다. 어쩌면 황제의 말대로 어떠한 이유가 있는 걸지도 몰랐다. 예를 들어, 악마란 이유만으로 비난받는 것이 옳지 못함을 그녀에게 긴접적으로나마 체험하게 하는 등의.

'그래. 그런 것일 수도 있겠지.'

방 안, 눈에 잘 띄지 않는 곳에서 그의 시선을 잡아끄는, 비어 있는 신의 마지막 유리병처럼.

리처드는 남몰래 손가락을 까딱여 하얀 글자가 적힌 유리병을 회수한 뒤 부친을 돌아보았다.

"폐하의 말씀대로 어떠한 이유가 있긴 있을 겁니다. 하지만 그것이 제인 공녀를 향한 제 마음에 영향을 끼치진 못합니다."

다른 건 몰라도 그녀를 향한, 확고한 제 마음만큼은 이제 정확히 알고 있었다.

리처드가 응접실을 떠나고 난 뒤에 홀로 남은 황제는 멍한 얼굴로 오래도록 서 있었다. 그는 아들이 문을 나서기 직전, 흘리듯이 남기고 간 질문의 굴레에서 좀처럼 벗어나질 못했다.

"만약 제가 악마의 문양을 가지고 태어났다면, 폐하께선 어떤 결정을 내리실 겁니까? 제프 공작에게 생후 백일도 안 된 딸을 죽이라고 명령하셨던 것처럼, 저도 죽이실 겁니까?"

그 물음에 황제는 아무런 대답도 하지 못했다. 가슴 속에서 내가 너에게 어떻게 그러겠느냐고 외치는데, 무엇이 가로막는지 선뜻 입을 열 수가 없었다. 그 머뭇거림이 길어질수록 아들이 남긴 마지막 말이 그의 영혼까지 할퀴어댔다.

"문양만 그런 것이 아니라 설령 진짜 악마라 해도 내가 당신의 아들이란 사실은 달라지지 않습니다, 아버지."

그것이 본질이다. 그러니 그런 문양이나, 천사 혹은 악마란 잣대만으로 본질을 흐리지 않길 바라는 아들의 마음은 그의 가슴에 오래도록 남았다.

저녁나절만 해도 꽤 맑던 하늘에 먹구름이 드리워지고, 곧이어 굵은 빗줄기가 시원스레 내리기 시작했다. 그 아래에 선 제인은 모든 걸 다 씻어내려 줄 듯한 빗물을 온몸으로 맞았다. 입술에 남은 감촉과 그에 대한 생각과 갈피를 잡기 어려운 제 마음마저 폭우에 떠내려가길 바랐다. 그러나 비워 내려 하면 더 차오르고, 잊으려 하면 더 떠올랐다.

냉기를 품은 차가운 빗물은 그가 달궈놓은 체온조차 낮춰주지 못했다. 오히려 점점 더 뜨거워지니 열감이 몸을 휘감아 정신마저 혼미해졌다. 그녀가 내뱉는 깊은 한숨이 수증기처럼 뿌옇게 변해 공기 중으로 흩어졌다.

제인은 눈을 질끈 감고 하늘을 향해 고개를 치켜들었다. 떳떳하게 눈을 뜨고 하늘을 바라볼 용기가 나지 않았다. 질책하듯이 아프게 몸을 때려대는 빗줄기를 한참 맞고 서 있자 하늘에서 내려오는 물방울을 타고 다른 천사들의 목소리가 전해지는 듯했다.

"악마는 우리와 달라. 그들은 세상의 온갖 아름다운 것들을 파괴하려 들지."
"왜냐고? 감정적으로 불완전한 자들이니까. 넌 그들이 우는 걸본 적이 있니? 절대 없어. 그들은 슬퍼하지도 않고, 아파하지도 않아. 그래서 우리와 달리 타인을 위하지도 못하고, 우리의 숭고한 희생을 어리석나 여기는 거야."

"그들의 날개를 봐봐. 미적인 아름다움조차 없는 그 검은색이 무얼 의미하겠어?"

"그들도 우리처럼 백색의 날개를 가지고 싶어 하지만 그건 태생적으로 불가능해. 만약에 악마가 너를 본다면 너의 그 하얀 날개가 거슬린다며 뜯어내려 할지도 몰라."

"그에게 대항할 수 없다면, 그런 악마를 만난다면…… 최대한 멀리 도망쳐."

"도망쳐, 마리엘. 도망쳐!"

번개가 번쩍이고 눈앞이 하얗게 변했다. 일순 시야에 들어오는 것이 아무것도 없었다. 충격에 떨던 제인은 정신없이 달리고 또 달렸다.

서재에서 업무를 보고 있던 제프 공작은 안으로 뛰어 들어온 딸의 몰골을 보고 기함했다. 푹 젖어 있는 것이 마치 급류에 휩쓸린 사람 같았다.

"제인! 대체!"

"아버지, 저 좀 멀리 보내주세요."

"뭐?"

공작은 미간을 찌푸렸다. 자세한 내용은 다 생략된 말이지만 딸의 심리상태가 썩 좋지 않다는 것만은 확실했다. 얼굴은 하얗게 질렸고 눈동자엔 초조함이 배어 있었다. 왜인지 벼랑 끝으로 내몰린 사람 같았다.

"진정하고 불부터 쬐자. 이러다 감기 걸리겠다."

그는 자리에서 일어나 불이 지펴진 난롯가로 딸을 데려가려 했다. 그러나 제인은 고개를 저으며 팔을 붙잡고 매달렸다. 그 손길이 마치 저 좀 구원해 달라는 듯 애절하기 그지없었다.

"보내주신다고 약속해 주세요. 어디든 좋아요. 그가 없는 곳으로 보내주세요."

"리처드 말이냐."

요즘 제 딸에게 그만한 영향력을 행사하는 사내는 딱 하나였다. 그것이 사실임을 증명하듯 제인의 눈동자가 떨렸고, 그래서 더더욱 의문이 일었다.

"그를 사랑하는 게 아니었더냐."

언제는 저 몰래 약혼까지 했다더니, 기사들이 다 보는 앞에서 키스까지 했으면서. 이제는 없는 곳으로 보내달라며 애원하는 얼굴이 왜 이렇게 괴로워 보일까.

말을 잇지 못하는 딸에게 손을 내민 공작은 제인이 마음껏 울 수 있도록 어깨를 내주었다. 그 어느 때보다 서럽게 우는 제인의 등을 다독이면서 그는 부디 제 딸이 조금만 덜 아프길 간절히 바랐다.

간신히 울음을 그친 제인은 베티에게로 넘겨졌다. 제인의 몰골을 보고 경악한 베티는 그 즉시 그녀를 데려다가 박박 씻겨댔다. 마른 옷으로 갈아입히고, 의자를 벽난로 근처로 옮겨 따뜻한 곳에 앉혔다. 그것으로도 안심이 안 된 그녀는 공작이 만병통치약이라고 부르는 포도주도 한 병 챙겨왔다.

"아가씨, 이거 한잔 드세요."

제인은 베티가 손에 쥐여준 잔 속의 포도주를 내려다보았다. 벽난로의 노란 불빛에 비친 포도주는 응고된 핏물처럼 진해 보였다. 어쩐지 끔찍한 맛일 것 같았으나, 제인은 눈을 딱 감고 그것을 꿀떡꿀떡 삼켰다. 독한 알코올이 목을 화하게 만든 뒤에 진한 포도 향이 뒤따라 느껴졌다.

"괜찮네."

나오는 목소리에 힘은 없었으나 반응은 긍정적이었다. 베티는 마음 놓고 기뻐하며 이것저것 챙겨주었다. 그런 베티가 나간 뒤에 다시금 혼자가 된 제인은 활활 타오르는 모닥불에 시선을 고정했다. 그 노란 불빛이 가진 열기와 창문을 때려대는 빗소리의 냉기는 저를 쥐고 흔드는 감정들과 묘하게 닮아 있었다.

그것을 한참 들여다보던 그녀는 무릎을 그러안고 그 위에 볼을 가져다 댔다. 시야에 들어온 사이드 테이블 위에 베티가 놓고 간 포도주병이 보였다. 잠시 고민하던 제인은 마리화나의 줄기를 꺾듯이 손을 뻗어 그 기름한 술병을 가볍게 그러쥐었다.

"제인, 제인!"

누군가 부르는 소리에 살며시 눈을 뜨니 장작을 태워 먹고 있는 벽난로와 바닥을 구르는 빈 포도주병이 보였다. 입안에 맴도는 포도 향이 저 술병을 비운 게 자신임을 상기시켰고, 물먹은 솜처럼 묵직해진 몸도 꿈인지 현실인지 혼란스럽게 만들었다.

왜인지 침대가 아니라 벽난로 옆, 카펫 위에 누워 있는 이유는 기억나지 않았다. 그보다 더 큰 문제는 지금 저를 흔들어 깨운 이가 리처드란 사실이었다.

"쓰러진 줄 알고 놀랐잖소. 왜 이런 곳에서 자는 거요."

리처드의 질문에 제인은 답하지 않았다. 지금은 이것이 꿈인지 아닌지 판단하는 게 먼저였다. 항상 현실처럼 생생한 꿈을 꾸다 보니 어느 쪽이든 확신하기가 쉽지 않았다.

제인은 숙취가 있는 것처럼 몽롱한 머리를 짚고 상체를 일으켰다. 도와주는 손길을 따라 고개를 들고 나서야 그녀는 이것이 꿈이란 결론을 내릴 수 있었다.

리처드의 머리카락을 타고 뚝뚝 떨어지는 물방울이 그 증거였다. 황태자인 그가 이 늦은 시간에, 마차도 아닌 말을 타고 쏟아지는 비를 온몸으로 맞아가며 저를 찾아올 이유가 없지 않겠는가.

'그래, 그럴 리가 없지.'

현실이 아닌 꿈속의 리처드였지만, 다행이란 생각이 들었다. 그가 저를 만나겠다고 창밖의 폭우를 뚫고 찾아왔다면 그 맹렬한 애정에 더 고통스러웠을 것이다. 그의 감정을 외면해서 상처를 주고 나면 제 가슴도 찢어져서 몇 배의 벌을 받은 것처럼 아플 테니까.

가만히 리처드를 바라보던 제인은 손을 뻗어 빗물을 머금은 그의 검은 머리카락을 쓸어 넘겨보았다. 부드럽고 촉촉한 감촉이 손가락 사이로 고스란히 전달되었다. 손길 때문인지 살짝 상기되는 그의 뺨과 붉게 젖은 입술까지, 제인은 손끝에 그를 담았다. 그것이 그녀가 꿈속에서나마 가질 수 있는 그의 전부였다. 그 이상을 바라는 건 안 되는 일이었다.

"우리가 이렇게 마주 앉아 있는 것도, 이것도 오늘이 끝이겠죠."

아침 해가 뜨고 나면, 그때가 되면 그를 향한 마음을 이곳에 두고 멀리 떠날 것이다. 멀어진 거리만큼 그를 잊을 수 있길 바라면서.

일순 그의 검은 눈동자가 흔들렸다. 얼굴을 매만지던 손을 잡아 내리는 그의 손길에서 불안감이 읽혔다.

"제인……."

그의 부름이 애써 억누르고 있던 가슴에 파문을 일으켰다.

"끝이라니, 왜, 왜 그런 말을 하는 거요."

무언가 갈망하는 듯한 그의 절박한 눈길에 제인은 선뜻 답하질 못했다. 목구멍 안쪽으로 압박감이 느껴졌다. 그렇게 아무런 대답도 하지 못하고 있자, 그의 표정이 경직되었다.

"말해주오. 아니라고. 내가 생각하는 그런 게 아니라고……."

그의 목소리가 몹시 떨렸다. 간절함으로 점철된 리처드의 눈동자를 회피하고 싶지만 그럴 수가 없었다. 제인은 간신히 입을 열고 타들어가는 목으로 힘겹게 소리를 쥐어짰다.

"떠날 거예요. 아주 오래."

리처드는 그러지 말라는 듯 고개를 가로저었다. 믿기 싫어하는 리처드를 응시하면서, 그의 가슴에 낸 상처가 결국엔 제게 돌아오리란 걸 뻔히 알면서도 제인은 결정을 번복하지 않았다.

"가능한 한, 최대한 멀리 가서 돌아오지 않을 거예요."

"이러지 마오, 제인. 그대도 내게 마음이 있었던 것 아니었소?"

싫다고 하면서도 그렇게 정신없이 키스를 해댔으니 마음이 통했다고 생각하는 것도 무리는 아니었다. 문득 그를 사랑하지 않느냐던 아버지의 질문이 떠올랐다.

'사랑해요, 사랑하고 있어요.'

가슴 속 깊은 곳에서 그렇게 외친다. 당신을 사랑하고 있다고. 귀를 막아도 들릴 만큼 크게, 더는 외면하지 못할 만큼 강렬하게. 하지만 그 감정이 정상적인 것인지는 여전히 의문이었다. 적어도 그녀가 느끼기엔, 그와 저 사이는 가까워지면 안 될 하늘과 땅처럼 지독히도 멀기만 했다.

슬픔으로 연결된 침묵이 그에게 비통한 감정을 새겨 넣었다.

"내가 그대의 마음을 오해했나 보오. 내가, 내가 잘못한 거요."

리처드는 잘못한 게 없다. 제인도 알고 있었다. 그런데도 그는 그녀의 마음 한 자락을 붙잡기 위해 진심으로 사과하고 미안해했다. 항상 높은 곳에서 왕으로 군림하던 그를 알기에, 얼마나 고고하고 대단한 존재인지 알기에 더더욱 제인은 가슴이 부서져 내렸다.

"리처드."

"앞으론 그대의 애정을 바라거나 함부로 다가가지도 않겠소. 그러니까 제발, 제발 떠난다는 소린 하지 마오. 내가 볼 수 없는 곳으로 가겠다는 말은, 그런 말은 제발⋯⋯."

애달픈 호소의 말을 채 끝맺지 못하고 리처드의 몸이 굳었다. 갈피를 못 잡고 흔들리는 그의 눈동자에 제인의 뺨을 타고 후드득 떨어지는 눈물이 새겨졌다. 그는 그 눈물의 이유를 묻지 않았다. 그저 충격받은 사람처럼 하염없이 바라보다가 잠시 눈을 감았을 뿐이었다.

자신의 애정이 사랑하는 사람을 아프게 한다는 현실은 그에겐 절대 풀 수 없는 저주와도 같았다. 항거할 수 없었고, 정해진 운명처럼 그녀를 놓아주는 것만이 그가 할 수 있는 전부였다. 비록 자신은 사막의 모래처럼 바스러지더라도 그것이 제인을 위한 일이라면야.

리처드는 자신의 열렬한 마음을 씻어내듯이 느리게, 한 손으로 얼굴을 쓸어내렸다. 감정을 억누르는 그의 표정에는 숨길 수 없는 고통이 배어 있었지만, 이윽고 들려오는 그의 목소리는 감정이 많이 억제된 상태였다.

"접겠소. 내가, 내 마음이 그댈 힘들게 한다면, 끝내겠소."

그렇게 말하는 와중에도 리처드의 검은 눈은 오열하고 울부짖는 듯했지만, 그는 긴말 없이 자리에서 일어났다. 몸을 돌려 나가던 그는 잠시 멈춰 서서 벽난로 위에 작은 유리병을 올려두고 떠났다.

눈물로 시야가 번져 버린 제인의 눈동자에 그가 놓고 간 유리병이 아프게 박혔다.

"아……."

심장이 얼어붙다가 이내 빠르게 요동쳤다. 프린 팰리스에 놓고 왔던 유리병이 이것이 꿈이 아님을, 그가 허상이 아닌 진짜 리처드임을 깨닫게 했다. 순간 정신이 아찔해지면서 그를 쫓아가 잡고 싶은 충동이 일었다. 하지만 제인은 결국 일어나지 못했다.

'차라리, 차라리 잘된 거야.'

이렇게라도 이별을 고했으니 되었다고 위안해도 속은 후련해지긴커녕 흥부가 마비되길 바랄 정도로 저며왔다.

차마 내뱉을 수 없었던 사랑한단 말이, 가시가 되어 혀끝에 맴돌다가 목구멍을 타고 내부 깊숙이 파고들었다. 고통으로 점철된 그날은 그 어느 때보다 힘든 밤이었다.

다음 날 오후, 제인은 에드와 함께 마차를 타고 킹스 팰리스를 떠났다. 생애 첫 여행이지만, 그녀의 표정에 설렘 같은 건 존재하지 않았다. 앤과 안나가 있는 서쪽 지방에 도착할 때까지 창밖으로 지나가는 풍경에만 텅 빈 시선을 줄 뿐이었다.

그 점을 우려한 에드가 이따금 말을 걸면 간단하게 대답하는 게 그녀가 보이는 반응의 전부였다. 그런 제인의 기분이 조금 나아진 건, 마차를 발견한 안나가 정원까지 뛰어나오며 반갑게 손을 흔드는 걸 보았을 때였다.

제인이 도착하기 몇 시간 전에, 앤과 안나는 에드가 인편으로 띄운 편지를 받았다. 두 여인은 제프 공작이 딸의 여행을 허락하게 된 이유를 알고 진심으로 안타까워했다. 그러나 그 점이 제인과의 만남을 충분히 기뻐하는 데에 영향을 끼치지는 않았다.

두 사람은 더할 나위 없이 반갑게 친구를 맞이해 주었고, 리처드와 관련된 이야기는 절대 꺼내지 않았다. 사랑 예찬론자인 안나도 화제를 꺼낼 때 주의를 기울였고, 통통 튀는 성격으로 분위기를 밝고 즐겁게 이끌었다. 덕분에 제인의 기분도 어제보다 한결 나아질 수 있었다.

빌튼 가의 컨트리 하우스에서 유일한 남성 손님은 에드였다. 그러나 그는 할 일이 많았고 자주 자리를 비워서 집 안에는 세 여성만 있을 때가 대부분이었다. 다행히 그녀들은 취향이 제법 비슷했다.

마을 사람들을 모아 무도회를 열기보단 직접 요리한 음식을 가지고 품평을 하거나 드레스 장식을 바꿔 다는 데 더 큰 즐거움을 느꼈다. 날이 좋을 땐 멀리까지 산책하러 나갔고, 날이 궂을 땐 난롯가에 모여 앉아 책을 읽으며 토론하길 즐겼다.

그렇게 두어 날이 지나고 나자 아침 식사 중에 열어둔 창문으로 제법 선선한 바람이 들어오는 걸 느낄 정도가 되었다.

"안나, 오늘 랭턴 후작님이 오신댔지?"

어느새 좀 더 친밀하게 부르게 된 제인의 질문에 맞은편에 앉아 있던 안나가 불만스러운 표정으로 말을 덧붙였다.

"오늘 도착한다고는 하는데, 이번에 오면 좀 더 오래 있다가 갔으면 좋겠어. 이렇게 같은 후작이면서 블릭 후작님이 세 번쯤 이곳을 방문할 때 그는 겨우 한 번 오는 걸까? 그것도 온 지 이삼 일 만에 돌아가고 말이야."

예상치 못한 투정에 곁에서 식사 중이던 앤은 물을 마시다가 사레까지 들렸다. 비교의 대상이 된 블릭 후작의 열렬한 방문에 자신이 큰 축을 담당하고 있었기 때문이었다. 덕분에 그녀는 기침 때문인지 혹은 부끄러움 때문인지 모를 만큼 얼굴이 발갛게 물들었다.

에드가 바쁜 와중에도 자주 짬을 내어 저를 만나러 와준다는 사실이 무척이나 기뻤지만, 그녀는 그런 감정을 고스란히 드러내 놓진 않았다. 대신 속상해하는 안나를 위해 그녀의 약혼자를 변호해 주었다.

"당연히 랭턴 후작님도 자주 오고 싶으실 거야. 이번에도 다른 일정이 있지만, 중간에 널 만나기 위해 들르시는 거 아니니?"

앤의 능숙하고 부드러운 위로에 안나는 금세 미소를 되찾았다. 쾌활해진 그녀는 랭턴 후작과 함께 올 신사들에 관한 이야기도 늘어놓았다.

"멋진 신사분들을 여섯이나 데리고 오겠대. 물론 내겐 제임스 보다 멋진 남자는 없지만, 누굴 데려올 건지 알려주지 않아서 무척 궁금해. 그중에 한 명은 우리 모두가 아는 사람이라 했는데, 대체 누굴까?"

안나는 약혼자의 방문이 좋은 건지, 혹은 그가 데려올 여섯 명의 신사가 반가운 건지 모를 정도로 식사가 끝날 때까지 그들을 화제로 삼았다. 앤도 호응하며 적절히 호기심을 드러냈지만, 제인은 맘 편히 즐거워할 수가 없었다.

'나도 아는 신사는 몇 명 안 되는데……'

에드와 랭턴 후작을 빼면 기껏 해봐야 두셋 정도였다. 그러니 어쩌면 랭턴 후작과 함께 온다는 그 한 명이 리처드일 가능성도 있었다. 그런 생각이 들자, 제인의 가슴속 깊은 곳은 묘한 기대감과 두려움이 공존하는 상태가 되어버렸다.

그날 저녁, 후작은 식사 직전에 일행들을 이끌고 방문했다. 2층 창가에 서서 약혼자가 오는 걸 오매불망 기다리고 있던 안나가 그들의 최초 발견자였다. 말을 탄 남자들이 길 위에 모습을 드러냈을 때 그녀는 독서 중인 두 여성에게 재빠르게 그 소식을 전했다.

"그가 지금 근처까지 왔어! 오, 이런! 머리를 다시 손질해야 할 것 같은데, 어쩌지?"

누가 봐도 안나의 머리는 제대로 손질되어 있었지만, 그 사실을 알려주는 건 앤뿐이었다. 제인은 긴장한 탓에 다른 걸 신경 쓸 여력이 없었다.

'괜찮아, 괜찮을 거야. 그가 동행했다면, 랭턴 후작이 편지를 쓰면서 멋진 신사 대신 황태자 전하라고 따로 적었겠지.'

옳은 판단이었지만 그래도 허리에 꼿꼿이 힘이 들어갔다. 그 사이 도착한 신사들이 응접실로 안내받아 들어왔다. 문이 열리는 순간에 숨 쉬는 것조차 잊은 제인은 그들의 얼굴을 전부 확인하고 나서야 남몰래 긴 호흡을 내뱉었다.

일행 중에 그녀와 친분이 있는 사람은 랭턴 후작뿐이었다. 그는 편지에 쓴 것과 달리 네 명의 친구를 데려왔는데, 그 이유는 안나가 질문해 준 덕에 밝혀졌다.

"아, 그 두 친구는 지금쯤 고생깨나 하고 있을 거요. 오늘 아침에 검술 실력이 뛰어나단 죄목으로 붙잡혀 갔거든."

"네에?"

당혹스러운 죄명에 매우 놀라는 안나의 반응은 후작을 흡족하게 했다. 그는 본인의 농담이 먹힌 것에 만족하며 약혼녀의 이해를 돕기 위한 설명을 곁들였다.

"요즘 황태자 전하께서 검술 상대를 찾으시는데, 그분을 상대하다가 탈진하는 이들이 한둘이 아니오. 말이 대련이지 심기가 불편해서 몸을 혹사하는 게 분명한데, 뭐가 문제인지 알지 못하니 큰일이요."

랭턴 후작은 정말 모르겠다는 표정이었지만, 안나는 알 것 같았다. 그녀는 속으로 그런 질문을 한 자신을 질책하며, 제인에게로 향하려는 시선을 간신히 붙잡았다. 괜히 눈길을 주면 더 상처가 될 수도 있겠다 싶어서 그녀는 서둘러 화제를 바꿨다.

⚜

랭턴 후작의 말대로 리처드는 아침저녁으로 몇 시간을 대련에 소모했다. 근육이 피로를 해소할 최소한의 시간도 주지 않았다. 그렇게 검을 휘두르는 행위는 본인의 몸을 박해하는 것이나 마찬가지였다.

그럼에도 그는 검날 앞에 서야만 했다. 제 목숨을 노리는 날붙이 앞에 서지 않으면 제인을 그리워하는 마음을 좀처럼 떨쳐 낼수가 없었다. 짧은 시간이나마 정신적 해방을 위하여 육체를 핍박하는 것인데, 그마저도 면역이 되는지 시간이 지날수록 약효가 떨어졌다.

그러다 오늘, 종국에는 그의 몸도 더 버티지 못할 상태에 이르렀다. 상대는 이미 탈진하여 홀 바닥에 널브러졌고, 리처드는 거친 숨을 내쉬며 대리석 기둥에 등을 대고 주저앉았다. 땀에 젖은 크라바트를 풀어 목에 자유를 주어도 호흡은 좀처럼 잡히지 않았다.

'잊을 수 있어. 잊을 수 있고말고.'

아무리 열심히 되뇌어도 제인이 떠올라서 리처드는 입술을 악물었다. 이 정도면 뇌가 망각의 기능을 상실한 게 분명했다. 이러다 죽겠다 싶으면 알아서 기억을 지워 버려야 하는데 전혀 그러질 못하고 있었다.

리처드는 차가운 기둥에 뒷머리를 툭 대고 시벌리 홀의 천장을 바라보았다. 기사도를 그려 넣은 천장화를 보고 있자니 제인이 이곳으로 저를 찾아왔던 때가 떠올랐다. 그날 리처드는 그녀를 제대로 에스코트하지 않았다. 비난을 들을 걸 알고 있었지만 그렇게 한 이유는 딱 하나였다.

'그녀가 원치 않았을 테니까.'

악마와 팔짱을 끼고 나란히 걷는다는 건 제인에겐 끔찍한 일이었을 것이다. 그걸 알기에 비난을 감수해 가며 앞뒤로 걸었던 기억이 이제는 너무나도 소중한 추억 중 하나로 자리를 잡았다.

당시의 일을 아련하게 떠올리는 그에게 누군가 다가왔다. 아침에 잡혀 와서 두 차례 쓰러졌다가 간신히 일어난 헨리였다. 반나절이 지난 지금도 온몸의 근육이 비명을 질러대고 있었지만, 그의 눈엔 리처드의 몸 상태가 저보다 더 안 좋아 보였다. 육체뿐만 아니라 정신마저도 위태롭기 그지없었다.

"많이 힘들어 보이십니다."

걱정이 묻어 있는 헨리의 목소리에 리처드는 피식 웃었다. 한때는 연적이었던 사람이 지금은 누구보다 제 감정을 잘 이해해 주고 있었다. 아이러니한 일이지만, 세상사가 본디 그런 것 아니겠는가.

"사랑이라는 게 원래 이렇게 힘든 건가?"

"예."

일말의 고민도 없이 나오는 대답에 리처드는 큭큭대며 웃었다.

그 모습에 헨리는 눈살을 찌푸렸다. 진중함의 끝을 달리던 황태자의 행동과는 괴리감이 커서 더 정신 나간 사람 같았다. 그래서일까, 이젠 그가 애처로워 보이기까지 했다. 쌤통이라 생각했던 것도 지금은 동병상련의 정으로 승화된 상태였다.

본인이 생각해도 참으로 골치 아픈 감정 변화에 헨리는 작게 한숨을 내쉬었다. 달리 위로해 줄 수 있는 말도 없는지라 그는 검을 들어 보였다.

"한 판 더 하시겠습니까."

아마도 내일은 걸어 다니길 포기해야겠지만, 지금은 몰입할 만한 것이 필요했다. 특히 리처드에겐 더더욱.

몸을 한계까지 몰아붙인 죄로 벌을 받은 건지 리처드는 아침부터 의사의 방문을 받아야만 했다. 웃옷을 벗고 침대에 엎드린 그의 등에는 여기저기 붉은 멍이 들어 있었다.

"부딪치거나 넘어지거나, 혹은 몸에 큰 충격을 받은 적이 있으십니까?"

"없네."

기사들과 수없이 대련했어도 몸에 물리적 공격을 허용해 본 적은 없었다. 가장 보편적인 원인이 빗나가자 의사가 허리를 숙이고 좀 더 면밀하게 등을 살폈다.

"이 정도 피멍이면 몸에 심각한 문제가 있는 겁니다. 이외에 다른 증세를 느낀 적은 없으십니까?"

생각나는 대로 다 얘기해 달라는 의사의 말에 리처드는 잠시 고민하다가 최근에 겪고 있는 증상들을 하나씩 읊었다.

"가슴이 답답하다가 미어지길 반복하고, 식욕이 없고 잠도 오질 않아. 저녁 시간엔 검이라도 휘둘러야 서너 시간은 잘 수 있지. 점점 무기력해지고 자꾸 딴생각이 드니까 억지로라도 일을 만들어서 하고 있네."

"그런 걸 느낀 건 언제부터였습니까?"

"두어 달쯤 됐지."

리처드의 답변에 문진하던 의사가 알 듯 모를 듯한 표정을 지었다. 피멍과 다른 증상들의 상관관계를 궁리해 보아도 딱히 이거다 싶은 게 없었다. 증상이 시작된 지 두어 달이면 반란으로 인한 후유증을 가장 큰 원인으로 꼽을 수 있겠다 싶은 정도였다. 정신적 후유증이 피멍과 관계가 있다고 보긴 어려워도 다른 증상들의 발생에 영향을 끼쳤을 수는 있었다.

의사는 리처드가 했던 말 중에서 '딴생각'이란 부분에 집중했다.

"가장 자주 드는 생각이 어떤 겁니까?"

"……제인 공녀 생각?"

잠시간 의사의 말문이 막혔다. 동그란 안경알 너머의 눈동자를 통해서 의사가 지금 무슨 생각을 하고 있는지 고스란히 보였으나, 리처드는 농담이란 소리 따위는 하지 않았다. 그는 매우 진지했고, 표정만 봐도 대충 감이 온 의사는 고개를 절레절레 내저었다.

"상사병엔 약도 없습니다, 전하."

의사의 소견에 리처드는 어처구니가 없어서 헛웃음을 지었다.

제인이 너무 보고 싶어서 미치기 일보 직전인 건 알고 있었지만, 상사병이라니. 지나가던 악마가 들으면 웃을 일이었으나, 그는 곧 제 마음의 병을 인정했다. 그만큼 사랑하고 있었다. 감당이 되지 않을 정도로.

가슴에 이는 통증에 리처드는 한숨지었다. 이쯤 되면 중병이었다.

"그럼 기억을 잃게 하는 약은 없나?"

"……."

"이러다가 정말 죽을 것 같은데."

그의 중얼거림에 중년 의사가 아연한 표정을 지었다.

자신이 알던 황태자와 눈앞의 인물이 과연 같은 사람인가, 의구심이 들 지경이었다.

대체 어떤 여성이기에 사교계에 등장한 지 일 년도 채 되지 않아서 이토록 완벽하게 황태자의 마음을 소유할 수 있었을까? 그는 문득 제인 공녀가 어떤 인물인지 궁금해졌다. 예전에 한번 먼발치에서 본 적이 있어서 그녀가 아름답다는 건 알고 있었지만, 외모로 치면 황태자도 절대 밀리지 않았다.

지금 침대에 엎드려서 얼굴을 베개에 반쯤 묻어둔 모습조차 감탄이 나오는데, 부와 권력까지 틀어쥔 이 시대 최고의 남자가 리처드였다. 그런 사내의 열렬한 구애를 마다하다니, 살면서 이토록 놀라운 일은 또 겪기 어려울 터였다.

어쨌거나 이미 상사병에 걸렸다면 아무리 실력 좋은 의사라도 손쓸 도리가 없었다.

"상사병은 시간이 약입니다. 무뎌질 때까지 견디는 수밖에 없습니다. 그리고 멍에 대한 원인은 제가 좀 더 알아보겠습니다."

리처드는 알겠다는 뜻으로 고개를 끄덕이고 일어났다. 멀찍이 서 있던 시종이 얼른 다가와 옷을 입혀주었다.

의사가 물러나고 난 뒤에 리처드는 잠시 혼자만의 시간을 가졌다. 사실 그는 제 등에 난 피멍의 원인을 어느 정도는 짐작하고 있었다. 의사가 밝혀내지 못했기에 오히려 더 확신이 들었다.

'그때의 부상이 완치되지 않았던 거겠지.'

반란 때 입은 상처를 치료하기 위해 제인은 엄청난 양의 피를 소모했다. 그러다 중간에 의식을 잃었으니 피부 안쪽으로 작은 상처가 아물지 않고 남았을 가능성이 있었다. 딱히 느끼지도 못할 정도의 미세한 상처가 최근에 무리하게 몸을 쓰면서 벌어졌고, 결국엔 이런 결과를 가져온 걸지도 몰랐다.

리처드는 창밖을 바라보다 한숨지었다. 제인을 떠나보내고 가슴의 통증이 너무 커서 등의 통증에는 무디게 반응한 게 문제였다. 이참에 아픈 걸 빌미로 만남을 추진해 볼까 싶기도 했지만, 그 생각은 금방 접어버렸다. 제인은 저와 만나는 게 고역일 테고, 그 여린 팔에 또다시 난도질하는 모습을 보고 싶지도 않았다.

'그럴 바엔 내가 죽고 말지.'

리처드에게 죽음이란 건 결코 끝이 아니었다. 전에 살던 보금자리로 돌아가는 행위일 뿐이었다. 물론 그곳엔 말을 나눌 사람도 없고 지켜줄 백성도 없지만, 마음을 비우는 덴 그 고요함이 더 나을지도 몰랐다. 적어도 그곳에선, 지금처럼 반나절 말을 달리면 닿을 곳에 그녀가 있진 않을 테니까. 인내심을 시험하며 참는 것보다 아예 만날 수 없는 곳으로 가서 포기하게 되는 편이 낫겠다 싶었다.

'어차피 내 뒤는 에드가 이어줄 테니.'

황실의 대가 끊기면 웨슬렛 공작가에서 다음 대 황제를 선출하게 되어 있었다. 양쪽 다 손이 귀한 터라 에드의 의무가 막중해지겠지만, 나라를 맡길 만한 인물이 있다는 건 리처드에겐 다행스러운 일이었다. 그는 마음의 짐을 덜고 다가오는 죽음을 순순히 받아들였다.

⚜

작은 새가 지저귀는 아침에 오솔길을 따라 산책하는 건 제인의 중요한 일이었다. 향긋한 풀 냄새를 맡으며 걷다 보면 무겁던 마음도 조금 가벼워지곤 했다. 그렇게 길가에 있는 것들을 즐기며 이리저리 거니는데, 랭턴 후작이 산책로 초입으로 진입하는 게 보였다.

혼자 있고 싶었던 제인은 못 본 척할까 싶었지만, 그가 곧장 다가오는 바람에 별수 없이 아는 체를 해야 했다.

"일찍 일어나셨네요, 후작님."

"예, 이렇게 아름다운 산책로를 한 번도 걸어보지 못하고 돌아가면 두고두고 후회하지 않겠습니까."

그는 아침 식사가 끝나는 대로 신사들과 함께 떠날 예정이었다. 제인은 그가 내민 팔에 팔짱을 끼고 걸으면서 안나가 매우 아쉬워했으며, 최대한 빠른 시일 내로 다시 만나길 바란다고 말했다.

후작은 부드럽게 웃으며 환대에 고맙다고 답했다. 그러면서 이런저런 얘기를 하다가 조심스럽게 리처드를 화제로 삼았다.

"어제 안나에게 주의를 받았습니다만, 저는 이 문제에 대해선 공녀도 미리 알고 있어야 한다고 생각합니다."

리처드는 그 말을 하기 위해 여기까지 쫓아온 게 분명했다. 리처드의 얘기란 걸 짐작한 제인은 아연실색했으나 듣지 않을 수가 없었다. 피하려 해봤자 여기서 더 도망칠 곳도 없었고, 어디에 숨든 리처드의 얘기는 결국 귀에 들어올 게 뻔하기 때문이었다.

후작이 표정을 살펴오자 제인은 가벼운 미소로 대응했다. 최대한 의연하게 굴고 싶었다. 그러나 후작이 꺼낸 얘기는 지금의 제인으로선 감당하기 버거운 내용을 담고 있었다.

"폐하께서 황태자 전하와 린다 테네 후작 영애의 결혼을 추진하고 계시는데…… 역시, 몰랐었나 보군요."

제인의 얼굴 근육이 완전히 굳어서 후작은 곁눈질만으로도 그녀의 감정을 알아차렸다. 이토록 서로 좋아하면서 끝내 헤어지려 하는 이유는 대체 뭔지, 아마도 황제의 극심한 반대 때문이 아닐까 짐작하면서 그는 말을 덧붙였다.

"안나의 말대로 황태자 전하의 심경 변화에 공녀가 크게 작용하고 있다면, 아직 기회는 있다고 말씀드리고 싶었습니다."

결혼식 날짜로 유력한 때는 이듬해 봄이었으니 그것이 추진되기 전에, 그러니까 당장 내일이라도 리처드를 만나보란 얘기였다. 그러나 제인은 한동안 아무런 말도 하지 못했다. 한참 뒤에 정신을 수습하고 소식을 전해주어 고맙다는 말만 남겼을 뿐이었다.

식사 후에 랭턴 후작이 떠나고 나서 제인은 체기가 있다며 방으로 들어가 버렸다. 아침을 억지로 먹어서 그런지 실제로 가벼운 체증이 느껴졌다. 좀 지나면 천사의 힘이 그마저도 없애 버리겠지만, 어쨌거나 지금은 속이 썩 좋질 않았다.

창가에 걸터앉은 제인은 푸른 하늘을 원망스러운 눈으로 올려다보았다. 한때는 아름답게만 보이던 것들이 지금은 그렇질 않았다.

'너무 가혹합니다.'

그야말로 천벌을 받는 느낌이었다. 제인은 차가운 유리창에 머리를 기댔다. 이제는 제가 무얼 좋아하고 무얼 싫어하는지, 무얼 좋아해야 하고 무얼 싫어해야 하는지 알 수 없는 상태에 빠졌다.

제인은 마음을 다잡으려 애썼지만, 하루가 다르게 무기력함이 찾아왔다. 앤과 안나와 시간을 보내는 일이 확연히 줄었고, 좋아하던 산책도 끊어버렸다. 억지로라도 웃는 일이 사라졌고, 남몰래 한숨짓는 날이 늘어만 갔다.

덩달아 앤과 안나의 근심도 커졌지만, 그녀들도 제인에게 달리 해줄 수 있는 일이 없었다. 그저 에드에게 구원의 손길을 요청하는 정도였다.

저녁 즈음에 킹스 팰리스의 응접실에서 앤의 편지를 읽은 에드는 아랫입술을 꽉 깨물었다.

제인과 리처드가 헤어지기로 한 데에는 둘만의 사정이 있으리라 생각해서 연유를 묻는 것조차 삼갔었다. 그 이상 파고드는 건 자신의 권한 밖의 일이라고 여겼다. 그런데 어느 한쪽이 마음이 없는 것도 아니고, 서로 죽고 못 살 것처럼 좋아하는 상황이었다. 그럼 문제가 될 만한 건 황제의 반대뿐이었다. 심지어 그조차도 리처드가 나서면 충분히 해결할 수 있는 일이었다.

두 사람이 이별을 택한 이유를 알 수 없는 에드는 제인을 가슴 아프게 하는 현 상황에 답답함과 함께 분노를 느꼈다. 에드로서는 리처드가 테네 후작가와의 결합을 통해 이득을 취하려고 제인을 포기했다고밖에 볼 수 없었다.

거기까지 생각이 닿자 그의 얼굴이 무서울 만큼 일그러졌다.

에드를 본 이사벨라는 깜짝 놀랐다. 항상 다정하던 아들이 이토록 화가 난 건 처음 보았다.

"에드, 왜 그러니?"

어머니가 물었으나 듣지 못한 에드는 벌떡 일어나 겉옷을 챙겨 들고 밖으로 나가 버렸다. 이사벨라가 당황하여 이름을 불러도 그녀의 목소리는 끝내 그에게 닿지 못했다.

에드는 저를 막아 세우려는 근위병들을 무시하고 리처드의 침실 문을 벌컥 열어젖혔다. 그의 행태에 기함한 병사들이 무기를 빼 들었지만, 어두운 방 안에서 들려오는 리처드의 목소리는 매우 평안했다.

"잘 왔네. 안 그래도 부르려 했는데."

말소리를 따라 고개를 돌린 에드는 불이 피워진 벽난로 옆, 의자에 앉아 있는 친우를 발견했다. 나른해 보일 만큼 평온한 그에게 다가서며 에드는 그 어느 때보다 크게 화를 냈다.

"내가 자네 연애사에 개입 안 하려 했는데, 대체 이렇게까지 헤어지려는 이유가 뭔가! 서로 좋아하잖아! 그거면 된 것 아닌가!"

그거면 되지 않느냐고 따져 묻는 그에게 리처드는 가만히 시선을 주었다.

그렇게 간단한 문제였다면 절대 제인을 포기하지 않을 것이다. 차라리 죽는 게 나을 만큼 아프지만 그럼에도 놓아줄 수밖에 없는 건, 그녀가 저로 인해 힘겨워하는 걸 원치 않기 때문이었다.

천사로서 자부심을 지니고 살아온 그녀에게 악마를 사랑하는 마음을 인정하라고 차마 강요할 수가 없었다. 신의 미움을 받더라도, 후에 천사로 다시 태어나지 못하고 타락 천사로 낙인이 찍

히더라도 곁에 있어달라고 요구할 수가 없었다. 긴 세월 동안 악마의 말은 절대 믿지 말라고 들었겠지만, 그래도 내 마음만은 믿어달라고 주장할 수가 없었다. 저는 그녀를 통해 모든 걸 얻겠지만, 그녀는 저로 인해 모든 걸 잃을 테니까.

사랑하기 때문에, 사랑하는 사람을 사랑하지 않아야 한다는 건 너무나도 잔인한 일이다.

리처드는 미어지는 가슴을 긴 숨으로 풀어냈다.

"내가 곧 죽네."

"뭐?"

"이미 한계야. 버틸 만큼 버텼어."

육체의 기능이 당장 정지되진 않겠지만, 의식을 유지하는 건 점점 힘에 부치고 있었다. 아마도 오늘이나 내일쯤엔 숨이 끊어질 것 같다는 리처드의 말에 에드는 벼락이라도 맞은 사람처럼 서 있었다. 충격받은 눈동자에 떠오른 의문을 읽은 리처드는 간단하게 상황을 설명해 주었다.

"반란 때 입은 상처 때문일세. 다들 이상하게 생각하지 않았나. 크게 다치고도 멀쩡한 상태로 나타났으니까."

그 부분에 대해 말이 많았다. 칼을 달궈서 상처를 지진 덕에 출혈을 막았다는 소문도 돌았고, 그가 신의 축복을 받아 상처가 씻은 듯이 사라졌다는 말도 있었다. 어느 쪽 소문을 믿든 사람들은 그가 무사히 위기를 넘겼다고 생각하는 편이었다. 에드도 그렇게 생각하고 마음 놓고 있었다. 그런데 지금 리처드는 그때의 상처를 이유로 스스로 죽음을 언급하면서 그것을 기정사실로 만들었다.

그제야 에드는 리처드의 목소리가 평온한 것이 아니라 기력이 쇠진하여 그렇게 들렸을 뿐임을 알았다. 평소와 달리 약해진 눈빛과 병색이 짙은 안색을 벽난로의 불빛으로 가리고 있을 뿐임을 알아차렸다. 침실에서 제복을 갖춰 입고 있는 건 그것이 삶의 마지막에 입는 옷이기 때문임을 알아버렸다. 이 늦은 밤에 잠들지 않고 버티고 있는 이유는 오늘 밤이 지나고 나면 모든 게 끝이기 때문임을, 그는 결국 알아버린 것이다.

앞으로도 수십 년, 어깨를 나란히 하고 같은 곳을 바라보며 함께할 줄 알았던 친우를 보내야 하는 순간이 와버렸다. 이렇게 갑작스럽게 찾아온 이별에 가슴이 먹먹하여 에드는 억지로 눈물만 삼켰다.

방 안의 어둠이 떨리는 몸을 가려주길 바라면서. 벽난로의 불빛으로 흔들리는 눈동자를 변명할 수 있길 바라면서. 두 남자는 그렇게 잠시간, 말없이 다른 곳에 시선을 두었다.

고요함 속에서 먼저 감정을 추스른 리처드가 사이드 테이블 위에 올려둔 작은 상자와 편지를 건넸다.

"내가 죽고 나면 내 장례식에 제인 공녀도 올 거라고 믿네. 그때까지 자네가 잘 가지고 있다가 그녀에게 전해주게."

그게 리처드가 남긴 마지막 말이었다.

에드는 입을 굳게 다물고 건물 밖으로 나와 자신의 말에 올라탔다. 고개를 돌려 건물을 올려다보니 근위병들이 소란을 피우면서 리처드를 부르는 소리가 들리는 듯도 했다. 고삐를 꽉 쥔 에드는 거칠게 말의 배를 박찼다.

말의 투레질 소리가 이른 아침의 정적을 깼다. 식사도 거르고 침실에 남아 있던 제인은 그 소리를 듣고 창가로 다가갔다. 말에서 훌쩍 뛰어내리는 에드와 그를 반겨주는 앤이 보였다.

보기 좋은 연인의 모습이 그녀를 미소 짓게 했고, 한편으론 한숨짓게 했다. 에드가 온 걸 발견하고 무척 설렜을 앤의 감정을 생각하니 리처드가 왔다면 저는 어땠을지 상상해 보게 되는 것이다. 이젠 그를 잊는다는 게 불가능함을 스스로 자각할 지경이 되었다. 머리와 몸이 그와 함께했던 시간을 기억하는 한, 긴 세월이 지나도 가슴은 반응할 수밖에 없었다.

제인은 한 번 더 한숨을 내쉬고 추락하는 기분을 붙잡았다. 오랜만에 오빠를 만나는데 우울한 얼굴로 보고 싶진 않았다.

입가에 가벼운 미소를 띠고 계단을 한층 내려가자 2층으로 올라오던 에드와 마주칠 수 있었다. 어딘가 조급함이 묻어 있던 그의 표정이 급격히 굳어지는 걸 본 제인은 먼저 말을 거는 걸 잊어버렸다. 뭔가 느낌이 좋지 않았다.

"왜 그래요?"

간신히 입을 열어 묻자 에드가 품을 뒤적여 작은 상자와 편지 하나를 건넸다.

"네게 전해달라고 하더라."

누가 보냈는지는 말하지 않았지만, 제인은 알 것 같았다. 떨리는 손으로 그것을 받아들자 에드는 다른 사람들과 1층에 있겠다며 내려가 버렸다.

혼자 남은 제인은 아무도 없는 응접실로 들어가 문을 굳게 닫았다. 의자에 앉아 무릎 위에 상자를 내려놓고 나니 선뜻 손을 댈 수가 없었다. 고민하던 제인은 가볍게 심호흡을 한 뒤에 상자와 함께 받은 편지부터 뜯어보았다.

일전에 한 번 본 적 있는 유려한 필체가 넉 장이나 되는 종이에 가지런히 적혀 있었다. 첫 시작은 자상함과 우려가 공존하는 문장이었다.

-여행지에서 즐거운 추억을 쌓고 있을 그대의 기분을 내가 망치지 않았길 바라오. 벌써 세 번째. 썼다 지우기를 반복 중인 이 편지가 그저 무사히 그대에게 닿기만을 희망하고 있소. 그렇다고 이 안에 담긴 내용을 두려워할 필요는 없소. 그대의 애정을 갈구하기보단 마지막으로 못다 한 말을 전하고 싶었을 뿐이니.

제인은 얼른 다음 문장으로 시선을 내렸다.

-전생의 어느 날에 그대와 처음 만났을 때. 난 이미 그대를 특별하다고 느끼고 있었나 보오. 솔직히 고백하자면 내게 절대 지지 않으려 애쓰는 모습이 꽤 귀여웠달까. 모두가 날 두려워하는데 그대는 달랐소. 물론 내 첫인상이 그대의 말처럼 엉망이었겠지만, 그대는 떨면서도 꿋꿋이 내 눈을 마주하고 노려봤잖소. 그런 태도가 신선하기까지 했으니 호기심이 들었던 게 사실이오.

그가 첫인상을 언급하는 부분을 읽는 제인의 얼굴에 부드러운 미소가 피었다. 오랜만에 진심으로 웃음이 났다. 그러다가 다음 문장에서 눈썹 끝이 씰룩였다.

'마, 마물? 내 반응이 흉포해서 재밌었다니, 이 남자가!'

손끝으로 톡 하고 건드려도 몇 배로 흉포해지는 게 마물 토끼를 닮았다고 적혀 있는 것을 본 제인의 손이 바들바들 떨렸다. 천사인 제게 마물과 성격이 비슷하다고 하다니. 이걸 확 구겨 버릴까 말까 하다가, 그녀는 간신히 진정하고 다시 읽어 내려갔다.

-돌이켜 생각해 보면, 지독히도 외롭고 어둡던 곳에서 그대는 내게 숨 쉴 공간이었고 청명한 하늘같은 존재였소. 환생한 후에 다시 그대를 만나면서 나는 점점 이끌릴 수밖에 없었지. 그대의 미소가 지닌 따뜻함이 내게도 전해졌고. 그 온기를 따라가다 보니 어느 순간 그대가 얼마나 빛나는 여인인지 깨달아 버린 거요. 그때 처음으로 나는 내가 사랑에 빠졌음을 인정할 수밖에 없었소.

리처드가 심장이 뛰었다고 고백하는 부분에서 제인은 제 가슴도 그와 같이 뛰는 걸 느꼈다. 질투심에 괜히 짜증을 부리며 퉁명스레 대한 것도, 시선이 닿는 걸 느낄 때마다 몸이 긴장한다는 사실도 그는 솔직하게 밝혔다.

리처드가 사랑에 빠지면서 겪은 변화를 읽으며 제인은 공감했고, 그렇게까지 저를 사랑했다는 사실에 벅차올랐다. 그러다가 다음 대목에서 제인은 가슴이 무너져 내렸다.

-나는 도대체 왜 악마로 태어난 건지, 내 핏줄이, 내 검은 날개가, 이토록 서글프고 원망스러운 건 처음이었소.

리처드가 느낀 좌절감과 고통이 고스란히 전해졌다. 몸이 떨렸고, 가슴이 욱신거렸다. 본인의 존재를 부정하고 싶을 만큼 그가 괴로워했을 걸 떠올리니 그녀도 제 하얀 날개가 더는 아름답게 느껴지지 않았다.

감당할 수 없는 아픔에 결국 제인은 긴 의자 위로 쓰러져 숨죽여 울었다. 그 바람에 다리 위에 놓여 있던 상자가 바닥으로 떨어졌다. 큰 소리를 따라 의자 아래를 본 제인은 그 순간 울던 것도 잊어버렸다.

바닥에 부딪친 충격으로 뚜껑이 열린 상자 속엔 유리병 하나가 들어 있었다. 검은 글자로 사랑이라 적힌, 신의 마지막 유리병이었다. 좀처럼 채워지지 않아 속을 썩이던 그 유리병 속에는 영롱하게 빛나는 하얀 액체가 가득 들어 있었다.

"아……."

제인은 떨리는 손으로 유리병을 잡았다. 따뜻한 온기가 손끝부터 시작해 가슴까지 녹여 버렸다. 멍하니 앉아 그걸 내려다보던 그녀는 불현듯 스치는 생각에 서둘러 편지를 다시 읽어나갔다.

-나는 이제 다시 악마로 돌아가 생이 다하는 날까지 그대를 그리워하며 살 거요. 그리움은 만남보단 이별에 가까운 감정이라 괴롭겠지만, 그렇다고 해서 이번 삶을 후회하진 않소. 그대를 만났고 많은 감정을 겪었고, 모든 게 소중했으니까. 고맙단 말을 전하고 싶었소. 고맙소, 제인. 고맙소, 마리엘.

마지막 장, 마지막 문구에 다다라 제인은 다시금 쏟아지는 눈물을 참지 못했다.

-신의 마지막 유리병에 내 마음을 담아 보내오.

가슴 속에 세워둔 굳건한 둑이 무너지고, 세차게 밀려 나오는 감정이 그녀를 수몰시켰다. 좀처럼 울음이 그치질 않아 가쁜 호흡을 내뱉던 제인은 그 길로 밖을 향해 뛰쳐나갔다.

계단을 내려가 현관문을 밀어 열자 말의 고삐를 쥐고 서 있는 에드가 보였다. 예상치 못한 상황에 잠깐 멈칫하니, 그가 말없이 고삐를 건넸다. 그의 곁에 서 있는 앤과 안나도 다정한 미소를 지어주었다.

잘하고 오라는 듯, 응원해 주는 느낌에 제인은 눈물과 미소로 화답했다. 말에 올라탄 제인은 마음이 가는 곳을 향해 달렸다.

✤

황제는 지친 몸을 의자에 파묻었다. 한 손으로 얼굴을 쓸어내리자 꺼끌꺼끌한 피부와 축축한 물기가 동시에 느껴졌다. 옆으로 고개를 돌려 창밖을 바라보니 눈은 맑은 날을 인지하는데, 어째서인지 가슴을 뛰게 하는 생동감이 하나도 전해지지 않았다.

황제는 다시 고개를 원위치 시켰다. 저 멀리, 맞은편 침대 위에 죽은 듯이 누워 있는 아들이 보였다. 아니, 어쩌면 이미 죽은 걸지도 몰랐다. 부르고 또 불러도 일어나질 않았으니까.

창문을 통해 쏟아지는 햇살을 맞으며 누워 있는 아들의 주위는 평온했다. 그와 같은 공간에 있다는 게 믿기지 않을 만큼 제 주위는 쓸쓸하고 적막했다. 그토록 고요한 혼자만의 공간을 침범한 건, 문밖에서 들려오는 한 여인의 간절한 외침이었다.

"폐하, 제발 리처드를 만나게 해주세요! 그를 만나야 해요!"

목소리의 주인이 누구인지 단번에 알았으나 황제는 입을 열지 않았다. 윤허가 떨어지지 않자 문밖의 소란이 가중되었다. 마침내 무기를 뽑는 소리까지 들리고, 황제의 미간이 찌푸려졌다. 아들의 마지막을 시끄럽게 만들고 싶지 않았다.

신의 뜻대로

"들여보내라."

리처드를 위해 작별의 인사는 하게 해주는 것도 좋겠지. 그렇게 생각하며 황제는 제인의 내방을 허락했다.

안으로 들어온 제인은 침대에 누워 있는 리처드를 발견하고 얼어붙었다. 한눈에 봐도 느낄 수 있었다. 방 안에 떠도는 작별의 시간을.

제인의 손이 힘없이 떨어졌다. 그녀가 쥐고 있던 리처드의 유리병도 바닥으로 추락했다. 병이 돌바닥에 부딪치며 낸 소리가 제인이 받은 충격만큼 컸다. 그녀가 기대했던 건 결코 이런 만남이 아니었다. 적어도 그가 준 마음에 답할 기회는 있을 줄 알았다.

제인은 힘이 빠진 다리를 억지로 움직여 리처드에게 다가갔다. 그녀는 미동조차 없는 리처드의 손을 잡아 올려 그의 손등에 입을 맞췄다. 요 몇 달, 상상으로만 그리다가 직접 보니 자신이 그를 얼마나 사랑하고 있는지 확연히 알 수 있었다. 그런데 어쩌다가 이렇게 되어버렸는지, 너무 늦었다는 생각에 제인은 괴로웠다.

'미안해요. 이젠 내가 먼저 당신에게 다가갈게요.'

제인은 그가 갈 곳을 알고 있었다. 악마들이 사는 세상, 그곳에서도 왕의 허락 없인 생명체가 접근할 수 없는 외딴 성. 그와 처음 만났던 그곳에 도달하려면 수많은 역경을 헤쳐 나가야 하겠지만, 제인은 무엇이든 감수할 마음의 준비가 되어 있었다. 그것이 설령 타락천사가 되는 길이라 해도.

'조금만 기다려 줘요. 그리 오래 기다리게 하진 않을 테니까.'

제인은 조심히 손을 뻗어 리처드의 얼굴을 매만졌다. 비가 오던 날, 마지막으로 손끝에 그를 담던 그때처럼. 검은 머리카락과 창백한 뺨, 굳게 닫힌 입술과 선이 매력적인 턱을 지나 귀밑에 닿았다.

"아……."

제인의 손끝이 파르르 떨렸다. 조각났던 그녀의 심장이 다시 살아 두근두근 뛰기 시작한 그 순간, 리처드의 등 뒤로 커다랗고 검은 깃털 날개가 확 빠져나왔다. 루카스의 영혼이 리처드의 몸에서 아직 분리되지 않은 것이다.

기회가 있었다. 그를 이곳에 붙잡아 둘 기회. 제인은 더 생각할 것도 없이 혀를 깨물고 그에게 입을 맞췄다. 뜨겁고 비릿한 혈향이 입안에 퍼졌다. 동시에 극한의 통증이 혀를 관통했지만, 아픈 만큼 기대감도 커졌다.

'제발, 제발. 가지 마요, 루카스!'

제인은 간절히 바라며 리처드의 목 뒤로 팔을 넣어 그가 피를 잘 삼킬 수 있도록 도와주었다. 그런 그녀의 등 뒤로 하얀 깃털 날개가 활짝 펼쳐졌다.

벽난로 근처, 의자에 묵묵히 앉아 있던 황제는 자신이 목도한 장면에 쇼크를 받았다. 은은하게 빛나는 거대한 날개들의 존재도 충격적이었지만, 그보다 더 경악스러운 건 따로 있었다. 바로 두 사람의 날개 색이 그간 자신이 생각해 왔던 것과는 정반대라는 사실이었다.

불길하게 여겼던 제인은 천사의 날개를 달고 있었고, 자랑스러운 제 아들은 악마의 날개를 가지고 있었다. 그야말로 너무나 충격적인 결과에 그는 숨도 제대로 쉬질 못했다.

일전에 리처드가 제인을 가리켜 내면이 더 빛나는 여자라고 했던 말이 떠올랐다. 그때 그렇게 언질을 주었던 것인데, 눈이 있어도 보질 못하고, 귀가 있어도 듣질 못했다. 평범하지 않은 외양을 지적하면서 내면을 살필 생각은 하지 못했고, 제멋대로 그녀를 평가하고 판단하면서 그것이 편견임은 깨닫지 못했다.

서슴없이 손가락질하고 주저 없이 악마라 비난하면서 그게 부끄러운 일인 줄도 몰랐다. 그 행태의 기저가 되는 것이 피부 위에 새겨진 문양의 색이 하얗지 않고 검다는, 아주 작은 차이였음에도.

'내가, 내가 어리석었구나.'

황제는 무릎 위에 올려둔 손으로 얼굴을 덮고 간신히 이 시간을 보냈다. 제인의 하얀 날개 앞에서 그는 오래도록 머리를 들지 못했다.

리처드의 침실이 있는 2층 응접실에서 제인은 황제와 독대하고 있었다. 먼저 얘기를 나누길 요청했던 건 황제였지만, 그는 시간이 지나도록 말이 없었다. 그러다가 제인이 리처드의 곁으로 돌아가고 싶어서 조바심이 날 즈음에야 간신히 입을 열었다.

"아까, 그대의 등에서 날개를 보았소."

황제는 조심스럽고 정중한 태도로 그것에 대해 해명해 주길 바라는 눈빛을 보냈다. 그러나 제인은 제 눈엔 보이지 않았다고 시치미를 뗄 생각이었다. 큰일을 겪어서 헛것이 보였던 걸 수도 있다는 식으로 넘어가려 했으나, 황제의 다음 말이 그녀의 결심을 뒤엎었다.

"내 아들이 악마였던 거요?"

그렇게 묻는 그의 목소리가 흔들렸다. 그 찰나에 제인은 그가 많이 초췌하고 늙어 보인다고 생각했다. 평범한 정신력으론 버티기 어려운 일을 연달아 겪었기 때문일지도 몰랐다. 버팀목이 되었던 아들마저 혼란스럽게 하니, 이제 그가 구원을 청할 만한 곳은 천사의 날개를 가진 그녀밖에 없는 것이다.

제인은 간절하기까지 한 그의 눈을 담담하게 응시했다.

"그게, 중한가요?"

제인의 질문에 황제는 온몸에 찬물이 끼얹어진 사람처럼 굳어버렸다. 느닷없이 떠오르는 기억과 함께 리처드의 목소리가 머릿속에서 맴돌았다.

"만약 제가 악마의 문양을 가지고 태어났다면, 폐하께선 어떤 결정을 내리실 겁니까? 제프 공작에게 생후 백일도 안 된 딸을 죽이라고 명령하셨던 것처럼, 저도 죽이실 겁니까?"

그날, 그 질문에 황제는 아무런 답변도 하지 못했던 걸 두고두고 후회했다. 당시에 상처받은 아들이 남긴, 가슴을 아리게 하던 말이 어떤 의미인지도 이젠 알 수 있었다.

"문양만 그런 것이 아니라 설령 진짜 악마라 해도 내가 당신의 아들이란 사실은 달라지지 않습니다. 아버지."

황제는 눈을 질끈 감고 고개를 돌렸다. 자신의 우매함을 또다시 직시하게 된 그는 간신히 감정을 추슬렀다.

"중하지 않소."

중하지 않다. 악마의 날개를 가지고 있다고 해도 그는 제 아들이었다. 그 날개가 검다고 해서 갑자기 사나운 괴물로 변하는 것도 아니었다. 그러니 남들과 다른 부분이 있다고 해도, 그런 차이 정도는 그리 중하지 않았다.

'그래, 중하지 않아.'

제인도 그와 같은 생각을 했다. 한때는 정반대의 결론을 내린 적도 있었지만, 지금은 아니었다. 그에게서 도망치기로 한 날, 빗속에서 들었던 천사들의 말에 전부 반박할 자신도 있었다.

그때, 응접실 문밖에서 시종의 다급한 목소리가 들려왔다.

"폐하! 황태자 전하께서……."

제인과 황제는 누가 먼저랄 것도 없이 벌떡 일어나 리처드의 침실을 향해 뛰었다. 황제보다 한발 먼저 도착해서 문을 열어젖힌 제인은 창가에서 환한 햇살을 맞으며 서 있는 그를 보았다. 돌아보는 리처드의 얼굴에 부드러운 미소가 어리고, 제인은 세상에서 가장 밝고 환한 표정으로 화답했다.

사랑하는 사람과 마주치는 눈빛이 눈이 부실만큼 아름다웠다.

⚜

제인은 리처드와 함께 정원을 거닐었다. 하고 싶은 말도 많고 듣고 싶은 말도 많았지만, 두 사람은 소소한 이야기부터 나눴다.

"그럼 여행은 완전히 끝난 거요?"

앤과 안나가 겨울까지 그곳에서 머물기로 일정을 변경했기 때문에 제인도 그때까진 같이 있기로 한 상태였다. 그러나 그녀는 좀 전에 여행을 끝내기로 마음먹었다.

"네, 이제 킹스 펠리스에 있을 거예요. 여기서 그렇게 멀지 않죠."

은연중에 거리를 강조하자 리처드의 걸음이 우뚝 멈췄다. 덩달아 제인도 걸음을 멈추고 그를 바라보았다. 그는 조금 놀란 얼굴이었다. 멀리서부터 찾아와서 치료를 해주긴 했으나, 그게 어떤 의미인지 정확히 가늠하기가 어려웠던 탓이었다.

그 딴에는 최대한 긍정적으로 생각해서, 같은 임무를 수행하는 동료로서는 인정한다는 뜻으로 받아들이려고 했다. 그런데 제인은 그 이상을 얘기하고 있었다.

"그 말은…… 내가 그댈 만나러 가도 좋단 얘기요?"

살짝 떨리는 그의 목소리에 제인은 싱긋 웃었다.

"맞아요. 그리고 오지 않으면 안 된다는 말이기도 하죠. 내가 기다리고 있을 거니까요."

제인은 적극적으로 마음을 드러내 보였고, 리처드는 가슴이 벅차올랐다. 어제까지만 해도 절대 이루어질 수 없어서 간절히 바라기만 했던 일이 갑자기 이뤄진 느낌이었다. 그야말로 하룻밤 자고 일어난 사이에 벌어졌다고는 믿기지 않을 만큼 엄청난 변화였다.

"왜 갑자기 마음이 변했는지 물어봐도 되겠소?"

그건 매우 중요한 질문이었다. 제인도 장난기를 조금 거두고 진지하게, 제게 있었던 일을 얘기해 주었다.

"오늘 아침에 당신의 편지를 읽었어요. 그리고 알아버렸죠. 내가 얼마나 지독한 편견에 휩싸인 채로 당신을 보고 있었는지."

폭우가 내리던 날, 천사들이 속삭이던 말은 사실 그녀가 오래전부터 들어왔던 이야기들을 바탕으로 하고 있었다. 겪어보지도 않고 들은 이야기만으로 그게 진실이라 덜컥 믿어버리자 쉽사리 깨지지 않는 편견이 만들어졌다.

"난 악마들이 당연히 사랑을 모른다고 생각했어요. 그래서 더 혼란스러웠고, 당신에게 끌리는 한편으론 날 유혹해서 타락시키려는 걸지도 모른다고 생각했죠. 하지만 편지를 읽고 내가 얼마나 당신의 감정을 잘못 생각하고 있었는지 알게 됐어요."

편지 속에 담긴 그 절절한 마음은 그녀가 지녔던 편견들을 허

물어뜨렸다. 그리고 과거에 그가 보여준 애정과 행동들을 돌아보게 해주었다.

"천사들은 악마가 타인을 위해 희생할 줄 모른다고 하지만 당신은 아니었죠. 날 지켜주기 위해 대신 검에 맞았었잖아요. 그때를 생각하면 지금도 가슴이 아파요."

"내가 그댈 지켜주려 했던 건 맞지만, 다쳤던 건 상황이 여의치 않아서 그런 것이오. 그대가 그 일로 죄책감을 느끼지 않았으면 좋겠소."

그냥 공치사를 받아도 될 텐데 자신의 죄책감을 덜어주기 위해 그렇게 말하는 그의 마음을 제인은 이제 확실히 꿰뚫어 보았다.

"지금도 그래요. 당신은 항상 날 배려해 주죠. 우리가 서로의 가슴에 문양을 새겼던 날에도 날 위해 눈을 감아준 거죠?"

"그건 그대가 치욕스러워했으니까. 당연히 눈을 감아야 한다고 생각했던 거요."

"그런 마음을 배려라고 하죠. 난 편견에 사로잡혀서 그걸 너무 뒤늦게야 알아차린 거예요. 얼마나 아둔했는지 몰라요."

제인은 그의 진정한 면모를 보지 못하고 폄하하며 미워했던 사실을 진심으로 반성하며 슬퍼했다. 스스로 자책하는 제인의 눈매가 너무나도 안쓰러워서 리처드는 그녀를 끌어안고 위로해 주고 싶은 걸 간신히 참아냈다. 대신 진솔하고 다정한 말로 상처받은 그녀의 마음을 달래주었다.

"그걸 비난할 필요가 없소. 다른 천사들에 비하면, 오히려 그대가 나에 대해 편견이 없었던 거요. 그래서 나와 함께 임무를 수행하고, 대화를 나누고 종종 농담도 받아준 것이 아니겠소."

리처드의 설명에 제인은 제 가슴을 할퀴는 말을 그만두었다.

그와 이렇게 다시 마주 보며 대화를 나눌 수 있게 된 날에 암울한 이야기로 소중한 시간을 채우고 싶진 않았다. 그건 리처드도 바라는 일이 아닐 것이었다.

"대단한 일을 한 것도 아닌데, 당신은 날 너무 좋게 봐주네요."

"그럴 수밖에 없소. 편지에도 썼듯이 그런 당신의 모습이 자꾸 내 관심을 끌었으니까 말이오."

은근히 애정을 드러내는 말에 제인의 기분은 이전처럼 밝고 활기차졌다. 그녀는 얼굴에 좀 더 짙은 장난기를 머금고 그를 올려다보았다.

"이거 어쩌죠? 당신의 말대로라면, 편견에서 완전히 벗어난 나는 이전보다 더욱더 사랑스러워 보일 텐데요."

대놓고 도발하는 제인의 모습은 상당히 매력적이었고, 그러한 점이 리처드가 그녀에게 빠지게 된 수많은 이유 중에 하나이기도 했다.

제인은 여전히 그 사실을 모르는 듯하지만, 리처드의 표정에는 숨길 수 없을 만큼 기분 좋은 웃음이 떠올랐다. 그는 지금 이 순간에 느끼고 있는 감정을 솔직히 인정했다.

"물론이오. 이보다 더 깊이 빠질 수가 있나 싶지만, 가능하다면 끝도 모르고 빠질지도 모르겠소."

"그럼, 나랑 결혼해 줄래요?"

정말 대뜸, 갑작스럽게 한 청혼이었다. 놀라는 리처드를 보며 제인은 예전에, 그가 제게 황태자비가 되는 게 어떻겠냐고 물었던 때를 떠올렸다. 당시에 얼마나 당황했던지, 그날의 감정을 리처드에게 조금은 돌려준 듯했다. 그는 제 앞에서 처음으로 버벅대고 있었으니까.

"제인, 그러니까…… 지금 날, 받아들이겠다는 거요?"

그건 공녀 제인이 황태자 리처드를 인정하는 걸 넘어서, 천사 마리엘이 악마 루카스를 연인으로 받아들인다는 것인지 묻는 말이었다. 타락을 두려워하던 그녀가 그런 결정을 내렸다는 사실이 리처드는 좀처럼 믿기 어려웠다.

무얼 우려하고 있는지 알아차린 제인은 그의 목에 팔을 두르고 입술을 가까이했다. 애정으로 가득한 시선을 마주하며 그녀는 그 어느 때보다 행복한 미소를 지었다.

"물론이죠. 우리의 태생이 다르다는 이유는 더는 내 사랑을 가로막지 못해요."

사랑이란 본래 그런 것이니까.

리처드의 입가에도 행복한 미소가 피었다. 뒤이어 달콤한 키스가 뒤따랐다. 이제는 마음껏 그의 애정을 즐기는 제인의 손안에 빈 유리병 하나가 생성되었다.

채우는 방법을 알 수 없어서 고생하게 했던 그 병 안에, 지금 제인이 느끼고 경험하는 감정들이 담겼다. 그의 날개와 같은 검은 빛으로 가득 찬 유리병은 포근한 안식을 주는 밤하늘처럼 가히 아름다웠다.

마치 두 사람의 사랑을 축복하듯이, 신의 마지막 유리병은 그렇게 찬란하게 빛났다.

외전

그들의 뒷이야기

　여행을 끝내고 킹스 팰리스로 돌아오게 된 제인은 응접실에 앉아 예전에 에드가 준 책을 다시 읽고 있었다. 그러다 책 속의 남주인공만큼이나 리처드도 사려 깊고 진중한 남자라는 걸 떠올렸다. 리처드의 장점을 일일이 꼽아보던 제인은 그가 이제 제 남자라는 사실에 책에 얼굴을 묻고 콧소리를 내며 웃었다.

　부끄러운데 너무 좋아서 몸 둘 바를 모르는 그녀를 베티는 매우 당혹스러운 얼굴로 쳐다보았다.

　아가씨가 자신의 존재를 잊어버린 게 틀림없었다. 그렇다고 해서 그냥 못 본 체하며 내버려 두자니 지금 당장 알려야 할 일이 있었다.

　"아가씨, 황태자 전하……."

　베티가 말을 다 끝내기도 전에 제인이 벌떡 일어나더니 잠시 미동조차 않다가 호들갑을 떨기 시작했다. 거울을 찾아 뛰어다녔고 머리 손질이 필요하진 않는지 등을 빠르게 물었다. 처음엔 좀 어이가 없어서 멍하던 베티도 얼른 정신을 치리고 제인에게 붙어서 그녀의 차림새를 다듬어주었다.

정리를 얼추 끝냈을 때 제인은 베티의 두 손을 꽉 잡고 떨리는 마음을 밝혔다.

"베티, 내게 행운을 빌어줘. 오늘은 내게 매우 중요한 날이 될 거야."

기쁨과 설렘이 가득한 제인의 표정을 통해 무언가를 짐작한 베티의 두 눈이 휘둥그레졌다.

"설마, 아가씨!"

눈치 빠른 베티에게서 기대했던 반응을 얻은 제인은 대답 대신 환하게 웃어주었다. 그리곤 곧바로 리처드를 만나러 뛰어나갔다.

현관의 포티코 앞에 황금빛 마차 한 대가 서 있었다.

"리처드!"

마차에서 내리던 리처드가 싱그러운 미소를 지어주었다. 그가 두 팔을 벌리자 제인은 그대로 그의 품속으로 뛰어들었다.

서로를 꼭 끌어안고 기분 좋게 웃으니, 두 사람이 마구마구 발산하는 행복한 기운에 주위 사람들도 덩달아 웃음꽃이 피었다.

리처드의 품에 안겨 애정을 독식하던 제인은 이 시간이 영원하길 바라는 마음을 간신히 억누르고 그를 놓아주었다. 애정 표현은 오늘 할 일을 끝내고 나서 해도 늦지 않았다. 제인은 리처드와 함께 건물 안으로 들어가며 아주 잠깐 헤어짐의 인사를 했다.

"어머니랑 함께 2층의 응접실에 있을게요. 아버지는 서재에 혼자 계셔요."

"알겠소. 얘기 나누고 그곳으로 가겠소."

계단을 올라간 두 사람은 잠시 헤어져야만 했다. 리처드는 제프 공작의 서재로, 제인은 어머니가 있는 응접실로 걸음을 옮겼다. 그 짧은 거리를 가면서도 그들은 몇 번이나 뒤를 돌아보며 사랑이 가득한 눈빛과 미소를 교환했다.

공작의 서재로 간 리처드는 그와 이런저런 얘기를 나눴다. 제프 공작은 조금 걱정하며 반신반의한 태도를 보였으나 어쨌든 결국에는 고개를 끄덕였다. 리처드는 기뻐하며 그와 한차례 악수를 하고 가벼운 포옹으로 친밀감을 드러냈다.

리처드는 곧장 제인이 있는 응접실로 향했다. 문이 열리자 제인과 대화를 나누던 이사벨라가 무척 반가워하며 그를 맞이했다. 리처드도 감사와 존경의 마음을 담아 그녀의 손등에 가볍게 입을 맞췄다.

들뜬 이사벨라와 몇 마디 대화를 주고받은 리처드는 제인에게 부친의 서재로 가보라고 언질을 주었다.

"서재에서 기다리고 계시오."

제인은 어머니의 양 볼에 입을 맞추고 얼른 아버지의 서재로 갔다. 문을 열자 조금 혼란스러운 표정으로 의자에 앉아 있는 아버지가 보였다.

"제인, 리처드의 말이 사실이냐? 네가 결혼을 승낙했다던데."

공작은 불과 몇 달 전에 제 딸이 서재로 뛰어들어 와 울던 날을 생생히 기억했다. 당장에라도 죽을 것 같은 얼굴로 멀리 보내 달라고 한 이유도 리처드 때문임을 잘 알고 있었다. 그런데 갑자기 결혼이라니. 공작은 이걸 어떻게 해석해야 할지 좀처럼 가늠이 되질 않았다.

"우선 알겠다고는 했다만, 네가 원치 않는 일이었다면 지금이라도 거절하마."

"아니에요, 아버지. 그러지 마세요. 제가 원하는 건 그와 결혼하는 거예요."

제인은 행복에 겨운 표정을 지었지만, 공작은 쉽게 의심을 털지 못했다.

"제인, 네 결심이 왜 갑자기 변했는지는 모르겠다만 결혼은 잘 생각해야 할 문제다. 저번에도 말했듯이 남자는 능력과 얼굴이 전부가 아니야."

"그가 능력과 얼굴만 있다고 생각하시나요?"

"물론 가장 큰 미덕인 부와 권력도 있긴 하다만은."

"오, 아버지."

제인은 부친의 농담에 웃으며 고개를 저었다. 제프 공작은 자신의 유머 감각에 만족하면서도 다시 진지한 대화를 시도했다.

"그와 결혼하면 넌 황태자비에 이어 황비가 될 거고, 백성을 돌보며 만인의 존경을 얻게 되겠지."

"모두를 위해서 그런 황비가 되겠어요."

"네가 내 딸이라서가 아니라, 너라면 분명히 그리 되리라 확신한다. 그 고약한 문양도 없어진 지 오래고 무엇보다 넌 부귀영화에 취해 어려운 사람을 돌보는 걸 소홀히 할 애가 아니잖니."

제프 공작은 딸의 성격을 정확히 꿰뚫어 보았다. 황태자비가 된 제인은 민생을 돌보는 일에 심혈을 기울일 것이고, 그건 과거의 오명을 씻어나가는 데도 도움이 될 터였다. 앞날을 내다본 그는 계속 말을 이어갔다.

"또한, 네가 낳은 아들은 다음 대 황제가 되어 나라를 이끌 것이고, 웨슬럿까지 등에 업었으니 역대 가장 강한 황제가 될 수도

신의 뜻대로

있다.”

그렇게 될 것이다. 웨슬럿과 황실의 결합이라는 건 그만큼 엄청난 일이었다.

“하지만 제인, 권력과 정치의 중심에 선다는 건 성격상 맞지 않는 사람에겐 고통스러운 일이다. 특히 황제의 애정이 절대적으로 중요하게 작용하는 황비의 자리는 더더욱 지옥 같을 수도 있어.”

황제의 마음을 잃은 황비는 전쟁터에 홀로 방치된 전술가나 마찬가지였다. 머리가 특출나게 좋지 않은 한 살아남을 가능성이 매우 희박했다. 그렇기에 더더욱, 공작은 제 딸이 황실이란 전쟁터로 발을 들이기 전에 심사숙고하길 바랐다.

덕분에 제인도 아버지가 무얼 우려하는지 충분히 인지했다.

“전 그 모든 걸 감수할 만큼 그를 사랑해요, 아버지. 한때는 그의 애정을 의아하게 여기고 피하려 했었지만, 지금은 아니에요.”

제인은 오히려 여행 중에 자신이 그를 절대 잊지 못한다는 걸 깨달았다는 점과 그에게서 편지를 받은 얘기도 해주었다. 그가 저를 위해 희생하고 배려했던 일들과 헤어져 있는 동안 얼마나 고통스러워했는지도 들려주었다.

“미래에 찾아올 무언가가 두려워서 현재의 그를 포기할 수는 없어요. 결혼을 허락해 주신다면 그와 함께 잘 이겨내 볼게요.”

그것으로 제인의 얘기는 끝났다. 경청하던 공작은 마침내 결론을 내렸다.

“그렇다면 당연히 허락해야지. 그만큼 좋은 대련 상대는 또 찾기 어렵단다.”

공작이 덧붙인 농담에 제인은 활짝 웃었다. 이로써 두 사람의 결혼이 확정되었다.

세기의 결혼식은 겨울이 지난 뒤, 늦은 봄으로 정해졌다. 그날이 올 때까지 리처드는 거의 매일같이 킹스 팰리스를 찾았다. 그는 종종 공작과 대련을 했고, 이사벨라와 대화를 나누거나 에드와 사냥을 나섰다. 그렇게 처가 식구들과 자주 어울리면서도 대부분의 시간은 제인과 단둘이 보내는 데 할애했다.

날이 좋을 땐 커다란 나무 밑에서 제인의 다리를 베고 누워 그녀의 손길을 만끽했고, 날이 궂을 땐 벽난로 옆에 앉아 책을 읽어 주었다. 그는 제인이 자신의 목소리를 매우 좋아한단 사실을 십분 활용하여 곧잘 그녀의 마음을 녹이곤 했다.

그날도 리처드는 제인을 찾았다. 사람들의 눈을 피해 나무 그늘 밑을 찾은 연인은 달콤한 한때를 보냈다. 베티가 챙겨준 도시락을 서로에게 떠먹여 주기도 하고, 싸온 물로 장난을 치기도 했다. 두 사람 사이에선 웃음이 끊이지 않았고, 행복은 반주처럼 흘렀다. 눈만 마주쳐도 기쁨이 샘솟았고, 흘러가는 순간순간이 전부 소중했다.

실컷 놀고 나서 리처드의 단단한 허벅지를 베고 누운 제인은 머리를 매만지는 그의 손길을 만끽하고 있었다. 코끝을 간질이는 풀 냄새와 따뜻한 차 한 잔, 거기에 리처드만 있으면 한낮의 여유를 즐기는 덴 차고도 넘쳤다.

눈을 뜨면 멋진 그가 보였고, 눈을 감아도 그의 사랑이 느껴졌다. 풀밭에 누워 애정으로 가득한 리처드의 시선을 홀로 차지하고 있는 건 매우 기분 좋은 일이었다. 그러다가 돌연, 제인은 이 행복이 언제까지 유지될까 싶어 갑자기 두려워졌다. 그의 사랑이 열렬한 만큼 상실감 또한 클 것 같았다.

"리처드, 당신의 애정이 식는 순간이 오면 난 어쩌죠?"

제인의 질문은 리처드로선 상상도 해본 적 없던 내용이었다. 그는 항상 제 사랑을 그녀가 거부하면 어쩌나 걱정하는 쪽에 가까웠다. 그래도 그는 그녀가 현재 느끼고 있는 감정을 가볍게 여기지 않았다.

"불안하오?"

"당신을 못 믿는 건 아니지만, 사랑은 영원하질 않대요."

제프 공작이 두 사람의 결혼을 승낙하기 전에 우려했던 것처럼, 사람들은 그런 얘기를 많이 하곤 했다. 사랑의 유효기간은 짧으면 삼 개월, 길면 삼 년이라고.

그래서 더 불안해하는 것임을 알아차린 리처드는 제인과 눈을 마주하며 제 마음을 고백했다.

"어떤 이들은 영원한 사랑이 불가능하다고 하지만, 당신을 만난 순간부터 내겐 그것만큼 쉬운 것도 없었소."

리처드는 자신의 사랑이 영원할 것임을 확신했다. 그에게 그녀를 사랑하는 일은 숨 쉬는 것만큼이나 쉽고 당연한 일이었으니 끝이 없을 수밖에 없었다.

굳은 믿음으로 안심시켜주는 리처드 덕분에 제인은 미소를 되찾을 수 있었다.

상체를 일으킨 그녀는 예쁜 말만 골라 하는 그의 입술에 가볍게 입을 맞췄다.

평생 그를 사랑할 수밖에 없단 사실을 다시금 깨달으면서.

두 사람의 애정은 아무리 퍼내도 마르지 않을 우물처럼 깊어졌다. 그렇게 하루하루를 소중하고 행복하게 보내다가 마침내 결혼식 날이 다가왔다.

두 사람의 결혼식은 매우 성대하게 치러졌다. 귀족들의 행렬은 끊이질 않았고, 이웃 나라에서도 사절단이 와서 엄청난 인파가 거대한 홀 내부를 가득 메웠다. 그렇게 많은 이들의 축하 속에서 제인과 리처드의 결혼식이 진행되었다.

조금은 엄숙하고 성스러운 분위기 속에서 두 사람은 서로의 손가락에 반지를 끼워주었다. 잘 세공된 반지가 손 위에서 반짝이는 것을 보며 이제 정말 그의 여자가 되었음을 상기하던 제인은 허리에 닿는 손길을 느끼고 고개를 들었다.

어딘가 뿌듯하기까지 한 리처드의 표정에 제인은 작게 웃었다. 두 사람이 정식으로 부부가 되었음을 선언하는 그 순간에 제인과 리처드는 미리 채워두었던 마지막 유리병을 합쳤다.

검은색과 하얀색이 만나 하나가 되고, 그것으로 두 사람의 임무도 완료되었다. 동시에 신이 유리병을 주며 임무를 내린 이유 또한 알 수 있었다.

"리처드, 당신도 느꼈나요?"

제인의 속삭임에 리처드는 애정으로 넘실거리는 은근한 눈빛을 보냈다.

"물론이오. 덕분에 내 걱정 하나를 덜었소."

리처드는 자신 때문에 제인이 천신에게 버림받을까 봐 걱정했었다. 그리고 그것이 기우였음을 오늘에서야 알 수 있었다. 신이 임무를 주며 원했던 바가 저와 같았던 걸 깨달은 것이다.

리처드는 제인의 손등에 입을 맞췄다.

"신의 뜻대로, 세상에서 가장 행복한 여인으로 만들어주겠소."

충만한 그의 애정에 제인은 미소로 화답했다.

천사와 악마는 신에게 명확히 보여주었다. 편견을 깨고 나면 진정으로 서로 사랑할 수 있음을.

⚜

"아—"

제프 공작은 입을 벌리며 소리를 냈다. 그가 들이미는 숟가락을 보며 아기, 제인은 아주 잠깐 갈등하다가 입을 있는 대로 벌렸다. 이도 제대로 나지 않은 작은 입으로 들어온 미지근한 스프가 목구멍을 타고 부드럽게 넘어갔다. 뒤이어 덜 익은 당근 향이 훅 풍겨 올라왔다.

생 당근 향에 제인은 곤란한 얼굴로 아버지를 보았다. 그는 자신이 만든 이유식이 분명 딸의 입맛에 맞을 거란 확신을 품은 눈을 하고 있었다. 그 반짝반짝한 눈동자에 제인은 말문이 막혔다.

편식을 하는 편이 아니지만, 작은 혀를 내리누르는 묵직한 당근 덩어리는 곤란했다. 아직 이도 없는 데다가, 강렬한 존재감을 내뿜고 있는 당근은 먹으면 죽을지도 모를 사이즈였다. 그렇다고 뱉어버리자니 상처받을 아버지의 표정이 괜히 신경 쓰였다.

별수 없이 입에 물고만 있는데 그녀의 구세주가 나타났다. 어머니, 이사벨라였다. 갓 치장을 끝내고 나온 그녀는 애정 어린 몸짓으로 남편의 이깨를 감싸 안았다가 그가 딸에게 먹이는 음식을 발견했다.

스프로도 가리지 못한 큼직한 당근 덩어리들을 본 그녀의 표정이 하얗게 질린 건 당연한 일이었다.

"꺄아악! 여보!"

기겁한 이사벨라는 비명을 지르며 대체 뭘 먹이는 거냐고 소리 쳤다. 제프 공작이 영양가 많은 당근 이유식이라 말하기도 전에 이사벨라는 딸이 살아 있는지부터 확인했다. 그리고 제인의 양 볼이 빵빵하게 부풀어 있는 이유를 깨닫고 비명을 질렀다.

"제인, 제인! 오, 이런. 신이시여!"

이사벨라는 신을 부르짖으며 딸의 작은 입속으로 손가락을 집 어넣었다. 제인은 순순히 입을 벌려 처치 곤란한 당근 덩어리들이 사라지는 순간을 만끽했다. 이제 당분간 아버지가 만든 이유식을 먹는 일은 없을 것이었다.

물론 그건 그녀의 착각이었다. 제프 공작은 그 뒤로 재료 손질 부터 시작해서 차근차근 실력을 쌓았다. 그 노력이 빛을 발했는 지, 훗날에는 꽤 맛있는 이유식을 만들 정도가 되었다. 그 과정 은 딸에 대한 아버지의 사랑이 얼마나 컸는지 충분히 느낄 수 있 는 시간이었다. 덕분에 제인은 그 감정에 대한 유리병도 노란 빛 깔의 액체로 가득 채울 수 있었다.

아주 먼 옛날의 꿈을 꾸는 제인의 표정에 부드러운 빛이 떠올 랐다. 그런 그녀의 귓가로 어디선가 까르륵, 아기 웃는 소리와 함 께 잘 먹는다고 칭찬하는 황제의 음성이 들려왔다.

"아부부."

"쉬잇, 레오. 그러다 네 어머니 깬다."

밤에 매우 강한 남편 덕에 아들의 침실에 앉아 있다가 깜박 잠 이 들었던 제인은 무슨 일인가 싶어 눈을 떴다.

리처드의 검은 머리카락과 자신의 파란 눈을 닮은 레오가 침대 난간을 붙잡고 서 있었고, 그 앞에서 황제가 허리를 반이나 굽히고 손주에게 이유식을 먹이고 있었다. 불편한 자세에도 레오가 자그마한 입을 벌려 아기새처럼 숟가락을 기다리면 황제는 희열이라도 느끼는 것처럼 입이 찢어질 듯한 미소를 지었다.

제인은 그 모습을 매우 놀라워하며 바라보았다. 제프 공작 못지않게 황제도 손주를 무척 예뻐한다는 건 알고 있었지만, 체면상 이유식까지 떠먹이진 않았었다. 그러던 그가 눈높이를 맞추기 위해 허리까지 굽히고 정성스레 음식을 먹이니 놀랍지 않을 수가 없었다. 제인이 잠깐 잠든 사이 유모도 방에서 내보내고 이러고 있는 이유는 금방 밝혀졌다.

"제프, 그 녀석이 매번 이유식을 만들어 와서 먹일 때마다 내가 얼마나 부러웠는지 아느냐. 그래도 내가 먹여주는 게 더 맛있지?"

레오가 잘 먹을 때마다 박장대소하던 친우가 나름 부러웠던 게 분명했다. 그래서 며느리가 잠든 틈을 타 유모까지 쫓아내고 이렇게 손주와 시간을 보내고 있는 것이다.

"오구오구. 잘 먹네, 내 새끼."

흐뭇해하는 그의 모습이 새롭고 좋아서 제인은 소리 없이 웃었다. 오늘도 하늘은 맑고 햇볕은 따뜻했다.

❦

할아버지와 손주의 모습은 제인의 손끝에서 그대로 그림이 되어 책의 마지막 페이지에 실렸다. 그리고 그녀는 그림 밑의 남은 여백에 글자를 적어나갔다.

-레오는 이제 걸을 줄 알고 조금 더 크면 알렉스와 함께 아버지

에게 검술을 배울 것이다. 알렉스는 앤과 에드의 아들이다. 아마도 부모들처럼 서로에게 좋은 친구가 되어주지 않을까 싶다. 그리고 먼 훗날 그들도 사랑하는 연인을 만나 새롭고 행복한 이야기를 써내려 가길 바란다. 어쨌든 여기까지가 나의 이야기다.

제인은 책을 덮고 창가로 시선을 주었다. 꽃이 활짝 핀 프린 팰리스의 정원은 보석처럼 알록달록 빛이 났다. 봄날의 정원을 잠시 감상하던 제인은 책의 앞표지에 글자를 써내려갔다.

-신의 뜻대로 - 제인 웨슬럿 지음.

마지막 글자를 쓰고 뿌듯한 기분으로 펜을 내려놓은 제인은 자리에서 일어나 리처드의 집무실인 옆방으로 향했다. 일하는 데 방해되지 않도록 조용히 문을 연 그녀는 부드러운 미소를 머금고 문에 머리를 기대고 섰다.

봄볕이 쏟아져 들어오는 방 안, 의자에 앉아 잠든 리저드와 그런 아버지의 배에 기대어 잠든 레오가 보였다. 사랑하는 사람들이 자아내는 그 평화로운 분위기를 제인은 오래도록 가슴에 담았다.

-끝-

작가 후기

2018년은 오만과 편견의 저자, 제인 오스틴의 사후 201년이 되는 해입니다. 그녀의 대표작인 오만과 편견은 제게 있어서 매우 기념비적인 작품입니다. 처음으로 로맨스 소설의 매력을 알려주었고, 지금까지도 가장 좋아하는 작품으로 꼽고 있습니다.

그렇기에 저만의 방식으로 그녀에게 감사한 마음을 전하고 싶어서 이 작품을 집필하기 시작했습니다. 오만과 편견을 오마주로 삼아 편견을 주제로 정하고, 여주인공의 이름을 제인으로 설정한 것도 그러한 이유 때문입니다.

집필 이유야 어찌되었든, 독자님들께서 읽는 동안 즐거우셨기를 바랍니다.

글이 완성되기까지 응원해 주신 지인 작가님들과 친구들. 특히 원고에 대한 조언을 아끼지 않았던 초객 안정빈 작가님. 사랑하는 우리 가족과 여전히 많은 가르침을 주시는 김기창 교수님, 최도열 교수님. 작품이 빛나도록 도와주신 출판사 관계자님들. 그리고 작품이 나오기까지 긴 시간, 잊지 않고 기다려 주신 독자님들께 무한한 애정과 감사를 전합니다.

[신녀의 서]와 [야행, 그들의 밤]에 이어 [신의 뜻대로]도 이렇게 마무리를 짓습니다. 다음 작품은 그리 늦지 않게 찾아뵙도록 하겠습니다. 감사합니다.